KB111809

대한민국의 몰락과 부활
1

대한민국의 몰락과 부활 1

발행일	2020년 4월 24일

지은이	박인걸		
펴낸이	손형국		
펴낸곳	(주)북랩		
편집인	선일영	편집	강대건, 최예은, 최승헌, 김경무, 이예지
디자인	이현수, 한수희, 김민하, 김윤주, 허지혜	제작	박기성, 황동현, 구성우, 장홍석
마케팅	김회란, 박진관, 조하라, 장은별		
출판등록	2004. 12. 1(제2012-000051호)		
주소	서울특별시 금천구 가산디지털 1로 168, 우림라이온스밸리 B동 B113~114호, C동 B101호		
홈페이지	www.book.co.kr		
전화번호	(02)2026-5777	팩스	(02)2026-5747

ISBN	979-11-6539-155-3 03810 (종이책)	979-11-6539-156-0 05810 (전자책)

이 도서의 국립중앙도서관 출판예정도서목록(CIP)은 서지정보유통지원시스템 홈페이지(http://seoji.nl.go.kr)와
국가자료공동목록시스템(http://www.nl.go.kr/kolisnet)에서 이용하실 수 있습니다.
(CIP제어번호: CIP2020015934)

대한민국이 위험하다! 경제 위기! 독도 침탈!
그러나 〈위대한 대한민국〉으로 화려한 부활을 하리라!

먼저 작가는 이 소설의 내용이 절대로 일어나지 않기를 바라는 마음으로 집필하였다. 그러나 현재 대한민국이 돌아가는 상황을 보면 현실화될 가능성이 없는 것도 아니다.

일본은 우리가 생각하는 호혜적인 국가가 아니다. 특히 일본 위정자들은 아직도 제국주의에 빠져 있던 그때의 영광을 되찾으려고 부단히 노력하고 있다. 그래서 그들은 조용히, 그리고 은밀하게, 멀리 보고 계획을 세우며 실천하고 있다. 일본의 국민은 국가와 천황에 복종한다. 우리나라처럼 모든 것을 오픈하며 열정적으로 살아가는 나라가 아니다.

아직도 우리는 일본을 모르고 있다. 그들이 어떤 생각을 하고 있는지를! 임진왜란과 일제 강점기의 36년을 좀 더 깊숙이 들여다보면, 그들은 자기들의 내정 문제가 해결되면 반드시 우리나라를 희생양으로 삼아 밖으로 진출하려 했다. 최소한 우리나라만큼은 언제든 짓밟고 나갈 수 있다는 자신감이 일본 위정자들에게 잠재되어 있는 것이다.

그런데 왜 우리는 항상 그들에게 당해만 왔을까? 그것이 궁금하였다. 우리는 역사적으로 단일민족이라고 한다. 다시 말해 단군의 자손으로 늘 단일민족이라고 자부하며 또한 깨끗한 백의민족이라고도 내세웠다. 그러나 돌이켜보면 단일민족도 아니고 백의민족도 아닌 것 같다.

단일민족이라면 일치단결하고 어려움이 발생했을 때 함께 뭉쳐야 함에도 불구하고 늘 우리는 분열하였다. 특히 이념 논쟁에 빠져드는 국민성을 가지고 있다. 물론 발전적인 부분도 있지만, 그렇다고 좋은 결과만 있는 것도 아니다. 그저 서로 네 편, 내 편으로 나뉘어 쓸데없는 논쟁에서까지 자기편이 이겨야만 직정이 풀리는 모습을 자주보게 되는 것이다. 우리의 민족성을 너무 일방적으로 매도하는 게 아니냐는 독자들의 우려도 있겠지만, 우리는 임진왜란이 일어났을 때도 당파 싸움에 정신이 팔려 현실을 외면해 결국 침략당했고, 일제 강점기를 앞둔 구한말에는 국론 분열과 정쟁으로 인해 일본에 변변히 대항 한번 못해보고 합병당했다. 이러한 역사의 산물이 오늘날까지 이어져 남북으로 갈라졌으며, 그것을 아직까지도 극복하지 못하고 전 세계에서 유일한 분단국가로 남았다. 또한 오늘날 남쪽에선 서로의 일방적인 논쟁으로 다툼을 하니 단일민족이라는 말이 무색하게 되었다.

이제 머잖아 일본이 평화헌법을 국민투표로 개정하고 나면, 다시 우리나라의 취약점인 국민 분열과 경제적인 어려움을 노릴 것이다. 그리고 그들은 그 기회를 놓치지 않을 것이다. 그렇기 때문에 그들이 우리의 허를 찔러 독도를 점령하는 폭거를 저지를지도 모른다는 가정을 하게 되는 것이다.

우리 경제는 그동안 온 국민이 피땀을 흘린 결과 여기까지 발전해 왔다고 하겠다. 그러나 먹고살 만해지니까 다시 이념논쟁과 분열로 나라가 어지러워지고, 그 여파로 경제 위기에 처할 지경에 이르렀다. 이렇듯 우리나라는 역사적으로 위정자들이 국가를 망쳐 놓았고, 항상 그 뒤치다꺼리는 국민들의 몫으로 남았다.

이제는 모두 정신을 차려야 한다. 한번 나라의 영토를 빼앗기거나 경제가 망하면 그것을 원래대로 되돌리는 것은 힘들다. 나라를 다스리는 정치인이나 국가를 존재하게 하는 국민이나 백해무익한 이념논쟁은 중단하고 오직 국가를 위해서 헌신해야 한다. 이 소설을 쓰다 보니 다민족 국가인 미국의 에이브러햄 링컨 대통령이 게티즈버그에서 한 명연설이 생각난다. 그 유명한 "국민의(of the people), 국민에 의한(by the people), 국민을 위한(for the people) 정부!" 이러한 정신으로 남북전쟁을 승리로 이끌고 노예를 해방해 오늘날 누구도 넘볼 수 없는 지구상 가장 강력한 국가, 미합중국을 만들지 않았는가!

우리도 훌륭한 지도자가 이끌고 현명한 국민이 함께 나라를 일으켜 지구상에서 누구도 넘볼 수 없는 강력한 국가를 만들어야 한다. 섬나라인 일본에게 당하지 않고, 이웃 나라인 중국도 우리를 함부로 대하지 못하는 그런 국가를 만드는 것이 과연 꿈일까? 우리는 지난 2002년에 개최한 월드컵에서 4강의 신화를 이루며 "꿈은 이루어진다!"라고 외쳤다.

최근 우리의 K-문화가 세계로 뻗어나가고 있다. 그런 때인 만큼 내적으로는 경제적 발전을 이룩하여 국민들의 활력이 넘치고, 외적으로는 일본이나 중국이 함부로 대할 수 없는 강력한 국력을 지닌 대한민국이 되어야 하리라! 작가는 이번 그것을 희망하며 이 소설을 썼다.

제1권 〈대한민국의 몰락〉에서 제2권 〈대한민국의 부활〉로 이어지는 대한민국의 새로운 역사를 써보고 싶었으며, 반드시 위대한 대한민국을 후대에 물려줄 것이라 믿으며 기쁜 마음으로 이 소설을 독자 여러분께 바치는 바이다.

숭고한 3.1절을 기리며
작으나마 작가의 울림을 전하고 싶다.

2020년 새봄에
저자 박인걸

이 시대에 던지는 메가톤급 소설에 박수를 보내며!

문단에서 "소설은 죽었다!"라는 한탄의 소리가 흘러나온 건 벌써 오래된 일이라 하겠다. 50년 가까운 나의 문단 생활을 회고해보면, 1990년대까지만 해도 출판사에서 작가를 찾아와 출판을 섭외해 오는 게 상례였다. 하지만 요즘 대부분의 작가에게 닥친 현실이 그렇지 못하다.

자! 그렇다면 이런 소설 문단의 가혹한 현실을 어떻게 타개할 것인가? 현재 BTS(방탄소년단)로 대표되는 한국의 K-Pop이 지구촌을 휩쓸고 있듯이 나는 바로 K-Novel, 즉 한국소설도 세계에서 각광받을 날이 올 것이란 예감을 받았다. 그러자면 필수적으로 K-Pop처럼 세계에 통할 재미있는 한국소설을 써내야 하지 않을까?

이번 박인걸 작가의 소설 『대한민국의 몰락과 부활』은 제목부터 충격적이지만, 무엇보다 이 시대에 던지는 메가톤급 소설이라 하겠다. 앞으로 6년 후에 전개될 대한민국의 가상 상황을 한일미(韓日美)를 무대로 영화 같은 거대한 스케일의 이야기를 TV 드라마처럼 디테일하게 펼쳐 보임으로써 독자를 단박에 몰입시키는 작가의 역량에 통쾌한 박수를 보내고 싶은 것이다. 이에 본인은 한국문협의 소설분과 회장으로서 박인걸 작가의 소설에 찬사와 축하를 보내며, 독자님들의 뜨거운 성원을 부탁드리는 바이다.

이은집(한국문협 소설분과 회장)

목차

1

서막
('한성전자' 한국을 떠나다)

성재용 회장은 회장실 창가에서 말없이 비가 오는 바깥 풍경을 바라보고 있었다. 여비서가 타준 커피가 식는 줄도 모르고 고뇌 어린 모습으로 초조하게 창가 옆에 기대 소식을 기다릴 때 노크 소리가 들렸다.

똑똑.

"네! 들어오세요."

성 회장은 나직이 말했다. 회장실 문이 열리고 김대성 비서실 총괄 사업본부장(사장)이 들어오면서 성 회장에게 간단한 목례로 인사를 대신했다.

"어떻게 됐어?"

성 회장은 김 본부장이 들어오자마자 물었다. 대검찰청 형사부에서 조사받고 돌아온 김 본부장의 얼굴은 창백한 모습에 지친 표정이 역력했다. 한 달 전, 한성전자의 내사가 시작되었을 때만 해도 별 문제가 없을 줄 알았다. 그러나 며칠 전에 청와대 경제수석실의 한 통의 전화가 의미 심상치 않다는 걸 김 본부장의 조사로 이어졌다.

"네! 회장님! 검찰에서 우리 한성전자 본사가 베트남 하노이로 이전한다는 걸 알고 있는 것 같습니다."

"어떻게 알았는지 극비리에 추진했던 이전 계획 파일이 고스란히 검찰 조사관 컴퓨터에 내장되어 있었습니다."

"그리고 회사 자금의 흐름이 추적되어 있었고 해외자금의 입, 출금 내역도 빼곡히 조사되어 있었습니다."

"일단 이전 계획은 회장님 지시대로 사실을 말씀드렸습니다. 그러나 자금을 해외로 빼돌린단 말은 터무니없는 일이라고 얘기하고 현재 한성전자의 어려움이 곧 국가의 어려움이니 불가피하게 잠시 해외로 본사를 옮기어 경영할 수밖에 없는 처지를 말했습니다."

"그랬더니 뭐라 하던가?"

"검찰 쪽은 우리 한성전자 본사가 베트남 하노이로 옮기는 것에 대해 다른 숨은 이유가 있는지 집요하게 캐물었고, 청와대 경제수석실에서 모종의 시그널을 주었는지 쉽게 안 놔주더군요."

"회장님이 자금을 해외로 빼돌려서 정치 자금화 시켜 야당에 주려고 하는 거 아닌지 의심하며 경제에 관련에서는 무식한 검사와 조사관들이 시시콜콜 말도 안 되는 얘기를 하며 들이대서 미쳐버리는 줄 알았습니다."

"수고했어, 김 본부장! 10시간 조사받느라 힘들었을 텐데 오늘은 집에 가서 쉬고 내일 오후에 다시 보자고. 그리고 우리 한성전자가 베트남으로 이전하는 거 다 알고 있다면 좀 더 빨리 진행시키세. 서둘러서!"

"네! 알겠습니다."

김 본부장은 피곤한 몸을 이끌고 10분도 안 되게 성 회장과의 대화를 마치고 문 쪽으로 걸어갔다. 이때 성 회장은 다시 김 본부장을 다시 불렀다.

"김 본부장! 어떤 일이 있어도 내가 베트남 국적을 취득한 사실은 김 본부장과 나만이 아는 비밀로 베트남에 넘어갈 때까지 유지해야 돼. 알겠지?"

"그럼요! 걱정하지 마십시오. 죽는 한이 있더라도 비밀로 당분간 할 것입니다."

성 회장은 다시 피곤하게 서 있는 김 본부장의 어깨를 두드리며 말했다.

"이 길이 우리가 살길이야. 이 나라에서 당분간 한성전자가 떠나야만 회사가 유지되고 미래를 도모할 수 있어."

"네! 알겠습니다. 제가 베트남 국가주석과 당서기장과의 면담할 때 단단히 일러두었습니다. 절대로 성 회장님의 베트남 국적 취득에 관련해서 비밀을 유지해달라고 말입니다. 그리고 이전 후에도 당분간 유지가 될 것입니다."

성 회장은 말없이 고개를 끄덕이며 김 본부장을 문까지 바래다주었다.

　사실 김 본부장은 한성전자 베트남지사에 사장으로 성 회장이 전략적으로 보낸 사람이다. 김대성 본부장은 미국 엠아이티 공대 출신으로 실리콘밸리에서 IT기업을 운영하며 베트남과의 관계가 돈독하였다. 일찍이 베트남의 성장세를 보고 베트남에 자금을 투자하여 IT소재 재료 무역을 거래하며 정치권과도 인맥을 구축하여 나름 성장세를 이어갈 즈음 한성전자 성재용 회장과 라스베이거스 무역전시장에서 만난 인연으로 삼고초려 끝에 5년 전 한성전자 비서실 기획본부장으로 스카우트 되었다. 물론 김 본부장이 운영하는 실리콘밸리 사업체는 한성전자의 자금으로 운영관리하며 비밀병기 회사로 거듭나고 있었다. 김 본부장은 성 회장보다 나이는 어리지만 김 본부장의 야망과 성재용 회장의 선대사업의 수성을 위한 의지로 의기투합하였다.

　이튿날 언론사 헤드라인 기사는 온통 한성전자 김대성 사업본부장 대검청사 정문을 나서는 사진과 동영상으로 도배되었다.

　　한성전자 해외자금 은닉 혐의로 김대성 본부장 검찰 조
　사받고 귀가!
　　한성전자 해외자금 사용처 검찰 조사!
　　한성전자 성재용 회장 소환조사 임박!

　신문기사는 물론 TV뉴스에서는 한성전자의 김대성 본부장 조사 내용과 한성전자 성재용 회장의 앞날을 예측하는 기사로 가득 찼다.

청와대 김무일 경제수석은 오전 10시 민정수석으로부터 전화가 걸려왔다.

"김 수석님! 민정수석 이현진입니다. 어떻게 차 한잔하셨습니까?"

"지금 차 한잔하면서 연합뉴스 보고 있어."

"그래, 뭐 좀 나온 거 있다고 해?"

"글쎄요, 오늘 아침 대검차장으로부터 어제 형사부장이 한성전자 김대성 본부장 조사를 해봤는데 뭐가 있기는 한 것 같은데 아직까지는 감이 안 잡힌다고 한 대요."

해외자금도 적법하게 사용하고 있고 국내 자금 흐름에도 별문제가 없는 것 같기는 한데 뭔가 석연치 않은 일들이 벌어지는 것 같더 군요"

"좀 더 조사를 해봐야 한다고 합니다. 물론 한성전자가 베트남으로 본사를 이전한다는 것은 검찰 첩보에서 이미 파악하고 있었지만 민간기업이 본사를 이전한다고 검찰이나 정부에서 말릴 수 없는 노릇이고요. 아무튼 한성전자가 베트남으로 이전 하는 것 말고는 특별히 문제가 없는 것 같다고 검찰에서 추측합니다."

"이 수석, 내 말 잘 들어! 만약 한성전자가 베트남으로 본사를 이전하면 한성전자가 해외에서 벌어들이는 외화는 물론 고용시장의 축소와 함께 우리나라 GDP가 떨어져. 그러면 우리나라 대외신용도에 막대한 영향을 끼쳐 국가 경제가 추락할 위기가 올 수 있어."

"내가 일전에 성재용 회장한테 전화를 걸어 베트남 이전 계획을 중단하라고 얘기했어. 만약 베트남에 한성전자 본사가 이전 하게 되면 한국 경제가 위태롭고 대외신용도가 추락되어 금융은 물론 한국 수출 전반에 어려움이 있으니 잘 생각해보라고 얘기했는데 성 회장 반응은 참고하겠다고만 하지 별말이 없어서 내가 한성전자가 베트남행을 감행한다면 정부로서도 한성전자 경영 전반에 대한 내사 또는 조사가 들어갈 예정이라고 언질을 주었거든. 그만큼 한성전자의 베트남행은 우리나라로서는 엄청난 손실이라 이걸 막을 수 있으면 좋은데, 내 말 알아듣겠어?"

"김 선배, 내가 왜 그걸 모르겠어요. 그래서 대검에 일부러 형사부에 배당을 줘서 조사하라고 조치했는데, 한성전자 수뇌부가 워낙 치밀하고 용의주도해서 만만치 않습니다. 또 정부가 민간기업의 경영 자율성을 침해한다는 여론도 있고, 아무튼 조사는 끝까지 해봐야겠지만 막을 수는 없을 겁니다. 이미 저들은 임시주주총회에서 한성전자 위기 돌파구를 본사 해외 이전으로 의결을 받아놓은 상태여서 쉽지 않습니다. 임시주총 결의 당시 정부 지분의 몫으로 의결 반대표를 던졌지만, 해외투자자들의 해외 이전 찬성 의지가 워낙 확고하여 어쩔 수 없었습니다. 다만 성재용 회장이 한국에서 건재하게 활동하면 우리로서는 면밀히 감시하여 방향 전환을 하도록 유도해 봐야지요. 또 베트남과의 외교관계도 있으니 두고 봅시다."

"아무튼 알았소."

"최대한 시간을 벌어서 대책을 마련하고 후유증을 줄여 봅시다, 이 수석!"

김무일 수석은 이 수석의 얘길 듣고 난 후 가슴이 저려오는 것 같았다.

김무일 수석과 이현진 수석은 대학교 선후배 사이로 이현진 수석이 김무일 수석을 청와대 경제수석으로 추천하였다. 김무일 수석은 국내 명문대 경제학과를 나와 하버드에서 유학하고 미국 국제신용평가회사 임원을 거쳐 한국 국책경제연구원 원장으로 취임하여 국내 경제 사정은 물론 미국 경제 전반에도 일가견이 있는 엘리트이다. 나이는 53세로 스마트하고 깔끔한 스타일이며 영어는 물론, 일어, 중국어, 불어 등 5개 국어를 할 수 있는 보기 드문 재원이다. 또한 경제 전반의 정책을 기획하는데 치밀하며 거시경제 전문가이기도 하다. 가끔 대학교에 출강도 하고 미국, 일본에도 강연 초청을 받는 인사이다. 청와대 수석 중 가장 똑똑하다고 할 수 있다.

이현진 수석은 올해 50세로 김무일 수석 대학 후배이며, 같은 대학 사회학과를 나와 사회단체 노동단체 활동을 주로 하고 현재 대통령 측근으로 오랫동안 활동하며 보디가드를 자청한 인물이다. 성격 좋고 코미디언 기질이 있어 유머 감각이 뛰어나다. 다만 가끔 충성도가 높아서 오버하는 경우도 있으며 욱하는 성질이 있다. 덩치가 185센티에 몸무게가 100킬로 이상으로 대식가이며 오랫동안 유도, 태권도, 검도로 단련되어 웬만한 싸움꾼도 덤벼들지 못하는 의리파 남자다.

김무일 수석은 미국에 전화를 걸었다. 예전에 근무하던 신용평가회사의 수석부회장 수잔 헤이든에게 몇 가지 확인하고 싶은 게 있어서이다. 그곳은 밤 11시 10분경이다. 수잔이 늦게까지 잠을 안 자고, 퇴근해서도 다음날 업무를 정리하는 스타일인 것을 아는지라 답답한 마음에 전화를 건 것이다.

"하이! 수잔!"

"오! 마이 갓!"

"이게 누구이신가?"

"브라이언 김!"

"이 밤중에 웬일이야? 나한테 갑자기 전화를 다 하고?"

"수잔! 아직도 잠 안 자고 일하는가? 아직도 그 버릇 여전하네."

"잘 있었지? 그동안 별일 없었어?"

"물론 잘 있었지! 그런 브라이언 김은 여전하신가? 한국 정부 일은 잘 보고 계시지?"

"아! 글쎄, 잘 모르겠어. 내가 일을 잘 보고 있는 건지."

"수잔! 혹시 한국의 한성전자가 베트남으로 본사 이전한다는 건 알고 있지?"

"사실 그 건으로 수잔에게 미국평가회사 여론을 듣고 싶어서 전화했어."

"한국 경제 전반에 대한 신용평가회사의 평가는 어떻게 돌아가는지?"

"오! 역시 그렇군. 현재 한국신용평가 등급 하향은 이미 진행되고 있어."

"지금 한국은 일본하고 거의 십 년 가까이 대립하고 있잖아? 물론 중간에 잠시 충돌을 멈춘 적도 있지만 정권이 바뀔 때마다 충돌하고 그래서 일본 정부 관계자들이 한국 죽이기를 아직도 진행하고 있는 건 브라이언 김도 알고 있잖아? 이번에 한성전자가 견디다 못해 베트남으로 이전한다는 건 여기 미국에서 웬만한 전문가들은 다 알아. 이미 예견된 일이긴 한데 한국으로서는 크나큰 손실로 봐. 워낙에 한성전자가 한국에서는 상징적 비중이 높고 또 한국 GDP에 막대한 영향을 끼치는 회사이니 그럴 수밖에! 사실 한국은 한성전자 빼놓고 내놓을 수 있는 회사는 별로 없어서 이제는 신용등급 하락은 불가피하고, 거기다 외화가 고갈되어 가고 있다는 걸 파악하고 있어. 조만간 IMF 구제금융을 받을 것이란 소식이 파다해! 또한 한국은 노동조합이 지배하는 나라라고 평가해서 인식이 별로 안 좋아. 매일 파업에 데모에다 현 정부가 전임 정부에서 물려받은 사회적비용 지출은 GDP 대비 약 40~50% 도달하는데, 만약 재원이 부족해서 지급이 안 되면 각종 사회적 혼란이 야기될 거야. 그런 사회적 구조를 가진 나라에 투자는커녕 발을 빼려고 하겠지. 그만큼 지금 뉴욕 월가에서는 한국 경제의 리스크가 엄청나게 크다 보고 있어! 다음 달이면 아마도 한국 신용등급이 BBB 마이너스로 돌아설 거야. 그러면 대외신용도가 낮아 금리가 올라갈 테고, 수출로 먹고사는 한국 회사에 엄청난 악영향을 주게 될 거야. 투자를 한 외국회사들은 자금 회수를 시작할 텐데 한국 정부는 대책이 있는지 모르겠어! 브라이언 김! 내 말 듣고 있어?"

"으음! 듣고 있어. 그렇다고 쉽게 해결할 수 없는 일이라 나도 고민이 많아서 이렇게 수장에게 전화를 하지 않았겠어?"

"수잔! 고마워. 월가의 평가를 알려줘서."

"뭘."

"헤이! 브라이언 김! 힘내! 그래도 어떻게든 막다른 길로 가지 않도록 해봐야지."

"고마워, 수잔! 늦은 시간에 전화해서 미안해."

"땡큐! 브라이언 김."

김무일 수석은 수잔 헤이든과 전화 통화를 끝내고 잠시 눈을 감았다.

이때 경제수석실 김호성 비서관이 문을 두드리고 들어왔다.

"수석님! 대통령님께서 본관 집무실로 들어오시라고 합니다."

"그래 알았어."

김 수석은 의자에서 몸을 일으키고 양복 윗도리를 집어 들고 문을 나섰다.

사실 수잔 헤이든이 말을 안 해줘도 미국 조야 인사들을 통하여 한국이 경제적으로 위험하다는 건 여러 번 들어서 알고 있었다. 다만 수잔 헤이든과 하버드 동문이며 오랫동안 미국 신용평가회사에서 같이 근무하며 잠시나마 로맨스가 있었던 사이기에 웬만하면 무슨 말도 다 들어주는 믿음직한 전 연인의 말로 확인하고 싶었다. 한국으로 오기 전까지도 한국행을 말렸던 수잔이기에 더욱더 그랬다. 그녀는 올해 49살로 김무일 수석보다 4살 아래이지만, 빛나는 금발에 아버지가 상원의원 출신이고 그녀 역시 뛰어난 경제전문가이다.

김무일 수석은 대통령 본관 집무실에 올라갔다. 집무실 들어가기 전에 김태영 비서실장과 이현진 민정수석이 먼저 와 있었다. 모두 긴장한 얼굴이었다.

집무실 중앙에 강제연 대통령이 자리를 하고 우측으로는 비서실장, 그리고 옆에 민정수석이 앉아있고 좌측에 김무일 수석이 앉았다.

대통령의 얼굴에는 비장한 각오가 서려 있었다. 천천히 A4용지에 민정수석실에서 올린 간단 보고서를 훑어보고 경제수석이 올린 현 국내경제 전망현황보고서는 어제 전부 읽어보고 고민 끝에 오늘 3명의 참모만 불러서 대책 회의를 하고 있는 상황이다. 먼저 대통령이 간단 보고서를 다 보고난 뒤 입을 열었다.

"김 수석! 한성전자가 베트남으로 본사를 이전하는 게 우리나라 경제에 그렇게 심각한 타격을 줍니까? 회사의 본사가 경우에 따라서 이전할 수도 있고 그런 거 아닙니까? 그렇다고 해서 우리나라 경제가 흔들릴 정도로 기반이 약해지지는 않지 않나요?"

"네, 대통령님. 물론 한성전자 하나가 해외로 본사를 이전 한다 해서 나라의 경제가 휘청거리지는 않습니다. 현재 우리나라의 경제는 수출로 벌어들이는 비중이 80%를 차지하고 있고, 그중 전자 분야에서 약 40~50%를 차지하고 있습니다. 문제는 그 전자 분야에서 한성전자의 비중이 약 50% 정도 된다는 것입니다. 그리고 2019년 8월 일본의 화이트리스트에서 제외된 이후로 급격히 전자산업 기반이 악화되었습니다. 갖은 노력 끝에 일부 회복했어도 아직까지는 회복이 안 된 분야가 약 60%가량 됩니다. 우리나라가 그동안 건설, 조선, 플랜트, 전자, 철강, 자동차 6개 분야가 축을 이루어 국가 경제를 살렸지만 지금은 해외건설도 거의 수주가 없고 조선 산업도 마찬가지입니다. 플랜트산업과 전자산업, 철강만이 명맥을 유지하고 자동차 산업도 전자산업과 마찬가지로 악화일로에 있으며 이제는 많은 것들이 변하고 무너졌습니다. 한성전자가 지금까지 버텨온 것도 어떻게 보면 기적이라 할 수 있습니다. 물론 대원 반도체, 서울전자 등 다른 전자 분야 업체가 있지만 전부 소비재 상품이라 중국, 베트남 등 아시아 국가도 그렇고 유럽이나 미국에서 어느 정도 평준화가 되어 우리나라 제품을 수출하여 벌어들이는 돈으론 현재 우리 국가 경제의 버팀목이 되기에 부족합니다. 그동안 국민들에게 약속하여 진행되고 있는 사회보장제도 비용이 급격히 올라 세수입도 상당히 부족합니다. 그럼에도 불구하고 계속해서 비용을 지출하다 보면 재정경제가 펑크가 나서 사회 혼란이 올 수도 있는 상황입니다. 제가 미국 인맥을 통해서 알아본 결과 조만간 우리나라 신용등급이 BBB 마이너스로 돌아설 것이라는 전망이 나왔습니다. 그러면 해외 투자금이 막히고 주식시장은 폭락할 것이며 해외투자금 회수가 걷잡을 수 없이 일어날 수 있습니다. 이것은 아직까지 가상 시나리오이지만, 그럴 수 있는 가능성이 있어 말씀드리는 것입니다."

김 경제수석의 말을 듣고 있는 대통령은 물론 김 비서실장이나 이 민정수석도 모두 심각한 얼굴로 말이 없었다. 이미 김무일 수석이 보고하기 이전에 각종 기관 및 국책연구원에서 수없이 올린 내용이다. 그러나 전임 정권에서 승계받은 유산도 있고 2022년 대선에서 약속한 대국민 공약도 있다 보니 이것을 다른 기조로 변화시키기에는 한계가 있었다.

대통령이 운을 띄었다.

"이 수석? 보고서에 보니 노동계에서는 또 대규모 집회와 파업을 준비하고 있다고 하는데 노총이 무슨 명분으로 집회를 하고 파업하며 뭘 요구하는 내용인가? 이 수석은 사회단체 활동가 출신이고 그쪽하고도 친분이 있어 잘 알고 있지 않나?"

"네, 대통령님! 노총에서 특별히 주장하는 것은 없습니다. 일상적으로 주장하는 최저임금 인상과 재벌개혁을 포함해 대기업이나 공기업은 물론 모든 근로자의 정규직 전환을 목표로 집회와 파업을 한다고 합니다. 그리고 대선 때 대통령 공약이라고 하면서 국민연금 지급 비율을 3대 공무원(국가 공무원, 군인, 교원)에게 지급하는 연금의 80% 이상으로 끌어올리라는 요구입니다."

대통령은 이 수석의 말을 듣고 얼굴이 상기되었다. 2022년 대선공약에 있기는 했지만 당장 이루어지는 내용은 아니고, 경제가 좋아지면 임기 내에 이루겠다는 공약을 교묘히 이용하여 국민들에게 파고들었던 것이다. 대선 당시 협조를 요청했을 때 그들이 내민 조건은 내각의 40%를 노총 출신으로 채우고 노총 관련 불법단체를 합법화시키어 국가보조금을 지급해달라는 것이었다. 물론 그 당시는 대선에서 승리할 때 일부는 수용하고 일부는 추후 논의하여 조건을 들어준다고 약속하였다. 그러나 경제도 그렇고 사회적인 현상이 그들의 조건을 들어주기에는 상당한 어려움이 뒤따랐다. 법률적인 문제도 있었으며 다양한 이해타산이 얽혀 있어 도저히 혜택을 줄 수 없는 문제 많은 단체나 사상적으로 의심스러운 단체 등, 정부에서 정한 기준선을 넘는 단체가 많았다. 또한 내각에 참여한 노동계 인사들은 전문성이나 각종 검증 기준에 미치지 못하는 경우가 대부분이었다. 심지어 지금 내각의 일부 인사는 야당에서도 인정한 인사였다. 그런데 최근 노총은 1년에 10여 차례씩 집회를 열고 파업을 진행했고, 이런 행위가 국가 경제에 막대한 악영향을 주고 있다는 것을 대통령은 누구보다 잘 알고 있었다.

"김 비서실장, 지금 야당 동향은 어떤가? 그리고 우리 당은 이러한 사실을 파악하고 있는가?"

"네! 지금 야당은 늘 그들이 주장하던 대로 똑같은 주장을 합니다. 현 정부가 무능하다고. 그 밖에는 별다른 동향이 없습니다. 내년 대선 대비 계파 싸움하고 있습니다. 다만 야당에서 새로 부각되는 국회의원 중 박재황 의원이 많은 지지를 받고 있습니다. 그런데 그들도 소문만 들어서 알고 있지 정확한 상황은 아직은 파악을 못하고 있는 것 같습니다."

"그리고 우리 당은 내년 대선 준비를 위하여 전국에 있는 지역구 점검에 들어갔습니다. 이호광 원내대표가 진두지휘하고 있습니다. 약 70%는 정비할 예정에 있는 것 같습니다. 그래서인지 아직은 우리 당도 이 상황까지는 파악을 못하고 있는데 전 기획재정부 부총리 출신 최은철 의원이 한성전자에 무슨 일이 있는 것 같은데 청와대는 알고 있는지 저한테 문의한 적은 있습니다."

"으음, 그래?"

"김 경제수석은 한성전자 성 회장을 만나보고 수습방안을 찾아보세요. 그리고 김 비서실장과 이 수석은 내일 긴급 경제 관련 부처 회의를 열 준비하고 이 총리한테 주재하도록 하게."

"네! 알겠습니다."

김 비서실장이 대답을 하고는 이 수석을 바라보았다.

강 대통령은 김무일 경제수석에게는 하대를 하지 않았다. 나이가 14살 아래이지만 외부 영입 인사이고 성격이 강직하고 대담하여 가끔은 경제문제에 관련해서는 한 치의 양보를 하지 않았다. 또한 경제 전문가로 뛰어난 자질과 미국의 인맥이 광범위하다는 걸 알기 때문에 그를 존중해 주었다. 특히 정책실장 직책을 없애고 각 전문분야의 수석 비서관에게 직접 업무지시와 보고를 받는 형태로 조직개편을 하여 수석비서관들의 업무강도가 세지만 권력 또한 막강했다.

대통령이 의자에서 일어설 즈음 김 경제수석이 대통령에게 한마디 건네었다.

"대통령님! 잠시 시간이 되시면 저에게 5분만 독대를 할 시간을 주셨으면 합니다."

"그래요! 무슨 할 말이라도…? 어이, 김 실장과 이 수석은 나가봐!"

"네!"

김 실장과 이 수석은 대답을 하고 청와대 대통령 집무실을 나왔다.

"으음. 김 수석, 내게 무슨 긴히 할 말이라도 있습니까?"

"긴히 할 말이라기보다는, 대통령님께 건의 드릴 것이 있습니다."

"무슨 건의?"

"다른 게 아니오라 한성전자 검찰수사를 당분간 중지시키고 성 회장을 직접 만나보심이 어떠실는지요?"

"지금 한성전자가 본사 법인 이전을 한다면 한국의 대외신용도가 떨어질 수 있어 경제 전반에 부정적인 영향을 끼칠 수 있습니다. 그래서 한성전자 성 회장의 마음을 돌리게 하고 현재 진행 중인 국세청의 해외자금 탈세 조사도 중지해서 현재 한성전자의 어려움을 덜어주는 게 어떨까 해서 건의 드립니다. 한성전자가 우리나라 경제를 좌지우지하지는 않지만 워낙 상징성이 크고 또 본사 해외이전이 외국 투자자나 또는 세계 여러 나라 은행에서 보는 한국 경제에 대한 시각이 우려할 만한 일이라서 말씀드립니다."

"그런가요, 아무튼 참고해서 고민해 보겠습니다."

"대통령님, 시간이 별로 없으니 조속히 결정하셔야 합니다. 시간을 끌다 보면 상황이 악화될 수 있습니다."

"알겠소. 참고하리다."

"네! 이만 돌아가 보겠습니다."

강 대통령은 회의 의자에서 일어나 집무 책상 의자에 가서 앉았다.

김 수석은 강 대통령에게 목례를 하고 회의실 문을 나갔다. 강 대통령은 한성전자 성 회장에게 좋은 감정은 없었다. 2022년 대선 때 대통령 후보 시절 간접적으로 대선자금 협조를 부탁한 적이 있었다. 그러나 성 회장에게 일언지하에 거절당했다. 이제는 더 이상 정치자금에 관여도 안 하고 도와주지도 않는다는 차가운 말이 성 회장 입에서 나왔다고 전해 들었다. 또한 자기는 한성전자, 즉 한성그룹을 경영하면서 툭하면 조사받고 법정가고 교도소 가고 해서 정치인이라면 넌덜머리가 난다고 하였다.

이때 강 대통령은 결심하였다. 대통령이 되면 한성전자만큼은 모든 걸 원칙대로 관리하겠다고. 그래서 이번 검찰 조사도 원칙에 입각하여 해외자금 탈루가 있으면 발본색원하라고 법무부 장관을 통하여 검찰총장에게 지시해 놓았던 것이다. 그런데 똑똑한 경제수석이 건의하니 갈등이 밀려왔다. 어떻게 할 것인가 고민스러웠다.

김 수석은 수석실에 들어오자마자 김호성 비서관이 따라 들어왔다.

"김 수석님! 청와대 회의는…?"

김 비서관이 질문하며 말끝을 흐렸다.

"아니 뭐 늘 그렇지. 대통령께서는 한성전자에 부정적인 시각을 아직도 가지고 계셔. 이번에 한성전자가 해외로 이주하면 벌어지는 일에 대해 심각하게 생각을 못하시고, 건의한 검찰 조사 건도 아마 결정을 안 내리실 거고… 차일피일 미루다 만나시지도 않고 시간만 허비하실 거야. 대통령님은 원래 성격이 과감성이 있는 성품은 아니시지. 정치를 오래 하다 보면 여기저기 눈치코치를 봐야 하고 또 세력다툼에서 살아남는 요령이 생겨 오늘날 이 위치에 오를 때까지 어떤 결정에 대한 책임을 지질 않으려고 하는 습성이 몸에 배어 있어서 그런 걸 하루아침에 결정하지 못하시지. 더구나 체면과 자존심이 있는데, 그건 그렇고 김 비서관! 한성전자 비서실에 전화 연결해서 내가 성 회장을 만나고 싶다고 연락해봐."

"네, 알겠습니다. 그런데 수석님께서 대통령 본관 집무실 가시고 5분 후에 기획재정부 부총리실 수행원실에서 수석님을 찾았습니다."

"그래? 그렇지 않아도 기재부 부총리하고 할 얘기가 있긴 하지. 답답하지만 말이야. 알았어. 나가봐. 그리고 성 회장 비서실, 빨리 연락해봐."

김무일 수석은 김 비서관이 나간 다음 의자에 앉아서 곰곰이 생각해봤다. 왜 대한민국 경제가 망가지고 내리막길로 가는지. 정치가 나라를 망치고 있다는 생각이 들었다. 대한민국은 민주국가도 아니고 사회주의 국가도 아니고 그냥 고삐 풀린 망아지 국가란 생각이 가슴 속 저 끝에서 올라왔다. 분단된 작은 나라에서 지역 갈등은 아직도 해소되지 않고, 국민들은 국민들대로 요구사항이 많고, 노동조합은 나라가 망하든 말든 조합의 수뇌부가 자기들이 국가를 대신해서 운영하려고 하고, 정치인들은 말로만 국민을 위한다고 하지 올바른 정치인이 아닌 정치꾼들이 모여 정치를 하면서 자기들 잇속만 챙기려고 하고, 사법부와 행정부 등의 부처는 국가를 이끌어가고 있다는 사명감을 지닌 집단이 아니라 자신들의 입지만 확보하려고 하는 이기적인 집단으로 변해버린 것 같다는 생각이 머릿속에 맴돌았다.

김무일 수석은 머리가 복잡했다. 일본과 중국의 부처별 책임자들과 국제회의나 세미나에서 만나보며 느낀 것이 있다면, 그 나라들은 어떠한 정책을 만들고 실행하기까지 오랫동안 연구하고 실천계획을 짜서 시기별로 진행한다는 것이다. 반면 대한민국은 그렇게 못하고 있다. 정권이 바뀔 때마다 사람이 바뀌고 정책이 바뀌었다. 게다가 전문가도 아닌 입안자들이 아는 체하면서 이랬다저랬다 마구잡이로 정책을 만들고 있으니 참으로 한심할 따름이라고 생각한 게 한두번이 아니었다. 지금 기획재정부 최재성 부총리도 마찬가지다. 미시경제학 전문가라고 자칭하면서 기고문을 쓰고 강연에 나가는 것은 물론, 각종 매체에서 실물경제는 생각도 않고 마치 자기의 경제이론이 최고랍시고 떠들었던 것이다. 하지만 정치권은 달콤한 그의 이론에 현혹되었다. 결국 국가재정은 생각 않고, 각종 사회복지 비용을 분배한다는 이론에 의해 포장된 경제통계 수치만 믿고 주장한 그를 기획재정부 부총리로 임명하였다. 그는 유럽식 사회주의 경제 철학을 기반으로 하는 복지주의 정책을 신봉하는 대학교수일 뿐이었다. 세계 경제의 흐름과 금융, 그리고 무역의 치열한 전쟁은 전혀 모르면서 오로지 분배 경제만 주장하는 그를 정치인들은 좋아할 수밖에 없었다. 뭘 생산하여 자본을 만들고, 재화를 축적하며, 나라의 경제를 일으켜 분배를 한다는 것에 대한 내용은 일절 없었다. 그저 지금 가지고 있는 재화의 분배만 주장하는 것이었다. 결국 재정 소비 경제 철학인 것이다.

한참 김 수석이 골몰히 경제지표를 보며 생각하고 있을 때 비서관실에서 전화가 왔다.

"김 수석님! 3번 전화입니다."

수석실 문을 열며 김 비서관이 말했다.

1번 전화는 대통령 전화, 2번 전화는 청와대 비서실장 전화, 그리고 3번 전화는 관계부처 전화이다.

"네! 김무일 수석입니다."

"아이고, 김 수석님! 최재성 부총리입니다. 아까 전에 김 수석님에게 전화했더니 대통령님의 부름을 받고 청와대로 가셨다고 하길래 통화를 못했는데… 대통령님과 뭐 중대한 논의라도 하셨습니까?"

"아… 뭐 중대한 논의라기보다는 한성전자 관련 검찰 조사 건에 대통령님께서 관심을 보이시기에 몇 마디 나눴습니다. 그냥 일반적인 논의입니다."

"그렇습니까? 그래도 경제 분야 부총리인 내가 같이 참석하여 논의하는 게 맞지 않나 하는 생각입니다. 그렇지 않아도 대통령님께 말씀드릴 사항도 있어서요."

"그래요? 오늘은 대통령님께서 저만 올라오라 하셔서 그렇게 진행되었는데 부총리께서 말씀드릴 사항은 어떤 내용인가요? 경제수석인 제가 먼저 알아야 되지 않겠습니까?"

"글쎄요. 경제수석께서 먼저 알아도 되겠지만, 내가 먼저 직접 대통령님께 말씀드리고 나서 의논하는 게 바람직하지 않을까 생각합니다.

"그럼 비서실장에게 먼저 문의하시지요. 대통령님 면담 요청을…"

"아니, 뭐 제가 먼저 알아야 할 필요가 없으시다고 생각하면 저보다 김태영 비서실장하고 통화를 하시지요."

"꼭 그런 거 아니고, 아무튼 대통령님께 먼저 말씀드리고 김 수석에게 논의하겠습니다."

"네, 그렇게 하세요. 이만 바빠서 전화 끊겠습니다."

김무일 수석은 어리석은 기재부 부총리 때문에 화가 났다. 각 부처에서 올라오는 별의별 사회복지 비용을 논의 한번 제대로 하지 않고 집행하고 있기 때문이다. 재정은 날로 악화되고 있었다. 한국은행 총재는 기획재정부에 달러 감소가 심각하니 더 이상의 부양책은 지양하고 사회복지비용을 줄여야 된다고 계속 건의하며 경고하고 있었다. 외환보유고는 1,000억 달러 미만으로 돌아선 지 오래였고, 계속해서 이렇게 나가다간 외환보유고가 500억 달러가 되는 건 불을 보듯 뻔한데 무슨 놈의 부양책이고 사회복지비용인가? 무역결제 및 국가부채 이자를 지불하고 나면 최소한의 외환 비용만 남고, 더구나 국가신용등급이 내려가면 국제금융을 더 이상 빌릴 데가 없다는 것은 뻔한 사실이다. 일본과 중국은 이미 한국하고 통화 스와프 계약을 오래전에 끝냈고, 세계 각국에서도 한국 경제 사정을 좋지 않게 보니 그나마 매달릴 곳은 IMF나 중국에서 이끄는 아시아 인프라 투자금융 정도이다. 이것도 가봐야 한다. 예전보다 더 큰 어려움이 닥치고 있었다. 한국 경제는 죽어가고 있다. 그래도 설마 하면서 정치권은 아직도 흥청망청하고 있으니 기가 막힐 노릇이다.

김 수석이 기획재정부 최재성 부총리와의 전화 통화 문제로 고민하고 있을 때 김호성 비서관이 사무실에 노크를 하고 들어왔다.

"수석님! 한성전자 성 회장과 연락이 됐습니다. 3번 전화 받아보시지요."

"그래?"

김 수석은 전화기를 들고 3번 버튼을 눌렀다.

"아, 김무일 수석입니다. 성 회장님?"

전화기 너머 성 회장 목소리가 들려왔다

"김무일 수석님! 오랜만입니다. 그런데 어쩐 일로 연락을 다 주셨나요? 혹시 내가 검찰 조사를 받으러 가야 할 일이 도래되어서 연락하신 겁니까? 지난번 경제수석실에서 민정실을 통해 검찰에 모종의 메시지를 주신 것 같은데 이제 제가 나갈 차례입니까?"

"허허, 참. 성 회장님 말씀에 가시가 돋친 것 같습니다."

"검찰 조사 관련된 일은 별도로 얘기하시고 자세한 내용은 만나서 대화를 했으면 합니다. 오늘이라도 어떻습니까?"

"글쎄요 일단 비서실과 스케줄 의논하고 연락드리겠습니다."

"일단 알겠습니다. 오늘 시간 되시면 연락주십시오, 기다리겠습니다."

김무일 수석은 수화기를 내려놓고 긴 한숨을 내리 쉬었다.

"수석님! 성 회장이 뭐라 하던가요? 오늘 만나겠다고 합니까?"

김호성 비서관은 김 수석이 전화기를 내려놓자마자 근심 어린 표정으로 급하게 물어보았다.

"아니 성 회장이 스케줄 검토해보고 연락 주겠다고 하니 연락 오면 장소와 시간을 정해서 협의해 봐."

"네! 그런데 연락이 안 오면 어떻게 할까요?"

"그럼 놔둬! 우리가 만난다고 해결될 일은 아니니까. 다만 내가 마지막으로 성 회장하고 얘기할 게 있어서 그래."

김무일 수석은 다시 한국은행에서 올린 각종 경제지표와 외환 사정 보고서 내용이 담긴 노트북에서 눈을 떼지 않고 있었다.

한편 성재용 회장은 회장실에서 김 수석과 전화를 통화한 후 보고 있던 베트남에서 진행할 자금과 공장증설 내용보고서를 꼼꼼히 들여다보고 있었다. 비서실 김대성 사업본부장과 같이 보고서 내용의 서류를 돌려가며 검토 중이었다.

"회장님! 김무일 경제수석을 만나보시지요. 그가 무슨 말을 하는지?"

"글쎄, 나도 궁금하기는 한데 별 신통한 소리는 없을 거야. 아마도 나를 설득하려고 하겠지. 그래서 별 의미는 없지만 개인적으로는 그의 능력을 사고 싶어. 미국 조야에 인맥이 넓어 잘만하면 도움이 될 것 같은데, 어떤 방법으로 우리 사람을 만들 수 있을까 궁리 중일세."

"일단 만나보시고 판단하시지요. 그래 봐야 청와대에서 그렇게 오래 있지 못하지 않습니까? 2027년, 내년 1월에 대선이 있지 않습니까! 딱 9개월 남았습니다. 올 가을 즈음 대통령 레임덕이 시작될 터이고, 그러면 새로운 대통령 후보 밑으로 쭉 줄을 설 텐데 김무일 수석이라고 별수 있겠습니까? 본인도 그만둘 준비를 하겠지요. 그러면 그때 우리 쪽에서 제안해 봄이 좋을 것 같습니다."

"그래! 일단 오늘 만나보자. 그럼 김 본부장도 같이 갈까? 무슨 말을 하는지!"

"아닙니다. 저는 지금 검찰 조사받고 있는 중이고 또 언론사부터 검찰까지 주시하고 있는 상황에서 눈에 띄면 좋지 않습니다. 회장님이 운전기사만 대동하시어 혼자 가셔서 은밀하게 만나보시지요. 김 수석도 그걸 원하고 있을 겁니다."

"알겠네! 그럼 장소는 어디로 하면 좋을까? 시간은 언제로 하고?"

"장소는 신라호텔 한옥관에서 오후 6시 30분 정도가 좋을 것 같습니다."

"회장님 가실 때 식사는 미리 하시고 가십시오. 식사하면서 얘기하면 너무 늦어지고, 그러다 보면 말이 많아져 실언할 수가 있습니다. 어차피 엎질러진 물이니 길게 대화해봐야 소용없으니까요. 가볍게 차 한잔하면서 이야기 나누시고 훗날을 기약하시는 게 좋을 것 같습니다. 지금은 워낙 비상시국이라 조심하셔야 합니다. 특히 요즘 일본 정계 및 경제계, 그리고 금융계까지 한국에 대해서 뭔가 준비하는 것 같습니다. 내년 초 한국 대선에 영향을 끼칠 뭔가를 준비하는 것 같은데 정확하게 알 수는 없지만 불길한 예감이 듭니다."

"나도 짐작은 하고 있네. 오랫동안 거래한 업체 중 경제단체 연합회에 가입되어 있는 사장 중 한 명이 일본 정계에 영향력을 행사하고 있는 사람인데 지난번 출장 중 나한테 귀띔을 하였네. 올해 한국과 무슨 일이 벌어질 것 같다고. 그래서 우리 한성전자의 베트남 이전 계획은 현명한 선택이라고 하더군. 그런데 무슨 일이 벌어질 것인지 내용은 말을 안 해서 무척 궁금하거든. 일본이 2019년 8월 화이트리스트 배제를 시작으로 우리 회사에 각종 원재료 수출을 동결했지. 그것 때문에 우리가 얼마나 지금까지 힘들게 왔는가? 그래서 어쩔 수 없이 고육지책으로 베트남 이전을 하는데 그 다음은 뭐지? 일본이 우리나라에 줄 선물이…?"

"글쎄요. 이미 일본이 우리나라에 조치할 수 있는 건 거의 조치하지 않았습니까? 각종 원재료 수출 규제부터 금융에 이르기까지! 그리고 세계금융시장에도 영향을 미치고 있습니다. 그래서 지금 우리나라 경제가 거의 1997년 IMF에 버금가는 지경까지 몰려 있어 굉장히 어려운 상태 아닙니까. 또 뭐가 남았을까요?"

"조만간 윤곽이 나올 걸세. 그때 보면 알겠지. 그럼 김 본부장은 내일 사장단 회의 준비 점검을 하고 알아서 퇴근하게. 내가 김 수석과 미팅 끝나면 전화하겠네."

"그러시지요. 전 25층 그룹사장단 회의 점검 차 가보겠습니다. 나중에 연락 주십시오."

성재용 회장은 김 본부장이 나간 뒤 지난 3월 도쿄 출장 때 만난 이노우에 다카시 삼정물산 사장과의 대화가 무척 의미심장하게 다가온 걸 떠올렸다.

한국에서 삼일절 행사로 반일운동이 한창일 때 성재용 회장은 한성전자가 베트남에 이전하게 됨에 따라 전자부품 소재를 베트남에서 받을 수 있도록 협의 차 이노우에 다카시 사장을 만나러 은밀하게 도쿄로 출장을 갔다. 도쿄 인근의 조그만 참치 전문점에서 이노우에 다카시 사장과 단둘이서 만났다. 이노우에 다카시 사장 역시 조심스럽게 은밀히 나와 주었다.

"아이고! 성 회장, 어서 오시오. 여기까지 오시느라 수고가 많았소."

"아닙니다. 이렇게 나와 주신 것만 해도 고맙습니다."

이노우에 다카시 사장은 올해 75세로 50년동안 전자부품 소재를 만들어서 기업을 일군 기업인이었다. 성재용 회장의 선친 때부터 거래를 해서 오랜 인연으로 맺어진 관계로, 한일 사이가 나빠질 때도 제3의 기업을 통하여 전자부품 소재를 공급할 정도로 신뢰가 가는 기업인이었다. 게다가 양심이 있는 몇 안 되는 일본 기업인이다.

그가 생산하는 전자부품 소재는 한성전자의 핵심부품으로, 정확도와 품질 면에서 따라갈 수 없는 부품이기에 한국에서는 만들기가 어려운 소재이다.

"성 회장! 요즘 한성전자가 날이 갈수록 어렵다고 들었소. 지금 어떻소? 한국 내 사정이…?"

"네! 상당히 어렵습니다. 아시다시피 2019년 8월부터 일본에서 화이트리스트 배제를 진행할 때부터 오늘날까지 어렵지 않습니까? 그동안 사장님께서 한일관계와는 무관하게 도와주신 것에 대해 무척 고맙게 생각합니다. 그런데 더 이상 한국에서 사업하기가 나날이 어려워지니 잠시 이 어려움을 피하고자 찾아뵙게 되었습니다."

"알고 있소. 우리는 정치가가 아닌 사업가지. 그런데 정치 때문에 사업이 망가지고 양 국가 국민들이 으르렁대니 참으로 한심하오. 일본은 그놈의 우파 정치인들과 일본 회의 소속 의원 때문에 되는 일이 없소."

이노우에 사장은 성 회장에게 일본 청주를 권하며 참치 한 점을 입에 가져가며 말했다.

성 회장은 이노우에 사장이 권하는 청주를 마시고 다시 한 잔을 따라주었다.

"우리 한국은 우파도 아니고 좌파도 아니고 그냥 바람에 나부끼는 깃발처럼 이리저리 휩쓸린 정치를 하고 있으니 기업인들은 죽을 맛입니다. 조금은 사회주의적 냄새가 나는 정치를 합니다. 그렇다고 제대로 된 정치인들은 없고 모두 자기 이익에 움직이는 정치를 해서 구심점이 없습니다. 그러니 이런 사태가 지금까지 오지 않았겠습니까?"

"성 회장은 한국에서 사업하기가 무척 여러 가지로 힘드실 텐데 내가 큰 힘이 못 되어 미안합니다."

"아닙니다. 그동안 저희 한성전자를 도와주시느라 고생도 많이 하셨고 알게 모르게 이것저것 알아봐 주신 것도 있는데… 제가 그 고마움을 모르겠습니까?"

"그나저나 성 회장! 내 말 잘 들으시오. 일본 정부가 2019년 8월 화이트리스트 배제나 금융 산업 제재보다 더 큰 제재활동을 할 것 같다는 정보요. 그게 뭔지는 딱히 감이 안 잡히는데, 예전과 비교하면 이번 일은 경천동지할 사안이니 한성전자 베트남 이전을 서둘러 하심이 좋을 것 같소. 내 일전에 경제단체 연합회 조찬 모임에서 들은 소리요. '아무도 그 일에 대해서 아는 사람은 없지만, 정부 각료들과 협의 때 일본 정부의 경제산업성 대신이 이제 한국에 조치를 다 했으니 딱 하나 남았다. 그러나 여기서는 밝히는 것은 어렵고 준비되는 대로 시행할 것이며 그때 가면 알 것이다. 우리 일본 정부는 이것을 10여 년 동안 준비하여 시행 타이밍을 선택하는 일만 남았다. 이제 더 이상 미룰 필요는 없다. 곧 알게 될 것이다. 그 일로 일본 경제가 피해 보는 일은 없을 것이다. 각 분야에 종사자들은 일본 국민들과 천황 폐하, 그리고 총리대신을 위하여 경제 발전에 더욱더 힘써 주길 바란다.' 이런 말을 하고 조찬 회의를 끝냈습니다. 그런데 도통 그 일이 뭔지 모르겠소. 지금까지 한국에 가한 제재 조치와는 비교가 안 되는 일 같으니 성 회장은 각별히 유념하여 빨리 사업 진행 방향을 바꾸어 한국에서 탈출하는 게 좋을 것 같소."

성 회장은 이노우에 사장이 일러준 말을 조용히 음미할 때 사무실에 노크 소리가 들려왔다.

"회장님! 차 대기시켜 놨습니다."

비서실 김은숙 과장이 문을 열며 알렸다.

"알았네. 내려가지."

성 회장은 의자에서 일어나 김 과장과 함께 회장실 엘리베이터를 타고 1층 사옥 현관에 대기해 놓은 벤츠 마이바흐에 올라탔다.

배웅 나온 김은숙 과장에게 성 회장은 차의 창문을 내리고 지시를 하였다.

"김 과장! 내일 그룹 사장단 회의 자료를 내 책상에 간단하게 정리해서 올려놔. 너무 복잡하게 정리하지 말고 간결하게. 알겠지?"

"네! 회장님, 다녀오십시오."

아직은 초봄이라 날씨가 쌀쌀하다. 엊그제 비가 내리고 나니 약간 춥다고 생각이 되는 날이다.

이제 4월이 지나서 5월이 오면 모든 것이 베트남으로 향한다. 그곳에서의 사업은 어떻게 전개될지 모르지만 우선 한정전자의 명운이 걸려있는 만큼 잠시 한국을 떠나야 한다는 생각에 마음이 편하지 않았다.

차는 어느덧 한남대교를 지나 장충동 신라호텔에 거의 다다랐다.

시간은 정확히 오후 6시 20분이다. 저녁 먹을 시간이지만 생각이 없다. 바람이 불어 살짝 옷깃을 여미게 하는 차가운 날씨다.

운전하는 김성일 부장에게 성 회장은 지시를 하였다.

"김 부장! 내가 미팅 끝나고 한남동 집으로 가기 전에 가볼 데가 있으니 먼저 호텔에서 식사하고 기다려. 난 아직 저녁 생각 없으니 먼저 해."

"그래도 회장님, 뭘 좀 드셔야 되지 않겠습니까? 저녁때라서…."

"아니야! 내가 알아서 할게. 그러니 염려 말게. 김 부장이나 챙기라고."

"알겠습니다."

승용차가 신축 한옥호텔 영빈관의 주차장에 도착하여 성 회장은 VIP실로 들어갔다. VIP실은 거실과 룸, 그리고 회의실로 이루어졌다. 성 회장은 회의실을 지나 거실로 들어갔다. 최근에 한옥호텔로 신축된 건물에 특별히 인테리어한 공간이며 거실은 넓은 공간에 옛날 전통미를 가미하여 소품을 장식하고 편안한 1인 소파가 마주 보고 있고 가운데 탁자와 옆으로 각 1인 소파가 3개로 마주 보고 있는 구조다. 서로 상대를 마주 보며 동등한 위치에서 대화하도록 되어있고 양쪽 소파에 세 사람씩 마주 보게 되어 있다.

청와대 김무일 경제수석비서관 일행도 도착하였는지 한옥호텔 영빈관 뜰 앞에 차가 주차되고 있었다. 먼저 성 회장이 거실에 들어서자 뒤따라 김무일 수석이 들어왔다. 수행원은 대기하고 들어오지 않았다.

"성 회장님! 안녕하십니까? 날씨가 쌀쌀합니다."

"김 수석, 어서 오시오. 오래간만에 보는군요. 한 서너 달 됐지요?"

"네. 지난 1월 청와대에서 대통령님과 경제계 회장님들과 신년 만찬 이후로 올해 들어와서 처음입니다."

"일단 앉읍시다."

성 회장이 자리를 권하며 앉았다.

서로 탁자를 마주 보며 각 양쪽 1인 소파에 앉았다. 단둘이 앉아서 탁자 위 다기상에 놓인 도자기 주전자에서 찻잔에 차를 따르니 김이 모락모락 올라오고 있었다. 재스민차다. 냄새가 향기롭다. 양옆 교탁 위에 메모지와 펜이 준비되어 있다 언제든지 메모할 수 있도록 했다.

김무일 수석은 성 회장보다 5살 아래다. 김 수석은 53세, 성 회장은 58세. 각자 50대 사업가로서, 정치가로서 성숙한 나이고 전성기일 때다. 그래도 성 회장이 선배이고 그룹 회장이다 보니 제아무리 청와대 수석이라도 성 회장에게는 최고 예의를 갖추고 있었다.

"회장님! 요즘 한성전자가 상당히 어려우시지요. 어떻습니까?"

"어려운 거 어제오늘 일 아닙니까? 김 수석이 어려운 거 하나 더 던져준 것도 포함해서요."

"아이고! 회장님! 제가 개인적 감정으로 그러겠습니까? 어디까지나 나라를 위해서 그런 것이지요. 그래서 이렇게 뵙자고 한 것 아니겠습니까?"

"나라를 위해서 그런 거다? 참 공직자들은 그 말 잘들 쓰고 있습니다. 툭하면 나라를 위해서 그런다고. 나라를 위해서라면 어려운 시기에 도와줘야지 조사를 왜 합니까? 그게 나라를 위해서 그런 겁니까? 지금 한성전자가 얼마나 어려운지 아시면서 검찰 조사를 받게 하는 게 나라를 위하는 것인지 도통 모르겠습니다."

"회장님! 한성전자 본사가 베트남으로 가는 것은 한국 경제에 커다란 타격이 있다는 것 아시지 않습니까? 더구나 우리나라 전자산업의 상징이 완전히 빠져나간다는 것은 경제 논리 이전에 국가 경제에 미치는 영향이 얼마나 큰지 더 잘 알고 계시실 텐데요? 물론 회장님 입장에서야 검찰 조사 받는 것에 대하여 화를 내시는 것 이해합니다. 그러나 그것도 어느 정도 국가에서 방관만 해서는 안 되는 이유를 잘 알고 계실 줄 아는데 저라고 마음이 편치는 않습니다."

"김 수석! 오늘 만나서 나와 얘기를 하자는 내용이 뭔지 말씀이나 해보시지요?"

가운데 탁자를 두고 마주 보며 대화가 처음부터 순조롭게 오고가지 못하는 분위기였다. 성 회장은 성 회장대로 얼마 전 김대성 본부장의 검찰 조사에 대한 분노와 모욕감이 아직도 남아 있었고, 김무일 수석은 뉴욕 수잔 헤이든이 알려준 한성전자 본사 베트남 이전에 따른 한국 신용등급 하락에 대한 걱정으로 어떻게 하든 한성전자 해외이전을 막아보고 싶은 심정이 가득 찬 상태이다.

"성 회장님! 내가 대통령님께 건의 드렸습니다. 한성전자 검찰 조사를 중단하고 한성전자의 어려움을 국가에서 도와주는 게 현재 할 수 있는 최선이라고 말씀드렸습니다. 저라고 왜 모르겠습니까? 그렇지만 한성전자의 해외 이전으로 우리나라 신용등급 하락을 가져오는 상황이 오면 한성전자가 문제가 아니고 모든 산업 분야에 미치는 파장이 엄청나서 그렇습니다."

"김 수석님! 내 말 잘 들으십시오. 지금 한성전자는 해외로 이전하지 않으면 두 번 다시 일어서지 못합니다. 아무리 우리 회사가 세계적으로 전자산업의 선봉에 있을지 몰라도 2019년 8월 일본에서 시행한 화이트리스트 배제 이후 우리도 전자산업에 들어가는 원재료 생산을 위하여 수많은 투자를 하였소. 그러나 그렇게 생산되는 것으로 보충하는 것도 한계가 있단 말이오. 그래서 잠시 베트남으로 이전하여 한성전자의 가치하락을 막고 회사의 모든 것을 보전해야 되기 때문에 결정한 것이요. 그걸 김 수석은 경제전문가로서, 또 일본의 사정에 정통한 전문가로서 잘 알지 않소? 그렇다고 해외자금 등 한정전자의 금융거래부터 내 개인 자금까지 조사를 하는 것은 말도 안 되는 일입니다."

잠시 침묵이 흘렀다. 두 사람 다 국가를 위하는 마음은 같지만 처지가 다르니 방법이 다를 수밖에 없었다. 한 시간이 흘렀다. 다시 김 수석이 말을 이어나갔다.

"회장님! 그럼 한성전자 이전을 딱 1년만 보류했다가 이전하면 어떻겠습니까?"

"그러면 검찰 조사를 종료시키고 한성전자의 법인세 감면 및 각종 세제 혜택과 추가로 평택공장 외 당진 또는 태안 등 어디든 정부에서 공장 부지를 제공하는 것으로 정책 입안을 할 터이니 이전 결정을 좀 더 미루심이 어떨지요?"

"글쎄요. 지금 정부에서 한성전자가 베트남 이전 계획은 다 파악하고 있는 걸로 아는데 우리가 번복한다고 해서 그걸 믿을까요?"

"물론 정부 부처 중 핵심 부처는 다 알고 있지요. 그렇지만 아직 정치권이 전부 아는 것은 아닙니다. 이전한다는 것 자체는 알고 있지만 곧 이전한다는 것은 모르고 있습니다. 대통령님을 위시해서 몇몇 사람만 알고 있습니다. 그래서 내가 이렇게 달려온 거 아니겠습니까?"

"김 수석! 한성전자 베트남 이전을 더 이상 미루면 한국 전자산업은 자체가 죽어요. 일본 정부에서 우리 한성전자를 죽이려고 작정하고 달려들고 있습니다. 그것은 곧 한국을 죽이려고 하는 겁니다. 그동안 내가 신뢰로 쌓아놓은 해외 거래처들이 보이지 않게 도와줘서 오늘날까지 버텨왔습니다. 그런데 이제는 제3자 원재료 공급망까지 막아놓고 금융권에서는 특허권 등 모든 분야에 걸쳐 집요하게 다리를 걸고 있습니다. 또한 국제 금융시장에까지 모든 역량을 집중하여 집요하게 파고들고 있습니다. 한국에 남아있는 게 능사가 아닙니다. 우선은 그동안 연구개발하고 만든 소재를 활용하며 한성전자의 자산을 보존하여야 언젠가 우리도 반격의 기회를 잡을 수 있습니다. 그래도 연구개발 분야는 한국에 남겨놓고 가지 않습니까? 그러니 너무 염려하지 마십시오. 그리고 1년 보류 카드를 꺼내신 걸 보면 결국 이 정권이 다음 정권까지 이어지길 김 수석께서 기대하시는 것 같은데, 벌써 현 대통령의 레임덕이 시작되어서 어떤 정책 결정이든 혼란스러울 겁니다. 그러는 동안 한성전자는 망합니다, 그러니 그렇게 이해해주시고 검찰 조사나 멈추게 하시오. 그게 내가 국가를 위해서 할 수 있는 부탁입니다."

김 수석은 성 회장 말에 일리가 있다고 생각이 들지만 경제수석으로서는 받아들이기 어려웠다. 벌써 오후 8시가 흘러가고 있었다. 두 사람 다 배고픔을 잊어버린 상태였다.

"그럼 회장님! 한정전자 베트남 이전은 언제 합니까?"

"아직은 말하기가 어렵소. 정리가 덜 된 부분도 있고, 베트남 사옥에 직원들 근무하는 장소도 마무리가 안 되었고. 아무튼 언제라고 말하기에는 보고서가 올라와 봐야 알겠습니다."

성 회장은 거의 끝난 이전 계획이지만 굳이 시간을 벌고 싶었다. 그래서 현실과는 다르게 얘기를 했다.

"김 수석! 내가 이런 말을 해도 될는지 모르겠지만 요즘 일본 정계 및 경제계에서 퍼지는 한국에 거대한 보복이 있을 거라는 거 혹시 들어본 적 있나요?"

"정확한 건 모르겠지만 일본에 있는 노무리 증권 신용등급 담당 임원에게 비슷한 얘기는 들었는데, 지난 삼일절 기념행사에서 대통령님의 강력한 대일 경고 메시지에 대한 반발이겠거니 하는 생각에 귀담아 두지 않았습니다. 회장님께서는 뭐 특별한 정보를 들으신 게 있으신 겁니까?"

"특별한 정보는 아니지만 여기저기서 들리는 안 좋은 소문이 예전의 보복 조치와는 비교도 안 될 정도라고 들어서요. 그 내용이 궁금하기도 하고, 뭔가 심상치가 않아서 그렇습니다. 정부에서도 모든 정보망을 동원하여 이러한 소문에 대하여 빨리 파악하여 대처하는 게 더 시급합니다. 괜히 한성전자 조사 건으로 방송매체에 도배하시지 마십시오, 제발!"

"우리 정보라인에서도 일본 내에서 이루어지는 내용은 어느 정도 파악하여 대처하고 있습니다. 그 점은 염려 마시고 한성전자 해외이전으로 한국 신용등급이 떨어지지 않도록 한성전자가 국가를 위해 도와주셨으면 합니다."

"그나저나 김 수석님! 언젠가 청와대 나오면 나랑 일해 볼 생각은 없으십니까?"

"회장님의 고마운 말씀은 감사하지만 저는 사업가 체질은 못됩니다. 제 성격이 깐깐하고 직선적이라서 회장님하고도 부딪힐 수 있습니다. 아직은 국가를 위해서 할 일 많아서 그런 생각은 안 해봤습니다."

벌써 9시다. 두 사람은 저녁을 거른 채 영빈관 VIP실을 나와 서로의 주차장에서 악수를 하였다.

"김 수석님! 저녁이라도 같이 하고 싶었는데 오늘 제 어머니께서 편찮다고 하셔서 찾아뵈어야 할 것 같습니다. 미안합니다. 각자의 분야에서 나라를 위해 애써 봅시다. 그리고 대통령님께 안부 전해 주시고 김 수석님이 건의한 내용이 이루어진다면 내가 식사 한번 대접하겠습니다."

"별말씀을요. 아무쪼록 한성전자가 대한민국에 경제에 이바지하는 것이 계속되길 기대합니다. 대통령님께 건의한 내용은 밥 한번 먹기 위해서가 아니라도 관철시켜 보겠습니다. 살펴 가십시오.”

두 사람은 악수하고 각자의 차로 영빈관을 떠났다. 떠난 영빈관 주차장 앞으로 차가운 바람이 불어왔다. 마치 앞날의 불길한 예감이 도는 바람 같았다.

한성전자 성 회장은 김무일 수석을 만난 다음 날 오전 10시 한성 전자 그룹사장단 회의에 참석하여 회의를 주재하였다. 사장단회의는 전자 사업 부문 사장 10여 명이 모두 참석하였다.

성 회장이 발언을 하였다.

“오늘 사장단 회의는 한국에서 여는 마지막 회의입니다. 이제 한성 전자는 다음 달 1일부터 베트남에서 모든 업무를 논의하고 결정할 것입니다. 한성전자에 2019년 8월 일본 화이트리스트 배제 이후 7년 만에 최대의 위기가 닥쳤습니다. 그러나 한성전자가 여기서 주저앉을 수는 없습니다. 이 난국을 극복하고 또다시 도약하여 적어도 다음 세기까지 한성전자의 부흥이 이어져야 합니다. 따라서 오늘 사장단 회의에 참석한 분야별 사장님들은 이 분야 최고의 전문가로 한성 전자가 다시 부흥할 수 있도록 사명감을 갖고, 최선을 다해서 세계 제일의 한성전자가 되도록 전자분야 사업에 매진하여 주시기 바랍니다. 또한 한성전자 베트남이 이전 업무도 차질이 없도록 하여 주시기 바랍니다.”

회의장 분위기는 엄숙함 속에 비장함마저 감돌았다. 참석한 사업 분야별 사장은 성 회장의 지시와 격려를 듣고 나름의 각오와 앞으로의 계획을 발표하며 한성전자의 부흥을 위해 다짐했고 2시간여에 걸친 회의를 마쳤다.

회의를 주재하고 점검한 성 회장과 김대성 본부장은 회장 사무실에 들어와 넥타이를 풀어 헤치고 회의용 의자에 앉아 있었다. 성 회장이 그런 김대성 본부장에게 말을 건넸다.

"김 본부장! 오늘 회의 준비하느라 수고했어. 현재 분야별 사장들 중에 정부 관계자와 내통하여 한성전자 비밀을 누설하는 사람이 있는지 알아봐! 지난번 검찰에 김 본부장이 조사받을 때 우리 이전 계획서가 통째로 들어간 컴퓨터 파일이 있었다며? 지금은 국내에서 벌어진 기밀누설 사항이지만, 베트남으로 넘어가서 이러한 일이 있으면 한성전자는 베트남에서 망하고 오히려 호랑이 새끼를 키우는 꼴이야. 그러니 감찰실을 통해서 추적해봐!"

"그렇지 않아도 검찰 조사 받은 이후 감찰실장에게 지시해 두었습니다. 조만간 어디서 유출이 되었는지 결과가 나올 겁니다."

한편 김무일 수석은 그 시간에 대통령 본관 집무실에서 독대를 하고 있었다.

"대통령님! 어제 성재용 회장과 만나서 대화를 나눴지만 워낙 이전 의지가 강해서 별 소용이 없었습니다. 그리고 이미 상당 부분 이전 계획이 진행되어 있어 되돌릴 수 없는 상황에 와 있는 것 같습니다. 다만 성 회장도 한국을 완전히 떠나는 것은 아니며, 연구개발 분야는 한국에 남길 것이고, 상당 수의 생산 공장과 관련 사업도 그대로 두고 떠나는 것이니 너무 걱정 말라고 했습니다. 한국을 떠나는 건 당분간이라고 하였습니다."

"김 수석, 당분간 떠나는 것이라 하지만 한성전자가 베트남으로 간다고 하면 현실적으로 우리나라에 미치는 경제적 파장이 너무 크고 여기에 따르는 각종 부작용 충격이 많지 않겠어요? 그런 문제가 있으니 우리가 이렇게 염려하는 것 아니겠습니까? 이 문제에 대한 방안이라도 있습니까? 현재 각종 경제보고서 및 정보에 의하면 우리나라 경제가 위기라고 합니다. 내가 이 문제로 잠이 안 옵니다. 김 수석은 전문가로서 이런 위기 때 해결방안을 내놓아야 하지 않겠습니까?"

"네. 저도 알고 있습니다. 저도 많이 고민하고 대책을 세우고 있지만 우리의 현실에 워낙 악재가 많아 어떤 대책을 세워야 해결 방안이 될 수 있을까 염려스럽고 조심스럽습니다. 또한 국내의 경기상황이 악화일로에 있고 해외상황은 우리에게 모든 것이 불리한 상황입니다. 조선업, 건설업은 물론 자동차산업은 파업에 멍들어 제대로 돌아가지 않아 우리 경제에 보탬이 되지 않습니다. 이러한 상황에서 국가 세수입이 줄어들고 있는데 국민들에게 지출할 사회보장성 지출 비용은 나날이 늘어나고 있습니다. 정부에서 국민들에게 현실을 알리고 특단의 대책을 내놓아야 할 것 같습니다. 우선 중앙정부에서 지방 시·도 단체에 내리는 지출을 확 줄이고 국가에서 지급하는 각종 현금성 지출은 당분간 보류시키며, 현재 정부에서 발주한 국가 기간산업도 중단하는 등 모든 사업에 전면적인 검토를 하고 재정비해야 합니다. 그래야만 현실을 타개할 수 있다고 생각합니다. 아울러 남북경제개발 5개년 계획에 따른 지출도 잠시 보류하는 협상을 해야 합니다. 안 그러면 국고가 바닥나서 국가 모라토리엄 상황이 올 수도 있습니다. 현재까지 남북경제개발 5개년 계획으로 인해 너무 많은 국채를 발행했고, 이에 따른 성과가 미미하여 한강에 물들어 붓는 격입니다. 그 많은 돈과 노력이 북한 당국의 뱃속만 불렸지 정작 우리에게는 돌아오는 것이 현재까지 별로 없었으며, 아직까지 북한 핵심 경제 제재가 풀리지 않아 진척된 것이 없으니 다시 한번 이 문제도 검토를 해야만 합니다. 이처럼 당분간 모든 국가적 지출을 줄이고 대외무역거래 대금결재에 지급불능 상항이 안 나오도록 통제경제를 해야 한다고 생각합니다."

"물론 김 수석이 오죽했으면 이런 대책을 생각할까 생각하지만, 그렇게 되면 각종 사회적인 소요가 일어나고 고용지표가 떨어지며 실업률이 늘어나서 국가 경제는 물론 사회적 파장이 걷잡을 수 없습니다. 그리고 남북경제개발 5개년 계획 중단은 북한과의 마찰로 옛날처럼 되돌아가 그걸 막기 위한 국방비 지출은 아마도 지금 지출하는 비용보다 더 들 겁니다. 그래서 함부로 못하는 실정이요. 이 난국을 타개할 방법이 줄이는 방법밖에 없습니까?"

"네! 대통령님! 지금은 경제 비상시국입니다. 남북경제개발 5개년 계획에 따른 계약체결 때부터 일본, 미국에서 우리나라에 보이지 않게 가한 경제 조치가 많습니다. 그리고 이에 따른 각종 불이익 및 정보교류 중단과 아울러 우리나라의 수출산업의 경쟁력이 악화되고 또한 핵심 재료 수입이 중단되어 중요 생산 품목이 생산을 못하면서 중국과 대만, 그리고 동남아 국가에서 이득을 보고 있습니다. 또한 미국이 전 세계 금융권에 영향력을 행사하여 우리나라에서 북한으로 들어가는 달러를 막기 위해 금융제재를 가하기 시작하였습니다. 북한이 핵시설과 장거리 미사일을 폐기하기로 미국과 약속하는 협정을 몇 년 전에 체결하여 미국에서 일부 경제제재를 해제하고 우리나라가 이를 보장하는 조건으로 남북경제개발 5개년 계획을 발표하여 진행하였지만 북한이 성실하게 이행을 안 하고 있으니 당연히 국제사회에서는 우리를 불신하게 되는 것입니다. 또한 여기에 일본이 한술 더 떠 각종 국제 경제 단체는 물론 유엔 산하단체에 우리나라를 비방하고 문제를 제기하여 각국에서 눈치를 보고 협조를 잘 해주지 않고 있습니다. 모든 걸 원점에서 외교, 국방, 경제의 문제점을 검토하고 재정비하여 다시 시작하는 마음으로 해야 합니다. 대통령님."

"물론 김 수석이 말한 내용은 내가 다 알고 있지만 그 수습방안은 안 됩니다. 그리고 내년 대선도 있는데 그러한 수습대책은 매우 위험하오. 현재 우리 당은 지난번 총선에서도 만족스러울 만큼 의석을 확보하지 못해서 어려움이 있고, 사회적으로도 김 수석의 방안을 대책으로 내놓는다면 전국적으로 소요사태가 일어날 겁니다. 이러면 더 어려워집니다. 그러니 충격을 완화할 수 있는 다른 방안을 찾아보세요."

"네! 대통령님, 다른 수습 방안을 연구해보겠습니다. 그리고 한성전자 검찰 조사는 이만 거둬들이시는 것이 어떻겠습니까? 검찰 조사에서 한성전자 불법 사례가 나왔다고 해서 법적 제재를 가한다 하더라도 베트남 이전을 되돌릴 것 같지도 않고, 대외신용도가 크게 회복될 것 같지도 않습니다. 당분간 한성전자를 놔주는 게 미래의 우리나라에 도움이 될 것 같아서 말씀드리는 것입니다. 대통령님!"

"글쎄요? 우리나라가 현재 어려움이 처했을 때 저들이 적극적으로 나서서 우리 경제의 난국을 타개하는 역할을 해야 하는데, 오히려 우리나라에서 빠져나가 자기들만 살 궁리를 하는 것 같아 괘씸해서 그럽니다. 아무튼 법무장관과 민정수석과 검토해보겠소."

"네! 저도 그 점은 대통령님과 같은 생각입니다. 그러나 현재는 일보 후퇴를 하는 시점이라 그렇습니다. 그리고 한성전자의 자금력 및 정보력이 추후에 도움이 될 것 같아서 그런 이유도 있습니다. 그리고 한성전자 성 회장이 일본 경제계에서 들은 정보인데 일본이 우리나라에 더 큰 보복 조치를 준비한다는 얘기가 있다고 합니다. 물론 저 역시 일본 경제계에 아는 지인한테 들었는데 2019년 8월 화이트 리스트 배제와는 비교가 안 되는 무언가가 있을 거라 합니다. 혹시 대통령님께서 이러한 내용을 보고 받아보신 적이 있으신지요?"

"아직은 확실한 내용은 파악하지는 못했지만 국가정보원에서 일본에 파견된 정보 요원이 일본 정계의 움직임이 수상하다는 정보가 올라온다고 하는데, 아직 구체적으로 어떤 내용인지 알 수 없다고 하니 일단 그런 움직임을 주시하라고 지시하였소. 그러니 김 수석도 좀 더 일본 정계에 관한 정보를 파악하여 대책을 준비하고 있도록 하시오."

"네! 대통령님! 명심하겠습니다. 그럼 이만 물러가겠습니다."

김 수석은 자리에서 일어나서 인사하고 대통령 집무실을 나왔다. 문밖에 청와대 행정관이 대기하고 있었다.

"김 수석님! 오늘 오후 5시에 이민선 국무총리께서 주재하시는 국무회의에 참석하시라는 국무총리 비서실의 전갈입니다."

"그래요? 왜 그걸 청와대 행정관이 전달하지? 우리 경제수석실 행정관에게 전달하면 되는데 이상하네."

"아, 그게 경제수석실 행정관에게 전달했는데 수석님이 대통령님과 독대하고 있다고 얘기하니, 대통령 비서실로 전화해서 저한테 수석님 면담하고 나오시면 전달하라고 얘기했습니다."

"아, 그렇군요. 알겠습니다."

김 수석은 말은 그렇게 했지만 마음은 편치 않았다. 경제수석이 왜 국무총리가 주재하는 국무회의에 참석해야 하는지 이해할 수 없었다. 전에는 이런 일이 없었는데 최근 국무회의에 자주 참석하라거나 배석하라고 요구하는 횟수가 많아졌다. 김 수석은 본인의 위치가 흔들린다는 느낌이 들었다. 내년에 있을 대선에 이민선 총리가 유력한 후보로 물망에 오르자 정치인들의 줄서기가 시작된 반면, 현 대통령의 레임덕이 가속화한 영향이라 생각했다. 김무일 수석은 오후 5시 서울 정부종합청사에서 열리는 이민선 국무총리가 주재하는 국무회의에 참석하였다. 부처별 장관은 모두 참석하였고 이례적으로 금융위원장, 금융감독원장, 공정거래위원장, 그리고 한국은행 총재(금융통화위원장 겸임)를 비롯하여 경제 분야의 수장들이 배석 내지는 별도에 자리를 갖고 의자에 앉아있었다.

이민선 총리가 국민의례를 마치고 국무회의에 앞서 모두 발언을
하였다.

"오늘 국무회의는 국내외적으로 많은 각종 어려움이 따르고 있고
특히 국내경제 상황이 악화되어 국민들이 불안해하는 이 시점에 우
리 국무위원들과 경제관계자들의 진지한 논의를 통해 해결책과 대
책을 만들고자 본 국무회의를 개최했으니 각 부처 장관들의 기탄없
는 의견을 내놓으시기 바랍니다. 또한 내년에는 대선이 있는 관계로
현재 상황을 타개하지 않으면 국민들이 우리에게 기회를 주지 않을
수도 있습니다. 그러니 이 점 각별히 유념하셔서 각 부처별 장관께서
는 현재 상황 타개책에 대한 의견을 보다 적극적으로 개진하여 주시
기 바랍니다. 그리고 한국은행 김승덕 총재께서는 현재 우리나라의
외환 사정 및 원화 가치하락에 대한 의견을 먼저 발언해주시기 바랍
니다."

"한국은행 총재 김승덕입니다. 현재 우리나라 외환 사정이 매우 좋
지 않습니다. 국내 수출 동향이 여러 가지 어려운 상황으로 외국에
서 들어오는 외화가 줄어들고 있습니다. 원인은 여러 가지가 있지만,
국내 경제 불황과 아울러 수출이 부진하기 때문입니다. 그동안 받쳐
주었던 반도체 산업이 일본의 원자재 수출 통제로 인해 어려워졌고,
석유화학 플랜트 산업도 부진을 면치 못하고 있습니다. 아울러 철강
산업 및 자동차 산업은 몇 년 전부터 계속된 침체로 우리 경제에 크
게 도움이 안 되고 있으며, 해외건설은 물론 조선 산업 외 농수산물
수출 등 전 방위적으로 수출이 위축되어 달러 및 엔화 등 기축통화

가치는 올라가고 있는 반면 원화의 가치는 하락하고 있습니다. 또한 각종 사회보장성 지출은 늘어나서 이대로 간다면 재정적자가 엄청 날 것으로 예상하고 있습니다. 현재 우리나라 신용등급이 하락할 거라는 뉴욕 월가의 루머가 떠돌면서 국내에 투자한 해외 자본들이 회수를 하는 지경에 와 있습니다. 현재 이 상황을 타개하려면 각종 사회보장성 지출을 대폭 줄이고 남북경제개발계획 5개년 실천사업을 중단해야 합니다. 해외에서 생산 활동하는 우리 기업이 국내로 들어와 생산을 하도록 기업에 세제 및 법인세를 줄여주고 임금 인상을 억제하여 국내에서 기업하기 좋은 환경을 만들어 주어야 합니다. 우선 중국 혹은 동남아에서 생산하는 우리 기업인들에게 국내에서 생산할 수 있도록 환경을 조성해서 국내 고용 창출을 늘려야 합니다. 또한 금융권의 금리를 인하하여 기업의 생산 활동을 지원해주는 경제정책을 시행해야 한다고 생각합니다. 거기에 해외로 보내는 송금액 및 해외관광 소비를 억제하는 방향도 함께 병행되어야 한다고 생각됩니다. 올 연말이 되면 아마도 회환보유고가 500억 불 전후가 되지 않을까 하는데, 이렇게 되면 우리나라의 대외자금을 지불할 능력이 매우 떨어지는 상태가 되어 세계 금융기관에서 차관 내지는 상당한 금액의 달러를 빌려야 하는 상황이 될 수 있습니다. 지금 일본 정부에서는 우리나라의 금융부터 수출산업에 이르기까지 집요하게 방해를 하고 있고, 우리나라 산업발전을 최대한 억제하려고 갖은 정책을 만들어 시행하고 있습니다. 게다가 일본뿐만이 아니고 미국, 중국도 우리나라에 그렇게 호의적이지 않습니다. 이러한 문제는 정부에서 방안을 만들어 타개해야 한다고 생각합니다. 이상입니다."

김승덕 한국은행 총재의 발언에 장내는 숙연함과 동시에 숨소리밖에 안 들렸다. 이민선 총리가 말을 이어나갔다.

"한국은행 총재의 발언에서 알 수 있듯이 우리나라는 경제 위기에 봉착했습니다. 이를 타개할 방안이 있는지 기획재정부 최재성 부총리께서 발언해주시기 바랍니다."

"네 총리님! 김승덕 한국은행 총재께서 발언한 내용 중에는 맞는 말씀도 있고 그렇지 않은 말씀도 있습니다. 특히 정책분야 및 국내 경제 동향에 대한 보고 및 대책 의견은 한국은행에서 다룰 수 있는 내용이 아닌 데도 불구하고 발언하신 것은 심히 유감스러운 부분입니다. 어쨌든 우리나라 경제는 그렇게 허약하지 않습니다. 우리 기획재정부에서 그동안 분석하고 조사한 바로는 현재 반도체산업은 어느 정도 한계에 다다른 면이 있어서 그렇고 석유화학 플랜트 산업은 오랫동안 이어진 미국과 이란의 대결로 우리뿐만 아니라 다른 나라도 어려운 건 마찬가지입니다. 남북경제개발 5개년 계획은 우리 정부의 평화정책 핵심 사업으로, 그동안 많은 결실을 봤습니다. 따라서 이 분야 사업은 중단해서는 안 되며 전 정부에서부터 현 정부에 이르기까지 진행되었기에 더욱이 중단할 수 없는 사업입니다. 또한 국민들에게 지급하는 사회보장성 지출은 국민들의 최소한의 생존권을 보장하는 일이라 이것을 감액하면 사회적 소요사태가 날 수도 있습니다. 그리고 해외에서 사업하는 우리나라 기업이 국내에 들어오도록 사업 환경을 조성 하고자 하는데 그게 말처럼 쉽지 않으며 형평성의 문제도 있습니다. 또한 월가의 한국 신용등급 하락에 대한 것은 루머일 뿐이지 현실은 그렇지 않습니다. 이 점은 염려 안하셔도 좋습니다. 아직까지 해외에서 투자한 해외자본 회수는 아직 발생하지 않았습니다. 따라서 김승덕 총재의 말씀대로 진행한다면 내년 대선에 지대한 영향을 끼쳐 지금 정부 정책에 차질이 발생할 것이라 예상해서 우리 기획재정부에서도 많은 연구와 검토분석을 하고 있습니다. 그러니 너무 비관적으로 생각할 필요가 없습니다. 조만간 기획재정부에서는 중국과 미국을 방문하여 한국에 투자하도록 유치 활동을 할 예정입니다. 이 점 말씀드리고 우리 기획재정부에서는 최대한 우리 경제가 살아날 수 있도록 노력하겠습니다. 이만 마치겠습니다."

김무일 수석은 우리나라의 경제를 이끌어 나가는 양축이 확연히 다른 의견과 생각을 갖고 있는 상태에서 경제정책을 운용하고 있다는 것에 대해 심각하게 걱정이 되었다.

이때 이민선 총리가 김 수석을 비라보며 한마디했다.

"김무일 경제수석께서는 한국은행 총재의 보고와 기획재정부 부총리의 다른 의견을 전문가적인 입장에서 어떻게 생각하시는지 의견을 듣고 싶습니다."

"아, 네…. 음…! 제 의견은 지금 이 자리에서 뭐라고 말하기는 어렵습니다. 한국은행과 기획재정부는 우리나라의 경제를 이끌어 가는 부처입니다. 따라서 한국은행은 통화 내지는 실물경제를 다루고 있고 기획재정부는 정책을 만들어 운영하는 부처이므로 관계 책임자 입장에서는 보는 시각에 따라 다르게 말할 수 있습니다. 다만 청와대 입장에서는 두 기관이 서로 다른 내용을 함께 논의하여 한 곳으로 갈 수 있는 정책이 필요하다고 생각됩니다. 아울러 한국은행과 기획재정부 입장에서 발언한 내용은 전부 일리가 있지만 우리나라 현재 경제 상황은 한국은행 총재의 의견이 좀 더 맞지 않나 싶습니다. 이에 따라 이미 오픈된 상황은 빨리 수습안이 나와야 된다고 봅니다. 이상입니다."

김무일 수석이 발언을 마치자 최재성 기획재정부 부총리의 얼굴이 일그러졌다. 공식 석상에서 한국은행 총재의 손을 들어준 격이 되어 정부 기관의 경제수장으로서 자존심이 상한 것이다. 더구나 청와대에서 어떻게 하급 기관장의 말을 더 신빙성 있게 인정하는 것인지 최재성 부총리로서는 상당히 불쾌했다. 그러나 김무일 수석은 대통령에게도 의견을 굽히지 않는 강직한 성격인 것을 알고 있는지라 최재성 부총리도 더 이상 발언은 하지 않았다.

그렇게 국무총리가 주재하는 국무회의는 특별한 대책 없이 의견과 토론만 하다 끝났다. 어떤 결론도 없고 현실적인 집행력 있는 대안도 없이 마무리되고 국무총리 공관에서 이민선 총리 주재 만찬장으로 이동하였다. 김 수석은 가고 싶은 마음이 없지만 회의 전에 법무부 장관이 따로 만나고 싶다고 하여 만찬장에 참석하였다.

총리공관 만찬장에는 국무위원뿐만 아니라 국회 재정위 소속 국회의원 일부가 참석하였다. 특히 여당 최은철 재정위원장이 자리를 함께하였다. 만찬장은 둥그런 원탁에 한식과 양식을 곁들인 음식과 와인이 차려져 있었다. 그러나 김무일 수석은 요즘 입맛이 없었다.

"어이! 김 수석! 요즘 얼굴 보기 힘들어 무슨 일 있는 건가?"

최은철 여당 재정위원장이 말을 걸어왔다. 사실은 경제수석을 추천한 것은 이현진 민정수석이었지만, 강력하게 대통령에게 건의한 것은 최은철 재정위원장이었다. 최은철 재정위원장과 김무일 수석은 미국 세미나에서 만났다. 당시 최은철 재정위원장은 기획재정부 부총리 자격으로 참석하였고, 김무일 수석은 신용평가사 임원으로서 아시아 담당 신용평가위원이었다. 이때 아시아국가 신용평가에 관련된 세미나가 있어 한국신용평가에 대한 발표를 하였던 것을 계기로 인사를 나누었고, 당시 이현진 민정수석의 선배로서 소개되었던 이유이기도 하다. 또한 미국 경제계 및 정계에 인맥이 많다는 걸 최 의원은 정부 고위 관료로서 매우 높이 평가했던 것이다. 세미나가 끝나고 와인 바에서 맺은 인연이 호형호제 사이로 발전하였던 것이 두 사람의 관계이다. 현재 기획재정부 최재성 총리와는 상반되는 사이다. 원래 김무일 수석은 교수 출신 관료를 별로 좋아하지 않는다. 경제는 생물인데 책상에 앉아서 이론을 위한 이론을 갖고 경제에 대해 아는 척하는 것이 꼴 보기 싫었던 것이다.

"위원장님, 오셨어요? 저야 참석하라 해서 참석한 것인데 제가 이 자리에 참석해야 하는지 모르겠어요. 그런데 위원장님은 어떻게 오셨어요?"

"나는 국무회의에 참석한 건 아니고 오늘 국무회의가 끝나고 만찬이 있다고 참석하라고 전갈이 왔기에 참석했지. 자네도 온다고 하길래 겸사겸사 왔네. 어째 요즘 잘 지내지 못하는가 보네. 얼굴이 많이 핼쑥해졌어."

"그러게요. 요즘 국가 경제가 어려워지니까 잠이 안 옵니다. 이 난국을 어떻게 풀어야 할지…. 현재 대통령님이 안심하시고 퇴위하시면 저야 미국으로 돌아가 제가 사는 방식대로 살아가고 싶은데 그게 잘 안 되네요"

"그렇게 심각한가? 그럴 테지. 내가 그것 때문에 대통령님과 견해차가 있었고 청와대 참모들하고도 다툼이 있었지. 그래서 대통령께서 나를 물리고 보궐선거에 내보지 않았나? 그리고 지금 최재성 부총리가 대학 교수하다가 들어온 거 아닌가! 대통령 경제자문 그룹 일원이었던 사람인데 너무 정치적이야. 아마도 국회의원에 출마하겠지?"

"그런데 말이야. 한성전자가 본사를 완전히 해외로 이전하면 우리나라가 경제적인 타격이 심하지 않을까? 김 수석?"

"경제적인 타격이 심하지요. 그렇지 않아도 우리나라 공장 가동률이 고작 30% 정도에 머물러서 고용부터 내수경제에 수출까지 어려워지는데 한성전자까지 해외로 나가면 정말 힘들지요. 호시탐탐 일본이 바라는 대로 가는 상황이 아닌가 합니다."

"그래, 김 수석은 대책이 있는가?"

"대책은 무슨 대책? 특별한 대책은 현재로서는 없습니다. 대책은 기획재정부에서 내놔야지, 제가 내놓은들 실행이 가능하겠습니까?

모두 내년 대선만 바라보고 있는데 어떻게 대책이 나오겠습니까? 현재 경제 상황을 인식하지 못해서 큰일입니다."

이때 정일영 법무부 장관이 다가왔다. 정 장관이 김 수석에게 잠깐 보자며 최은철 위원장에게 목례를 하였다.

"김 수석! 어제 대통령님과 김태영 비서실장님, 그리고 이현진 민정수석과 잠시 회의를 하였는데, 김 수석이 한성전자 및 성재용 회장에 대한 조사를 거두어 달라는 부탁을 하셨다고 하시기에 그 문제로 심도 있게 논의한 결과 대통령님께서 일단 조사는 잠시 보류하고 관망하자고 하시었습니다. 그래서 한성전자 사건은 수면 아래로 묻어두기로 했습니다. 그런데 지금 경제 상황이 그렇게 심각합니까? 우리가 조사한 바로는 한성전자의 베트남 이전이 확실한데 경제 문제가 심각하다면 이걸 조사해서 펜스라도 치고 막아야죠. 그런데 김 수석님은 왜 조사를 거두어 달라는 건지 나로서는 이해가 잘 안 됩니다."

"정 법무장관님 입장에서는 그렇게 생각하는 게 당연하지요. 그런데 경제적 관점에서 보면 한성전자가 해외로 가게 내버려 두어야 먼 훗날 한국 경제가 살아납니다. 현재 일본에서는 우리 한국 경제가 더 이상 성장하지 못하게끔 각종 규제를 하고 있습니다. 그 타깃이 한성전자를 칠팔 년 가까이 보이지 않게 괴롭히고 있습니다. 거기다 우리까지 법적 조치를 취하면 일본 정부를 도와주는 꼴이 되고, 한성전자는 결국 무너집니다. 그러니 우리나라 경제와 한정전자를 살리려면 그렇게 할 수밖에 없습니다. 아무튼 감사합니다. 한시름 덜었습니다."

"저야 경제에 관련해서는 전문가가 아니니까 잘 모르겠지만 김 수석 말을 들어보니 일리가 있는 말이군요. 그럼 어떻게 제가 직접 한성전자 성 회장에게 전달할까요? 조사를 더 이상 하지 않는다고?"

"아닙니다. 그러면 또 오해할 수 있습니다. 괜히 정부에서 트집 잡은 거로 생각할 수 있으니까 제가 전달하겠습니다. 이번 조사는 잠시 보류할 테니, 먼 훗날 다시 한국으로 돌아오는 조건으로 조사를 더 이상 하지 않는다고, 대신 반드시 국가를 위해 돌아와서 예전처럼 반도체 강국이 되도록 한국 경제부흥에 앞장서달라고 부탁할 겁니다. 제가 수석 자리에서 물러나더라도 그 약속은 꼭 지키라고 말할 겁니다."

"네! 김 수석은 참으로 애국자이십니다. 물러날 때까지 국가를 생각하는 마음이 남다르십니다. 존경합니다."

"아닙니다. 애국은 무슨…. 해외 살아보니 고국이 못살고 정치적으로 어려우면 다른 민족에게 무시당합니다. 마치 시집간 딸이 친정집이 못살고 어려우면 시집에서 무시당하거나 구박받는 예전 어머님 세대처럼 말입니다. 요즘에야 다르겠지만 아무튼 그렇습니다."

그날 그렇게 국무총리 만찬은 끝났고 늦은 밤 김 수석은 숙소인 아파트로 돌아왔다. 김 수석은 집도 미국에 있고 아내 그리고 딸과 아들이 모두 미국에서 태어나 시민권자로 살아가고 있다. 기러기 아빠 신세이다.

다음날 김 수석은 청와대 경제수석실로 출근하였다. 그리고 행정관에게 한성전자 성 회장 비서실에 전화해서 통화하자고 지시하였다.

그 시각, 한성전자 회장 비서실은 청와대 경제수석실 행정관에게 경제수석님이 성 회장과 통화를 하고 싶다는 연락을 받았다. 성 회장 비서실 김은숙 의전과장이 먼저 김대성 사업본부장에게 전화를 하였다.

"본부장님, 김은숙 과장입니다. 청와대 경제수석실에서 회장님하고 통화하고 싶다는데 회장님에게 직접 전달할까요?"

"어, 그래? 아니, 내가 회장님하고 통화하면서 전달할게. 혹시 회장님이 출근하시면 외출 준비할 수 있도록 해줘. 그리고 가능한 한 회장님, 다른 스케줄 잡지 마."

"네! 알겠습니다. 그럼 본부장님이 회장님에게 전달하시고 다른 일 생기면 미리 알려주십시오."

"오케이! 수고했어."

김대성 본부장은 어제 해외에 있는 한성전자 거래처와 늦은 밤까지 통화를 하고 업무협의를 하였다. 그리고 성 회장에게 보고할 내용을 정리하다 보니 새벽에 잠들어 이제야 일어나 출근 준비 중이었다.

김대성 본부장이 1번 폰으로 성 회장에게 전화를 하였다. 항상 성 회장과 김대성 본부장은 도청이나 해킹을 대비하여 비화기능이 있는 것처럼 특수한 휴대폰을 사용하고 있었다.

성 회장은 아침에 일찍 일어나 전속 요리 도우미 여사님이 만들어 놓은 커피 한 잔과 샌드위치, 그리고 샐러드로 식사를 마치고 연합뉴스를 시청하고 있었다. TV 시청 중 1번 핸드폰에서 멜로디가 흘렀다. 성 회장은 핸드폰을 가지고 서재로 들어갔다. 성 회장은 집에서 전화를 걸거나 받을 때에도 반드시 혼자 받고 방음장치 및 도청 장치가 차단된 안방이나 서재, 그리고 명상실로 들어가서 통화하였다.

"음! 김 본부장, 웬일이야? 출근했나?"

"아직 안 했습니다. 이제 출근하려고 하는데 비서실 김은숙 과장이 청와대 경제수석 비서관실에서 전화가 와서 경제수석님이 회장님과 통화를 하고 싶다는 전갈이 왔다고 하길래 제가 전달한다고 해서 전화했습니다."

"그래? 그렇지 않아도 어제 이민선 국무총리 주재로 국무회의를 한다는 소식은 받았지. 혹시나 우리 얘기 나올까 싶어 궁금했는데 출근해서 김 수석과 통화하지! 김 본부장도 출근하자마자 내 방으로 와."

"네! 알겠습니다. 회장님!"

한 시간 뒤 성 회장과 김 본부장은 성 회장 방의 회의 테이블에서 잠시 얘기를 나누고 있었다.

"어제 국무회의에서 별다른 내용은 없다고 하던데 한국은행 총재가 우리나라 경제 사정의 어려움과 외환보유고에 관한 얘기를 하고 기획재정부에서는 반대 얘길 하는 게 거의 전부더라고 하더군. 좀 특이한 것은 경제수석이 참석해서 한국은행 총재의 의견이 맞다고 얘기했다는 거야. 웬만하면 경제수석이 국무회의에 참석은 잘 안 하는데, 어제는 참석해서 그렇게 말했다는군."

"아마 지금 대통령 임기가 얼마 안 남고 이민선 국무총리가 차기 대권후보로 부상하니까 총리실에서 참석하라고 그런 거 같네요. 경제수석이 상당히 꼬장꼬장한 사람인데 어쩔 수 없이 참석한 것 같습니다."

"지난번 영빈관 회동 때 김 수석에게 이담에 경제수석 자리에서 물러나면 우리 회사에서 나랑 일해 보면 어떠냐고 떠봤는데 씨알도 안 먹히더군. 무척 자존심이 강한 사람이야."

"그리고 내가 김 수석에게 우리 한성전자 검찰 조사를 대통령에게 거두어달라고 건의하는 부탁을 했는데 긍정적으로 답변을 했거든. 김 수석은 공직자로서 사심이 없는 사람 같이 보였어. 그래서 아마 그 소식과 관련된 얘기가 아닐까 싶은데 김 본부장은 어떻게 생각해?"

"글쎄요. 김 수석은 허튼 말을 하지 않는 사람인 건 다 알지만 건의한다고 해서 현 대통령이 그걸 들어줄 수 있는 영향력이 김 수석에게 있는지 의문입니다. 오히려 이현진 민정수석이 더 영향력이 있지 않을까요? 더구나 지금 강 대통령은 우리와 앙금이 있지 않습니까? 지난 대선 때 간접적으로 선거자금 서포트 요청이 왔을 때 회장님이 인언지하에 거절하지 않았습니까? 그것도 그냥 거절한 것이 아니고 가슴에 대못을 박아버리는 말씀을 하시면서요. 하하! 이렇게요."

김 본부장이 웃으면서 지난날을 회상하며 얘기했다. 성 회장은 왜 그때는 감정적으로 했을까? 조금 더 신중하게 이야기하지 않은 것을 후회했다. 그러나 이미 지나간 일! 돌이킬 수 없는 일이라 마음이 씁쓸했다. 권력 앞에는 아무리 대기업 회장이라도 잠시 나약해지는 것이 참으로 알 수 없었다.

"그때 기분은 그렇게 할 수밖에 없었어. 그건 그렇고 김 수석에게 전화해봐."

"네! 회장님!"

김대성 본부장이 직접 핸드폰으로 경제수석 비서관실에 전화를 연결하였다.

그 시각 김무일 수석은 청와대 비서실 회의에 가기 전에 보고서 자료를 검토하고 있었다.

"수석님! 한성전자 전화입니다."

행정관이 문을 열고 전달하였다.

"그래? 알았어. 문 닫고 나가봐."

"네! 경제수석 김무일입니다."

"네. 성재용 회장입니다. 김 수석님께서 저하고 직접 전화를 하고 싶다고 전갈이 왔기에 이렇게 전화를 드렸습니다. 어떻게 김 수석님, 잘 지내셨습니까?"

"네! 잘 지냈습니다. 회장님도 잘 지내셨지요?"

"나야 뭐 잘 지내고 말고가 있겠습니까? 매일 그렇게 살지요. 그런데 무슨 일 때문에 전화를 주셨는지…?"

"아! 네! 지난번 성 회장님이 한성전자의 검찰 조사를 거두어달라고 대통령님에게 건의해달라는 부탁을 하셨기에 그제 대통령님에게 말씀드렸습니다. 그랬더니 대통령님께서 제가 건의한 내용을 받아들이고 어제 법무부 장관에게 조사를 잠시 거두라고 지시하였다고 합니다."

"아, 그래요? 감사합니다. 김 수석님! 지난번 약속대로 식사 한번 대접하겠습니다."

"성 회장님! 아직 제 얘기 안 끝났습니다. 이번 대통령님께서 조사를 거두어들인 것은 그냥 거두어들인 것이 아니고 조건이 있는 상태에서 거두어들였습니다. 그 부분을 말씀드리고자 합니다."

"그렇군요. 그 조건이라고 하는 게 뭐지요?"

"그건 직접 만나 뵙고 말씀드리고 싶은데 오늘 시간이 어떠신지요?"

"아, 그래요? 그럼 제가 스케줄을 보고 전화하겠습니다. 시간과 약속 장소와 함께. 그리고 우리 본부장을 대동해도 괜찮을까요?"

"아, 괜찮습니다. 저도 비서관을 대동하겠습니다. 가능한 한 오후 시간에 부탁드립니다. 오전에 비서실 회의가 있으니까요. 식사는 각자 알아서 해결하고 차 한잔 정도 마시면서 얘기할 수 있는 장소로 부탁드립니다."

"알겠습니다. 철저하시군요. 지난번 식사를 못하고 늦은 시간까지 있어서 오늘은 식사나 함께하면서 얘기를 나눌까 했는데 아쉽습니다."

"어허! 너무 그렇게까지 생각하지 마세요. 저는 공무 중이라 웬만하면 시간을 절약하기에 그렇고, 지금 국가 경제가 위기에 처해 있는데 밥이나 먹고 한가하게 논의할 때가 아니라서 그러니 양해를 부탁드립니다."

성재용 회장은 전화를 끊고 핸드폰을 김 본부장에게 넘겨주고 말했다.

"경제수석은 참 진국이네. 이런 사람이 우리 회사에 있었다면 참으로 좋을 텐데! 안 그런가? 김 본부장!"

"아니, 그럼 전 진국이 아닌가요? 회장님도 참! 그나저나 대단한 사람입니다. 건의한 내용이 대통령한테 바로 먹히니 보통은 넘네요."

"일단 만나서 대통령이 무슨 조건으로 조사를 중단했는지 들어보자고. 궁금하다. 내 스케줄이 오늘 어떤 게 있나?"

"이럴 줄 알고 오늘 회장님 스케줄 잡지 말라고 김은숙 과장한테 얘기해놨습니다. 걱정 마십시오."

"어디로 가서 얘기할까?"

"글쎄요, 적당한 장소가 어딜까? 차 한잔 마실 만한 장소 말이야. 예전 같았으면 청와대 안가로 갔을 텐데, 요즘은 그런 게 없어서 그쪽도 아마 늘 고민될 겁니다."

"나도 안가는 싫다. 내가 뭐 잘못해서 굽실거리고 거기 가서 비위 맞춰야 하나? 난 그런데 정말 질색이야. 이 정부 들어와서 그런 거는 없어져서 좋아!"

"그럼 남산에 있는 그랜드하얏트호텔 특실을 예약할까요? 회장님 집도 가깝고 어떠십니까?"

"차 한잔 마실 수 있는 곳에서 만나자고 하는데 호텔 특실 예약까지 필요할까? 그냥 적당한 실내 바나 라운지에서 만나서 얘기하지! 지배인한테 전화해서 적당한 한쪽 장소에 자리 하나 만들어 보라고 해!"

"네! 알겠습니다. 회장님!"

김 본부장은 김은숙 과장에게 남산에 있는 하얏트호텔에 미팅 룸을 예약하도록 지시하고 차와 다과 및 과일을 준비하도록 했다. 시간은 오후 4시로 맞추었다. 그리고 경제수석실에 이 내용을 전달하였다. 이제 모든 것이 물이 흘러가는 대로 정리가 돼가는 것 같이 보였다. 김 본부장은 다시는 검찰에 가서 조사를 받지 않는 것이 너무도 좋았다. 정말이지 자존감이 떨어지고 자괴감이 들어 치욕스럽기까지 한 검찰 조사! 왜 기업체 사장들이 검찰에 불려갔다 오면 자살까지 하는지 알 수 있을 것 같았다.

그날 오후 4시 김무일 수석은 김호성 비서관을 대동하고 남산 하얏트호텔의 예약된 미팅 룸으로 들어갔다. 성 회장은 10분 전에 예의상 김 본부장과 먼저 와 있었다. 보안 상태와 만남의 준비상태도 살필 겸 미리 왔던 것이다.

"어서 오십시오 김 수석님! 수고하셨습니다."

성 회장이 김무일 경제수석에게 손을 내밀고 악수를 청하였다.

"별말씀을요. 제가 무슨 수고를…. 다 그동안 성 회장님이 이룩해놓은 한성전자의 위상 덕분이지요."

"아, 그런가요? 제가 뭘 이룩했다고요. 다 선친들이 이룩해놓은 건데요. 저야 그저 수성하느라 급급한데…."

"그리고 이쪽은 우리 김대성 본부장입니다. 지난번 검찰 조사를 받고 매스컴에 나온 친구입니다. 제 사업파트너이기도 하구요."

"처음 뵙겠습니다. 김대성 총괄사업 본부장입니다. 경제수석님의 명망을 미국에서도 많이 들었습니다. 반갑습니다."

"그렇군요. 지난번 검찰 조사 받느라 고생 많으셨습니다. 기업하다

보면 그런 일도 있으니 이해해 주시기 바랍니다. 내가 듣기로는 미국 엠아이티 공대 출신으로 실리콘밸리에서 IT 사업을 하셨다고 들었는데 어떻게 그걸 그만두고 한성전자 총괄 사업본부장으로 오셨는지 궁금합니다."

"그걸 그만둔 건 아니고, 성 회장님의 부탁이 있기도 하고 뜻이 맞아서 이렇게 됐습니다."

"저하고 비슷한 처지군요?"

"여긴 우리 경제수석실에 김호성 비서관입니다. 나를 보좌하는 유능한 비서관입니다."

"처음 뵙겠습니다. 김호성 비서관입니다. 우리 경제수석님을 모시고 있습니다."

성 회장과 김 수석 일행은 각각 동행자를 소개하고 자리에 앉아 차를 마셨다. 모두 호텔에서 내온 향기가 은은한 차를 마시며 수제과자와 열대과일을 조금씩 먹으며 이야기를 나누었다.

"성 회장님! 저는 조금도 사심이 없습니다. 제가 대통령님께 한성전자 검찰 조사 중지 건의를 드린 건 오로지 한국 경제를 살리겠다는 일념으로 말씀드린 겁니다. 따라서 대통령님의 조건을…. 아니, 부탁은 한성전자가 베트남으로 완전히 이전을 하더라도 이 어려운 시기만 넘기면 반드시 한국에 돌아와서 전자산업을 일으켜주시고 한국 경제에 이바지해달라는…. 아니. 조건입니다. 그래서 검찰 조사를 여기서 마무리하기로 했습니다. 그걸 실천하고 약속하실 수 있겠습니까?"

"아니, 뭐 대통령님이 부탁이나 조건이 아니더라도 돌아와야지요. 일본 정부의 집요한 한성전자 죽이기가 어제오늘 얘기는 아니지요. 벌써 이런 사태는 2019년 8월부터 시작됐으니 햇수로 칠팔 년은 되갑니다. 이제는 버티는 데에 한계가 있어 우리도 숨을 고르고 반격을 하기 위해서는 한일의 정치적인 영향을 덜 받는 곳으로 우선 옮기는 것도 하나의 방법이 아니겠습니까? 아무튼 갈수록 태산입니다. 사실 이러한 문제는 전 정부부터 발생하여 현 정부까지 이어지는 일 아니겠습니까? 우리 기업인들이 뭐 잘못한 게 있어서 그런지 참으로 억울합니다. 우리 기업인들은 죽어라 일만 했는데 정치권에서 이 모든 걸 만든 원인을 제공하고 왜 우리 기업인들이 그 피해를 봐야 하는지 모르겠습니다. 일본이나 한국이나 정치인들은 똑같다는 생각이 듭니다. 이번에 이전하는데 들어가는 돈은 정말로 천문학적인 금액입니다. 이 돈으로 여기에다 공장이나 연구소를 설립하면 더 효율적인데 그게 그렇게 할 수 없는 환경이 안타까울 따름입니다."

"성 회장님! 저보다 연배 있으시고 기업을 선대부터 오랫동안 하시지 않으셨습니까? 이러한 사태가 반드시 정치권에서 원인을 제공한 거라고 생각하시면 그건 오해이십니다. 이 원인은 오래전부터 역사적인 사실로 인해 만들어진 것이지, 정치권에서 이렇게 한 건 아닙니다. 물론 이걸 정치인들이 이용하여 권력을 잡는데 사용한 건 일부 있지만, 그렇다고 해서 모두가 그런 것은 아니라는 걸 알아주셨으면 합니다. 모든 일은 조상 때부터 내려온 일이니 우리 후손들이 해결해 나가야지, 조상을 원망하고 정치인을 원망한들 무슨 소용 있겠습니까? 아무쪼록 베트남에 가서서 더욱더 사업에 매진하여 대한민국을 위해 노력하여 주시기 바랍니다. 이게 제 부탁이자 대통령님의 부탁입니다. 그리고 일본에서 안 좋은 소식이 속속 들어오는 것 같은데 한성전자 라인에서는 잡히는 게 없습니까? 있으면 국가를 위해서 공유를 했으면 하는데 어떻습니까? 회장님."

"네, 분명히 있습니다. 그런데 정확히 어떤 것인지는 아직 잡히지 않습니다. 다만 지금 부산의 일본 총영사관을 잠정적으로 폐쇄한다는 소문이 있습니다. 그 외에도 한국에 일본인 관광객들을 보내지 말라는 것과 한국에 기업투자 내지는 합작투자를 금지하는 법안을 일본 각의에서 결의하여 진행하고, 금융거래도 정지할 거라는 소문이 자자합니다. 또한 한국 경제가 모라토리엄까지 가면 세계 금융기관에서 차관 내지는 달러를 빌려주거나 공여할 수 없도록 할 예정이고, 한국 내에 들어와 있던 일본 자금 및 금융 채권을 조만간 회수한다고 하는 것 같습니다. 정말 그렇게 할지는 두고 봐야 할 것 같습니다."

계속해서 성 회장이 김 수석을 바라보며 말을 이어나갔다.

"이러한 상황을 타개할 무슨 대책이 있어야 되는데 걱정입니다. 수석님 생각은 어떻습니까? 무슨 대책이 나오겠습니까?"

성 회장이 물었다.

"글쎄요. 지금으로서는 뾰족한 방법이 없습니다. 현재 진행하는 국책사업이나 남북경제협력 같은 사업은 재검토해서 중지하고, 슬

픈 얘기지만 근로자들의 임금을 줄여서 기업경쟁력을 높이고, 사회 보장성 지출은 최대한 억제하여 재정 악화를 막아야 합니다. 그런데 누가 그런 일을 쉽게 나서서 하겠습니까? 아마 절대 못할 겁니다. 이미 국민들은 그 맛에 길들어 있어, 주었던 걸 안 주면 난리가 날 겁니다. 원화 가치는 떨어지고 물가는 오르는 등 심각한 사태가 올 수 있습니다. 더구나 내년에 대선이 있지 않습니까? 일본 정부에서 자기들 입맛에 맞는 정권이 들어서게끔 전략을 펼칠 수도 있습니다. 전 정부에서 너무 많은 일을 펼쳐놔서 현 정부에서 이런 상황이나 문제를 다 막기 어렵습니다. 최대한 정리하는 데까지 해야 되는데, 각 부처의 장관도 내년 대선이 있다 보니 몸을 사립니다. 솔직히 1997년의 IMF 사태 때보다 상황이 더 심각합니다. IMF 때는 우리나라 경제가 그렇게 크지 않았습니다. 그래서 그 정도에서 멈췄지만 지금은 다릅니다. 경제 규모 면이나 국민 소득 수준은 비교가 안 될 정도로 올라왔기 때문에 체감지수가 다를 겁니다. 이것을 어떻게 감당하고 충격을 완화시키느냐에 우리나라의 운명이 걸려 있습니다."

주거니 받거니 하다 보니 어느덧 시간은 저녁으로 접어 들어가고 있었다. 이제는 성 회장이나 김 수석이 할 수 있는 일은 다 한 것 같았다. 김 수석은 한성전자 해외 이전은 막지는 못했지만 다시 돌아온다는 약속 아닌 약속을 받고 검찰 조사를 중지시켰고, 한성전자의 해외 이전에 걸림돌이 되는 것을 제거하여 훗날을 기약하게 만들었다. 성 회장은 김 수석의 도움으로 해외 이전 프로젝트에 탄력을 받아 순조롭게 진행할 수 있게 되었다. 대신 언젠가 국민들과 김 수석에게 돌아온다는 약속을 걸머졌다.

그렇게 두 사람은 헤어졌다.

2

대한민국의 경제 위기
(신용등급 하락과 사회 소요 사태)

2026년 4월 30일 성재용 회장과 한성전자는 대한민국을 떠났다. 외형적으로는 한성전자는 대한민국 기업이 아니라 베트남 국적의 기업이 된 것이다. 성재용 회장은 한국 정부와 협조하는 한성전자 내부인사를 색출하여 깔끔하게 회사에서 내보내고 모든 것을 마무리 지었다. 성재용 회장은 베트남에서 자국 내 투자 해외기업가 우대를 위한 특별법을 적용하여 베트남 국적을 취득하였다. 법무부 출입관리국에서는 이 사실을 약 1개월이 지난 후에야 확인하였다. 정치권에서는 성재용 회장의 베트남 국적 취득을 배신행위라 규정짓고 '성재용법'이라는 법안을 발의해 국내 기업인이 해외 국적 취득을 쉽게 하지 못하게 만들기로 하였다. 또한 한성전자가 떠나면서 많은 협력업체도 베트남으로 이전하여 많은 후유증을 남겼다.

한성전자가 떠나고 6월 8일 월요일 오전 10시 30분. 청와대 본관 집무회의실에서 경제 각료 회의가 열렸다. 한성전자가 떠난 이후 해외금융계 및 해외신용평가회사에서 한국의 신용등급 하락을 진행하려는 움직임이 포착되었다. 이를 극복하고 대책을 세우기 위하여 대통령이 주재하여 국내 모든 경제 관련 부처 장관 및 금융계 수장들까지 불러들여 회의를 진행하기로 했던 것이다.

국무총리 및 각료와 금융계 인사들은 삼엄한 보안 통제 속에 속속 도착하여 청와대 집무회의실을 꽉 채웠다. 아무 말없이 입을 다문 채 긴장된 분위기 속에 대통령을 중심으로 자리에 앉아서 대통령의 모두 발언을 기다렸다.

강제연 대통령이 모두 발언을 하였다.

"모두 아시겠지만 한성전자가 치밀하게 계획하여 정부를 속이고 국민을 배신한 채 한국을 떠났습니다. 물론 한성전자가 떠났다고 해서 우리 경제가 크게 위축되지는 않는다고 보지만, 그동안 한국 전자산업을 대표했던 한성전자이기에 그 여파가 한국의 경제 위기를 불러오는 원인이 될지도 모릅니다. 이에 경제 관련 장관 및 금융기관의 수장들과 이 상황을 논의하고 대책을 세워 국민들의 걱정을 해소하고자 회의를 개최하니 참석자 여러분들은 이 어려운 상황을 극복할 대책을 논의해주시기 바랍니다. 먼저 기획재정부 최재성 부총리가 현안 보고를 하고 기획재정부의 대책을 말해보세요."

"네! 대통령님. 한성전자가 떠난 후 해외투자자들이나 국제 금융계로부터의 투자금 회수는 아직 발생하지 않고 있습니다. 다만 내수경제가 침체되고 수출이 부진하여 전반기 경제성장률이 마이너스로 돌아설 수 있다고 전망합니다. 이에 기획재정부에서는 경기부양책을 만들어 하반기에 진행할 예정입니다. 현시점에서 일어나고 있는 원화 가치 하락은 오히려 수출산업의 호재가 되고 있습니다. 물론 엔화 및 달러화가 강세이기는 하나, 그렇게 걱정할 일은 아니라고 생각합니다. 따라서 긴축정책을 펼치기는 시기상조이고 국내외 여건이 잘 풀리리라고 생각됩니다. 이상입니다."

"지금 재정기획부 부총리의 말을 들어보면 우리나라 경제 사정이 그렇게 어렵게 느껴지지 않는데, 왜 여기저기서 한국 경제에 빨간 불이 들어왔다는 등 마치 국가 경제의 위기가 찾아온 것처럼 떠들어대는지 도무지 이해할 수가 없습니다. 도대체 이유가 뭔가요?"

대통령이 되물었다.

기획재정부 최재성 부총리가 다시 마이크를 잡았다.

"그것은 한성전자가 떠나 한국 경제에 커다란 구멍이 난 것처럼 해외언론에서 떠들어대고 국내 언론에서도 부추기는 면이 있기 때문입니다. 그러나 언론에서 보는 시각은 잘못된 것으로, 우리 경제의 기초가 그 정도로 허약한 것은 아닙니다. 이러한 점은 언론사의 잘못된 보도이니 막아야 한다고 생각합니다."

"그래요? 그럼 산업통상자원부 장관이 현재 우리나라 수출입 동향과 국내 공장 가동률 등 전반적인 국내 상황을 보고해주세요."

대통령은 김이철 산업통상자원부 장관에게 물었다.

"네! 대통령님! 현재 우리나라 1/4분기 수출과 수입은 대단히 저조하게 나타나고 있습니다. 국내공장 가동률이 전체의 40% 정도이고, 자동차, 조선, 철강, 석유화학산업에서도 부진한 상태입니다. 인건비가 상승하고 해외 원자재 조달이 갈수록 어려워지다 보니 완제품 수출이 어렵고, 소비재 수출 역시 중국이나 동남아 등 경쟁 국가와의 가격 경쟁에서 밀리고 있습니다. 결국 수출이 부진하니 가공할 수 있는 장비를 수입하지 못해 전반적으로 모든 산업계가 침체에 빠져 있습니다. 여기에 한성전자 이전 사태의 여파로 중소기업은 물론 대기업까지 몸을 사리고 재투자를 하지 않고 있습니다. 이것이 고용에도 영향을 미쳐 현재 실업률은 20%대 육박하고 있습니다. 빠른 시간 안에 극단적인 처방이 필요하다고 하겠습니다."

발언을 끝내고 난 김이철 장관은 기획재정부 최재성 부총리를 바라보면서 자리에 앉았다. 경제정책과 산업계를 관장하는 두 기관의 판단이 너무 상이하여 대통령은 누구 말이 맞는지 답답해하였다.

"우리나라 통화를 담당하는 한국은행 총재를 통해 현 상황을 들어봅시다."

"한국은행 총재 김승덕입니다. 그동안 경제정책에 관련하여 말씀을 드리기는 하였지만, 오늘은 간단하게 우리의 외환보유고 상황과 향후 발생할 수 있는 통화정책에 관하여 말씀드리겠습니다. 우리나라의 수출 부진은 여러 가지 요소가 있겠지만 최대한 줄여 세 가지 요인으로 말씀드리겠습니다. 첫째, 중국이 몇 년 동안 미국과의 경제 전쟁으로 인해 경제침체기를 벗어나지 못해 우리나라가 중국으로 수출하는 물량이 절대적으로 감소했습니다. 이것이 산업계에 영향을 미치고 있습니다. 게다가 미국에서 기축통화인 달러가 중국에 유입되는 걸 막고 있다 보니 중국 역시 대외무역 지불 능력을 간신히 유지하고 있습니다. 이것이 첫 번째 요인이고, 두 번째 요인은 미국에서 한국 정부의 남북경제협력정책을 곱지 않은 시선으로 바라보며 한국에서 수출하는 각종 물품에 관세를 전 방위적으로 적용해 예년에 비해 수출 물량이 엄청나게 줄어들었다는 것과 미국 내 한국 투자기업이나 공장이 벌어들이는 수익금의 달러화 송금을 일부 막고 있다는 것입니다. 그들은 달러화를 한국으로 송금하면 곧 북한으로 유입되어 미국과 북한의 군사적인 정책이 타결되지 않는다고 보고 있습니다. 끝으로 세 번째 요인은 일본 정부의 한국 경제 압박과 세계 금융계 및 경제계의 집요한 방해 공작입니다. 한 예로 대한건설이 사우디 정부에서 발주한 대형토목사업 수주를 위해 해외은행 금융보증을 요청했으나, 일본 정부에서 막후공작 하여 보증하지 않게 함으로써 결국 수주를 하지 못하였습니다. 그 금액만 해도 약 200억 달러 규모입니다. 또한 한성전자는 물론 크고 작은 전자산업 분야에서 소비재 산업까지 한국에 수출하는 원재료를 중국에 더 싸게 수출하여 한국전자제품의 가격경쟁력이 떨어지는 요인이 되었습니다. 종합해서 말씀드리면 내우외환이 겹쳐 현재 상황에 이르렀으며, 한국은행의 외환보유고는 약 700억 불 정도이나 하반기에 대외 자금 결제를 하고 나면 약 500억 불에도 못 미쳐 석유, 농수산물 등의 수입이 어려워질 수 있습니다. 그러면 국내 물가가 폭등하여 심각한 인플레이션 현상이 오지 않을까 우려되는 실정입니다. 이상 보고를 마치겠습니다."

　김승덕 한국은행 총재의 폭풍 같은 말을 들은 경제 국무위원들과 수장들은 하나같이 고개를 수그리고 아무 말이 없이 앞에 놓인 모니터를 보며 메모지에 끄적끄적 글만 적고 있었다. 기획재정부 최재성 부총리의 얼굴은 벌겋게 달아올랐다.

　대통령 얼굴에 그늘이 졌다. 본인이 대통령이 되기 전부터 진행한 정책이 현 정부까지 지속되어 결국 오늘에 이른 것을 조금은 후회하고 있었다. 정책의 변화를 진작에 가져보고 싶었는데 참모들의 의견이 달랐고, 국민들에게 약속한 공약의 일부를 실현하고자 함부로 정책을 변경하지 못한 결과였다.

　결국 그날의 국무회의는 아무런 소득 없이 끝났다. 대통령은 국무회의를 끝내고 난 다음 날 청와대 수석비서관 회의를 열기로 하였다.

　김 수석은 사무실로 돌아와서 깊숙이 의자에 몸을 묻었다. 이대로 간다면 대한민국의 경제 위기는 현실화될 것 같다는 느낌이 들었다. 이렇게 있을 때가 아닌 것 같았다. 미국에 가서 금융계 사정도 알아보고 월가에선 한국 신용평가를 어떻게 하는지도 빨리 체크해서 대책을 세워야 한다. 이런저런 생각에 머리가 아팠다.

　그때 김 수석 핸드폰의 수신 멜로디가 흘렀다. 미국에 있는 와이프의 전화다.

　"당신 잘 있었어? 요즘 어떻게 지내고 있는지 궁금해서 전화했어!"

　아내의 음성을 오래간만에 들으니 반가웠다.

"음! 잘 있었어. 당신은 괜찮은가? 그리고 애들은 어떻게 지내나?"

"나야 매일 똑같지. 학교에서 강의하고 강의 끝나면 자료 준비하고 그림도 그리고 지내. 애들은 학교 가고 여행도 가고, 애들이야 자기들 하고 싶은 대로 하고 살아."

"별일 없지? 장인, 장모님 모두 안녕하시지?"

"웅! 엄마하고 아빠는 실버타운에서 잘 지내고 계셔. 내가 가끔 가 보면 아빠는 시니어클럽 사람들과 골프도 치시고 함께 여행도 가시곤 해. 엄마는 몸이 안 좋으셔서 그냥 타운에서 할머니들과 수다 떠는 재미로 사셔. 그런데 자기야! 요즘 한국의 상황이 안 좋을 거라고 여기저기서 소문이 도는데 알고 있는 거야? 그게 걱정돼서 전화했어. 당신이 한국 가브먼트 일을 하니까 여간 신경 쓰이는 게 아니야. 나야 대학에서 미술을 가르치다 보니까 잘 모르겠는데, 가끔 동료 교수들하고 미팅할 때 경제를 전문으로 가르치는 경제학 교수들이 당신 안부를 물어보면서 얘기해 주거든. 한국 경제에 앞으로 커다란 문제가 생길 수 있다고 그래. 그런데 그게 무슨 말인지 모르겠어. 무슨 소리야?"

"아, 그래? 거기서 경제를 전문으로 가르치는 교수들도 그런 말을 해? 우리나라 경제 사정이 안 좋다는 걸 거기서도 캐치하나 보네? 웅. 사실은 한국 경제 사정이 여러 가지 이유로 많이 안 좋아. 그래서 대책을 세우고 있는데, 쉽게 풀리지 않아. 그래서 내가 당분간 미국에 출장 가야 될 것 같아. 겸사겸사 당신도 보고, 애들도 보고, 장인, 장모님하고 인사도 해야 할 것 같아."

"그럼 언제 올 예정이야? 내가 알아야 학교에 며칠 휴가를 내서 당신하고 같이 있지."

"글세. 일단 다음 주중에 가려고 그래. 그런데 내가 가도 당신하고 오붓하게 있지 못하고 워싱턴이나 뉴욕으로 왔다 갔다 해야 될 거야. 그렇게 한가하지는 못할 것 같아."

"그래도 괜찮아. 그냥 당신이 옆에 있는 것만으로도 좋아. 우리 그동안 너무 떨어져 있어서 너무나 당신이 그리워."

"미안해! 내가 한국에서 일을 보는 것도 얼마 안 남았어. 이번 일만 정리하면 사표 쓰고 미국으로 가서 일을 할 예정이야. 조금만 기다려 줘."

"알았어! 비행기 탈 때 전화해. 내가 케네디 공항에 마중 나갈게."

"알았어! 사랑해! 미국에서 보자고! 어여 자!"

"아이 러브 유! 브라이언 김, 나도 사랑해!"

김 수석은 아내와의 전화를 끝내고 잠시 아내와 애들을 생각했다. 아내는 수잔 헤이든과 연인에서 친구로 남기로 한 후 뉴욕 미술 전시장에서 관람객과 화가로 만났다. 실연의 아픔을 달래려고 미술전시관에 가서 그림을 감상하다가 자신의 작품을 구경하는 멋진 남자를 보고 작품 설명을 해주기 위해 다가온 아내를 처음 만났다.

그렇게 인연이 돼 일 년 동안 연애하고 결혼을 하였다. 물론 결혼 전 수잔 헤이든과의 교제 사실도 아내에게 솔직히 얘기했고, 아내가 쿨하게 받아들여 준 덕분에 수잔 헤이든과 동갑내기로 친구처럼 지낼 수 있었다. 그게 벌써 20여 년이 됐다. 미국에서 태어나서 그런지 미국식 사고방식을 가진 여자다. 참 고마울 따름이다. 애들은 벌써 엄마·아빠로부터 독립해서 나가려고 한다. 큰아들이 22세, 어여쁜 딸이 20세. 한창 전성기라 할 수 있는 나이다. 오늘따라 아내와 애들이 보고 싶다. 가족이 그리운 하루다.

김 수석이 가족들을 생각할 때 문이 열리고 김호성 비서관이 노크를 하고 들어왔다.

"수석님, 최재성 부총리님이 오늘 저녁 식사나 하자고 하는데 어떻게 할까요?"

"그래? 그럼 그렇게 하자고 그래. 장소는 어디래? 나 혼자? 아니면 누구하고 같이?"

"네! 수석님하고 단둘이서 뵙자고 하는데요."

"그래, 알았어. 장소하고 시간 약속하면 얘기해줘?"

"네! 알겠습니다."

김 비서관이 대답을 하고 문을 닫으려고 할 때 김 수석이 김 비서관을 다시 불렀다.

"김 비서관! 장소를 잡을 때 한식집은 잡지 말라고 부탁해. 알았지? 난 한식집 취향에 안 맞는 거 알지?"

"네! 수석님."

김무일 수석은 만남의 장소로 한식집을 극도로 싫어했다. 한국 관료들은 미팅 장소로 한식집을 잡으면 꼭 그놈의 술을 곁들이는데, 그게 정말 싫었다. 공과 사를 구별 못하고 마구 지껄여대고, 소리치고, 은밀한 부탁이나 말도 안 되는 허세를 떨었다. 대한민국 공직자의 민낯을 보는 게 부끄러웠다. 미국에서는 공직자를 만나든 비즈니스로 만나든 깔끔하게 식사하고 의견을 나누고 하고 싶은 말이 일치하면 합의를 보고 깨끗하게 헤어졌다. 술이라고 해봐야 칵테일로 두어 잔 마시면 더 이상 마시지 않았다.

그런데 한국에 와보니 장관 등 고위 공직자들이란 사람들이 대화한다고 만나면 곧 술이고 다툼이다. 그런 모습을 여러 번 보니 한식집에서는 만나기 싫었고, 그냥 이태리식당 아니면 양식당에서 간단한 식사를 하고 차 한잔 마시면서 대화하는 것으로 마무리하기 시작했다. 한성전자 성 회장과 만날 때도 술을 한 적이 없다. 최은철 재정위원장이나 이현진 수석과도 사적으로 만날 때만 반주했다. 그때도 고작 와인 세 잔이다. 그게 다였다. 물론 이현진 수석은 덩치만큼이나 주량도 강해서 양주 한두 병은 비웠지만, 그는 절대 취하지 않고 자세도 흐트러지지 않았다.

저녁 6시. 김 수석은 시청 근처 호텔에서 별도로 양식당에서 만들어준 자리에 최재성 기획재정부 부총리하고 단둘이 만났다. 기획재정부 최재성 부총리가 초대하는 형식으로 만났으니 먼저 최 부총리가 먼저 와 있었다.

"김 수석님! 바쁜 데도 시간 내주어서 고맙습니다."

그렇게 말하며 부총리가 손을 내밀었다.

"별말씀을요! 최 부총리님이 만나자면 만나야지요. 잘 지내셨지요?"

서로 웃으면서 악수를 하고 자리에 앉았다.

"어떻습니까? 청와대 분위기는? 대통령님께서 오늘 국무회의 이후에 경제에 관련하여 특별히 하명하신 얘기는 있으신지요?"

"글쎄요. 청와대 분위기는 늘 그렇지요. 긴장의 연속이니까! 특별히 별말씀은 없으셨습니다. 내일 수석비서관회의를 할 예정에 있으니까 그때 말씀을 하시지 않을까 생각합니다."

이때 식사 전 애피타이저와 수프가 서빙되었다. 김 수석과 최 부총리는 수저를 집어서 수프를 한 수저 들면서 말을 이어나갔다.

"김 수석은 현재 우리나라 경제 돌아가는 상황을 어떻게 보고 계십니까?"

"어떻게 보기는요? 우리나라 경제 상황이 악화일로에 있지 않습니까? 현재 우리나라의 전반기 수출은 60%~70%로 줄은 반면 수입은 소비재부터 농수산물 같은 국민소비자물가에 영향을 끼치는 품목의 경우 150%나 늘지 않았습니까? 이래서야 어떻게 경제성장률이 나오겠습니까? 절대 안 나오지요. 부총리님께서 더 잘 아시지 않습니까?"

"저도 걱정이라 이렇게 김 수석하고 이 문제에 대해 얘기를 하려고 오늘 이렇게 보자고 한 게 아니겠습니까? 한성전자가 베트남으로 이전을 한 이후에 급격하게 외화가 빠져나가고 있습니다. 게다가 세계은행 총재한테 한국 경제의 리스크가 커졌으니 관리 잘하라는 메시지가 오고 있습니다. IMF 쪽에서도 한국이 이대로 가다가는 모라토리엄 위기가 닥칠 거라고 합니다. 국채를 발행한 수준도 그렇고, 외채를 끌어다 남북경제 5개년 개발계획 자금 등 각종 개발사업과 사회복지성 지출 비용이 너무 많아서 끌어다 쓴 금융 이자를 지불하는 것도 벅찰 지경입니다. 이러다 보니 눈치 빠른 해외투자가들이나 국가에서 한국에 투자된 자금을 회수하고 있는 상황이라 지금 우리 기재부에서 비상사태에 대비해서 테스크포스팀을 가동하고 있습니다."

"저도 진작에 이런 일이 일어나리라 짐작은 하고 있었습니다. 제가 뉴욕 월가에서 근무할 때부터 조짐이 보였습니다. 그래서 걱정을 많이 했습니다. 이현진 수석하고 최은철 전 기재부 부총리가 한국에서 대통령님에게 자문과 조언을 해주고 국가 경제의 어려움을 해결해 달라고 강력히 부탁해서 여러 번 거절했다가 할 수 없이 이 자리에 오기는 했지만, 결국은 너무 늦은 상태였기에 제가 돕는 것도 한계가 있다는 걸 얼마 전에 알았습니다. 특히 한성전자가 한국을 빠져나가는 눈치가 보이길래 악착같이 잡아봤지만 결국 실패한 이후 외국에서 보는 한국 정부의 경제 정책에 대한 불신이 더 커지다 보니 이렇게 사태가 악화되었습니다."

"김 수석! 지금은 지나간 과정이 어찌 됐든 간에 수습이 중요합니다. 미국에 있는 국제신용평가사 무디스나 S&P 같은 업체들이 한국 신용평가등급을 BB- 네거티브(투기등급 국가) 전망으로 평가를 내릴 수 있다는 보고가 계속해서 들어오고 있습니다. 이렇게 되면 1997년 IMF 사태가 재발할 수 있습니다. 문제는 그때와 지금은 경제 규모가 비교도 안 될 정도로 다르며, 국제통화기금에서 자금을 빌려서 해결할 수 없다는 겁니다. 지금은 정부 예산을 긴축해야 하는데 정치권에서는 추경예산까지 확보하려고 아우성입니다. 이러다가는 큰

일이 나는데…. 거기다 일본 정부에서 우리나라 경제를 말살시키려고 집요하게 국제 금융계에 영향력을 행사하여 외환자금 거래를 방해하고 있습니다."

"알고 있습니다. 최 부총리님. 제가 수시로 뉴욕 월가 금융권 인사들과 의견을 교환하고 있습니다. 그들은 한국의 경제 상황을 매우 부정적으로 보고 있었습니다. 또 미국 조야 인사들과 대화하다 보면 한국 정부의 정책이 갈팡질팡하고, 특히 외교, 국방정책을 애매모호하게 진행하다 보니 경제 분야까지 불신을 받고 있습니다. 이제 미국이 한국을 돕는 어떤 정책도 시행하지 않으려고 하니 다른 나라에서도 미국의 눈치를 보고 선뜻 나서지 않습니다. 이런 일련의 상황이 거의 7~8년 되다 보니 이제는 기댈 언덕이 마땅치 않습니다. 지금 한국 내 모든 미군 기지를 일본으로 옮기고 자국으로 분산시키는 정책이 거의 마무리 단계에 와 있습니다. 한국이 진행하는 여러 가지 외교안보 정책과 대북정책이 미국의 정책과는 맞지 않는다고 보고 있습니다. 따라서 한국과 군사적으로나 경제적으로 동맹을 한들 아무런 이익이 없다고 판단하고 있습니다. 이미 중국은 미국의 트럼프 정부 때 벌어진 경제전쟁에서 한 발 물러섰기 때문에 동아시아에 미치는 영향력이 군사적으로나 경제적으로 현저히 줄어들어 이제는 예전처럼 제2의 경제 대국처럼 힘을 쓸 수 있는 나라가 아니라고 본 겁니다. 그런데 북한은 한국에 하나도 해준 것 없이 계속해서 경제적 지원 요구하고 한국은 그것을 들어주고 있으니, 미국 입장에서는 믿을 수 없는 국가가 돼버린 것입니다."

김 수석과 최 부총리는 메인식사를 하고는 있지만 그렇게 입맛이 나지는 않는 식사였다.

최 부총리는 사실 김 수석에게 부탁 겸 제안을 하려고 오늘 만남을 하고자 했던 것이다.

"김 수석님! 제가 부탁 겸 제안을 하려고 하는데 들어주시겠습니까?"

"아, 그래요? 무슨 부탁인지?"

"김 수석께서 미국에 국제신용평가업체에 한국신용등급 낮추는 것을 늦추도록 하거나 아니면 최소한 BBB+ 안정적인 전망으로 평가를 내리게 해주는 작업을 해주셨으면 합니다. 그리고 미국연방은행 총재 또는 세계은행 총재하고 면담을 주선해주셨으면 합니다. 그 사이 캐나다 재무부, 산업부 장관들은 제가 직접 만나고 오려고 합니다. 오는 길에 호주의 재무부와 상무부도 들러서 만약의 사태에 대비해 통화 스와프 금액을 더 늘릴 수 있는지 알아보고 할 수만 있다면 진행하려고 합니다. 김 수석이 절 도와주셨으면 합니다. 어떻습니까?"

"글쎄요. 국제신용평가업체에서 등급을 정하는데 제가 가서 부탁한다고 등급 하락폭을 줄일 수 있을지 장담을 할 수 없습니다. 시간을 버는 것은 해보겠지만, 등급조정은 어렵습니다. 무디스나 S&P가 등급조정에 관해 상당히 신중한 편이고, 한번 신용등급을 결정하면 다시 등급을 올리거나 내리는 것이 매우 까다롭습니다. 국가신용등급을 참고하여 투자자들이나 국제 금융거래업체들이 투자하기 때문에 구속력은 없지만, 특정한 나라의 신용등급을 보고 투자를 결정했다가 손해 보는 국가나 투자업체가 생기면 신용등급평가업체를 불신하게 되는 상황이 올 수 있기 때문입니다. 그래서 함부로 접근이 안 됩니다. 그리고 미국연방은행 총재나 세계은행 총재는 직접 만나시면 되지 않습니까?"

"미국연방은행 총재나 세계은행 총재의 경우, 요즘 우리나라의 경제 위기 소문 때문에 면담이 어렵다고 합니다. 게다가 일본 정부의 고의적인 방해 공작이 있고요. 김 수석이 미국 조야에 발이 넓으니 가급적 실속 있게 만나려고 합니다. 그리고 신용등급은 내년까지 현상태(A-)를 유지하도록 해줬으면 하는데… 부탁합니다."

"…노력해보겠습니다. 그런데 저도 부탁 하나 해도 되겠습니까?"

"김 수석께서 부탁하시는 것이니 최대한 노력하겠습니다. 부탁이란 것이 어떤 것인지…?"

"다른 게 아니라 이번 6월 하순에 임시국회 때 여당에서 추진해온 추경예산 편성을 저지해주십시오. 그리고 경제 전반에 걸쳐서 급하지 않은 예산은 집행하지 않도록 늦추십시오. 특히 사회복지성 예산 지출은 당장 중단하시고, 수입결제 대금은 신용에 관련되는 것이니 기업의 어려움이 없도록 지출하여 주시기 바랍니다. 아울러 소비성 해외송금 및 달러 환전 금액의 한도를 정하여 발표하십시오. 그래야만 외환보유고 급감을 늦추고 시간을 벌 수 있습니다. 우리나라 외환보유고가 적정치 않다면 신용등급이 내려가는 것은 막을 수 없습니다."

"김 수석이 하신 말씀은 이해가 되는데, 여당에서 추진하는 추경 예산 편성은 대통령님과 상의할 문제고, 사회복지성 예산을 집행하지 않는 것은 서민들의 피해가 우려되어 쉽지 않은 결정입니다. 다른 거야 뭐 그리 어렵지는 않지만 이 두 가지는 글쎄요… 아무튼 해봅시다."

"제가 대통령님에게 내일 수석비서관회의 때 얘기하고 따로 설득하겠습니다. 그러니 국회 문제는 부총리께서 막아주십시오. 안 그러면 국가 살림살이 거덜 납니다."

"아, 2024년 총선에서 어렵게 선거를 치러서 지금 여당이 의석의 과반도 차지하지 못한 상태라 내년 대선에는 무슨 수를 써서라도 여당 후보가 이겨야 될 텐데… 이렇게 되면 내년 대선은 힘들 것 같습니다."

"지금은 여당이 대선에서 이기느냐 지느냐가 중요하게 아닙니다. 나라 살림살이가 엉망이 돼서 국민들이 힘들게 되는데 그게 중요합니까? 빨리 수습을 해야지요. 그리고 남북경제개발 5개년 계획, 당장 중단하시고 거기에 들어가는 외화는 일절 지출하시면 안 됩니다. 아시겠지요, 부총리님? 그거 중단 안 하면 미국은 물론 캐나다, 호주에서도 별 성과가 없을 겁니다. 이미 미국 정부에서 강력하게 한국 정부에 대한 불신을 토로하며 영향력을 행사하고 있습니다. 그러니 이달부터라도 모든 사업계획을 중단하셔야 됩니다."

"그 문제도 내가 해결할 수 있는 일이 아니라 수석께서 대통령님을 설득하셔야 합니다."

"저도 알고 있습니다. 그래서 내일 추경예산편성에 관한 일과 남북 경제개발 5개년 계획에 따른 지출 및 사업계획을 전면 중단하라고 건의할 예정입니다. 그렇지만 기획재정부에서도 지금 상황을 올바르게 판단하도록 보고서를 올리고 통일부, 외교부, 산업자원부, 복지부, 국방부 등에 경제 위기에 따른 공문을 보내시고 협의 및 설득하시고 빠른 시일 내에 발표하셔야 합니다. 안 그러면 국가 경제가 무너집니다."

"아, 진짜 어렵군요. 학교에서 학생들을 가르치던 경제이론과 실물 경제의 차이가 이렇게 크군요. 더구나 유럽식 사회주의 요소를 포함한 경제계획은 복지비용이 너무 많이 들어갑니다. 우리가 유럽 같은 나라가 아닌데…. 주변 상황도 그렇고 현 정부와 전 정부가 추진하는 것은 국민들을 위해서 복지가 발달한 유럽식 사회주의 경제인 것 같은데, 우리나라와는 안 맞는 느낌입니다."

"유럽식 사회주의 경제는 안정된 정치 환경과 적절한 인구, 그리고 산업구조의 전문성과 다양성이 만들어졌을 때 가능한 일입니다. 우리처럼 급속하게 경제 성장을 이루고 남북이 대치하고 있는 환경의 국가에서는 그런 경제계획이 어렵습니다. 유럽과 비교해서 추진하면 안 됩니다. 우리는 우리나라 현실에 맞게끔 경제계획을 만들어 실행해야 합니다."

어느덧 시간이 밤 8시를 향해 가고 있었다. 어둠이 내리고 있는 시간이다. 식사를 그럭저럭 마치고 차 한잔하면서 서로의 갈 길을 가려고 하는 시간이다.

"오늘 시간 내주셔서 감사합니다. 김 수석! 내일 회의 때 대통령님에게 잘 말씀하여 주십시오."

"알았습니다. 오늘 저녁 식사 잘 먹었습니다. 다음에 제가 한번 모시겠습니다."

"아 참! 김 수석님, 제가 섭섭한 말씀 한번 드려야겠습니다."

"무슨 말씀이신가요? 부총리님? 제가 무슨 실수라도 했는지?"

"실수라기보다는 김 수석께서 공식 석상에서 하급 기관장들의 의견에 찬동하는 경우가 종종 있어서 그렇습니다. 물론 말씀이야 맞겠지만, 기획재정부 체면도 있고 제 체면도 있으니 그런 것을 자제해주셨으면 합니다. 지난번 국무총리 주재 국무회의 때도 한국은행 총재의 말에 너무 기울어지지 않았나 해서 그렇습니다. 그렇다고 너무고깝게는 듣지는 마십시오."

"아, 그렇군요. 그런데 공식 석상에서 하는 말은 정확한 의견이 필요한 말이라서요. 전 아닌 건 아니고, 긴 건 긴 거입니다. 체면 때문에 그런 말을 안 하지는 않습니다. 그러니 다음부터는 하급 기관장들과 소통하셔서 조율하고 오십시오. 그러면 그런 일이 없지 않을까합니다. 제 말에 마음이 상하셨다면 미안합니다. 이해해 주셨으면합니다."

"그냥 하는 말입니다. 이해합니다. 우리가 서로 이해하지 않으면누가 하겠습니까? 아무튼 오늘 대화 유익했습니다. 김 수석님의 테크닉을 믿겠습니다."

"알겠습니다. 부총리님의 부탁을 제가 힘껏 해보지요. 어떤 결과가 나올지 모르겠지만, 돌아가시는 길 편히 가시기 바랍니다."

"김 수석님도 편안한 밤 보내십시오. 다음 국무회의 때 또 뵙시다. 안녕히 가십시오."

두 사람은 호텔을 빠져나갔다. 내일은 어떤 일이 벌어질지 모르는 상태에서 오늘의 약속이 이행되기를 바랐다.

김 수석은 최재성 기획재정부 부총리와 만난 후 아파트에 들어가서 일찍 잠이 들었다.

오늘 아침은 몸이 가뿐하다. 대통령과 수석 회의가 있는 날이다. 서둘러 메모 자료를 가지고 청와대 수석 사무실로 출근했다. 아침 7시 30분이다.

김 수석은 오전 10시 대통령과의 수석비서관 회의에 들어가기 전에 경제수석실 분야별 비서관부터 행정관 등 핵심 인원 15명 정도를 수석 회의실로 불러들였다.

김 수석이 회의실에 모인 비서관, 행정관들과 회의에서 모두 발언을 하였다.

"이른 아침부터 수석실 분야별 비서관과 행정관 여러분을 모이라고 한 것은 아시다시피 우리나라 경제가 현재 위기상황을 맞고 있기 때문입니다. 이에 우리 경제수석실에서 위기대책반을 만들어 난국을 타개해 보려고 합니다. 이미 기획재정부에서는 테스크포스팀을 가동하고 있다고 하는데, 우리 경제수석실도 경제 위기를 타개할 대책반을 만들어 운영하고자 하니 분야별 비서관들은 모두 정신 각별히 차리고 업무에 임해주기 바랍니다. 특히 비서관들은 무역 거래 및 경제금융, 통화 분야에 바짝 신경 써줘야 됩니다. 아시겠습니까? 그리고 당분간 경제수석실에는 비서관들이 돌아가면서 당직을 서주시고 중요한 현안이 발생하면 저에게 즉시 보고해 주세요."

모두 조용히 김 수석의 말에 귀를 기울이며 노트북에 지시사항을 입력하고 있었다. 이때 경제정책 비서관이 김 수석에게 질문을 하였다.

"수석님! 기획재정부하고 조율해서 특단의 대책을 내놓아야 할 것 같은데 수석님께서는 어떻게 방향을 잡으실 건지 궁금합니다."

"그건 어제 기재부 최 부총리하고 조율을 해놨는데, 오늘 수석회의 때 대통령님에게 보고하고 재가를 받아야 할 상황이에요."

"그럼 어떤 내용인지 우리한테 오픈 좀 해주시면 안 되겠습니까?"

"아…. 그 내용은 이따가 내가 회의 끝나고 알려줄 테니까 그때 다시 논의하고 우선은 오늘 금융위원회, 한국은행, 그리고 기재부 등 각 기관 상황을 알아보세요. 특히 한국은행 통화정책국, 안정국 등 관련 기관에 상황 점검을 해보도록 하세요."

"그리고 산업정책 비서관은 산자부에 연락해서 기업 동향 좀 알아보고 무역협회에도 같이 알아보세요."

"김호성 비서관은 외교부에 전화해서 주미대사관에 내가 미국을 조만간 방문할 예정이니 미 대사에게 미국 국무장관, 상무장관 일정과 연방은행 총재 일정 등 알아봐서 자료 좀 보내달라고 하세요."

모두 놀랐다. 김 비서관이 말했다.

"미국 출장 가시게요?"

"여기 앉아 있을 수만 없잖아? 오늘 대통령님께 보고하고 빨리 미국 들어가서 여러 가지 어려운 문제를 풀어야 해. 안 그러면 시기를 놓쳐서 더 힘들어져. 그리고 우리나라 신용등급 문제가 심각해! 내가 수석비서관 회의 들어가 있을 동안 경제정책 비서관을 중심으로 대책 회의하고 앞으로 어떻게 수석실을 운영할지 논의해보도록 해! 난 대통령님께 보고할 메모를 정리해야 되니까."

그렇게 지시를 하고 김 수석은 회의실을 떠나 자기 사무실로 들어갔다.

경제수석 회의실은 비서관과 행정관이 전부 전문가라 뭘 해야 할지는 다 알고 있었다. 그러나 집행기관이 아니다 보니 정책보고서 내지는 전략보고서를 만들어 김 수석에게 올리고 각 분야별 기관에게 동향과 상황점검을 하는 것으로 현 경제 위기 상황을 타개하는 것에는 한계가 있었다. 결국 김 수석의 개인 역량에 기대는 수밖에 없었다.

청와대 대통령 집무실 내 회의실에 대통령 비서실장을 비롯해 대통령 특별보좌관, 그리고 각 수석비서관이 한자리에 모였다. 강제연 대통령은 오늘은 참모들의 의견을 듣고 정책을 결정하기 위해 일부러 관련 부서 장관들이나 타 기관 수장을 부르지 않았다.

대통령이 회의를 시작하기 전 분위기를 띄웠다.

"자, 모두 앉으세요. 아침은 하고 오셨습니까? 요즘 우리 수석들이 많이 힘들지요? 사방에서 아우성쳐대니 정신들 없을 거야. 그래도 국가와 국민을 위해서 우리에게 주어진 사명이라 생각하고 일할 수밖에! 아무튼 좋은 결과를 만들어 봅시다."

모두 자리에 앉아서 청와대용 노트북을 응시하며 각자 준비해 온 자료와 메모장을 회의 탁자 앞에 놓았다.

먼저 김태영 비서실장이 말을 하였다.

"오늘은 대통령님을 모시고 우리 수석관들과 보좌관들이 현재의 경제 위기에 대하여 가감 없이 보고하고 대책을 마련하고자 합니다. 따라서 분야별로 대통령님께 대책이든 전략이든 어떠한 사항이라도 의견을 개진하여 주시기 바랍니다."

비서실장의 말을 듣고 대통령이 한마디 거들었다.

"그래요. 오늘 논의는 아주 중대한 논의이고, 또 어떠한 것은 바로 결정하여 집행할 수 있도록 하는 자리이니 각 수석은 그동안 준비해 온 것과 생각을 말해 보세요."

"그럼 먼저 누가 시작하지? 우선 민정수석이 사회 전반에 걸쳐 각 행정기관에서 올라온 중요 내용을 보고해보세요. 특히 사회 전반에서 흘러나오는 여론은 어떤지, 그리고 언론사에서 떠드는 중요 내용은 뭔지."

"네! 민정수석인 제가 먼저 사회 전반적인 상황과 생각을 말씀드리겠습니다. 경제적으로 몇 년 동안 침체된 상황이라 현 정부에 대한 여론이 매우 안 좋습니다. 특히 야당이 계속해서 남북관계에 대한 안 좋은 내용만 시중에 퍼트려서 그걸 믿는 국민들이 아주 많습니다. 그리고 자영업자들의 경제적 어려움이 많다 보니 민심이 많이 돌아섰습니다. 이렇게 나가다간 내년 대선에서 이기기 힘들 것으로 보입니다. 특히 노동계에서 최저임금 추가 상승 요구를 하고 있고, 또한 국민연금 지급 비율을 공무원 연금의 80% 수준까지 끌어올리라고 아우성입니다. 거기다 모든 공공기관 및 정부산하단체, 계약직 근로자 및 외주업체 근로자의 직접 고용을 주장하고 있습니다. 이러한 내용은 전 정부에서 외친 공약사항이 현 정부로 이어져 온 이유이기도 합니다. 아울러 경제 위기가 찾아왔다는 걸 알고 금융기관 및 공기업 등 정부산하 단체들도 제 살길 찾느라 자기들 유리한 운영정책을 펼치는 바람에 국민들의 원성이 자자합니다. 이러한 것은 사정기관을 통해 정리할 필요가 있다고 생각합니다. 조만간 노동계에서는 하투(여름투쟁)를 진행할 예정이라고 합니다. 거기에 대한 적극적인 대처가 필요한 상황입니다. 현재 우리 집권 여당은 물론 대통령님의 지지율이 30%대로 오락가락합니다. 그래서 어떤 정책을 펼치든 반전의 계기를 만들어야 한다고 생각됩니다. 이를 위해 저희 민정수석실에서는 정부 기관 고위공직자의 대대적인 사정계획과 금융기관 및 공기업의 부정부패 척결 운동을 전개할 예정입니다. 이러한 정책으로 흐트러진 민심 이반을 바로 잡을 계획입니다."

"음! 심각하구만!"

대통령은 입을 무겁게 열었다. 이때 비서실장이 순서를 진행하였다.

"다음 정무수석이 당정관계하고 야당, 그리고 국회에 관련된 상황에 대해 보고하세요."

"네! 정무수석인 제가 당정관계 및 국회에 관련된 상황을 보고하겠습니다."

"현재 당에서는 경제 위기로 인한 국민들의 민심을 돌리고자 추경 예산안을 편성하고자 합니다. 하반기에 사회 전반에 걸쳐서 어려운 서민들에게 경제적인 지원을 하고, 중소기업 및 자영업자들에게 대출을 지원하여 경제 활성화에 이바지할 것을 독려하는 정책을 만들고 있습니다. 하지만 야당에서는 절대 반대를 외치며 추경예산안에 동의를 해주려고 하지 않기 때문에 무소속 및 군소 정당들의 동의를 받으려고 하고 있습니다. 따라서 정무실에서는 무소속 국회의원과 중소정당에게 협조를 구하는 노력을 진행 중에 있으며, 당에 각 지역별로 지원 규모의 자료를 만들라 해놨습니다. 또한 현재 발생한 경제 위기에 따른 협조를 구하기 위해 일부 야당 의원들 지역구에 예산을 지원할 준비를 하고 있습니다. 당과 우리 정무실은 이러한 내용으로 대책을 세우고 있습니다. 또한 정부와 집권당에 대한 안좋은 여론을 주도하는 언론이 여럿 있습니다. 그래서 각 언론사 편집위원과 국장급 이상의 회합을 갖고 현 정부에 대한 불신 기사 게재를 줄여달라고 요청할 예정입니다. 만약 계속해서 여론을 호도하는 기사를 쓴다면 그에 따른 제재방안을 준비해놨습니다."

"정무수석의 아이디어가 매우 훌륭하구먼! 그렇지! 그렇게 해야지! 그렇게 하면 현 상황도 타개하고 민심 이반도 바로 잡을 수 있을 거야. 아주 좋아! 다음 계속해봐!"

대통령은 정무수석의 보고사항을 듣고 매우 흡족해하고 있었다. 정무수석의 보고사항 중 국회 추경예산 편성안과 서민지원금 및 중소기업, 자영업자 지원책이 나왔을 때 김무일 수석의 표정에서 일그러짐이 보였다. 어제 기획재정부 최재성 부총리와 협의했던 내용으로, 모두 거둬들여야만 하는 내용이었기 때문이다. 김 수석은 어떤 식으로 반대이론을 펼칠까 하는 고민했다. 더구나 대통령이 흡족해하고 있는 상황이라 곤혹스러웠다.

다음은 김무일 경제수석이 보고할 차례였다. 김 수석은 어제 최 부총리하고 협의한 내용과 협조 사항을 메모하여 왔다. 물론 대책 사항도 메모가 되어 있었다.

"경제수석인 저는 오늘 대통령님과 여기에 참석하신 실장님을 비롯한 여러분께 현재 우리나라의 경제 사정을 말씀드리려 합니다. 그리고 이로 인한 사회 전반적인 위기 사항 및 내외적으로 발생하고 있는 각종 문제점에 대해서도 가감 없이 알려드리겠습니다. 또한 이에 따른 대책을 말씀을 드리겠습니다."

모두의 시선이 김 수석에 쏠렸다. 대통령 역시 김 수석이 무슨 말을 할지 궁금해 긴장했다. 평소에 돌려 말하는 법이 없는 김 수석의 스타일에 비추어볼 때, 굉장히 어렵고 힘든 얘기를 할 것 같은 생각이 들었다.

"제가 우선 우리나라 경제의 문제점을 세 가지로 요약해서 말씀드리겠습니다. 첫째, 우리나라가 작년 하반기 및 올 전반기에 모든 분야의 수출이 전년도에 비해 평균 60%가 감소했고, 그 대신 분야별 수입이 평균 100% 늘었습니다. 그래서 수출 감소로 인하여 경상 외환수입이 확 줄었습니다. 이로 인해 외환보유고가 엄청나게 줄었습니다. 동시에 재정적자는 엄청나게 늘어났습니다. 전반기만 해도 각종 세입은 줄었고 세출은 계속해서 천문학적으로 늘고 있는 상황입니다. 우리나라 기업들의 수출이 줄어들어 법인세와 소득세 등 각종 세입이 줄은 반면, 사회복지성 지출과 각 지방자치단체 지원금, 그리고 서민들의 현금성 지원지출은 물론 남북경제개발 5개년 계획에 따른 북한의 지원금 지출로 세출은 늘어 재정적자 폭이 커졌습니다. 또한 이러한 사업을 하기 위한 국채발행 및 해외은행 보증 및 차관을 빌려 쓴 이자를 갚기 위한 지출이 계속해서 늘어났습니다. 둘째 미국 트럼프 대통령 집권 이후 보호무역주의가 팽배하여 글로벌 경제가 위축되어 잘 돌아가지 않습니다. 예를 들어 각 나라가 자국에서 필요한 산업 원자재 및 중간재는 최대한 수입을 억제하고, 국민들이 필요한 생필품 및 농축산물에 대한 수입만 조금씩 열고 있습니다. 현재 우리나라에서 수출하고 있는 생필품 및 농축산물 수출은 우리나라 경제에 약 10~15% 정도인데, 이 정도로는 한국 경제를 떠받치기 어려우며 그나마도 가격경쟁력에 밀리고 있습니다. 전반적으로 전자, 플랜트, 자동차, 석유화학, 해외건설, 철강, 조선 산업 등이 경제를 이끌어 나가고 있는데 대부분이 부진하고, 특히 전자산업이 악화일로를 걷고 있습니다. 이는 일본 정부의 집요한 자국 원재료 수출 억제와 수출 방해공작으로 인한 것입니다. 게다가 철강 및 석유화학, 플랜트 산업은 중동의 계속되는 대립 구도로 인해 많이 침체되어 있어 우리 경제에 영향을 미치고 있습니다. 셋째 유럽이나 미국 등 경제선진국에서 우리의 경제 상황을 매우 안 좋게 보고 있다는 것입니다. 이것은 한국 안보와도 밀접한 관련이 있는데, 현재 우리가 북한과 남북경제개발 5개년 계획에 따른 투자 대비 성과가 거의 없고, 그 투자금액이 북한 집권 세력에 그대로 흡수되고 있다는 생각에 더 이상 개발에 관련된 차관을 제공하지 않겠다는 생각이 팽배합니다. 처음에는 남북경제개발 5개년 계획이 시작되면서 북한의 철도, 도로, 항만 등 각종 인프라 공사로 경제 활성화가 되어 투자할 가치가 있는 줄 알았는데, 진행해보니 공사는 제대로 진척이 없고 투자금액은 회수가 안 되고 있고 그 많은 금액을 북한노동당 집권세력이 다 가져가고 있는 것으로 판단하고 있습니다. 그래서 한국에서 보증하고 투자하는 남북경제개발 5개년 사업은 실패라 생각하고 있습니다. 그 때문에 외환거래에 지대한 영향을 끼치고 있으며, 미국 국무부에서는 관련 금융권에 제재를 하려는 움직임도 포착되고 있습니다. 이러한 모든 사항이 종합되어 세계 유수의 신용등급회사에서 한국 신용등급을 현재의 A-에서 BB-등급으로 하락시키려고 하고 있습니다. 결국 외화 조달이 어려워지고, 해외에서 우리나라 기업들이 자금을 조달하는 것에 막대한 지장이 생깁니다. 안보 면에서는 미국에 발주한 각종 무기 수입에 차질이 생겨 우리의 국방력 확대에 걸림돌이 될 수 있습니다. 여기에 대한 대책이 시급합니다."

　김 수석의 경제 관련된 얘기를 듣고 모두 말이 없었다. 조금 전 정무수석의 발언을 듣고 미소를 짓던 대통령도 고개만 끄덕였다. 수차례 언급된 얘기인데다, 이러한 경제 위기를 극복하기 위해 수석비서관 및 보좌관 회의를 연 이유인데 이렇게 들으니 모두 마음이 편치 않았다.

대통령이 김 수석 얘기를 듣고 입을 열었다.

"그럼 김 수석 대책은 어떻게 할 생각이요?"

"네! 이러한 문제 때문에 어제 최재성 기획재정부 부총리하고 협의를 하였습니다. 우선 대통령님의 의견과 재가가 필요한 내용을 말씀을 드리겠습니다. 첫째 현재 당에서 추진하는 추경예산 편성을 하지 않았으면 합니다. 물론 액션을 취하되 야당에서 반대하면 명분을 만들어 야당에 책임을 돌리고 궁극적으로는 추경예산 편성을 하지 않는 것입니다. 지금 재정적자 폭이 너무 커서 이렇게 되면 한국은행에서 돈을 찍어내서 메꿔야 하는데, 자칫하다가는 하이퍼인플레이션 현상이 발생할 수 있습니다. 극단적으로 얘기하면 베네수엘라처럼 될 우려가 있습니다. 둘째 현재 진행하는 남북경제개발 5개년 계획 진행사업을 당분간 보류해야 합니다. 여기에 투자되는 외화가 너무 많습니다. 셋째 지금 시행되고 있는 사회복지성 지출금과 노인들과 서민들에게 지출하는 현금성 지출금을 줄일 필요가 있습니다. 물론 한 번에 다 줄일 수는 없지만 일부라도 줄여서 국가산업에 사용할 수 있는 자금으로 돌려야 합니다. 이 돈을 수출경쟁력을 높일 수 있는 곳에 투자해야 합니다. 넷째 해외여행 시 지참할 수 있는 외환과 송금성 외환을 제한할 필요가 있습니다. 이래야만 현재 외환보유고의 급감을 막을 수 있습니다. 다섯째 대통령님께서 정상외교를 펼치셔야 합니다. 특히 미국, 캐나다, 호주 그리고 유럽국가 중 통화 스와프 협정이 가능한 국가를 직접 방문하시어 스와프 금액을 늘리던지 아니면 새로운 국가와 협약을 하던지 해야 할 것 같습니다. 이상은 대통령님의 생각과 재가가 필요한 사안입니다. 그리고 기획재정부에서는 최 부총리가 미국연방은행 의장을 비롯해 세계은행 총재, 그리고 IMF 총재 등 세계금융기관 수장들을 만나서 한국 경제의 리스크를 해소하기 위해 설득작업을 해야 합니다. 거기에 대통령님의 정상외교 후 각국 상무장관들과 협약체결을 해야 합니다. 끝으로 저는 미국 월가의 국제신용회사의 한국 신용등급 하락을 막는 작업을 해야 할 것 같으며, 미국 국무부 관계자 및 금융기관들과 접촉하여 한국 경제 상황을 전반적으로 설명하고 협조를 구해야 할 것 같습니다. 아울러 대통령님께선 돌아오시는 길에 일본과 베트남에 들르시면 좋지 않을까 생각합니다. 그리고 저희 수석실에서는 비상대책반을 구성해서 오늘부터 운영하고 있습니다. 기획재정부에서는 이미 테스크포스팀을 만들었다고 합니다. 물론 한국은행도 마찬가지입니다. 참고하시기 바랍니다. 이상 현재 상황과 의견을 마치겠습니다."

모두 김 수석 이야기에 물을 끼얹은 듯 조용했다. 무슨 말을 해야 할까 서로 고민하는 듯 보였다.

대통령이 고민스런 표정으로 다시 말을 했다.

"음…. 우리나라의 경제 위기 사태가 어제오늘 일은 아니지! 그래서 오늘 모인 것 아닙니까? 물론 김 수석의 말도 일리가 있고 정무수석이나 사회수석 말 모두 일리가 있습니다. 그런데 경제수석이 제안한 내용 중 지금 당장 시행할 수 없는 몇 가지 내용이 있으니 이것은 다음 국무회의 때 좀 더 심사숙고로 논의하여 결정하고 각 부서별로 비상대책반을 운영하도록 조치하세요. 또한 내외적으로 상황을 점검하고 해외에 나가 있는 대사들에게 이와 관련된 정보를 수집해서 보고를 하도록 외무부에 알리도록 하세요. 다른 수석들도 의견을 말씀해 보세요."

그날의 수석비서관, 보좌관 회의는 큰 윤곽을 잡고 향후에 어떤 대책을 마련할지 가이드라인은 제시할 수 있었다. 다만 이것을 실천하느냐는 전적으로 대통령의 의중에 달려 있었다. 그러나 김 수석은 알고 있다. 자신이 제안한 것 중 가장 중요한 부분은 실천이 안 될 것이란 사실을. 과연 대한민국의 미래는 어떻게 될 것인가? 걱정되는 하루였다.

강제연 대통령은 수석비서관, 보좌관 회의를 마치고 그날 회의 참석자들과 오찬을 하였다. 청와대 식당에서 오찬이 끝나갈 무렵, 대통령안보 특별보좌관이 김무일 수석과 얘기 좀 따로 하고자 만나자 하였고, 비서실장은 저녁때 대통령이 독대를 원하시니 집무실로 오라고 지시하였다.

김무일 수석은 이승표 안보특별 보좌관과 청와대 소회의실에서 따로 만났다. 차를 두고 마주 보며 얘기를 진행하였다.

"김 수석! 저는 우리나라 경제 상황이 그렇게 심각한 줄 몰랐어요. 그렇게 심각합니까?"

"심각합니다. 이 보좌관님. 지금 어려운 경제 상황이 지속된다면 국방비 지출에도 커다란 문제가 생기고 미국에서 들어와야 할 공군 주력기를 비롯해서 이미 계약을 완료한 무기 대금을 지불하는 게 중단될 수도 있습니다. 그러면 국방력 악화는 물론 국제계약에서의 신뢰성 문제로 향후에 신무기 구입이 어려워질 수 있습니다. 이러한 상황은 어떻게든 막아야 합니다."

"그렇군요. 그러면 국방전력증강사업에 차질이 생기면 안 되는데! 그리고 군용예산이 집행이 안 되면 군 사기 저하는 물론이고, 북한이나 중국의 영해 침범은 더 빈번해질 겁니다. 게다가 요즘 일본 해상 자위대가 독도 근처에 빈번하게 나타나 해상 훈련을 하는데, 우리의 예산 부족으로 동해함대 출동이 힘들어지면 정말 큰일입니다. 이러한 사태가 일어나면 안 되니 김 수석님, 국방예산만이라도 집행 중단하는 사태를 막아야 할 것입니다."

"저야 그러고 싶지요. 그런데 예산집행 중단 사태를 막아야 할 부처가 한두 군데가 아닙니다. 우선 전 국가적으로 예산을 긴축하는 것이 최우선입니다. 불필요한 예산을 줄이고 집행 우선순위를 정해서 진행해야지, 안 그러면 모든 게 힘들어집니다. 이 보좌관님! 일단은 기획재정부 최재성 경제부총리하고 상의를 해보십시오. 저는 조만간 미국을 방문해야 하는 상황이라 지금 뭐라고 말씀드리기가 어렵습니다."

"알겠습니다. 국방부 장관과 의논하고 경제부총리에게도 상의해보지요! 그나저나 이 사태가 어떻게 전개될지 걱정입니다. 김 수석은 앞으로의 상황에 대한 어떤 해결책을 갖고 있나요?"

"글쎄요. 해결책이 딱히 있는 것은 아닙니다. 어떻게든 시급히 외화를 빌리거나 통화 스와프 금융을 확보해서 해외무역 결제자금은 순조롭게 확보하고, 아까도 내적으로는 얘기했지만 국가 예산을 긴축재정으로 계획해서 급하지 않거나 잠시 보류할 사업이 있으면 보류하고 남북관계에 따른 지출도 중단하면서 한숨 돌려야 합니다. 그리고 다시 한번 우리나라 주력 수출산업을 점검해서 해외에서 돈을 벌어들일 수 있는 사업은 뭣이든지 해야지요. 그러면 좀 나아질 겁니다."

"아무튼 알겠습니다. 김 수석께서 수고를 많이 해주셔야 될 것 같습니다. 오늘 시간 내줘서 고맙습니다. 다음에 제가 식사자리 한 번 만들겠습니다."

"별말씀을요. 그리고 아까 보좌관님께서 말씀하신 중에 독도 근처에 일본의 해상자위대가 자주 나타나 훈련한다고 하셨는데, 해군에 연락해서 일본 자위대 훈련을 초정밀 감시하라고 하십시오."

"아, 그래요? 그런데 김 수석께선 경제 분야 전문가신데 국방부에 관련된 일에까지 관심을 가지시다니 놀랍습니다. 일본 해상자위대가 독도 근처에 나타나면 즉각 동해 함대와 공군이 출동합니다. 그거는 말 안 해도 늘 이루어지고 있습니다. 무슨 문제라도 있는 겁니까?"

"무슨 문제라기보다는, 이렇게 나라 경제가 어려울 때일수록 경계를 강화하여 우리가 어려운 상황이 아니라는 걸 보여줄 필요가 있어서 그렇습니다. 그리고 좀 걸리는 게 있어서요. 아무튼 제 얘기를 꼭 좀 국방부와 해군에 전달해주십시오."

"일단 알겠습니다. 김 수석님 말씀을 명심해서 전달하겠습니다. 너무 걱정 마십시오!"

두 사람은 악수를 하고 각자 사무실로 돌아갔다.

김 수석은 사무실로 돌아와서 저녁에 대통령과 독대할 때 보여줄 자료를 준비하고 있었다. 그때 경제정책 비서관이 들어왔다.

"수석님! 오늘 한국은행 외환 담당의 보고인데 지금 일본 엔화가 계속해서 빠져나가고 있답니다. 한국에 투자한 일본 대부업체가 원화를 엔화로 바꾸어 계속해서 일본으로 송금하고 있다는데, 최근에 빠져나간 금액만 약 1,000억 엔에 달한다고 합니다. 우리 돈으로 1조 이상인데 금액이 문제가 아니라 특별한 이유도 없이 원화를 엔화로 대규모로 환차하고 있다는 것입니다. 그러다 보니 시중에 엔화가 품귀현상이라고 합니다. 무슨 이유일까요?"

"음! 드디어 일본 정부의 모종의 작전이 시작된 것 같은데 그 작전의 정체를 알 수가 없네. 더구나 민간 기업이 자본을 회수할 때는 웬만하면 정부에서 손을 안 대고 자율적으로 하도록 내버려 두는데…. 이번 진행 상황은 일본 정부의 입김이 강력히 묻어나와. 그 이유가 매우 궁금하군. 그 이유가 말이야!"

"경제정책비서관은 계속해서 한국은행에 달러, 엔화, 유로, 그리고 위안화 등 기축통화 환율 상황을 수시로 점검하고 기획재정부하고 긴밀히 연락해서 시시각각으로 체크해봐."

"예! 알겠습니다."

경제정책비서관이 나가자 김호성 비서관이 들어왔다.

"어이, 김 비서관! 내가 아침에 얘기한 거 외부무에 연락했나? 주미대사관에서 국무부 일정과 연방은행 일정 말이야."

"네! 일단 외무부 북미국장에게 연락했습니다. 조만간 연락해준다고 합니다."

"수고했어. 아무튼 비상사태야. 모두 정신 바짝 차리라고! 그리고 중요한 사항이라고 생각되면 바로 보고해줘!"

"알겠습니다. 그런데 저녁때 대통령님과 또 만나십니까?"

"그렇다네. 이따가 대통령님과 독대할 예정일세. 무슨 말씀을 하실지는 어느 정도 감이 오는데…. 아무튼 들어가서 얘기를 들어봐야지."

김 수석은 오후 5시에 대통령 집무실에 들어가기 전에 비서실에 들어갔다. 그리고 김태영 비서실장과 서서 잠시 얘기를 나눴다.

"김 수석! 대통령님과 대화할 때 너무 아메리칸 스타일로 얘기를 하지 말고 좀 더 부드럽게 말씀드렸으면 좋겠어."

"아, 제가 그랬나요. 알겠습니다. 비설실장님 말씀대로 하겠습니다."

"에이! 농담이야. 오늘 보고할 때 너무 긴장돼서 그러는지 말의 억양이 올라가고 힘이 들어가서 듣는 우리까지 긴장돼서 그랬네. 아무튼 대통령님은 부드러운 사람이시지 않나? 그러니 좀 분위기를 풀어서 말씀드리고 미국 방문 일정을 짜서 우리 비서실에 올리게. 아시겠는가?"

"그럼요, 비서실장님. 여부가 있겠습니까? 분부대로 하지요."

"어서 대통령님에게 가보셔."

김 비서실장과 김 수석은 사석에서는 이현진 민정수석과 농담을 주고받을 정도로 친했다. 그리고 팀워크가 잘 맞았다. 그래서 김 수석이 독대한다고 할 때는 기꺼이 자리를 만들어주고 참석하지 않았다. 나중에 김 수석이 독대 내용을 전부 알려주기 때문이다.

김 수석은 의전관의 안내를 받으며 대통령 집무실에 들어갔다. 그리고 대통령께 머리 숙여 인사를 했다.

"어서 들어와 여기 앉으시오!"

대통령이 김 수석을 오른쪽 소파에 앉게 했다.

"네! 대통령님."

"아침 회의 때 김 수석께서 꽤 긴장한 것 같더군요. 그래서 오늘 내가 따로 만나자고 하는 것이요. 그리고 아침에 정상회의를 진행하라고 했는데 어떤 의제로 누굴 만나야 할지 그게 궁금해서 그래요. 그리고 지금 정상회의를 하려면 시간이 많이 필요한데, 시기는 언제쯤 해야 할지도 말이야."

"네! 빠르면 빠를수록 좋습니다. 아무래도 미국 대통령을 만나는 것은 사전 조율이 많이 필요할 테니 우선 캐나다, 미국 순으로 방문하시는 걸 추천합니다. 그리고 유럽에서 영국, 프랑스를 비롯한 유럽 국가의 장을 순서로 만나서서 분위기를 띄운 후, 마지막으로 호주 총리를 만나시는 것이 좋을 것 같습니다."

"음! 그렇군. 그럼 첫 순서가 캐나다인가? 방문 시점은 언제로 잡는 것이 좋을 것 같으신가?"

"시기는 9월 하순 정도로 생각하고 있습니다. 9월 중·하순에 캐나다를 시작해서 미국, 유럽까지 9월 말, 그리고 10월초에 호주를 방문하셔서 일정을 마무리하시면 됩니다."

"김 수석. 그렇게 진행해야 할 이유가 있소?"

"네. 우선 시간이 촉박하다는 점입니다. 각국 정상의 휴가 일정도 있어서 시간을 맞추기는 어렵지만, 실무진이 각국 외교부와 협의해서 진행한다면 가능할 수 있습니다. 그래야만 하반기 경제 위기를 조금이나마 줄이고 외화를 유치할 수 있을 겁니다."

"오전 회의 때 김 수석이 각자에게 역할이 있다고 얘기했는데, 김 수석은 언제 미국으로 출발하시오?"

"네. 저는 이달 20일 정도에 출발할 예정입니다. 미국에서 국무부 관계자와 연방은행 총재를 만난 뒤 월가의 금융 동향을 파악하고, 국제신용등급회사를 방문해서 우리나라 신용등급 하향 조정을 최대한 막고, 최재성 경제부총리의 미국 금융기관 수뇌부와 상무장관 등 면담 주선을 해야 하는 상황입니다."

"그렇군. 김 수석의 역할이 크구먼! 그런데 말이요, 회의 때 나온 추경예산 편성을 철회하면 하반기 예산지출이 어려워져서 여기저기 문제가 발생하고, 집행을 해야 하는 많은 민생용 비용이 지출되지 않으면 국민적 저항이 발생할 수 있는데 괜찮겠소? 그러면 정부의 신뢰와 지지도가 떨어질 텐데. 그것은 그대로 진행되어야만 하지 않소? 게다가 외화 반출 및 송금 제한은 기재부에서 발표하고 시행하면 되는 것이지만, 남북경제개발 자금의 경우 지금 개성과 평양까지 이어지는 철도 공사에 자금이 투입되어야 연내에 목표가 달성되오. 진행이 안 되면 남북관계가 악화되어 이제까지 들어간 자금조차 회수할 수 없는 상황이 될 수 있소. 김 수석! 이런 데도 이걸 스톱시켜야 된다 말이오?"

"네. 지금 상황이 그렇습니다. 지금 북한에서는 북한 근로자 인건비를 달러로 요구하지 않습니까? 자재 조달도 중국에서 들어오는데 전부 위안화 아니면 달러로 지급하고 있어 우리의 외환보유 액수가 계속 줄어들고 있습니다. 결국 대외무역 결재자금이 바닥날 수도 있습니다. 예전에 개성공단은 남한기업이 북한에 인건비를 달러로 지급하였지만 대신 생산한 상품을 외국에 수출하여 자금이 돌아갔습니다. 그러나 지금은 투자만 되지 당장 자금이 들어올 수 있는 상황은 아니지 않습니까? 우리가 향후 사용조건과 차관형식으로 투자되는 거라 당장 지출된 달러가 채워지지 않습니다. 게다가 현재 국가채무가 1,500조를 넘고 있습니다. 이 채무에 따른 이자만 해도 수조에 이르고 있습니다. 그에 비해 외국에서 우리나라에 투자하는 금액이나 우리가 수출을 통해 벌어들이는 외화는 날이 갈수록 줄어들고 있습니다. 이렇게 되면 제2의 IMF 사태가 올 수도 있어서 드리는 말씀입니다."

"아무튼 알겠소! 국가채무는 어찌할 수는 없는 것이니, 우선은 모든 산업 역량을 동원해서 수출증대에 주력해야 할 것 같소. 추가예산 편성은 긴급한 자금만 하기로 하고 남북경제개발계획에 들어가는 금액 지출 중단은 여러 각도로 논의한 후 신중히 결정합시다. 나머지 사안은 기획재정부 최재성 경제부총리에게 분야별로 계획을 짜서 발표하도록 통보하고 김 수석은 조속히 미국으로 출장 가서 기초 작업을 다져놓도록 하세요."

"네! 대통령님. 최재성 부총리하고 논의하여 시행할 것은 발표하고 나머지 사안은 좀 더 신중히 검토해서 결과를 내도록 하겠습니다.

그럼 이만 물러가겠습니다."

"그렇게 하세요. 모든 게 잘 풀려야 될 텐데…!"

강 대통령은 깊은 한숨과 고뇌 어린 얼굴로 소파에 머리를 기대었다.

김 수석은 대통령 집무실에서 나와 경제수석 본인 사무실로 돌아왔다. 그리고 최재성 부총리에게 비화기 휴대폰으로 전화를 걸었다. 직접 최재성 부총리가 휴대폰을 받았다.

"최 부총리님! 저 김 수석입니다."

"예! 수고 많습니다. 김 수석님!"

"최 부총리님! 조금 전 대통령님과 독대하고 나오는 길입니다. 지난번 저하고 협의한 내용 중에 일부는 시행하셔야 할 것 같습니다. 너무 시간을 끌면 안 되기에 이렇게 직접 전화를 드렸습니다.

"아, 그래요? 그렇지 않아도 나도 대통령님의 지시가 어떻게 떨어질까 궁금했습니다."

"네! 지시는 하셨지만 전부 시행되는 것은 아니고 일부만 시행되어야 할 것 같습니다."

"그 일부 시행할 내용은 어떤 것인지 궁금합니다."

"제가 간단히 말씀드리겠습니다. 후속 내용은 우리 비서관들이 리포트를 작성해서 보내드리겠습니다. 그러면 최 부총리께서 기재부하고 한국은행, 그리고 금융위원회, 산업통상자원부, 무역 관련 기관 등 협의를 하셔야 할 것 같습니다."

"우선 첫 번째로 해외로 송금되거나 해외여행객들이 출국할 때 가져가는 달러 및 외화를 제한하시기 바랍니다. 둘째 추가경정예산 편

성은 민생에 관련된 최소 금액으로 편성하시기 바랍니다. 셋째 중앙
정부에서 지방자치단체로 내려주는 예산을 대폭 줄이고 민생에 관
련된 것만 엄격히 심사해서 내려주십시오. 각종 지자체에서 발주한
공사 및 건설에 관련되는 것은 모조리 빼고 최소금액으로만 교부하
십시오. 넷째 남북경제개발자금은 당장 중단하면 곤란하니 우리의
외환보유고를 염두에 두고 규모를 대폭 줄여서 북한 당국에 빌미를
잡히지 않을 정도로 진행하시면서 시간을 끌어주십시오. 다섯째 국
방력 증강 사업의 일환으로 전부터 진행된 각종 첨단무기 사업에 지
출되는 금액도 선별해서 지출하시고, 마지막으로 정부의 전 부처 운
영예산을 절반으로 축소하고 신규 공무원 모집 중단 및 인건비 상
승을 최소화하는 정책을 만들어 발표하시기 바랍니다. 이상입니다.
부총리님.”

“그렇군요. 이러한 내용을 발표하면 사회적으로 상당히 혼란이 오
고 우리나라 경제 전반에 걸쳐 쓰나미가 몰려올 텐데 걱정입니다.
주식시장은 요동치고 사회적으로는 사재기 현상이 생기고 물가가 폭
등할 텐데…! 아, 어쩐다? 대란이 날 것 같습니다.”

“부총리님! 한꺼번에 발표하지 마시고 우선 주식시장이나 물가 경
제에 미치는 사안이 아닌 것부터 발표하시면 됩니다. 예를 들어 지
방교부금 축소나 정부 운영 예산축소 같은 것은 주식시장이나 서민
경제하고는 조금 떨어져 있으니까 그런 것부터 하시고 나머지는 시
기를 봐서 발표하시고 진행하십시오.”

“알겠습니다. 김 수석! 우리 나름대로 시장경제에 미치는 영향을

조금이라도 줄이는 방향으로 진행하겠습니다. 아, 그런데 말입니다. 일본 정부가 조만간 한국으로 수출되는 모든 원재료 공급을 전면 동결하려 한다는 첩보가 있습니다. 그러면 우리나라에서 제조하는 중간재 수출산업이 폭풍을 맞을 것 같은데, 이러한 내용을 혹시 알고 있습니까?"

"짐작은 하고 있었습니다. 일본경제계 지인들에게 전해 들었습니다. 비중은 크겠지만, 우리나라 산업 전체가 마비되거나 그런 건 아닙니다. 게다가 이전부터 이런 일에 대비하라고 경제계에 꾸준히 알려왔습니다. 게다가 일본에서 한국에 투자된 금액을 전부 회수하고 그들이 갖고 있던 한국채권을 국제시장에 내다 팔 수도 있다는 정보가 계속해서 들어오고 있습니다. 그러면 한국채권 가격이 국제시장에서 폭락하고, 한국에 해외투자자들이 발을 빼면 외화가 유출되어 상당히 어려워질 수 있습니다. 그 점 경계해야 합니다. 아무튼 최 부총리님! 제가 곧 미국으로 출장 가니 차질 없이 진행하시기 바랍니다. 전 최 부총리님만 믿고 갑니다."

"예! 알았어요. 최선을 다해보리다. 지난번 내가 부탁한 미국 인사들의 주선도 신경 써주시기 바랍니다. 오늘 수고 많으셨습니다. 이만 줄이겠습니다."

"네! 알겠습니다. 들어가십시오."

김 수석은 최 부총리하고 휴대폰을 끊고 나니 마음이 편치 않았다. 결국 우리 경제가 일본에 발목을 잡히는 거 아닌가 생각했다. 그동안 일본에 대한 경제 의존도를 꾸준히 줄여왔지만 아직도 줄이지 못하는 기술 격차와 경제 규모 면에서 밀리는 것은 어쩔 수 없었다. 결국 일본 정부의 노림수가 있다는 걸 어렴풋이 짐작만 할 뿐이었다. 김 수석은 김호성 비서관을 불러들였다,

"부르셨습니까? 수석님!"

"응! 거기 앉아봐. 그리고 내 말 잘 듣고 진행하시게!"

"말씀만 하십시오!"

"조금 전 최 부총리님하고 통화를 해서 여섯 가지 사항의 시행계획을 알려줬는데, TF팀에서 좀 더 자세한 지침전달을 만들어 보내주도록 해! 그리고 내가 곧 미국 출장을 갈 테니까 준비 좀 해주고. 특히 외교부에 지난번에 국무부 일정을 알아보라고 한 것 체크해서 알려줘. 그리고 자네도 동행할 수 있도록 준비하시게!"

김 수석은 우리 경제의 위기와 일본 정부 사이에 상관관계가 있다는 걸 조금씩 느끼고 있었다. 과연 그 끝은 뭘까? 요즘 일본 정부가 진행하는 상황을 맞춰봐야 할 것 같다는 생각이 들었다.

한국에 모든 원자재 수출 전면 동결 → 한국 내 일본 투자금 회수 및 한국 채권 국제시장 판매 → 일본 정부의 한국 고립 외교 및 국제 금융계 방해 전술 → 동해에서 일본 해상자위대 훈련 강화 → ?

'설마 독도를 점령하려고 하는 것인가? 그걸 하기 위해서 사전조치를 치밀하게 준비한단 말인가?'

그런데 그렇게 해서 얻는 일본 정부의 이득이 뭘까? 그러면 한국과의 전면전이 벌어지고 국제사회는 시끄러워지며 한국과의 관계는 영원히 멀어질 텐데. 일본 사람들은 실리에 무척 밝은 사람들인데 정말 그렇게 할까? 자꾸 의문이 들었다. 그럼 한국은 이에 어떻게 대항할까? 그것도 의문스러웠다. 설마 아니겠지 하면서 김 수석은 청와대의 바깥 풍경을 내다봤다. 여름이 다가오니 경내에 나무들이 더 푸릇푸릇하게 보였다.

김무일 수석은 6월 20일 아침 8시 30분 비행기로 김호성 비서관만 대동한 채 미국으로 출장을 떠났다. 오랜만에 가족과 만날 것을 생각하니 마음이 들떴다. 미국행 비행기 일등석에서 와인을 한잔하며 아내에게 미국으로 출발했다고 통화를 한 뒤 생각해 보았다. 오전 10시에 최재성 부총리가 드디어 경제와 관련된 대국민 발표를 했는데 국민들은 어떻게 받아들일지, 혹시 혼란이 일어나지는 않을지 걱정 반 궁금 반이었다. 미국 도착시간은 밤 9시 50분 정도인데, 그래도 그리운 아내와 애들을 보는 것이 더 중요하다고 생각했다.

한편 6월 20일 오전 10시 광화문 정부종합청사 회의실에서 최재성 경제부총리가 경제와 관련된 대국민담화 발표가 있었다. 그리고 이에 따르는 기자회견을 하기로 하였다.

최재성 부총리는 회의실에 마련된 연단에 올랐다. 밤새 고민하며 차관들과 국장들의 의견수렴을 거쳐 만든 문안을 보고 드디어 담화를 발표하였다.

"존경하는 국민 여러분! 죄송한 말씀을 드리려고 이 자리에 섰습니다. 그동안 우리나라는 눈부시게 성장하여 OECD 국가 중에서도 경제 성장률이 가장 높았습니다. 수출은 10위권 이내 자리를 유지하였고 국민소득은 4만 달러를 달성하였습니다. 그럼에도 불구하고 세계 경제의 불황과 보호무역주의로 인하여 우리나라의 경제 성장률이 마이너스 성장률로 바뀌었고, 이런 이유로 국내 경기 침체가 장기적으로 이루어지고 있습니다. 따라서 국가 경제가 매우 어려운 상황이 도래해 국민 여러분께 다음과 같은 시책을 발표하니 정부 시책에 따라주시기 바랍니다. 전 세계적으로 불황인 이때 우리 국민들이 조금만 협조하여 주신다면 국가 경제 성장률과 경제회복이 조기에 달성되리라 생각하며 말씀드리겠습니다.

1. 모든 국민의 해외 송금액을 일정한 한도로 제한한다. 금액은 사안별로 차등을 두어 하루하루 변동 발표한다.
2. 해외여행자들은 외화환전금액을 일정 금액 이상을 환전 제한을 한다.
3. 중앙정부에서 지방자치단체에 지급하는 교부금을 대폭 줄인다. 단, 민생에 직결되는 것은 되는 것은 예외로 한다.
4. 정부에서 그동안 지급되었던 사회복지성 지출금은 당분간 보류한다.
5. 정부 기관 및 공공기관 운영은 긴축재정으로 진행한다.
6. 정부에서 진행하는 각종 건설공사 및 사회 인프라 공사는 특별한 사안을 제외한 모든 사업을 중단한다.
7. 국가재정 건전성이 개선될 때까지 필요하다면 각종 국가시책사

업은 중단 내지는 보류한다.

이외에도 국회에서 요구하는 추가 경정 예산 편성은 최소화로 진행할 예정입니다. 이상으로 정부에서 진행하는 경제정책에 국민들의 협조를 부탁드리겠습니다. 정부에서는 국가 경제와 국민경제를 빠른 시간 내에 회복시키도록 노력하겠습니다. 감사합니다."

최재성 부총리는 연단에서 마무리 인사를 하고 기자 질문을 주고받았다. 한국 경제부총리의 경제담화 발표는 국내 주식시장은 물론 미국 주식거래처 나스닥에도 영향을 미쳤다. 그날 주식시장은 사이드카가 발동할 정도로 요동을 쳤으며 주가가 하락하였다. 또한 담화 내용을 들은 국민들은 하루 종일 불안해하였고 국회에서 야당은 야당대로 여당대로 상반된 논평을 내놓으며 으르렁거렸다. 하루 종일 전국이 술렁거리며 사람들은 더운 날씨에도 불구하고 일찍 귀가를 하여 거리가 한산하였다. 태풍이 몰려오기 전에는 고요하듯. 말 그대로 폭풍전야였다. 금융가, 증권가 등 충격적인 사태에서도 환율의 변동추이를 지켜보며 하루를 보냈다.

기획재정부 최재성 부총리는 하루가 일 년 같았다. 한국의 경제 긴급담화를 해외 언론은 긴급소식으로 전 세계에 타전하였다. 미국 뉴욕 월가는 물론 일본, 중국 상하이, 홍콩 금융가, 영국 등 긴급 톱뉴스로 언론과 TV 메인타이틀로 장식되었다.

김무일 수석은 늦은 밤 뉴욕 케네디 공항에 내려서 마중 나온 아내, 아이들과 반가운 포옹을 하였다. 그리고 김호성 비서관은 호텔로 가고 김무일 수석은 뉴욕 거주지의 아파트로 들어갔다.

"오느라 피곤했을 텐데 괜찮아요?"

아내가 김 수석에게 말을 건넸다.

"피곤하긴 하지."

"그럼 오늘은 푹 주무시고 내일 얘기하는 게 어때요?"

"뭘. 그 정도는 아니야. 그래도 오랜만에 당신하고 같이 있는데 그냥 자는 건 아니지!"

"뭘, 그냥 자면 되지. 그냥 안 자면 뭘 할 건데요?"

아내는 웃으며 농담으로 말하지만 싫지 않은 표정이었다. 그날 김 수석과 아내는 오래간만에 부부의 정을 나누었다. 그리고 한국보다 하루 늦은 아침에 일어나서 TV를 켰다. TV에서는 한국의 경제 긴급 담화 소식을 abc, cbs, nbc, CNN이 보도하고 있었다. 특히 CNN은 한국의 강남역 거리를 배경으로 소식을 전하며 길거리 인터뷰도 이어나갔다.

김 수석은 거실 소파에 앉아 최재성 부총리 담화를 뚫어져라 보고 있었다.

"허니! 아침 식사하세요."

아내가 큰소리로 불렀다.

"웅! 갈게!"

김 수석은 TV를 끄고 식탁에 앉았다.

"여보! 한국 소식이 아침 뉴스에 나오던데 그렇게 한국 경제가 안 좋아졌어요?"

식탁에는 간단한 토스트와 모닝커피, 그리고 샐러드와 과일을 아내가 준비해 올려놨다. 진한 커피를 마시며 김 수석이 대답을 하였다.

"경제가 안 좋아진 정도가 아니야. 많이 안 좋아. 아주 위험한 상태야. 그래서 내가 이렇게 급하게 미국에 온 거야."

"아니, 당신이 미국에 온다고 안 좋은 한국 경제 문제를 해결할 수 있나요?"

"해결까지는 아니더라도 최소화할 수 있는 방법을 찾아보려고 온 거지."

"아니, 당신이 무슨 해결사인가? 그렇게 어려워진 한국 경제를 무슨 수로 해결해?"

"해결할 방법을 찾아봐야지. 명색이 경제수석인데 가만히 있을 수는 없잖아?"

"잠시 쉴 줄 알았는데 쉴 틈이 없군요? 그나저나 어쩌다 그 지경이 됐나요?"

"여러 가지 요인이 있지만 가장 큰 문제는 한국의 경제정책이 몇 년 전부터 유럽식 사회주의적 경제정책으로 전환되면서 복지비용이 늘어 기업의 어려움이 가중되고 경제침체가 맞물려 디플레이션이 지속된 거지. 거기다 대내외 환경이 한국 경제에 악영향을 끼쳐서 그런 것도 있고. 특히 일본이 집요하게 한국 경제 성장에 발목을 잡는 정책을 펼쳐서 어려움이 더 했지. 한국기업에 원재료 수출하는 걸 중단하기도 했고. 한성전자가 오죽했으면 베트남으로 본사를 이전했겠어? 결국 지역 리스크를 피하고자 옮긴 거겠지! 아무튼 말하자면 길어."

"그럼 당신은 어떻게 해결할 생각이에요?"

"우선 신용등급 하락을 막는 게 우선이니까 오늘부터 내가 근무하던 국제신용평가회사 임원들을 만나보고 미국 국무부 관계자들과 얘기를 해봐야겠지."

"혹시 내가 당신을 도울 일 없을까요?"

아내가 샐러드를 먹으면서 말을 이어나갔다.

"도울 일이 있을 수도 있지. 그런데 지금 당장은 없으니까 조금 지켜보고 생기면 도와줘!"

"내가 학교에 휴가를 신청해놨어요. 당신이 미국에 머물러 있는 동안 같이 있으면서 비서 역할이라도 하려고요!"

"고마워! 역시 당신은 사랑스러운 나의 아내야! 내가 장가는 잘 간 것 같아!"

"뭘 그렇게까지! 그냥 나도 한국인이고 그리고 당신의 아내이니 당연히 해야지요!"

"오늘은 같이 온 김 비서관하고 국제신용평가사 몇 군데 들르고 저녁에 집으로 올 테니까 김 비서관하고 저녁 식사를 같이 하는 걸로 준비해주면 고맙겠는데, 괜찮겠어?"

"그 정도야 뭐! 걱정 말아요. 준비해 놓을게요."

김 수석은 그날 김 비서관을 대동하고 평소에 안면 있는 국제신용평가사 임원들을 만나러 다녔다. 무디스, S&P, 피치IBCA 평가사 임원들은 한국 경제 긴급 담화 소식에 우려를 표명하였다. 그리고 김 수석의 한국 신용평가 현상 유지 요청에 난색을 표했다. 잘못된 평가로 인해 한국에 투자하는 외국 투자자들이 손실을 입을까 봐 절레절레 머리를 흔들었다. 우선 신용평가 하락 방지를 위한 정책을 만들라고 하였다.

김 수석이 미국에서 뉴욕 월가를 비롯해 국제신용평가사와 접촉하면서 동분서주하고 있을 때, 한국에서는 서서히 경제담화에 대한 부작용이 일어나기 시작했다. 환율이 오르기 시작하고 시중에 달러 품귀 현상이 나타나기 시작했다. 달러 당 원화가 2,000원에 육박했고, 한국은행의 콜 금리가 매일 올랐다 내렸다를 반복하였다. 기업들과 금융계가 정신을 못 차린 하루였다. 이에 국민들이 서서히 저항하기 시작하였다. 제일 먼저 노동계가 들고 일어나기 시작하였다.

그 다음 날, 청와대에서 긴급 경제장관 확대 국무회의가 열렸다. 대통령을 중심으로 경제 분야 장관들은 물론 관련된 수장들이 다 모였다. 드디어 대통령이 무겁게 입을 열었다.

"현재 우리가 처한 상황이 너무 엄중해서 어디서부터 수습해야 할지 답은 없는 것 같소. 그러니 장관들께서 의견을 제시하여 주시오."

"제가 한 말씀 올리겠습니다. 우선 경제부총리로서, 그리고 경제 분야의 책임자로서 죄송하다는 말씀을 드리겠습니다. 그래도 이 난국을 헤쳐나가기 위해서는 어제 발표한 정책대로 밀고 나갈 수밖에 없습니다. 그 정책이 효과를 발휘하면 약 6개월 이내 정상 궤도까지는 아니더라도 어느 정도는 회복될 수 있으리라 생각됩니다. 또한 제가 곧 미국에 가서 미국 상무부장관 및 연방은행 총재 국제통화기금 총재 등을 만나 시급한 불을 끄고, 돌아오는 길에 캐나다, 호주에 들렀다 오면서 통화 스와프 협정에 따른 이행조치를 취하면 최소한 모라토리엄 상황은 없을 겁니다."

이때 이현진 민정수석이 거들었다.

"최 부총리께서 미국에서 협상을 하시고, 또 미국에 가 있는 김무일 수석이 어느 정도 국제신용평가 하락을 막는다면 곧 수습될 수 있을 것 같습니다."

"한국은행 총재인 제가 발언을 해도 되겠습니까?"

"발언해 보시오."

대통령이 허락했다.

"이번 경제문제 사태는 갑자기 하루아침에 일어난 것이 아니고 약 10년에 걸쳐 발생한 경제문제입니다. 단기간에 수습되리라 생각되지는 않습니다. 지금 달러 통화량이 급격이 늘어나고 있습니다, 달러 대비 원화가 2,000원을 향해 올라가고 엔화 역시 마찬가지입니다. 벌써 해외투자자들이 한국 엑소더스를 하기 시작했고, 이로 인하여 달러 유출이 매우 심각합니다. 따라서 모든 경제운용을 긴축재정으로 운용하고, 아주 특별한 일이 아닌 한 소비재 수입을 줄여야 합니다. 석유와 가스, 그리고 발전용 석탄 등 꼭 필요한 수입만 유지하고 그렇지 않은 것은 수입을 동결해야 합니다. 물론 수출하는 기업에서 필요한 원자재는 수입해야겠지만, 그렇지 않은 것은 당분간 보류하면 달러 유출을 어느 정도 줄일 수 있다고 생각합니다."

금융통화위원장을 겸한 한국은행 총재의 발언에 대통령도 할 말을 잃었다.

산업자원부 장관의 발언이 이어졌다.

"현재 전국 공장 가동률이 극히 저조합니다. 약 40% 선에 머물러 있습니다. 이렇게 되고 있는 것은 수출 물량도 줄어들었거니와 내수 산업도 침체를 벗어나지 못해 좀처럼 경제 활성화가 되지 않기 때문입니다. 어떤 특단의 조치가 필요할 것 같습니다. 현재 서서히 물가가 오르고 있는데, 소비를 해야 하는 국민들의 수입이 없는 상태입니다. 정부 보조금, 다시 말해 국민연금이나 공무원연금을 받는 사람들이 간신히 소비를 하고 있는 상태로 경제침체의 반복적인 상황이 되풀이되고 있습니다."

다시 무겁게 최재성 부총리가 입을 열었다.

"한국 경제를 책임지는 경제부총리로서 다시 한번 책임을 통감합니다. 그러나 조금 전 한국은행 총재 말씀처럼 하루이틀만에 우리 경제가 무너진 것이 아니고, 그동안 여러 가지 누적된 요인으로 인해 이 상황에 왔습니다. 따라서 조속히 수습해야 하는 것이 우리의 과제입니다, 우선은 우리나라 상황에 대한 해외투자가들의 이해를 구하고, 산업 전반에 걸쳐 구조조정을 진행해 수출산업의 증대를 목표로 해야 할 것입니다. 그러기 위해서는 국민들의 절대적인 협조가 필요합니다. 그래서 지난번 제시한 시행대책을 엄격하게 지켜나가는 것을 독려해야 합니다."

대통령이 전체적인 의견을 듣고 결론을 내었다.

"각 분야별 장관들은 최대한 경제 활성화에 힘쓰도록 하고 금융계에서는 수출기업에 특별장려정책을 만들어 수출을 많이 한 업체에게 금리를 낮춰주고 국세청은 세제 혜택을 주도록 해서 기업인들이 수출사업에 주력할 수 있게끔 하여야 합니다. 그리고 기획재정부는 빠른 시일 내 해외투자가들의 IR(기업 활동) 사업설명회를 열어 한국서 사업하는 게 편리하다는 것을 PR하는 한편 통화 스와프 협정을 맺은 국가를 방문하여 협조를 구하십시오. 그리고 전국적으로 내수 산업의 활성화를 일으킬 수 있는 방법을 연구해보시기 바랍니다. 어쨌든 이 난국을 헤쳐 나갑시다."

정부의 경제장관 확대 회의를 해보았지만 한번 기울어진 경제 사태는 쉽게 회복될 것 같지 않았다. 정부에서 그동안 지급하던 각종 복지성 기금을 줄이고 있는 관계로 여기저기서 아우성을 치고 있었다.

광화문 광장과 서울역 광장, 그리고 전국적으로 경제침체로 인한 정부 규탄대회가 열리고 진행되었다. 야당은 어려운 경제 상황을 통해 자신들의 지지기반을 닦으려고 군중 데모를 부추기는데 혈안이 되었다. 뜨거운 여름 날씨만큼이나 국민들은 덥고 고되며 힘든 여름 나기를 하고 있었다. 전국적으로 기온이 35도를 오르내리는 무더운 날씨에 소비전력은 가파르게 올라갔다. 이러한 가운데 일본은 한국 경제 상황에 대해 연일 언론에 대서특필하면서 전 세계 금융계에 손을 뻗어 악의적인 내용으로 금융 대출을 방해하고 있었다. 한국에 대한 수출규제를 약 7년 가까이 진행하면서 한국 경제의 내리막을 부추기며 조장하고 있었다.

한편 김무일 경제수석은 뉴욕 레스토랑을 예약하고 연인이자 회사 동료였던 수잔 헤이든을 디너에 초대하여 그녀를 만나러 갔다. 김호성 비서관을 대동하지 않았다. 김호성 비서관은 한국대사관으로 가서 국무부 및 상무부 관계자들과의 미팅 날짜를 알아보고 있었다.

김 수석이 레스토랑에 미리 와서 수잔 헤이든을 기다리고 있었다. 얼마 후 수잔 헤이든이 웨이터의 안내를 받으며 김 수석을 향해서 걸어 들어왔다."

"헤이! 미스터 김! 아하! 반가워! 그동안 잘 지내셨나?"

"나야 한국 정부에서 일하느라 힘들어. 그러는 수잔은 어때? 잘 지내셨나? 점점 아름다움의 극치를 이루는 수잔일세!"

서로 얼굴에 가벼운 터치 키스를 하고 자리에 앉았다. 곧 웨이터가 사이드 메뉴와 와인을 먼저 한 잔씩 따라주고 식탁 위에 올려놓았다.

"그래, 수잔. 아버님은 여전하시고 정정하신가? 요즘도 민주당 의원들에게 영향력을 행사하고 계시는지?"

"글쎄. 그거야 아빠 일이니까 난 모르지. 그래도 나름 아직까지는 워싱턴 정가에서 영향력이 좀 있는 편이지."

본 식사가 들어왔다. 코스 요리로 연어 요리와 스테이크를 먹고 와인까지 곁들여 오랜만에 즐거운 식사를 만끽하고 있었다.

"그런데 미스터 김. 미국에 출장 온 목적은 알고 있지만 오늘 나를 만나자고 한 이유가 있을 텐데, 그 이유가 궁금해! 무슨 이유지?"

"이유? 이유야 있지! 수잔과 다시 연애하고 싶어져서! 그게 이유야! 어때? 이유치고 괜찮지 않은가?"

"오호, 그렇군! 그럼, 지금 미세스 리는 어쩌고? 그럼 우리 진짜 다시 연애 한번 해볼까?"

"여전하네! 내 농담도 받아줄 수 있는 여유가 있고. 뭐, 농담 같긴 한데 수잔이 이번에 나 좀 도와줬으면 해서 찾아온 거지! 물론 그밖에 여러 가지 이유도 있지만."

"내가 미스터 김한테 뭘 도와줘야 하는데? 도와주면 뭐가 있나? 기브 앤 테이크 말이야."

"도와주면 당연히 기브 앤 테이크가 있지! 그게 뭐가 될지 모르지만!"

"그럼 뭘 도와주어야 하는데?"

"우선 한국 신용등급 하락을 막아 주었으면 해! 현재등급인 A-에서, 못해도 BBB까지는 유지할 수 있도록 로비 좀 해줘!"

"미스터 김! 현재 상황이 그렇게 쉽지 않아! 여기에 있는 평가사들은 한국 산업을 떠받치고 있는 전자, 석유화학, 자동차, 철강 등의 전반적인 산업 동력이 약해졌다고 판단하고 있어. 거기다 북한과의 거래가 리스크가 많고 실효가 없다고 생각하고 있어. 또 한국의 재정적자 폭이 너무 커서 그걸 어떻게 줄일 수 있을지도 의문시하고 있어! 더구나 한성전자가 한국을 떠난 뒤 투자자들의 불신은 쉽게 바뀌지 않고 있고. 게다가 미국과의 관계도 소원해서 결코 간단한 문제가 아니라 판단하고 있지. 내가 나서도 BBB는 어려워. 일단 BB까지는 가능할 거 같은데, 최악으로는 B-까지 떨어질 수 있어. 그렇게만 해도 다행인 것으로 알고 있어."

"아무튼 수잔이 할 수 있는 데까지 해줘. 나 역시 국제신용평가사하고 접촉해서 최대한 하락 폭을 막아볼게. 그리고 낼 모래 워싱턴으로 날아가서 미 국무부와 상무부 관계자들과 만날 예정이야. 그때 잠깐 수잔 아버님도 만날까 하는데 어떻게 괜찮은지?"

"그야 뭐 만나는 거야 어렵지 않지만, 예전처럼 한국 사정을 미국 정계에 알리고 도와주기는 어려울 수도 있어. 왜냐하면 한국 정부와 북한 정부의 거래를 아주 못마땅하게 생각하거든. 특히 한국 정부의 성향을 마음에 안 들어 해. 그래서 쉽지는 않지만… 내가 한번 부탁해 볼게."

"고마워, 수잔. 그런데 일본 정부가 한국 정부가 하는 일마다 보이지 않게 방해하고 노골적으로 투자라든가 차관대출을 막는 로비를 국제 금융계에 하고 있어. 무슨 이유인지 모르지만 이로 인해 여간 곤란한 게 아니야. 그래서 혹시 그에 관한 정보가 있는지 궁금해!"

"잘은 모르지만 일본 정부는 한국 정부와 거의 20년 전부터 관계가 틀어졌잖아? 그런데 요즘은 한국 경제를 최대한 악화시키려고 노력하고 있어. 노무라증권 관계자들 말을 들어보면 그들이 추구하는 것은 한국 경제를 최대한 악화시켜 국제통화기금 조정을 받게끔 하려는 거야. 그러면 한국 경제는 쉽게 살아나지 못하고, 그 결과 자기들이 통제하거나 무언가를 넘보지 못하게 하려고 하는 것 같아. 그리고 또 다른 목적은 그들이 한국 경제를 발판 삼아 자기들 유리한 대로 끌고 나가려고 하는 것 같아."

"물론 수잔 생각도 맞는 것 같긴 한데, 그보다는 더 깊은 목적이 있는 것 같아서 그래. 아직은 잘 모르겠지만."

"오래간만에 수잔하고 디너를 같이 하니 모든 음식이 맛있네. 또 마음도 편안하고."

"그래. 고맙군! 아무튼 미스터 김이 진행하는 한국 정부의 일이 잘 풀렸으면 좋겠어."

"고마워, 수잔!"

그날 수잔과의 저녁 식사는 즐겁고 유쾌하게 마무리가 되었다.

한편으로 한국에서는 여기저기서 집회가 일어나고 연일 뉴스에서는 한국 경제의 어두운 전망을 보도하며 경제 분야 전문가들이 종편 방송에서 현 정부의 경제적 무능과 정책실패의 문제점을 대담 방송하였다. 특히 최재성 경제부총리의 퇴진까지 거론되었다.

김무일 수석은 워싱턴 정가와 뉴욕 월가를 종횡무진으로 뛰어다니며 한국 경제의 건전성을 알리고 신용등급 하락을 막고자 노력했으나, 7월 한국 신용등급은 A-에서 BB로 추락하였다. 그나마 B-가 안 된 게 천만다행이었다. 수잔이 노력한 덕분이었다. 그러는 사이에 한국 경제는 끝없는 추락하였고, 실업률이 약 20%대에 달했으며, 전국의 공장 가동률은 40%를 밑돌았다. 가계경제는 90년대 수준으로 돌아갔고, 인플레이션은 고공행진을 이어가 쌀 40kg 한 포대가 20만 원을 호가했으며, 전국의 부동산 가격은 폭락했다. 반포아파트

34평형이 20억에서 30억을 할 때도 있었지만, 지금은 5억 원 이하로 떨어졌다. 그래도 매수자가 나타나지 않아 많은 부동산 투기꾼이 그야말로 쪽박을 찼다고 해도 과언이 아니었다.

강제연 대통령은 8월 1일 자로 기획재정부 최재성 부총리를 비롯하여 경제 장관들을 교체하였다. 또한 청와대 비서실도 일부를 교체하였다. 필사적으로 노력한 김무일 경제수석도 교체를 당하고 말았다. 그는 7월 31일 워싱턴에서 수잔 헤이든의 아버지 노먼 헤이든 상원의원과 저녁 식사를 마친 후 뉴욕 자택으로 돌아와서 한 통의 전화를 받았다. 이현진 민정수석의 전화였다.

"형님! 접니다. 현진입니다."

"어? 그래! 그런데 이 시간에 전화를 다 하고, 웬일이야?"

"네! 다른 게 오늘 대통령님께서 경제부처 관련 장관들의 부분 개각을 하셨습니다. 그리고 우리 청와대 수석들도 책임을 통감하고 일괄 사표를 냈습니다. 그런데 저하고 정무수석만 남기고 비서실장을 비롯하여 전부 교체를 단행하셨습니다. 형님도 포함되었습니다. 죄송하고 면목이 없습니다."

"아, 그래? 할 수 없지. 대통령님의 뜻이 그렇다면. 그래도 내가 한창 워싱턴 정가와 뉴욕 월가에서 수습 중인데 갑자기 교체를 하면 내가 할 수 있는 일이 없지 않은가? 조금만 시간을 주시지 이렇게 갑자기 교체하면 그동안의 노력이 수포로 돌아가는데 참 안타깝네. 그동안 한국에서 무슨 일이 있었던 거야?"

"저도 형님이 하시는 일이 있어서 대통령님께 말씀드렸습니다. 다른 사람은 교체해도 경제수석만은 다음에 교체하시라고 했는데, 현 대권주자인 이민선 총리께서 이렇게 하다가는 내년 대선에서 참패한 다고 주장해 경제 장관을 비롯하여 관련된 모든 사람에게 책임을 묻 고 교체를 단행했습니다. 여당 안에서도 경제 장관들의 교체 요구를 줄기차게 해왔습니다. 아시다시피 매일 국민들이 청와대 앞에까지 와서 데모하고 농성하고 난리를 치니 민심을 수습하느라 형님까지 희생양이 되었습니다."

"이러면 안 되는데…. 당장 연방은행 총재도 만나야 하고 국제통화 기금(IMF) 총재도 만나야 하는데…. 이제 내가 무슨 자격으로 만나 는가? 참으로 어이가 없다. 내가 경제수석이 될 때 벌써 한국 경제 는 기울어 가고 있어서 걱정을 했는데, 수습도 하기 전에 이렇게 하 면 한국 경제는 가망이 없어. 상당한 시간이 흘러가야 수습될 테고, 그러면 국민들이 상당한 고통을 받고 힘든 나날이 이어질 텐데…. 왜 멀리 보는 판단을 못하는지 이해할 수가 없네! 이 수석!"

"그러게요. 제가 무슨 할 말 있겠어요? 저도 조만간 물러날 생각입 니다. 아마 이민선 총리 쪽 사람들이 나설 것으로 보입니다. 이미 현 대통령에 대한 레임덕이 시작되었다고 보면 됩니다. 세상이 다 그렇 지 않나요? 새로운 대권주자에게 줄서기 하는 것이 세상인심 아니겠 어요?"

"아니, 그래도 그렇지! 지금 한국 상황이 풍전등화인데 줄서기를 하는 것이 말이 돼? 그러니까 한국 경제가 고꾸라지고, 기업인들이 한국에서 공장을 안 돌리고 전부 해외로 나가는 거잖아? 그 결과 한국 기업인들은 해외에서 돈을 벌지만 국내 공장을 안 돌리니 한국 내 고용지수는 낮아지고, 그만큼 실업률은 올라가고, 그로 인해 소비가 줄어드니 내수경제마저 어려운 거 아니야! 거기다가 쓸데없는 곳에 돈을 지출하고…! 아무튼 모든 게 엉망인데 더 엉망으로 만들어 놓으면 어쩌자는 건지 그걸 모르겠네!"

"네. 알고 있습니다. 형님, 언제 귀국하실 생각이세요? 새로운 경제수석에게 인수인계도 해야 하는데, 일정이 궁금합니다."

"하! 일정이라? 내가 내일부터 일정이 있겠나? 한국을 대표하는 고위 관리도 아닌 백수가 되었는데! 모든 일정 취소하고 빨리 귀국해서 인수인계 끝낸 다음 다시 미국으로 와야지. 그런데 신임 경제수석은 누구야?"

"신임 경제수석은 한국개발연구원(KDI) 원장 출신인 서정석 교수입니다. 현재는 모 대학에서 경제학을 가르치고 있습니다. 이민선 총리가 추천했는데 이 총리에게 경제 자문을 하는 싱크탱크입니다."

"그래? 아무튼 내가 빨리 귀국하겠네. 한국에서 보세. 이만 전화 끊네."

"네, 형님 들어가십시오. 한국에서 뵙겠습니다."

김무일 수석은 이현진 민정수석의 전화를 받고 마음이 씁쓸했다. 그래도 이 수석은 자신을 따르며 형님이라는 존칭을 붙여주니 우습기도 하고 의리가 있어 보였다.

아무리 정치적인 상황이라지만 당사자한테 말 한마디 없이 민정수석을 통해서 경질을 통보받고, 그동안 외교적으로 국가 문제를 해결하기 위해 벌여놓은 일을 수습할 시간도 주지 않은 채 모든 것을 물거품을 만들어 버린 대통령의 정치 행위에 깊은 실망을 느꼈다. 최소한 미국에서 어느 정도 정리할 시간은 주고, 한국으로 귀국한 다음에 새로운 사람에게 인수인계할 시간은 주어야 하는 것 아닌가 싶었다. 깊은 자괴감이 밀려 왔다.

김 수석은 두 번 다시 한국 정부에서 일하지 않겠다고 결심하고 귀국을 서둘렀다.

그동안 한국 사태는 걷잡을 수 없는 사태로 번졌다. 광화문광장 등 전국 곳곳에서 연일 현 정부를 규탄하는 대회가 열리고, 노동계에서는 분야별 파업을 진행하며 임금 인상이 아니라 노동자들의 임금을 제때에 지급해달라고 주장하였다. 또한 학생들은 학생들대로, 교수나 지식인들은 그들대로 논리를 펼치면서 현 정부를 규탄하고 경제회복에 전력을 다 하라는 시국선언문을 작성해 발표하였다. 국회 역시 야당이 벌떼처럼 달려들어 제대로 된 국가 운영이 불가능한 상황까지 전개되어 마치 무정부상태를 방불케 하였다.

김 수석은 그래도 나 몰라라 할 수 없어 아내의 만류에도 불구하고 미국 조야의 인사들을 만나며 수습할 건 수습하고 정리할 건 정리하여 신임수석이 어느 정도 업무를 진행할 수 있도록 조치를 취한 뒤 귀국해 청와대를 향했다. 그런데 청와대 가는 길은 마치 전쟁터를 연상하게 했다. 정부에 반기를 드는 데모대는 청와대에 가는 길을 막아서서 경찰 병력과 투석전을 벌였고, 그 결과 도로가 엉망이 되어 버렸다. 물대포에 그동안 사용하지 않던 최루탄을 발사한 탓에

콧물과 재채기까지 났다. 김 수석은 택시에서 내려 청와대 인근에서 부터 걸어서 청와대로 들어갔다. 식을 줄 모르는 8월의 더위는 기승을 부리며 모든 것을 힘들게 했다. 오랜만에 청와대에 들어오니 매우 낯설어 보였다. 경제수석실에 들어오니 미리 귀국한 김호성 비서관이 마중을 나와 기다리고 있었다. 수석실 직원들이 모두 나와 반겨 주었다.

"어서 오십시오. 수석님!"

"잘들 있었나? 고생들이 많았네! 괜히 못난 경제수석 만나 자네들이 이 고생들 하니 미안하네!"

"아닙니다. 이 사태가 수석님 책임이겠습니까? 전 정권부터 누적되어 진행된 사태인데다, 이미 상황이 기울어진 때 수석님이 들어오셔서 바로 잡으려고 노력하셨잖습니까."

김 수석과 수석실 직원들은 수석실에서 앉아 얘기를 나누었다.

"아무리 그래도 한 나라의 경제를 책임지고 이끌던 핵심 인물 아닌가? 좀 더 과감한 정책으로 밀어붙이고 대통령님께도 직언하여 관철했으면 좀 더 나은 방향으로 끌고 갈 수 있었을 텐데, 그러지 못한 것은 내 잘못이 크지! 이제 와서 돌아보면 그렇게 하지 못한 내 책임이 더 커! 그러니 무슨 말을 할 수 있겠나? 남 원망해봐야 부질없는 소리지."

"물론 그럴 수 있었겠지만 수석님이 오신지 불과 1년 정도에 불과하고 여당에서도 그렇고 기획재정부에서도 그렇게 수석님의 말에 귀를 기울이지 않지 않았습니까? 다 수석님의 잘못으로 돌리기에는 사태가 너무 큽니다. 향후 어떻게 해야 할지 고민이 많습니다."

"고민이 많겠지. 그래도 실타래를 잘 풀면 풀릴 수 있을 것 같아. 문제는 과연 누가 실타래를 푸느냐지."

이때 이현진 민정수석에게 전화가 걸려왔다.

"형님! 청와대 들어오셨다면서요? 들어오셨으면 잠시 제 방에 들르셨다 대통령님께 인사 좀 올리시지요. 그렇지 않아도 대통령님께서 수석님 귀국하신 것을 듣고 기다리고 계십니다."

"알았네! 그러지 않아도 그럴 생각이었네. 좀 있다 가겠네."

"김 비서관! 대통령님께 인사하고 다시 들리겠네."

"네! 다녀오십시오!"

김 수석은 수석실을 나와 민정수석실로 들어갔다. 민정수석 행정관이 이 수석 방으로 안내를 했다.

"어서 오십시오! 김무일 전 수석님! 아니 형님! 어서 오십시오."

"잘 있었나, 이 수석? 청와대까지 오는데 왜 이리 힘들어?"

"죄송합니다. 지금 여기저기 난리가 아닙니다. 사방에서 아우성이니 어디서부터 정리해야 할지 모르겠습니다. 일단 앉으시지요! 그리고 잠시 차라도 한잔하시지요!"

"아니, 근데 대통령님은 어찌하고 계신가? 날 기다린다고 하시지 않았던가?"

"아! 네! 형님 오시기 조금 전에 이승표 안보특별보좌관이 대통령 집무실에 먼저 들어가셨다고 비서실에서 연락이 왔습니다. 그래서 형님을 잠시 제 방으로 모신 것입니다."

"음! 그렇군. 이 수석! 그런데 이번 인사는 누가 이렇게 한 거야? 이 수석이 한 거야? 누구야? 지금 한창 수습하러 다니고 있는 와중에 갑자기 나를 날리면 어떡해? 미국에서 내가 뭐가 되는지 알고나 한 거야? 하던 일 다 엉망이 되었잖아! 그거 수습하느라고 다른 일은 제대로 해보지도 못했어! 자네라도 말렸어야 되는 거 아니야? 명색이 민정수석인데. 인사 관련 일은 다 민정수석실을 통해서 진행되는 거 아닌가?"

"물론 그렇지요! 그런데 이번 일은 차기 대선후보인 이민선 총리라인에서 대통령님께 강력하게 건의한 탓에 이렇게 진행되었어요. 지금은 대통령령이 씨알도 안 먹혀요. 집권당인 우리 당 의원들도 전부 이 총리한테 돌아서서 아우성치고 요구하다 보니…. 지금은 레임덕 상황입니다. 또 대통령님께서 사람이 워낙 좋으셔서 그렇게 모질지 못하지 않습니까? 대선에서 패하면 그 책임이 대통령님한테까지 올까 봐 인사권에서 양보를 하셨습니다. 그래서 경제 정책에 대한 실패를 현 정부 내각에 있다 하시고 부분 개각과 비서실 인사를 단행했습니다. 형님이 이해 좀 해주십시오. 시국이 시국인지라 그렇습니다."

"그래도 그렇지! 이렇게 막무가내로 그냥 해버리면 어떻게 하나? 우리만 생각할 일이 아니라 대외적인 문제도 생각해야지! 전쟁 중에는 장수를 바꾸지 않는다는 말이 있네. 지금은 장수를 바꿀 때가 아니고 전쟁에 승리하도록 뒤를 밀어주어야 할 시기인데. 장수를 바꾼다고 하루아침에 달라지는가? 더구나 이것은 경제 전쟁일세! 새로운 장수가 상황을 익히고 전쟁을 진행하려면 시간이 오래 걸려. 그래서 어느 정도 수습이 된 다음에 하는 게 맞는데 너무 성급했어!"

"그건 저도 알고 있습니다. 그러나 밖에서 저렇게 아우성이라 어찌할 도리가 없어 민심이라도 수습하고자 단행된 것이니 형님이 이해해주십시오. 대통령님이나 이 총리님도 형님의 능력을 알고 계시니까 관련된 일을 다시 주시지 않을까 해요."

"글쎄. 이와 관련된 일이 뭐가 있을까? 난 가만히 앉아서 일하는 것보다 필드에서 뛰는 게 체질이라 쓸데없이 산하기관으로 가라고 하면 안 갈 걸세. 바로 미국으로 돌아가서 내 일을 하든가 아니면 다른 일을 할 생각이네."

"형님! 대통령님이나 이 총리님께서 형님을 산하기관에 보내지는 않을 겁니다. 어차피 장관 자리는 형님이 가기에는 여러 가지 걸리는 게 많고, 더구나 가족 분들이 다 미국에 계셔서 국회 청문회에서 논란이 많을 것 아닙니까. 어쩌면 주미대사로 제안을 하지 않을까 싶습니다. 어떻습니까? 형님 생각에?"

"주미대사라? 그건 조금은 다른 얘기이기는 하지만, 내가 할 수 있는 역할로는 괜찮을 것 같긴 한데. 과연 내가 그런 것이 어울릴까? 더구나 그 자리는 외무부 소관 아닌가? 외무부 장관의 생각도 있을 텐데?"

"생각은 무슨? 지금 이것저것 따질 때가 아닙니다. 미국에 영향력이 있고 조야에 인맥이 있는 사람이 주미대사로 가서 활동해야지! 지금 주미대사는 그런 거 하고 전혀 무관한 언론인 출신이라 역할이

미미하잖아요! 지금은 형님 같은 분이 주미대사로 가야 수습할 수 있는 방안도 나오고, 우리나라 경제에 관련한 일을 계속해서 진행할 수 있지 않습니까?"

"아무튼 주미대사는 주미대사고 지금에 개각 시기는 좀 너무 성급했어! 일단 대통령님의 의중을 들어보고 결정하지!"

그때 대통령 비서실에서 전화가 왔다. 김무일 수석을 대통령 집무실로 올라오라고 전했던 것이다. 김 수석은 이 수석방에서 나와 대통령 집무실 수행행정관 안내로 대통령 집무실에 들어갔다. 김 수석은 대통령을 향해 90도로 꾸벅 인사를 하였다.

"대통령님! 그동안 안녕하셨습니까?"

"어서 오시게! 김 수석! 반갑소! 미국에서 수고가 많았다고 들었소."

"아닙니다. 수고는요. 너무 갑자기 일어난 일이라 제대로 하지도 못하고 이렇게 귀국했습니다. 죄송합니다."

"아니요! 죄송은. 오히려 내가 죄송하지. 그러나 어쩔 수가 없었소. 김 수석이 미국으로 갈 때 기획재정부 최 부총리가 경제정책을 내놓고 수습할 때쯤 민심이 술렁거리고 언론에서는 이 문제를 계속 보도해서 야당은 야당대로 들고 일어나고 노동계에서는 대규모 집회를 준비한다고 하니 더 이상 악화되기 전에 서둘러 부분 개각과 비서실 인사를 단행했소. 미처 알리지도 못한 점은 대통령인 내가 사과할 터이니 너그러이 받아주시게."

"네, 대통령님. 이현진 민정수석에게 들었습니다. 저는 괜찮습니다. 다만 제가 수습을 하기 위해 여기저기 미국에서 진행되었던 일이 중단 위기에 놓여서 그게 마음이 걸립니다. 제가 미국에 가기 전 대통령님께 수습 방법 중 하나로 대통령님의 해외순방을 말씀드리지 않았습니까? 캐나다, 미국, 그리고 유럽, 호주 등 이러한 일을 지속적으로 할 수 있을지 걱정이 돼서 그렇습니다. 순방에 따른 계획과 일정은 어느 정도 만들어 놨는데 이것을 해야만 현재의 난국을 헤쳐 나갈 수가 있을 것 같아서 말씀드리는 겁니다."

"알고 있소. 그래서 다각도로 생각하고 연구 중이요! 그 일을 지속하려면 김 수석이 주미대사로 나가줘야겠소. 여기서 수습책을 찾을 게 아니라 미국에 가서 우리나라를 위해서 발 벗고 뛰어 이 난국을 수습해 주길 바라오! 어떻소? 김 수석?"

"글쎄요…. 대통령님께서 저를 적임자라고 하신 건 분명 고마우신 말씀이지만, 과연 제가 주미대사가 어울리는지 한 번도 생각해 본 적이 없어서요. 더구나 주미대사 자리는 우리나라 외교에서 가장 막중한 자리라 의전 관계라든가 이런 쪽의 경험이 많지 않아서 걱정이 됩니다. 대통령님."

"아니요! 지금과 같은 위기 상황에서는 주미대사 자리는 김 수석이 적임자요. 왜냐하면 미국에 인맥이 있고, 원어민 수준의 영어를 구사하니. 게다가 세계 경제 흐름과 실물경제를 잘 아는 사람이 이 일을 해야만 되오. 김 수석은 미국에서 대학을 나오기도 했고, 의전은 한국에서 충분히 익혔지 않소? 거기에 일본 내 인맥과 정부 관계자와도 대화가 되지 않소? 그러니 사양 말아요. 내가 간곡히 부탁하오! 더 사양 말고, 곧 주미대사로 발령을 낼 테니 그렇게 아시고 한 번 더 도와주어야겠소."

"알겠습니다. 대통령님! 일단 주어진 임무 열심히 하겠습니다."

"아! 그리고 이번에 8.15 광복절에 대통령님께서 경축사 연설을 하실 때 일본을 자극하는 내용이 안 들어갔으면 합니다. 상황이 이러니 그들을 자극할 필요는 없을 것 같아서요. 지금 그렇지 않아도 한성전자가 베트남으로 떠나가게 된 배경에도 일본의 정책이 있었습니다. 또 다른 전자 회사도 마찬가지입니다. 이번에는 조금은 유화적인 경축사가 되었으면 합니다."

"알겠소, 김 수석! 내가 그렇게 하리다. 연설문 작성하는 연설 기획 비서관실에 일러놓겠소. 다른 얘기는 없소?"

"그런데 청와대 앞 상황이 너무 혼란스러워 직원들이 일하는 데 굉장히 애를 먹고 있습니다. 어느 정도는 강경책을 쓰는 것이 어떨는지요? 지금 상황에 이렇게 한다고 되는 게 아닌데, 막무가내로 떼를 쓰듯이 이렇게 나오면 외국에서 무정부 상태로 볼 수 있습니다. 그러면 외국 투자자들이 한국을 찾지 않고 경제 회복에 역효과가 나게 됩니다. 당연히 신용등급은 더 떨어지겠죠. 그러니 민심 이반을 가만히 두고 보지 마시고 야당과 노동계에도 어느 정도는 강하게 나가시는 게 좋지 않을까 생각합니다. 대통령님."

"나도 그걸 생각하고 있는데 어디까지 강경할지는 좀 더 생각해봐야 할 것 같소. 전 정권에서도 패가 갈리듯이 갈라져서 시끄러웠는데도 이렇게 되니 참 답답하오!"

"전 정권에서는 인사 문제로 그랬지만 지금은 그런 문제하고는 상황이 전혀 다릅니다. 우리나라의 생존권이 달려 있습니다. 이렇게 하다간 주저앉을 수 있으니 이번 8.15 경축사 때 말씀을 하시지요. 이렇게 데모하고 소요사태를 일으키면 해외에서 투자자들이 한국에 더 이상 투자를 안 하고 신용등급도 낮아져 경제회복에 부정적인 영향이 크다고. 그러니 국민들에게 진정하고 정부를 믿고 조금만 기다려달라고 하십시오. 그리고 야당과도 솔직히 터놓고 말씀하시면 어떨까 합니다. 노동계도 아우르시고…. 이런 상태로는 아무것도 안 됩니다."

"일단 알겠소! 김 수석 얘기 참고로 하겠소. 그동안 수고가 많았으니 신임 경제수석에게 잘 인수하시고 주미대사로서 나를 한 번 도와주시오! 내가 외무부 장관에게 연락해놓겠소!"

"알겠습니다. 대통령님! 이만 물러가겠습니다."

"그렇게 하시오. 주미대사로 가기 전에 저녁에 퇴임한 장관 및 수석들과 식사 자리를 마련할 테니 꼭 참석하시오."

"네, 알겠습니다."

김 수석은 대통령 집무실을 나와 이 수석 방으로 다시 갔다.

"형님 대통령님과 면담 잘 끝냈습니까?"

이 수석이 웃으며 말을 건네 왔다.

"잘 끝내는 게 문제가 아니야. 두어 달 못 뵌 사이에 대통령님께서 주름살이 많이 느셨어. 그 모습을 보니 마음이 아프네."

"그렇지요? 이 난국이 보통 난국입니까 국가대란에 맞먹습니다.

1997년 IMF 이후 첫 경제난이 되었는데! 더구나 본인 재임 기간에 일어났으니 얼마나 힘드시겠습니까? 다 우리가 보좌를 잘못해서 그런 것 같아 죄송할 따름입니다."

"그건 그렇고, 대통령님께서 주미대사로 나가시라고 말씀하시던데 자네 말이 맞는 것 같네."

"사실은 이번 경제 관련 부처 장관 교체 시 형님을 기획재정부 장관으로 앉히려고 했어요. 그런데 이민선 총리 라인에서 현 경제관련 인사들을 전부 교체해서 민심 수습을 하는 것이 우선이란 주장을 엄청 했습니다. 그래서 대통령님이 며칠간 고심 끝에 그렇게 받아들이고 형님을 미국대사로 결정했습니다. 물론 저도 처음에는 기획재정부로 추천을 했는데 이 난국에 국회 청문회를 거치면 만신창이가 될 게 뻔하고 형님이 안 할 것 같아 제가 대통령님한테 건의했습니다. 실리적으로 일할 수 있고 연고가 있는 주미대사 자리로 말입니다. 지금 주미대사는 대통령님과 오랜 친분이 있는 언론인 출신 아닙니까? 그러나 이런 시기에는 미국대사 자리가 무지하게 중요해서 형님이 딱 적임자라 생각했습니다. 그러니 아무 소리 하지 마시고 주미대사로 가서서 하던 일마저 진행하시는 게 좋을 듯 싶습니다. 또 형수님과도 같이 있을 수 있어 점수도 딸 수 있고, 형수님의 위상도 올라가지 않습니까. 하하하!"

이 수석이 진담 반, 농담 반 웃으면서 말했다.

"이 수석 생각이 결국 대통령님 마음을 움직였구먼! 내가 경제수석 올 때도 그렇고 지금 미국대사로 나가는 것도 그렇고 다 이 수석이 개입되었군! 마치 내가 이 수석 손바닥에 있는 것 같아 기분이 별로인데!"

"형님의 기분 별로이어도 어쩔 수가 없습니다. 민정수석이 하는 역할이 다른 것도 있지만 국가를 위해 좋은 인재를 천거해서 대한민국을 번영시키는 일이 가장 중요한 거 아니겠습니까? 그러니 이해하시고 이번에도 역할을 좀 해주십시오!"

"당신 같은 민정수석이 지금 대통령님 당선 초기에 나타났어야 했는데 중간에 들어와서 했으니…. 전에 발탁된 사람들이 절반은 망가트리고 가서 이제 와서 수습하려니 이게 쉽나? 어렵지!"

"그때는 대통령님도 어쩔 수 없었을 겁니다. 전 정권 사람들이 현 대통령을 만든 일등 공신이라 논공행상을 하다 보니 그럴 수밖에 없었지요. 초기에는 정권 안정이 중요했으니까요."

"그러니까 경제를 엉망으로 만들었지! 전 정권 때 재정 확대가 엄청나게 이루어지고 북한과의 관계 설정 때문에 말도 안 되는 계약을 맺었어. 사회보장법의 기초에 의한 현금성 지출예산은 얼마며, 산업 발전과 수출정책은 등한시하고 세금으로 모든 걸 메꿨으니 재정적자가 이렇게 나온 것 아닌가? 난 가끔가다 경제 자료를 보면 화가나! 앞뒤 생각하지 않고 경제정책을 만들어 이 지경까지 오게 하고, 정작 이 사태를 책임져야 할 사람은 다 물러나서 자기 보신하고! 새로 들어오는 사람들한테는 설거지하라면서 미루다니. 이건 말도 안 돼! 결국 인사가 만사지. 무슨 일이든 사람을 잘 써야 나라가 발전하는 것인데 정치 논리로 인사를 하니 나라가 어렵게 되잖아? 안 그런가,

이 수석?"

"이제 와서 그런 말 하면 뭐 합니까? 우선 잘 수습하고 물러나야지요. 저도 더 이상 확대되지 않길 바랄 뿐입니다. 내년 대선에서 좋든 싫든 이민선 총리가 대통령이 되어야 별 탈 없이 인수인계가 이루어지는데, 만약 중도 보수 세력인 야당 후보가 대통령이 되면 우린 다 죽습니다. 그러니 물불 안 가리고 이 총리를 대통령으로 밀어야지요. 어쩔 수가 없습니다."

"그런데 야당에서 미는 대통령 후보는 누군가?"

"글쎄요! 아직은 여러 명이 나와서 누가 대선 후보가 될지 모르겠지만 야당 의원 중 젊고 3선이나 한 박재황 의원이 각광을 받고 있습니다. 나이는 48세로 나보다 두 살 어린데 여간내기가 아닙니다. 똑똑하고, 약간의 진보성향도 있고 해서 조금은 매력이 있어 보입니다."

"그래? 그거 재밌군! 그 친구 한번 만나보고 싶네. 자네가 그리 얘기하는 걸 보면 그냥 흘려들을 얘기는 아닌데! 이 수석이 사람 보는 눈은 대한민국에서 최고 아닌가?"

"원, 형님도. 제가 무슨…. 그냥 사람들하고 얘기하다 보면 자연스럽게 평가를 하게 됩니다. 그런데 장관이나 고위직을 원하는 사람들 만나보면 애국자는 한 명도 없습니다. 전부 비굴하고 자기만 살려고 하고. 그리고 엄청나게 이중적인 위선자들입니다. 진정한 인재는 초야에 묻혀 있는데 발굴이 쉽지가 않아요. 그러니 민정수석 역할이 엄청 어렵습니다. 진정한 전문가와 애국심을 갖고 있는 사람이 어디

혼한가요? 없습니다. 민정수석은 나라를 위해서 인재를 찾아 등용시키는 일이 최우선입니다. 나라가 망하는 건 인재를 등용하는 일을 소홀히 했기 때문이라고 해도 과언이 아닙니다. 기타 이런저런 일은 별거 아닙니다. 그러면 뭐 합니까? 지금 이 지경이 됐는데. 모든 게 제 잘못인 것 같습니다!"

"이 수석! 너무 자책하지 말게. 어쩌면 그동안 우리가 너무 쉽게 생각한 부분이 많이 있는 것 같군! 어떤 정책을 결정할 때 시뮬레이션도 돌려보고 역지사지로 생각하며 정책을 결정해야 되는데 그렇지 않고 내 생각이 옳다고 하면 무조건 밀어붙여서 진행한 게 잘못이야! 그러니 누가 잘못한 게 아니고 모두의 잘못인 게지! 이제는 빨리 수습할 일만 남았으니 밤새서라도 연구해서 타개책을 내놔야지, 안 그런가? 그럼 난 이만 가보겠네!"

"형님! 아니, 김 수석님! 주미대사 취임을 축하드려요. 그리고 빨리 미국에 가서 이 난국을 타개하여 주시기 바랍니다."

"어허! 알았네!"

김 수석은 이 수석실에서 나오면서 등 뒤에서 말하는 이 수석에게 머리 위로 손짓하며 경제수석실로 향했다.

"어서 오십시오! 수석님!"

경제수석실에 모여 있던 비서관들과 행정관들이 반겨주며 궁금해했다.

"대통령님과 면담하신 일은 잘되셨습니까?"

이호성 비서관이 궁금증을 못 참고 김 수석에게 물었다.

"그렇지, 뭐! 오랜만에 대통령님 만나 뵙고 안부 인사 드렸네. 그리고 대통령님께서 나를 주미대사로 발령내셨네. 그래서 외무부를 방문해서 제반 사항을 알아보고 미국 아그레망을 접수해야지. 그래야 아그레망을 받고 정식 취임을 하지. 그러려면 한 달 정도 걸릴 텐데. 현재 상황을 봐서는 신임장 받기 전임에도 미국에 가서 현 상황을 타개하는 활동을 해야 될 것 같아!"

"아주 잘 되었네요! 우리는 수석님이 이대로 끝날까 봐 조마조마했습니다. 수석님의 역할이 굉장히 중요한데 갑작스럽게 수석님이 교체되어 저희들도 걱정 많이 했습니다."

"그동안 나하고 일하느라 여러분들 수고들 많았습니다. 생각 같아서는 오늘 저녁 식사라도 같이 했으면 하는데, 시국이 시국인지라 상황이 진정되면 내가 한번 자리를 마련하겠소. 그러니 새로 오시는 경제수석과 손발을 맞춰서 어려운 시국을 풀도록 노력해주길 바라겠습니다."

김무일 수석은 아쉬운 마음을 거두고 수석실을 나왔다. 그리고 며칠 후 주미대사 임명장을 받고 미국으로 돌아갔다. 김 수석이 미국에서 아그레망을 받고 주미대사로 활동하면서 한국 경제 문제를 풀려고 동분서주하였지만, 악화될 대로 악화된 경제 상황은 나아지지 않았고, 국내에서는 전국적으로 소요사태가 번지고 있었다. 도시의 광장에는 어김없이 사람들이 모여 정부 무능을 탓했으며, 정치권은 정치권대로 책임 전가를 하며 국회에서 다툼을 하였다.

남산 서쪽 하늘이 노을에 붉게 물들며 서서히 어둠이 내리고 있지만, 광화문광장은 하늘의 별처럼 촛불을 밝히고 있었다.

한국 경제의 몰락이 서서히 진행되며 가난한 사람들의 숫자가 점점 늘어만 가는 경제적 재앙이 닥치고 있었다.

3

일본의 무서운 음모
(수상한 훈련)

일본 수류기동단 그리고 제1공정단과 특수작전군이 이례적으로 *8월초에 합동군사훈련을* 실시하였다. 통상 수류기동단은 미군 또는 태평양국가인 호주나 뉴질랜드 등과 합동 훈련을 하였으나, 이번 훈련은 필리핀의 외딴 섬에서 이루어졌다. 수류기동단은 상륙 훈련을, 제1공정단은 공중강하 훈련을 실시하며 목표지점을 탈환하는 훈련을 진행하였다. 더구나 자위대 정예병(중앙즉응연대)들을 특별히 차출하여 가상의 적으로 대항군 역할을 시켰다. 자위대 정예병 적 대항군은 소수의 병력 40명으로 섬 안에 구축된 진지를 사수하는 임무와 점령하려는 수류기동단 및 제1공정단 특수병력을 막아내며 최소 10시간을 버티는 임무를 수행하는 것이 최종 목표였다. 여기에 참여한 병력은 어떤 목적으로 훈련하는지는 전혀 모르고 1공정단과 특수작전군, 수륙기동단에서 차출된 정예병, 그리고 중앙정보대에서 차출된 기초정보대 3과(한국 관련 정보대), 지리정보대 전자지도중대원 외 정보처리대 등을 참여시켜 연합을 실전처럼 훈련을 진행하였다. 훈련 인근 해역은 방위성대신(장관) 니시무라 젠이 필리핀 국방부에 특별 요청하여 훈련하는 모든 해상을 일본 해상자위대가 장악하여 통제를 하도록 비밀계약을 석 달 전에 체결하였다. 인근의 민간인 선박이나 고기잡이배들은 훈련구역으로 들어갈 수 없었다. 훈련시간은 새벽 1시부터 오전 9시까지이며 실전에서 수륙기동단 병력과 제1공정단 특수작전군 병력은 대항군 진지를 단 3시간 만에 점령하는 것을 목표로 한 달에 15회를 실시하는 것이다. 똑같은 작전으로 수없이 반복하고 있었다. 제1공정단과 특수작전군의 혼성병력 점령조 50명 3개 조, 수륙기동단 점령조 50명 3개 조, 그리고 점령조 지원 경계조 수륙기동단 30명, 공정단, 특수작전군 혼성병력 30명, 중앙정보대 지원병력 분야별 3명씩 4개정보대 총 12명 및 지휘관 포함 13명이 참여하였다. 대항군을 포함한 훈련에 참가한 실전 병력은 총 400명 정도이고 나머지는 해상자위대 및 육군자위대, 해상보안청 등 지원 병력이 인근 해역에 포진하여 훈련에 관련한 모든 것을 지원하기 위하여 대기하고 있었다. 필리핀의 8월은 무더웠고, 숲은 우거져서 벌레들이 득실거렸다. 또한 훈련장으로 사용하는 섬은 칼바위로 이루어져 평지가 없는 가파른 경사가 대부분이었다. 아울러 접안이 어려운 지형으로 되어있는 섬이다. 훈련장소로는 최악의 섬을 선택했고, 그것도 새벽 시간에만 진행했다. 고도로 집중하여 훈련해야만 하는 과정을 벌써 12회째 실시하는 것이다. 특히 점령조는 수륙기동단 3개 조 150명 제1공정단 특수작전군 혼성병력 150명 3개 조를 별도로 편성하여 교대로 돌아가면서 훈련을 진행하였다. 훈련 도중 중도 탈락자 및 부상자를 교체하기 위하여 대형상륙함 쿠니사키함에 병력을 대기시키고 휴우가급 헬기 호위함 등 다수의 구축함과 이즈모 항모에서 훈련 상황을 영상으로 실시간 모니터링하면서 훈련지시를 내리고 있었다. 또한 훈련 상황은 매일 방위성대신(장관) 니시무라 젠에게 보고하고 고이즈미 히로토 총리에게도 보고를 하였다. 처음에는 점령 시간이 12시간 걸렸지만, 차츰차츰 시간이 단축 되어 4시간 이내로 좁혀졌다. 가상의 적 대항군(중앙즉응연대)이 강력하게 저지하는 훈련을 이곳에 오기 전에 연습한 것도 한몫하였지만, 기상과 지형의 어려움으로 그만큼 힘든 훈련이었다. 수륙기동 점령조 중대병력 50명은 다시 4개의 분대로 1개 분대에 12명이 편성되었고 중대병력 지휘관은 3등 육좌(한국 소령급) 부지휘관은 1등 육위(한국 대위급) 분대장은 1등 육조장(한국 원사급) 그리고 대원들은 전원 1등 육조원(한국 상사급)들이다. 우리로 말하면 점령조 중대장은 소령, 부중대장은 대위, 분대장은 원사, 그리고 전원 상사계급 정도의 간부급으로 구성되어 있다. 여기서 눈여겨볼 대목은 해상보안청이 작전에 참여하여 점령조 및 지원경계조들의 해상보안청 3,000톤급 다이센호가 정박하여 공기부양정이 출발할 때 다이센호 뒤쪽에서 출발할 수 있도록 도와주고 있다는 것이다. 또한 특수작전군과 제1공정단은 각 25명 1개 소대 형식으로 편성되어 다이치치헤리코푸단 CH-47J,

AH-64D 헬리코푸단 등 여러 대가 교대로 지원하고 있다. 1공정단 요원 25명과 특수작전군 25명은 섬의 동서 또는 남북방향으로 나뉘어 낙하산 강습 훈련을 진행하고 있다. 중도 탈락자가 초기에 40명에 이르렀을 정도로 힘든 낙하 훈련으로, 섬 산악지형이 매우 험준해 대항군(중앙즉응연대) 진지까지 날아가지 못하고 엉뚱한 방향으로 낙하하여 부상당하기 일쑤였다. 그래도 10회를 번복하여 훈련하다 보니 거의 대항군 진지까지 근접하여(1.5㎞ 이내) 낙하할 수 있었다. 점령군 동원 인원은 500명에 가까웠다. 부상자가 속출하여 본토로 귀환한 대원들도 약 200명에 달하고 있었다. 그만큼 특수작전군과 공정대원들은 굉장히 어려운 훈련을 하고 있었다. 공통적인 훈련은 대항군을 최대한 생포하고 살상을 최소화하는 훈련이라 그만큼 까다로운 훈련이었다. 어둠 속에서 지형을 숙지하고 진지 앞까지 소리소문없이 근접하는 훈련은 공정대나 특수작전군, 그리고 상륙기동대원에게는 죽음의 훈련이었다. 끝이 언제일지 모르는 훈련에 오늘도 점령군이 동원되었다. 그들은 필리핀 외딴섬 해역에서 해상자위대, 육상자위대, 그리고 보안청 요원들의 지원 하에 이틀에 한 번씩 새벽마다 훈련을 하고 있었다. 누가 점령군이 될지 모르는 상태에서 50명씩 편성된 점령군 6개조 300명은 국가대표선수 선발처럼 진행되었다.

한편 일본 총리실 관저에서는 총리 고이즈미 히로토, 부총리 겸 재무대신 야마다 신페이, 자민당 간사장 다카토리 슈이치, 총무회장 기시다 유우키, 관방장관 오타 테츠야, 외무대신 모리 카즈마, 방위성대신 니시무라 젠, 국가공안위원장 아오키 켄토, 그리고 자위대 통합막료장 야마사키 나오야, 육상자위대 육상 막료장, 해상자위대 해상 막료장, 항공자위대 항공 막료장 등 일본 의회, 내각, 군부를 포함한 비밀회의가 열렸다. 그동안 필리핀에서 벌어진 이도(멀리 떨어져 있는 섬) 탈환 작전 훈련에 대한 성과 보고와 작전시기를 언제로 정할지 총리 주재하에 극비 회의를 진행하였던 것이다.

총리 고이즈미 히로토가 먼저 오늘 회의에 대한 대외비를 강조하며 방위성과 자위대에서 진행하고 있는 이도 탈환 작전의 중요성을 얘기하였다,

"오늘 의회를 대표하여 참석하신 다카토리 간사장님과 기시다 총무회장님을 비롯해 내각의 부총리님, 관방장관, 외무대신, 방위성대신, 국가공안위원장, 통합막료장, 육상, 해상, 항공 자위대 막료장께서 관저에 어려운 발걸음을 해주신 것에 감사를 드립니다. 특히 멀리 필리핀에서 이도 탈환 작전 훈련을 지휘하고 있는 막료장님들께 감사드립니다. 제가 총리대신으로 취임하여 제일 먼저 하고자 했던 일은 우리가 인접국에 빼앗긴 이도를 탈환하여 대일본국의 영화와 번영을 되찾는 것이었습니다. 2025년, 우리 일본은 전쟁을 할 수 있는 보통국가가 될 수 있도록 개헌하였습니다. 우리 일본 국민들이 이제는 정상 국가로 발돋움하여 미국, 러시아, 중국, 그리고 우리 일본이 세계 4대 강국이 되는데 커다란 힘을 실어주었습니다. 따라서 총리인 저는 이러한 국민들의 여망을 실현하고자 이번 이도 탈환 군사훈련에 모든 것을 걸고 있습니다. 오늘 참석하신 여러분께서 진행

과정과 앞으로 일어날 변수에 대해 의견을 내어주시기 바랍니다. 아, 그리고 오늘 회의는 절대 비밀을 유지하여 주시고 외부에 노출이 안 되도록 각별히 유념하여 주시기 바랍니다."

"자민당 간사장으로서 당과 의회를 대신해서 한 말씀드리겠습니다. 이도가 굳이 어디라고 말 안 해도 오늘 참석하신 분들은 다 잘 알고 있으리라 생각됩니다. 그러나 반드시 탈환하면 우리에게 어떤 실익이 있는지 궁금합니다. 물론 저도 아베 신조 총리 때부터 평화헌법 개정에 관여하기는 했지만, 평화헌법 9조 1, 2항이 국민투표로 개정되고 난 이후 처음으로 자위대 군사작전이 우리가 말하는 그곳을 탈환하는 것은 너무 시기상조가 아닐는지요? 또 그 후에 일어날 수 있는 많은 변수와 역풍에 대해 대책은 세우고 진행하고 있는지 알고 싶습니다."

다카토리 슈이치 간사장 얘기가 끝나자 야마다 부총리 겸 재무대신이 발언을 하였다.

"네! 다카토리 간사장님 말씀 잘 들었습니다. 간사장님의 말씀은 지당하십니다. 그러나 우리의 영토인 이도를 자국 영토라고 주장하며 무력 점령하는 인접 국가에게 언제까지고 끌려가거나 방관해서는 안 되는 일입니다. 1945년부터 지금까지 약 80년 가까이 점령당하고 있습니다. 또한 인접국은 그동안 우리 일본이 지원해서 성장을 하였는데 배은망덕하게 우리를 무시하고 제멋대로 행동하고 있습니다. 이것을 더 이상 묵과할 수가 없습니다. 지난 2019년 8월에 우리는 인접국에 수출 규제 조치를 하였습니다. 그럼에도 불구하고 전혀 성과가 없었으며, 오히려 우리 일본이 피해를 더 많이 보았습니다. 이제는 경제적인 조치로 한계가 있다고 봅니다. 이제 군사적으로 대응할 수밖에 없습니다. 평화헌법 개정 이래 처음으로 시도하는 군사작전의 실험대상이기도 합니다. 지난 7~8년간 꾸준히 인접국을 연구하고 조사하여 각종 변수와 앞으로 벌어질 일에 대한 대책을 충분히 세웠습니다. 아시다시피 인접국의 경제적 취약점을 정확히 파악하여 우리 정부에서는 꾸준히 인접국을 경제적으로 봉쇄하는 작전을 펼쳐 국가부도 위기로 몰아갔습니다. 따라서 이 기회를 놓치면 아마도 두고두고 후회가 될 것입니다. 그리고 중국 정부도 경제적으로 매우 어려운 상황이라 함부로 군사력 확대를 못할 것이며, 미국 정부도 인접국을 더 이상 동맹으로 신뢰하지 않습니다. 이런 기회는 두 번 다시 오지 않습니다. 이 점 참고하여 주시기 바랍니다."

야마다 부총리가 강력한 발언을 하는 동안 모두 심각하게 들으면서 간간히 텐차를 마시며 목을 축이고 있었다. 야마다 부총리의 말이 끝나자 모리 외무대신이 말을 이어갔다.

"우리 외무성에서는 이에 따른 대책으로 인접국에 거주하고 있는 자국민을 꾸준히 철수시켰습니다. 그리고 현지 대사관에 훈령을 내려 인접국에 거주하고 우리 국민들을 최소화하고, 인접국에 진출해 있는 우리 업체는 현지인들로 당분간 운영하게 하며, 대사관 및 지역 영사관, 문화원 등 공공기관은 일시적인 폐쇄를 할 수 있도록 조치하였습니다. 일본 내에 있는 인접국 거주민과 유학생 등의 동향을 파악하여 우리 국민들이 피해를 볼 수 있는 불상사를 막고, 인접국에 유학하거나 관광을 목적으로 출국하는 것을 최소화하는 등 대책을 세워 만반의 조치를 하고 있습니다. 또한 유엔을 통한 인접국의 외교적 조치를 무력화시키는 조치를 하였고, 국제사법재판소(ICJ)에 분쟁지역으로 제소될 경우 역사 기록을 총 동원해 우리의 영토라는 것을 입증할 수 있도록 만반의 조치를 해두었습니다. 경제 분야에서는 국제통화기금(IMF)이나 세계은행 등 국제금융기관에 경제적, 외교적 액션을 취하고 있습니다. 아울러 산업성에서는 인접국에 수출과 수입을 일시적으로 폐쇄조치하고 투자된 우리 자금을 최대한 회수하고 있습니다. 이도를 점령한 다음 인접국의 반발은 있을지 모르나, 그렇게 길지도 않고 위협적이지도 않을 것입니다. 현재 인접국은 해상군사력과 항공군사력, 정보력 등 대부분 우리보다 약합니다. 육상 군사력은 우리보다 우위에 있지만, 현실적으로 부딪힐 일이 없습니다. 미국에서도 인접국 이도 리앙쿠르 암은 관심도 없으니 이도를 점령해도 별 문제 제기를 하지 않을 것입니다. 이미 우리 외무성에서는 우리에게 우호적인 미국 의원들에게 비즈니스적 조치를 취하고 있기 때문에 미국 현지에서도 큰 이슈가 되지 않을 것입니다. 너무 걱정 안 하셔도 좋을 것입니다."

모리 외무대신은 자신이 있는 어조로 말을 끝맺었다. 이어서 기시다 총무회장이 말을 이어갔다.

"물론 이도를 점령한 다음 우리가 그곳을 군사기지화 하여 우리 영토로 선포하고 국민들에게도 알리겠지만, 장기적으로 볼 때 인접 국가와 미래에 수많은 세월을 대립하고 반목하며 적대시하는 상태가 되지 않을까 염려스럽습니다. 이도를 점령한 이후에 인접 국가와는 어떤 식으로 외교관계를 가질 것이며 인접국 북쪽과는 어떻게 관계를 설정할지 궁금합니다. 또한 현재는 인접국이 경제적으로나 정치적으로 혼란스럽지만, 언젠가는 정상화가 될 겁니다. 그때 과연 그대로 있을지 걱정입니다. 이번 작전은 한 번 더 재고하는 것이 어떨는지 총리께서 말씀해 주셨으면 합니다."

기시다 총무회장의 말을 들은 고이즈미 총리는 약간 불쾌한 듯 얼굴을 일그러뜨리며 발언을 하였다. 고이즈미 총리는 선대부터 총리를 역임하였으며 본인도 선대의 정치적 기반으로 중의원을 하였고, 중의원에 당선된 다음 아베 총리 내각에서 일을 하면서 일본의 평화헌법 개정을 누구보다 찬성하고 지지하며 헌법 개정 국민투표를 적극적으로 밀어붙여 결국 개정하도록 만든 일등 공신이다. 자민당 원로들과 의회 지지 기반으로 자민당 총재가 되어 강력한 일본을 만들 것이라고 대내외에 선포를 하고 총리가 되었던 것이다.

"기시다 총무회장님께서 염려하시는 말씀은 잘 알고 있습니다. 그러나 이번 군사작전은 우리 일본이 추구하는 미래 전략 중 아주 작은 일입니다. 우리 일본은 동아시아에 머물지 않고 동남아를 거쳐 태평양과 인도양으로 진출하고자 하는 목표가 있습니다. 인접 국가와 한순간은 불화가 있어 시끄러울지 모르지만, 그것은 일시적 현상으로 지나갈 것입니다. 인접국은 분단되어 있고 통일되기 어려워 우리에게 대항하기 어렵습니다, 경제적으로나 군사적으로나 상대가 안되는 상황이니 그 점은 염려하지 마시기 바랍니다. 우리 후손들에게 이도를 탈환하여 물려주어야 하는 것이 우리의 의무입니다. 또한 러시아가 점령한 북방영토들도 마찬가지입니다. 잃어버린 영토를 되찾아 우리의 옛 영광을 재건하는 것이 현재 우리 내각이 할 일입니다."

기시다 총무회장은 고이즈미 총리 말을 듣고 속으로 깊은 한숨을 내쉬고 있었다. 아무리 우리보다 작은 국가이지만 언젠가는 국가적 분쟁이 발생하여 양국 국민들이 희생될 날이 오지 않을까 두려웠다.

니시무라 젠 방위성대신이 고이즈미 총리 말이 끝나자 발언을 하였다.

"현재 이도 탈환 작전을 위하여 육상, 해상, 항공 자위대에서 막바지 훈련을 하고 있습니다. 시기가 결정되어 군사작전이 진행된다면 육상자위대 군사작전 벙커실에서 실시간으로 작전상황을 볼 수 있을 것입니다. 지금은 필리핀에 파견된 해상자위대 이즈모 항모에서 군사훈련을 영상으로 실시간 파악하고 있습니다. 초기에는 상당히 어려운 점이 있었으나 우리의 특수군이 점점 나은 모습으로 발전하여 우리 목표를 지향하는 작전으로 나아가고 있습니다. 재일 미군 사령관과 미국 태평양 사령관에게는 이번 군사훈련에 대해 새로운 특수군사 기동훈련으로 통보하여 이도 탈환 작전을 전혀 눈치 채지 못하도록 하고 있습니다. 또한 우리 정보부대는 인접국 동향을 파악하고 우리 해상자위대의 이지스함과 군사위성통신을 통하여 인접국 군사 동향을 실시간으로 감시하고 있습니다. 현재까지는 별다른 움직임은 없으며, 인접국 북쪽도 경제 사정이 좋지 않은 관계로 특별한 징후는 없습니다. 따라서 이번 작전은 시기만 정하면 곧바로 실시할 예정입니다. 이에 따른 작전내용은 각 군 막료장께서 보고할 것입니다."

니시무라 젠 방위대신이 발언을 마치자 자위대 통합막료장은 군을 대표하여 간단하게 말을 이어나갔다.

"현재 진행 중인 군사훈련의 구체적인 부분은 전부 말씀드릴 수 없습니다. 육상자위대 특수군은 해상자위대와 항공자위대의 연합훈련으로 일반 군사작전과는 전혀 다른 군사작전이기 때문에 신중을 기하여 진행하고 있습니다. 또한 태풍이 지나가는 계절이기 때문에 기상청의 협조를 받아 이 시기에 일어날 수 있는 사태를 면밀히 검토하여 시기를 정할 것입니다. 따라서 언제 진행될지는 아직 공개하기 어려운 점 이해하시기 바랍니다. 우리 자위대는 이번 작전을 반드시 성공하여 우리 영토를 되찾아올 것이라 확신합니다."

총리 관저에서 핵심 관계자 회의는 오후 7시부터 시작되어 2시간 동안 이어졌다. 그 후 자위대 막료장들은 떠나갔고, 총리와 부총리, 외무대신, 방위대신, 관방장관, 그리고 간사장이 남아 따로 한 시간여 대화를 하고 회의를 마무리하였다.

고이즈미 총리는 매우 긴장해 부총리하고 사케를 곁들인 만찬을 함께하고 관저로 돌아갔다.

어느덧 8월 말로 접어들어 군사훈련도 탈환훈련 14회가 되었다. 이번 훈련을 총괄하는 자위대 특수작전군 1등 육좌(한국 대령급) 야마모토 료스케가 이도 탈환 훈련을 총지휘하고 있다.

2026년 8월 30일 일요일 오전 8시 야마모토 료스케 육좌는 대항군 중앙즉응연대를 포함한 이도 탈환에 참가한 작전군 약 400여 명과 지원부대 병력을 이즈모 항모에 총집합하여 이번 훈련의 목적과 성공의 결과를 설명하고 훈련에 최선을 다하도록 격려하는 행사를 시작하였다. 이즈모 항모 내 군 식당에서 훈련의 노고를 치하하는 의미로 뷔페식 식사를 하도록 준비했고, 각 식탁마다 훈련 조원과 지휘 조장들이 각기 자리를 하였다. 또한 휴우가함대와 쿠니사키함, 그리고 이즈모 항모 지원 병력 해상보안청 다이센호, 다이치치헤리 코푸단 CH-47J, AH-64D 헤리코푸 조종사 등 전원이 참석하여 야먀모토 육좌의 연설을 듣고자 대기하였다. 식탁에는 일본 고이즈미 총리대신이 하사한 일본 최고급 사케 정종과 아사히, 기린 맥주 등 술이 놓여 있었다. 드디어 훈련 총지휘관인 야마모토 육좌가 연설을 하였다.

"일본 자위대 특수군 여러분! 이번 훈련을 총지휘하는 야마모토 료스케 부대장이다. 그동안 여러분이 한 번도 겪어보지 못한 특수훈련을 총 15회를 목표로 이번 주 목요일까지 14회 반복훈련을 하였다. 훈련하는 동안 200여 명이라는 부상자와 중도 탈락자가 나왔다. 그만큼 어렵고 힘든 훈련이었다. 우리 자위대는 2025년 평화헌법이 개정된 이래 명실상부한 강한 군대로 변모하고 있다. 그 중심에 여러분이 있는 것이다. 이번 훈련은 처음으로 우리 군이 독자적으로 실시하는 훈련이다. 이번 훈련은 그냥 훈련을 하는 것이 아니라 조만간 실전에 투입하여 군사적 성과를 얻기 위한 훈련이다. 훈련의 목적은 점령당한 우리 영토를 되찾는 것이다. 또한 우리의 영토를 적들에게 빼앗겼을 때 탈환하는 훈련도 겸하고 있는 것이다. 북으로는 러시아에서 점령한 우리 북방 영토와 일본해(동해를 일본은 그렇게 부르고 있다)에 위치한 다케시마, 저 멀리 남쪽 센카쿠 영토 등 우리가 되찾아야 하는 영토를 얻기 위해 우리는 이번 훈련을 하는 것이다. 따라서 특수군 여러분은 천황폐하와 일본 국민을 위해서 죽음도 불사하는 무적의 사무라이 정신으로 이번 훈련에 임하여 주길 바란다. 이제 마지막 훈련이 다음 주에 진행되고 훈련이 끝나면 본국으로 돌아가서 최종 선발군에 편성되어 빛나는 대일본 특수군으로 거듭나는 영광스러운 작전에 투입될 것이다. 그날이 올 때까지 최선을 다하여 임무를 완수하여 주시길 바란다. 오늘은 특수군 여러분의 날이다. 일본 최정예 특수군에 참가한 것도 영광스러운 일이지만, 특수군에서 특수 선발군으로 뽑힌 것은 대대로 가문의 영광일 것이다. 우리의 조국 일본은 절대로 여러분을 잊지 않을 것이다. 모두 건배를 하자. 자! 모두 건배(간빠이)! 건배! 대 일본국 영광을 위하여 만세! 만세!"

항모 식당에서 함성이 울려 퍼졌다.

총지휘관 야마모토 육좌는 마치 제국 시대의 가미가제 특공대가 마지막 출동하는 분위기로 연설을 마무리 지었다. 야마모토 료스케 육좌는 이라크, 아프리카 등 UN군에 파견되어 많은 경험을 한 백전노장이다. 평화헌법을 개정한 이후 자위대 첫 번째 임무가 그런 야마모토 육좌에게 맡겨진 것이다. 선대부터 군인 가문 출신으로 언제나 자신의 하는 일에 긍지와 자부심을 갖고 있었다. 야마모토 육좌는 오전 식사 후 탈환 군 조장들과 작전에 관여했던 참모, 그리고 대항군 조장 등 지휘관들을 별도로 상황실에 불러들여 회의를 하였다. 이즈모 항모 상황실은 훈련을 하는 과정을 실시간으로 볼 수 있도록 각종 모니터가 설치되어 있고, 일본 군사위성 및 미국 군사위성에서 보내는 정보를 한눈에 볼 수 있으며 E-767, E-2C, E-2D 등 조기경보기에서 보내오는 정찰자료를 분석하여 즉각 대응할 수 있도록 모든 시설을 구비하였다.

상황실에서 그동안 14회 훈련한 영상을 편집하여 참석한 지휘관들과 모니터링을 하고 미흡한 부분을 논의하고, 또한 수륙기동단과 공정대, 특수군 혼성부대의 점령군에 대한 전술도 논의하기로 했다.

야마모토 1등 육좌가 그동안 점령훈련 과정에 대한 문제점과 대책에 대해서 입을 열었다.

"귀관들은 그동안 중앙즉응연대의 가상 적군으로 대항군을 상대하는 점령훈련을 하였다. 그런데 아직까지 체력과 순발력이 부족해 보인 것 같다. 시마(섬) 특성상 비탈이 많고 바람이 세차게 불어 자신의 몸을 지킬 수 있는 체력이 필요하다. 어두운 새벽 시간에 조명도 없이 최대한 소리를 내지 않고 대항군 진지에 가까이 가야 하는데, 아직까지 100M 이내로 접근을 못하고 있다. 물론 바람도 세고 오르는 길이 험준하고 미끄럽지만, 체력이 버텨주면 충분히 가능하다. 따라서 이번 훈련이 끝나면 본국에 들어가서 클라이밍 훈련을 추가로 해야 할 것이다. 그리고 전술 변화를 가져야 할 것 같다. 그동안 공정대는 헤리코푸다에서 강습을 하여 대항군 진지에 침투하는 훈련을 하였지만, 헤리코푸다의 소음으로 대항군이 일찍 알아채고 이를 저지하여 초기에는 전원 사망(가상)하였다. 따라서 공정대 훈련은 더 이상 훈련의 의미가 없다. 또한 공정대의 낙하산 강하를 통한 침투 훈련도 더 이상 무의미하다. 바다에서 불어오는 바람으로 인하여 목표지점에 안착하기 어렵다. 고속정과 공기부양정, 그리고 수중침투 훈련으로 목표지점에 침투하는 계획으로 변경하였다. 따라서 10회 훈련 때부터 해상자위대, 특별경비대, 해상침투 요원을 별도로 투입하여 훈련하고 있다. 따라서 선발대는 특별경비대, 해상침투요원 20명 4개조가 침투하여 대항군 진지 루트를 개척하고, 그 다음에 특수군과 수륙기동단이 침투한다. 인명 살상을 최소화하여 진지를 점령하는 것이 우리의 목표이다. 일단 진지를 점거한 이후 당분간 공정단 특수작전군이 점거한 시설을 지키고, 수륙기동단 및 해상자위대 특별기동대는 시마에서 철수하여 접안시설에 주둔한 쿠니사키함대에서 대기한다. 이상이다. 각 조장 지휘관들이 이번 훈련에 대해서 의견을 말해봐라."

수륙기동단 A조 중대장 3등 육좌(소령) 고바야시 소우타가 말을 하였다.

"부대장님! 이번 훈련에서 왜 적군의 살상을 최소화해야 하는지 궁금합니다!"

"적을 전부 사살하고 진지를 점령하는 게 보통이지만, 이번 작전은 단순히 진지를 점령해서 우리의 영토를 되찾는 것뿐만 아니라 살상을 최소화해서 정치적인 공세를 막고 대내외적으로 정당성을 확보해야 한다. 그게 우리 정부의 방침이다. 또한 상대는 우리와는 비교가 안 되는 전력이라 가능한 살상을 최소화하고 생포하여 해당국으로 송환하려고 하는 계획이다."

"그럼 상대가 먼저 총을 쏘고 저항하면 어떻게 합니까?"

"그건 당연히 사살해야겠지! 그렇지만 최대한 그걸 막고 살상을 하더라도 죽지 않는 범위 내에서 무력화시킬 수 있도록 하는 것이 우리의 또 다른 임무이다. 이번 훈련이 다른 훈련과 크게 다른 이유이며, 최대한 근접하여 상대를 신속히 제압하는 훈련을 반복하는 이유이다."

"하이! 알겠습니다."

"또 다른 질문은 없는가?"

특수작전군과 공정단 혼성부대 B조 중대장 기무라 이즈키가 발언을 하였다.

"부대장님! 현재 공정단과 특수작전군의 공중강하라든가 강습 훈련을 중단하면 차후에는 어떤 식으로 작전이 진행되는지 궁금합니다."

"공정단과 특수작전군의 공중강화 또는 강습은 훈련을 해본 결과 적에게 노출이 되어 방어 시간을 줄 수 있고, 좁은 시마(섬)에서는 위험 요소가 너무 많다. 이번 작전은 최대한 은밀하고 신속해야만 하는 작전인데, 초기부터 10회 훈련까지 진행해본 결과 작전 실패 확률이 높았다. 따라서 수상 침투 및 해안선 침투 작전을 성공한 이후에 헤리코푸다 강습으로 대체할 생각이다. 그렇지만 이번 작전에 참여한 공정단과 특수작전군도 계속해서 훈련에 참가한다."

"이번에 참가한 훈련 병력은 전부 투입되는지 궁금합니다!"

"아니다. 이번 훈련받은 부대 중 조별로 평가하여 수륙기동단 및 공정대 혼성군 6개 중대를 선발한다. 그리고 해상자위대 특별기동대 해상 침투요원 4개조를 선발할 것이다. 그래서 각 조에 4개 분대가 동서로, 남북으로 침투한다. 나머지 참가하지 못한 병력은 휴우가함과 쿠니사키함에 대기하고 있다가 비상시 출동한다. 점령 후에는 당분간 경계 병력으로 교대 임무를 한다. 적이 언제 반격할지 모르기 때문에 이번 훈련받은 수륙기동단과 공정단, 그리고 특수작전군이 주둔하여 우리의 영토를 지킨다."

"작전은 언제 진행합니까! 부대장님?"

"아직까지 미정이다. 다음 주 마지막 훈련을 끝내고 본국으로 돌아가서 조별 훈련 평가를 하여 선발대가 정해지면 작전 날짜가 하달될 것이다. 9월을 안 넘기는 걸로 알고 있다. 그러니 현재 병력은 수륙기동단 훈련지에 주둔하며 나머지 부족한 훈련은 계속 진행될 것이다. 또한 모든 작전이 끝날 때까지는 부대를 벗어날 수 없으며 외부와의 연락도 안 된다. 우리의 훈련은 절대로 외부와 노출 되서는 안되는 훈련이란 걸 명심하기 바란다. 가족, 친구 모든 연락은 당분간 단절이다."

"의견이나 질문 더 없는가? 더 이상 질문이나 의견이 없으면 오늘은 이만 해산한다. 각 조별 지휘관은 복귀하여 분대장과 조원들에게 잘 설명하여 주기 바란다. 모두 해산!"

별도로 모인 조별 중대장급 지휘관 및 부중대장 등 모두 해산하고 자기 소속 조로 복귀했다.

훈련에 참가한 모든 병력은 전원 미혼자이며 순수한 일본인으로 친가 외가 등 가족관계는 물론 교우관계, 학교, 사회생활, 취미 등 모두 조사하여 한국과 조금도 연관되지 않는 대원들로 구성되어 대원들에게 향후 발생할 수 있는 심리적 저항감이나 감정들을 고려하여 선발하였다. 오로지 명령에 죽고 명령에 사는 특수대원들인 것이다. 이렇게 치밀하게 일본은 한국의 독도를 점령하기 위한 준비를 차근차근 진행하고 있었다.

이미 진행되는 군사훈련과 별도로 일본 정부는 은밀하게 한국인 일본 입국비자 보류, 일본 국민 한국 입국 보류, 그리고 한국에 대한 수출입 제한, 한국으로의 외화 송금 보류 등 각종 보류 정책을 진행하고 있었다. 이로 인해 한국 주일대사 및 영사관에 하루에도 수천 통의 문의전화가 와 업무는 마비되고 수백 명이 대사관에 직접 찾아오는 상황에 이르러 직원들이 어찔할 바를 모르고 있었다. 또한 일본 하네다공항 및 나리타공항 등은 한국에서 들어오는 일본인들로 공항청사는 연일 붐볐다. 이게 도대체 무슨 일인가? 모두 영문을 모르고 있었다. 그저 한국의 경제 상황 악화와 소요사태로 인한 일시적인 사태로 판단하고 있었다. 일본 경시청은 전국에 소재한 한국 관련 시설에 1급 경계령을 발동하여 보안 인력을 늘리고 경비를 하고 있었다.

한국 주일대사 남국진 대사는 일본 정부의 최근 보류 정책에 대해

상황을 알아보고 보류 정책 철회를 요청하라는 외무부에서 보낸 훈령에 따라 일본 외무장관과의 면담 요청을 하였으나 장관 면담은 거절당하고 대신 사이토 하야테 아주국장과 외무성 대사 접견실에서 면담하여 일본 정부의 최근 대한민국과 관련된 정책에 대해 항의하고 그 이유를 물었다.

남 대사는 상기된 얼굴과 굳은 표정으로 사이토 국장에게 말을 하였다.

"최근에 일본 정부가 취한 한국인 일본 입국 거절로 인하여 경제, 관광, 민간교류, 금융, 산업 등 모든 업무가 중단되거나 마비되고 있습니다. 무슨 이유인지 알고 싶고 빨리 철회되어야 한다고 생각합니다. 일본 정부의 이유와 생각을 듣고 싶습니다."

남 대사의 발언에 대해 일본 외무성 대표로 면담 나온 사이토 국장은 여유 있게 말을 듣고 살짝 미소를 띠며 조곤조곤하게 남 대사의 항의 발언에 대해 설명하였다.

"현재 한국의 경제 위기로 우리 일본의 경제, 산업, 금융 전반에 걸쳐 많은 피해를 보고 있습니다. 또한 한국의 소요사태로 귀국에 거주하는 자국민의 위험한 요소가 발생될 우려가 있어 가능한 본국으로 철수를 권장하고 있습니다. 물론 한국의 경제 상황이 원상 복구되고 소요사태가 회복되면 지금 우리 정부가 취하고 있는 정책은 곧 취하되리라 봅니다. 따라서 귀국에서 빨리 경제 위기에서 벗어나 소요 상황을 안정화하는 것이 우선입니다. 우리 일본 정부도 귀국 사태를 예의주시하고 있습니다. 또한 우리 정부는 귀국의 비상사태에 대비해 만반의 대책을 세우고 있습니다. 그리고 필요하다면 도울 수 있는 방법도 찾고 있는 중이니 남 대사께서는 최근에 우리가 취하고 있는 정책에 대해 이해를 하시기 바랍니다. 그렇게 오래가지는 않으리라 생각합니다."

사이토 국장은 아무렇지 않게 미소를 지으며 한국의 남 대사를 농락하고 있었다. 이미 오랜 전부터 한국에서 경제 위기가 발생하여 이로 인한 소요가 일어나길 계획하면서 비밀리에 각종 경제 정책과 산업 정책 등 적대적 정책을 추진하여 한국을 곤경에 빠뜨리고 급기야 독도를 점령하려는 야망을 숨긴 채 일시적인 정책이라 이야기하며 이해해주기 바란다는 식으로 말하고 있었다.

"아무리 한국에서 일어나는 경제 위기로 소요사태가 있다 한들 일본에 그렇게 피해와 큰 영향을 주지 않습니다. 한국에서 벌어지는 일들은 한국 사회의 일시적인 현상이며, 예전에도 그러한 일이 있었지만 일본 정부나 한국에 거주하는 일본인들에게 아무런 피해가 없었습니다. 그런데 지금 일본 정부가 취하는 정책은 한국과의 단교에 버금가는 사태를 야기하는 것입니다. 만약 일본 정부가 이번 정책을 빠른 시간 내에 철회하지 않아 이로 인하여 양국에 돌이킬 수 없는 상황이 발생한다면, 이것은 전적으로 일본 정부에 책임이 있다는 걸 명심하시기 바랍니다."

평상시에 침착하고 유머러스하던 남 대사는 온데간데없고 흥분된 표정으로 사이토 아주국장에게 강력한 어조로 항의성 발언을 하였다.

"알겠습니다. 남 대사님! 너무 노여워하지 마십시오. 제가 우리 외무대신께 말씀드리고 총리 각하께도 말씀 올리겠습니다. 외무대신께서 출장 중이고 부대신께서도 부재중이라 아주국장인 제가 면담한 것을 이해하여 주시기 바랍니다. 오늘 면담 내용은 보고서를 작성하여 올릴 예정이니 오늘은 이만 대화를 종료할까 합니다."

"알겠소! 아주국장께서 잘 보고하여 주시기 바랍니다."

남 대사는 사이토 아주국장과 대화를 끝내고 대사관저로 돌아갔다. 그리고 대사관 직원에게 일본 각 지역 총영사를 불러들이도록 지시했다. 뭔가 찜찜한 구석이 있다. 그래서 각 지역 총영사을 비롯해 대사관 직원과 대책 회의를 해야겠다고 생각했다. 또한 오늘 사이토 국장 면담 내용을 본국 외무부에 보내고 훈령을 기다렸다.

남 대사가 돌아간 다음 사이토 국장은 오늘 남 대사와 면담한 내용을 구두로 모리 외무대신에게 보고를 하고 모리 외무 지시로 보고서를 작성하여 총리대신 비서실로 보냈다. 외무성 아주국은 총리실에서 한국과 관련된 다음 지시사항을 기다리고 있었다.

남국진 한국주일대사의 면담내용의 보고서를 보고 고이즈미 총리는 인상을 찌푸리며 "코노야로(이 새끼들)." 하면서 보고서를 테이블 올려놓고 그날 저녁 총리실 관저 4층 각료 응접실로 부총리 겸 재무대신, 외무대신, 관방장관, 방위대신.경제산업대신, 국가공안위원장을 불렀다.

고이즈미 총리는 각료 응접실에서 회의를 주재하며 각 핵심 대신들의 의견을 듣고 정책 결정을 하여 지시사항을 내리기로 했다.

"어서 오십시오. 여러 대신님들 자리에 앉으십시오."

경제산업대신 나카지마 하루토가 고이즈미 총리의 얼굴을 보고 말을 건넸다.

"총리 각하! 안색이 안 좋습니다. 무슨 일이 있으십니까?"

"한국대사란 작자가 오늘 외무성 아주국장과 면담하면서 화를 내며 우리가 현재 한국에 취하고 있는 정책을 당장 철회하라고 하였답니다. 대사 주제에 건방지게 감히 대일본의 정책을 철회하라고 했다는 소리를 들으니 기분이 많이 안 좋습니다."

"아! 그런 일이 있었군요? 아무튼 반도 한국 놈들은 예나 지금이나 은혜를 모르는 배은망덕한 족속입니다. 총리 각하! 일개 대사가 지껄인 말 갖고 신경 쓰지 마십시오. 우리는 우리대로 밀고 나가면 됩니다."

나카지마 경제산업대신이 아부 겸 고이즈미 총리 심기를 위로해주었다.

"여러 대신들을 오늘 이 자리에 모이시라고 한 것은 이제 우리가 진행할 다케시마 탈환 작전의 실행 시기와 대책을 최종 정리하여 자위대 막료장들에게 명령을 내리기 위함입니다.

따라서 오늘은 각부 대신들께서 의견과 결정을 내리셔야 합니다. 물론 전원내각회의를 개최하여 결정할 수도 있지만, 비밀이 새어 나가는 것을 방지하기 위하여 핵심 대신들만 오시라 했으니 절대로 오늘 결정이 새어 나가지 않게 각별히 신경 써주십시오. "

"알겠습니다. 총리 각하!"

고이즈미 총리 말에 참석한 대신들이 일제히 대답을 하였다.

"먼저 모리대신께서 현재 외무성에서 진행하고 있는 상황을 말씀해 보십시오!"

"네! 현재 외무성에서 취하고 있는 우리 국민들이 한국으로 여행하는 것을 일절 불허하고 있습니다. 또한 한국에서 우리 일본으로 여행자들 및 교류하는 민간단체 방문도 당분간 보류한다고 한국 외교부에 통보하였고 아울러 우리 국민 중 한국에서 관광하는 사람 및 거주민도 귀국을 종용하고 있습니다. 물론 한국과 우리 일본 사이의 항공기 운항은 가능한 최소화시키고 있으며, 이 일은 국토교통부에서 하고 있습니다. 그리고 서울에 있는 대사관이나 부산, 제주에 있는 총영사관에도 최소 인력만 남기고 가족들을 포함한 전 직원을 철수시키라고 훈령을 내렸습니다. 곧 완료될 것입니다."

고이즈미 총리는 모리 외무대신 말이 끝나자마자 외무성 정책 관련 얘기를 하였다.

"외무성에서는 조속히 우리 외교관 및 우리 국민들을 보호조치를 시행해 차질이 없어야 합니다. 아마도 우리가 다케시마를 탈환한 것이 알려지면 반도의 한국 족속들은 이리 떼처럼 우리 대사관 및 영사관을 점령하려 들 것입니다. 따라서 대사관 및 영사관에 있는 모든 주요 서류는 국내로 반입하고, 반입이 안 되는 서류 및 물건은 대사관저 및 대사관 비밀창고 또는 금고에 보관하여 손상이 없도록 하십시오. 그리고 미국 대사관과 긴밀히 연락하여 한국 내 상황을 주시하시기 바랍니다. 이제 곧 전시상황이 될 터이니 외무성은 비엔나 외교협약을 준수하도록 한국 정부에 강력히 요구하십시오. 저들은 협약을 잘 안 지키는 민족이니 모든 외교역량을 총동원해서 협약을 지키도록 해야 합니다."

고이즈미 총리는 주도면밀하게 외무대신 모리에게 당부하였다. 그리고 나카지마 하루토 경제산업대신에게 한국 내 일본기업 및 수출입에 관련한 현황과 대책을 물어보았다.

"현재 중요 전략물자는 한국 내 반입을 통제하고, 또 한국 내 각종 가공품 및 농수산품도 철저히 반입을 불허하고 있습니다. 그리고 한국에 진출해 있는 우리 일본기업은 그렇게 많지 않지만, 그래도 진출에 있는 우리 일본기업의 경영진은 당분간 한국에 머물지 말고 국내에서 머물 것을 통보하였습니다. 현재까지 한국에 대한 수출입 규제로 인한 경제적 피해는 그렇게 크지 않다고 보고가 들어오고 있습니다."

고이즈미 총리는 나카지마 경제산업대신의 상황 보고에 관련하여 한마디 덧붙였다.

"한국으로 우리의 전략물자나 중요 부품소재를 밀반입하거나 수출하는 업체는 모조리 찾아내서 법률적으로 엄격히 다뤄야 합니다. 지금 다케시마를 탈환하려고 하는 것은 다케시마를 되찾는 것뿐만 아니라 한국 경제가 일어서지 못하도록 해야 하기 때문입니다. 그래야만 우리의 침체 된 일본경제가 살아납니다. 한국 경제가 무너지면 군사력이 약화되어 반도 북쪽 조선인민공화국에서 쳐들어 내려올 것 아닙니까? 제2의 한국전쟁이 일어나서 반도의 두 조선인들끼리

치고 박고 해야만 우리의 경제 현실을 타개하고 제2의 부흥기가 도래할 것입니다. 일찍이 50년대 한국전쟁이 일어나던 시기, 요시다 시게루 총리 각하께서 우리 경제를 부흥시켰듯이 일본의 제2 경제부흥을 일으켜야만 합니다. 이대로 가면 우리 일본 경제도 침체되어 일어나기 어렵습니다. 반도 한국이 만약 경제가 살아나고 북쪽 조선과 통일이 된다면 우리는 저들에게 밀려 제3국이 될 처지입니다. 그러니 반드시 한국 경제를 무너뜨리고 다케시마를 되찾아 과거의 영광을 부흥시켜 다시 한번 대동아 시대를 열어나가야 됩니다. 내가 총리로 있는 동안 그렇게 만들고 싶습니다. 물론 전임 아베 신조 총리 각하께서 평화헌법을 개정할 수 있도록 노력하셔서 오늘날 우리가 할 수 있는 일을 만드신 겁니다. 이번 일이 무사히 성공한다면 아베 신조 전임 총리 각하에게 감사를 드려야겠습니다."

고이즈미 총리의 생각은 명약관화해졌다. 그동안 계획이 새어나가서 보도될까 봐 철저히 통제를 하였고, 이번 계획 자체를 눈치채지 못하게 다케시마(독도) 침략이 아닌 이도 탈환 작전이라 명명하고 한국이라는 말도 표현하지 않고 인접국이라고 하여 러시아, 중국 마치 북방 쿠릴섬이나 센카쿠섬을 연상케 하는 뉘앙스로 전파하여 훈련 계획을 진행했던 것이다. 누구도 눈치채지 못하도록 진행하면서 또다시 한국을 희생양으로 삼기 위한 아주 치밀하고 정교한 계획을 만들었고, 그것을 실행하려고 하는 일본 내각과 정치인들이었다.

"야마다 부총리께서는 한국 경제 상황을 어떻게 보십니까?"

고이즈미 총리가 물었다.

"지금 한국 경제는 서서히 몰락하고 있습니다. 아시다시피 한국 경제는 우리 일본 경제보다 한참 뒤처져 있다가 2002년 이후 우리 일본 경제를 조금씩 따라오고 있었습니다. 하지만 전 정권에서 사회주의 경제철학을 가진 자들이 정권을 잡자 포퓰리즘에 입각한 확대재정정책으로 인하여 재정적자가 심화하여 마이너스 성장으로 진행되었고, 산업정책이 바뀌어 한국기업들이 해외로 이전하여 한국 내 기업 생산 활동이 급격히 줄어들었지 않았습니까. 한국의 대표 기업인 성재용 회장이 경영하는 한성전자 본사를 우리가 압박하여 베트남으로 쫓아낸 이후, 한국의 신용등급이 하락하여 국제 금융가는 물론 경제 위기 국가로 세계통화기금(IMF)에서도 지정하였고, 세계은행에서도 한국 경제의 위험을 경고하여 국제적인 투자가 들어가지 않고 있습니다. 우리 재무성에서 조사한 바로는 조만간 한국기업의 디폴트(채무 불이행) 상태가 확대되어 한국에서 모라토리엄 선언이 나오지 않을까 생각합니다. 이렇게 되면 한국은 사회적으로 혼란에 빠지고 국방력은 약화될 것입니다. 현재 북쪽 조선과도 경제협력이 제대로 이행하지 않아 삐걱대고 있고, 사회적으로도 소요사태가 일어나 우리가 다케시마를 점령한들 저들이 우리에게 대항할 여력이 없을 것입니다. 그러니 여기 오신 대신들께서도 너무 걱정하지 마십시오. 우리 재무성에서는 한국 경제가 당분간 살아나지 못하도록 전 세계 금융가와 각국에 적절한 조치를 해놨습니다."

야마다 부총리 겸 재무대신의 설명을 듣고 고이즈미 총리는 회심의 미소를 지었다. 그러면서 염려스러운 말을 하였다.

"그래도 아직 안심하기 이릅니다, 미국(米國)도 있고 중국도 있습니다. 물론 미국도 지금의 한국 정부를 신뢰하지 않습니다. 그렇다고 해서 중국과의 전략 관계가 있으니 그냥 보고만 있지 않을 겁니다. 한국에 주둔해 있는 미군 방위비 부담을 한국이 해야 하는데 그걸 못하면 미국 행정부에서 주둔 비용에 대한 부담이 커질까 봐 그럴 수도 있고, 중국에서 한국을 자기들 편으로 편입시키기 위해서 일정 금액의 차관을 제공할 수 있지 않을까 염려됩니다."

고이즈미 총리 말에 야마다 부총리는 고개를 저으며 말했다.

"총리 각하! 절대 그렇지 않을 겁니다. 그동안 미국이 한국 정부의 남북경제협력 개발사업에 반대하였는데 결국 진행하여 미국 조야에서도 한국 정부를 그렇게 신뢰하지 않습니다. 또한 중국 정부 역시 경제사정상 한국 정부에 차관을 제공할 여력이 없습니다. 한국 정부 외환보유고가 조만간 500억 달러 미만으로 떨어질 것이 확실해 보입니다. 그러면 석유 수입은 물론 러시아의 천연가스 등 에너지 조달이 어려워집니다. 그 결과 한국 경제 동력이 떨어져 생산성이 급격히 악화되어 한국 경제는 몰락할 것입니다. 이미 한국 정부의 문제점에 대해 노무라증권 컨설팅 연구소 등 우리나라 경제연구소가 분석한 한국 경제 보고서가 작성되어 올라와 있고, 이런 문제점을 파악하여 기회를 놓치지 않고 실익을 취할 수 있도록 운영계획서를 작성하여 수년 전부터 대비하였으니 괜찮을 것입니다."

야마다 부총리는 득의양양해 하면서 말을 끝내고 참석한 대신들을 쭉 들러봤다. 고이즈미 총리를 비롯해 참석한 각료들은 크게 웃으며 흡족한 미소를 지었다. 그러면서 니시무라 젠 방위성대신에게 현재 군사훈련과 다케시마 탈환 D-day에 관한 내용을 설명을 듣기로 했다.

"우선 이번 이도 탈환 군사작전 훈련은 필리핀에서의 마지막 훈련과 본토에서의 타케시마 탈환 요원을 선발하기 위한 훈련이 남았습니다. 현재까지는 육상, 해상, 항공 자위대 연합훈련이 잘 진행되고 있습니다. 특히 탈환 작전은 수륙기동단과 해상자위대 특별기동대가 주력이 되고 탈환 후에는 특수작전군과 공정대가 다케시마를 접수하여 지킬 것입니다. 언제 어디서 한국 특수부대가 침투할지 모르니 철저히 경계를 할 것입니다. 다만 탈환 시기가 문제인데, 자위대 막료장들과 정보부대에서는 9월 달 태풍이 오는 시기를 기상청과 분석하여 우리 일본해(동해)로 태풍이 빠져나간 후에 바로 작전을 개시할 것입니다. 그래야만 한국군이 태풍이 오는 시기에 함부로 군사행동을 못할 것입니다. 따라서 탈환 시기는 별도로 지정하여 추후 자위대에 명령할 것입니다. 이번 작전은 1차 이도 탈환 작전으로 명명했습니다. 탈환 작전 D-day가 정해지면 총리 각하의 명령을 받을 것입니다. 최정예 일본특수군 400명 정도가 참여할 것이며, 해상자위대와 항공자위대가 경계와 보급을 할 것입니다. 반드시 임무를 완수할 것입니다."

"공안위원장인 제가 한마디 더 곁들여 말씀드리겠습니다. 이번 군사훈련이 진행돼서 끝날 때까지 우리 일본 내에 한국인들이 거주하는 오사카 등지에서 재일 한국인은 물론 조선인 총연합회 등의 인원이 일으킬 혹시 모를 사태에 대비해 경찰 병력을 최대한 동원하여 감시 및 테러 사건이 일어나지 않도록 만반의 조치를 취할 예정입니다. 물론 우리 일본 내에 거주하는 한국인에게 일어날 수 있는 위해 사건도 막도록 조치를 취하는 것도 병행할 것입니다. 따라서 조만간 경시청에 특급비상사태를 선포할 예정입니다. 이번 군사작전으로 국내에서 어떠한 일이 일어나지 않도록 최대한 조치를 해놓을 계획입니다."

니시무라 젠 방위성대신 발언에 이어 아오키 켄토 공안위원장이 국가공안에서의 대책과 진행사항을 설명했다.

고이즈미 총리는 오타 테츠야 관방장관에게 이번 군사작전 전·후 대국민 메시지 및 일본 의회에 대한 적절한 조치를 설명하고 성과에 대한 내각의 입장을 대변하도록 부탁했다. 그리고 마지막으로 다시 한번 군사작전 취지와 군사행동에 대한 당부를 말하였다.

"오늘 모이신 각료들의 전폭적인 지지와 성원으로 이번 이도 탈환 작전은 반드시 성공할 것입니다. 그리고 우리의 숙원인 다케시마를 탈환하여 국민들에게 크나큰 선물을 안기고 향후 일본이 나아갈 바를 만방에 선포해서 미국과 중국, 러시아 등 전 세계에 우리의 정당성을 알려야만 합니다. 또한 이번 군사작전이 끝나면 한국과 한동안 냉각과 대립이 이어지겠지만, 그렇다고 영원하지는 않을 것입니다. 한국에서도 다케시마를 당장은 재탈환하려 하지는 않을 것입니다. 그렇게 하기 위해서는 다케시마에 주둔해 있는 한국 경찰 병력의 희생을 최소화해서 돌려보내야 합니다. 그리고 포로로 잡은 한국 경찰 주둔 병력은 최상의 대우를 해줘야 세계 여론도 우리 편으로 만들고, 한국 내 여론도 조금은 잠재울 것이며, 우리가 우리의 영토를 수복했다는 정당성과 대국다운 아량과 포용을 세계에 보여야만 우리 일본 국격이 올라갈 것입니다. 끝으로 이번 작전에 우리 자위대 요원들의 희생이 없길 바라며 반드시 군사작전에 성공을 기원하길 바랍니다. 그러니 내각 대신들께서도 힘을 보아주시고 마지막까지 비밀을 유지하여 주시기 바랍니다. 오늘 회의는 이상으로 마치겠습니다. 오늘 참석하신 대신들, 고맙습니다."

고이즈미 총리가 비장한 어조로 마무리 말을 하고 비서실을 통하여 야스쿠니신사에 공물을 보내고 자위대 막료장들에게 야스쿠니신사에서 비밀리에 출정식을 가지라고 지시하였다. 이날의 회의가 추후에 일본의 몰락을 가져오리라고는 아무도 생각 못했고, 오로지 일본 통치자들의 야욕으로 진행된 군사작전으로 인해 결국 또다시 일본의 한국 침략 역사가 반복되었다.

이렇게 일본은 철저하고 치밀하게 독도 침투 작전을 취하고 있는 동안 한국에서는 2027년 1월에 치러지는 대선으로 각 정당 간의 경쟁이 치열하게 전개되고 국민들은 또다시 편이 갈려 몸살을 앓고 있었으며, 경제 사태로 인한 소요가 일어나 연일 광화문광장, 여의도 국회, 그리고 전국의 광장마다 시위가 계속되고 있었다. 모든 방송과 언론들은 서로 자기가 편들고 있는 이들의 여론을 전달하기 위하여 정쟁의 현장과 시위상황을 여과 없이 중계하고 방송하여 마치 온 나라가 용광로가 들끓듯이 끓어올라 내일이라도 망할 것처럼 보였다. 미국은 한국의 사태를 심각하게 바라보며 다음 한국 대통령이 누가 될지를 초미의 관심사로 두고, 주한미군 사령관에게 한국 내 모든 부대에 비상 상황으로 전환하도록 지시하였다. 또한 북한은 인민무력부 총정찰국, 그리고 노동당 통일선전부, 대외연락부 등 북한의 모든 정보기관과 요원들은 한국의 현재 상황에 대한 정보를 수집하고 대남 공작하는 방향으로 선회하여 자신들에게 있어 유리한 기회를 포착하고자 움직였다.

일본 방위성은 필리핀에서의 마지막 훈련을 앞두고 해상자위대, 항공자위대, 해상보안청에 3가지 특별 지시를 내렸다. 다케시마(한국 독도) 인근 수역까지 정보 정찰기를 하루 3회씩 순회 정찰하고 F-35A 전투기를 한국방공식별구역이라고 주장하는 곳 근처로 하루 2회 출격을 명령하였다. 또한 해상자위대의 이지스함 2척과 잠수함을 출정시켜 한국 해군과 공군의 출격 반응을 탐지함과 동시에 교란작전을 펼치라는 명령을 내렸다. 해상보안청은 3,000톤급 순시선과 500톤급 순시정, 그리고 측량선을 하루에 2회씩 다케시마(독도) 근처에 출정시켜 한국 해안 경찰청의 출동상태를 면밀히 감시하도록 하였다.

4

일본의 치밀한 침략전략
(D-day를 정하다)

일본은 한국에 파견된 언론사 특파원, 주재상사, 유학생, 정보 기관 그리고 미국 CIA 한국지부를 통하여 한국 상황에 대해서 손바닥 보듯 꿰뚫어 보고 있었다. 다케시마(독도)를 점령 거사를 하기 전과 후 한국의 대응과 한국에 대한 각종 보류 및 폐쇄정책으로 인한 반발 추이를 보며 혹시 이번 작전이 새어나가지 않을까 각별히 신경을 썼다. 이렇듯 일본이 차근차근 준비한 작전을 진행할 D-day를 정할 즈음, 한국 정부는 물론 산업, 금융, 교통, 교육, 민간단체, 유학생, 무역회사 등 다양한 분야에서 일본의 조치에 당황과 분노를 표출했다. 하지만 경제 상태는 갈수록 악화되고 있었다. 이를 극복하기 위하여 강제연 대통령은 비상시국 선포를 하기 위한 긴급 관계장관 국무회의를 개최하기로 했다. 또한 국회에서는 한일의원연맹을 통하여 일본 정부의 의도를 알아보기로 했다.

2026년 9월 3일 수요일 오전 10시. 청와대 본관에서 긴급 관계 장관 국무회의가 열렸다. 말이 긴급장관회의지 국무위원 전원과 수석 비서관들까지 배석하여 긴박하게 회의가 진행되었다. 국무회의가 끝나면 오후에는 국가안전보장회의를 열도록 하였다.

대통령이 회의실에 착석하자 다른 국무위원들도 착석했다. 오늘은 국민의례를 생략하고 최근에 일어나는 경제 비상사태와 이로 인한 소요, 그리고 일본이 취하고 있는 한국에 대한 각종 보류 정책 및 폐쇄 정책에 대한 배경을 논의하고자 심각한 분위기로 회의가 시작되었다.

"최근에 경제 사정이 어렵고 이로 인해 국민들에게 불안을 끼쳐드려 매우 죄송스럽습니다. 그렇다고 해서 이에 불만을 품고 거리로 뛰쳐나와 데모와 집회를 열고 사회 전반에 불안을 야기시키는 일은 없어야 할 것입니다. 그리고 어떤 이유에서인지 몰라도 일본에서 한국 여행 및 송금, 그리고 수출과 수입을 금지하는 정책을 펴고 있고, 아울러 민간단체의 교류 및 입국 금지는 물론 나아가서는 비자 발급을 중단하기에 이르렀습니다. 또한 한국 내에 거주하는 일본 거주민들의 철수령이 떨어져 하루에도 일본으로 돌아가는 일본인들이 수백 명에 달하고, 반대로 일본에 있는 한국 관광객, 주재원상사, 단체, 그리고 일부 교민들이 한국으로 들어오고 있습니다. 이게 어떻게 된 연유인지 실상을 파악하여 부처별 대책이 필요한 시기입니다. 먼저 엊그제 주일대사가 일본 외무성 관계자와 면담하여 이를 조속히 철회하라고 요청하였는데, 일본에서 어떤 조치나 반응이 있었는지 외무부 장관이 발언하시기 바랍니다."

대통령이 먼저 발언하고 시급한 사안에 대해 말했다.

"네! 외무부에서 말씀드리겠습니다. 주일 남국진 대사가 일본 외무성 모리 카즈마 장관에게 면담을 요청하였으나 일정상 만나지 못하고 사이토 하야테 아주국장과 면담하여 현재 일본에서 취하고 있는 각종 보류 내지는 금지, 폐쇄 정책에 대해 배경 설명 및 철회를 요청하였습니다. 그러나 사이토 국장은 뚜렷한 이유 없이 오로지 현재 한국에서 벌어지는 경제 위기에 의한 소요사태로 자국 내 피해가 발생할 것을 우려하여 선 조치를 취하였다고 합니다. 그리고 남국진 대사의 항의와 요청을 외무성에서 접수하여 고이즈미 총리 및 모리 장관에게 전달하여 한국 경제가 회복되고 소요사태가 진정되면 조치한 사항을 철회하도록 하겠다고 하는 의사를 전달받았다고 합니다. 이에 우리 외무부에서는 일본에서 이루어지는 각종 한국을 향한 불합리한 정책을 면밀히 검토하여 대책을 마련 중입니다."

"외무부에서 대책을 마련 중이라는데 어떤 대책을 마련하신단 말인가?"

"네! 대통령님! 저희 외무부에서는 일본 각지에 나가 있는 남국진 대사를 비롯한 총영사들에게 상황 파악을 하고 일본 외무성 관계자 및 일본 지방자치단체 장과 개별 면담을 진행하고 있습니다. 그 면담에서 현재 진행되는 보류 또는 폐쇄 정책으로 인해 쌍방에 피해가 발생하니 중앙정부에 건의해서 해당 정책을 철회하도록 요청하는 실무회담을 하라고 지시하였습니다."

"물론 그것도 하나의 방편이겠지만 좀 더 구체적으로 다른 방향에서 대책을 만들어 보세요."

"네! 알겠습니다. 대통령님!"

"금융시장에 풀려 있는 일본 투자성 자금 또는 투기성 자금이 꾸준히 일본으로 회수되고 있는데 그걸 달러로 교환하는 탓에 달러가 고갈되고 있다고 합니다. 기재부는 어떤 조치를 취하고 있지요?"

"저희 기획재정부에서는 각 금융기관을 통해 최근에 엔화 및 달러가 일본으로 송금되는 내역을 파악하여 보고하도록 조치하고 정당하지 않은 엔화나 달러화 송금을 제한하고 있습니다. 그리고 만 달러 및 천만 엔 이상을 송금을 할 시는 외환거래에 대한 허가를 받도록 하여 유출을 최소화하고 있으며 또한 각 공항이나 항만에서 외화 교환 및 반출을 엄격히 검사하여 통제하고 있습니다."

"물론 그런 방법으로도 외화 반출을 통제할 수 있겠지만 근본적으로 일본이 왜 투자된 자금이나 결제자금을 올해 들어와서 심하게 반출하는지 그 배경을 파악하고 일본 금융당국과 접촉하여 더 이상 투자자금이나 결제금액을 조기 회수하지 않도록 해보세요. 특히 최근에 더 심하다고 하니 각 금융기관장과 만나 대책을 세워보시도록. 부총리가 책임지고 진행하세요. 또 국내 소비자 물가가 지금 15% 이상 올라가고 있고 소규모 지자체는 지방공무원들의 임금까지 밀린다고 하는데 여기에 대해서는 어떤 조치를 취하고 있나요.?"

"소비자 물가는 어쩔 수 없이 올라갈 수밖에 없습니다. 현재 외화

보유율이 계속 떨어지다 보니 중요 소비재 품목의 수입이 제한되어 있어 여기에 따라 물가가 올라가고 있습니다. 농수산물 중 식용유, 밀가루, 수입 고기, 가공식품 등은 그런대로 비축을 하고 있는 물량을 풀어서 안정화시키고 있지만, 그렇지 않은 농수산물은 장기간 보유할 수 없는 물건이라 수입이 제때 이루어지지 않으면 물가가 상승할 수밖에 없습니다. 그리고 지자체 공무원들의 임금은 지자체에서 거둬들이는 세수진도율(稅收進度率)이 워낙 적기 때문에 중앙정부에서 내려가는 교부금으로 충당해왔는데, 현재 추가경정예산이 지난 6월에 최소로 편성되어 교부금이 부족하기 때문에 오늘 같은 사태가 발생하고 있습니다. 더구나 지방에 거주하는 주민들은 줄고 있는데 공무원들은 그동안 증원되어 세입은 적은데 지출은 늘다보니 자립도가 약해지고 오로지 교부금에만 매달리고 있는 실정입니다."

"상당히 심각하군. 대책이 빨리 나와야 할 텐데…. 그것도 그렇고 광화문 광장이나 서울역 광장 등에서 데모나 소요사태가 벌어지는 이유 중 하나가 국민연금과 공무원연금이 제때 지급이 안 되어 퇴직한 사람들이 전부 몰려나왔기 때문이란 얘기가 들립니다. 그리고 노인 기초연금, 아동 복지수당 등 현금성 지출도 원활하지 않다고 하는데 이런 문제를 어떻게 조치해야 할지 말씀들을 해보시지요."

대통령의 말에 각 부처 장관들은 서로 눈치를 보고 있었다. 딱히 대책이 없기 때문이다. 그동안 재정확대 정책을 하다 보니 현금 지출이 늘었는데 국가 전반의 산업 동력이 약해져 공장이 문을 닫고, 생산을 못하니 수출은 줄고, 일자리가 줄어들어 실업률은 늘고, 외환보유액은 감소하고 있었다. 이런 사태가 직면하였는데 한국은행에서는 화폐(돈: 원화)를 찍어 유통을 늘리니 인플레가 나타날 수밖에 없으며, 돈의 가치 하락은 불 보듯 뻔한 것이었다. 1달러 대비 비공식 환전 금액이 2,500원 이상이었다.

이어서 보건복지부 장관이 발언을 하였다.

"보건복지부에 매일 민원인들이 와서 항의를 하고 있습니다. 노인복지수당 또는 아동수당 등이 제때 지급되지 않다 보니 그렇습니다. 또한 건강보험료의 적자로 인하여 병원에 지급해야 할 건강보험료가 밀려 병원에서 진료 기피현상이 나타나고 있으며, 국민연금 또한 지급할 금액을 조정해서 분할로 지급하고 있습니다. 따라서 노인복지수당과 아동복지 수당을 잠정 중단하고 건강보험료 역시 분할지급을 시행할 예정입니다. 물론 이런 것이 근본적인 대책일 수는 없지만 당분간 시행하다 국가재정이 나아지면 다시 복구할 예정에 있습니다."

"저희 고용노동부도 실업률이 기하급수적으로 늘다 보니 실업급여 지급 금액이 천문학적으로 늘어 지급 한계가 왔습니다. 더 이상은 지급이 힘들어 우선은 실업급여 기준을 높이고 지급 일수도 줄일 예정입니다. 그래야만 숨통이 트일 거라 생각합니다."

대통령은 잠자코 듣고만 있었다. 차기 대권후보 이민선 총리도 눈을 감고 생각에 잠겼다.

각 부서의 보고와 대책으로 이어지는 논의로 회의는 거의 3시간이 흘러 점심을 넘기고 계속 진행되었다. 이제는 대통령이 마무리할 때가 되었다.

"오늘 국무회의는 밤새도록 해봐야 결론이 없을 것 같습니다. 우선 각 부서는 당면한 과제를 시급히 처리하고 좀 더 구체적인 대책을 세워 국민들에게 발표하십시오. 그리고 비서실의 수석들은 각 부처와 협의하여 이 난국을 극복할 실행방안을 만들어 이달 말까지 보고하도록 하시고, 전 국무위원들은 비상사태로 생각하시고 업무에 임하여 주시기 바랍니다. 아직은 비상시국을 선포하기는 이른 것 같으니 좀 더 추이를 지켜보고 결정합시다. 자! 그럼 오늘 회의는 여기서 종료합니다."

3시간의 긴 회의는 끝나고 청와대에서 마련한 늦은 점심을 먹고 각자 흩어졌다.

식사 후에 대통령과 대선후보이자 총리인 이민선 총리, 비서실장 세 사람이 대통령 집무실 소파에서 차를 한잔하면서 심각한 대화를 이어나갔다. 먼저 대통령이 이민선 총리이자 대선후보를 물끄러미 쳐다보다 마음속에 있는 말을 슬쩍 건넸다.

"이 총리! 솔직히 말씀드려서 이렇게 가다가는 이 총리가 대통령 후보로 나선다 해도 어렵지 않을까 걱정됩니다. 특단의 대책이 있어야 하지 않을까요? 1997년 외환위기와는 근본적으로 다릅니다. 지금 경제 위기는 재정 확대에 의한 사회적 보장 지출은 늘었는데 우리나라 산업 동력이 줄어 경제수지가 악화되어 나타난 마이너스 경제성장 때문입니다. 지금은 기업들이 해외업체와 경쟁하여 이기기 위한 비용지출이 너무 과대하여 전부 해외로 진출하거나 국내 생산을 줄이고 있습니다. 이러니 실업률은 늘고 거기에 따른 사회보장성 지출이 늘어나 재정지출은 갈수록 마이너스입니다. 지금이라도 사회보장비 지출금을 확 줄이고 기업 환경을 좋게 하는 방향으로 할까 하는데 어떨는지요? 예를 들어 최저임금도 다시 대폭 낮추고 노인복지, 아동수당, 그리고 무상교육비 등을 줄이는 방안 말입니다. 전임 정부의 정책을 그대로 계승하다 보니 누적된 현상이긴 하지만요"

"네! 대통령님! 물론 그 방법도 좋지만 그렇다고 해서 바로 효과가 나올는지 의문입니다. 지금도 지난 6월에 발표한 각종 정책을 진행하고 있지 않습니까? 외화송금제한, 지자체의 불필요한 교부금 제한, 국책사업 중단, 사회보장성 지출 제한 등 위기를 극복하기 위한 정책을 지금 펼치고 있으나 현실적으로 크게 효과를 보지 못하고 있습니다. 오히려 이로 인해 거리에 국민들이 뛰쳐나오는 역효과만 보고 있습니다. 그마저도 줄이면 이번 대선에서 우리 당과 제가 승리하기 힘듭니다. 그러지 마시고 지난번에 전 김무일 경제수석이 제안한 정상외교를 펼쳐서 투자 유치 및 통화 스와프 계약 협정 확대도 할 겸 해외를 돌아보시지요. 그리고 일본과의 정상회담도 한번 하시는 게 어떤지요?"

"일본과의 정상회담? 과연 들어줄까요? 그들이 우리의 경제를 어렵게 만들고 있는데 내가 간다고 들어줄 것 같지는 않을 것 같습니다. 구걸 외교를 하면 몰라도 말입니다. 그러나 의도를 알아보기 위해서는 가볼 가치는 있을 것 같습니다."

"정 실장(후임비서실장 정태환)은 어떻게 생각하시나?"

"네! 대통령님! 일단 정상회담을 한번 하시는 것은 좋은 것 같습니다. 실익이 없던 있든 그들의 의도를 알고 있으면 대책이 나오지 않을까요?"

"그럼 일단 추진해 봐요. 미국 가기 전에 일본부터 들러 보게."

"네! 알겠습니다. 외무부에 지시를 하겠습니다."

"그래! 이 총리께서는 선거운동은 잘 준비하고 계십니까?"

"총리직도 이달 말(9월 30일)이면 내려놓아야겠지요. 대통령 후보 등록을 위해서 내려놓기는 하는데, 시국이 어수선하고 경제 위기가 오는 중에 사퇴하는 거라…. 무거운 짐을 대통령님에게 전부 맡기고 사퇴하니 죄송스럽습니다."

"아니요! 무슨 말씀이세요? 그동안 이 총리께서 내각을 잘 이끌어 주셨는데. 대통령인 내가 선거에 승리할 수 있는 좋은 환경을 만들어야 했는데 그것이 하필이면 어그러져서 경제상황이 안 좋은 상황에 대선을 맡기게 되어 미안합니다. 이러한 어려움을 극복하셔서 반드시 이번 선거에 승리하시고 제가 하던 정책을 이어받으셔야지요."

"그럼요! 여부가 있겠습니까? 당연히 그래야지요. 허허허허!"

"우리 청와대 비서실에서도 이 총리님이 이번 선거에 승리하도록 만반의 조치를 해놓겠습니다. 이 총리님!"

정 비서실장이 대통령의 입장을 생각해서 거들었다. 그러나 이민선 총리는 속으로 울화가 치밀었다. 모든 정책을 실패해서 이 지경으로 만들어 놓고 이제 와서 선거에 이겨 나보고 뒷정리를 하라고? 참 어이가 없었다. 그렇지만 겉으로 표현을 할 수가 없었다.

그날 오후 5시 청와대 집무실 중회의실에서 안보 관련 장관회의가 열렸다. 대통령, 비서실장, 국가안보 특별보좌관, 국정상황실장, 국방장관, 국정원장, 합참의장, 한미연합사 부사령관, 그리고 3군 참모총장 외 군부대 정보기관 사령관이 참석을 했다.

"오전에 국무회의를 3시간이나 진행했더니 많이 피곤하군요. 그래서 오늘은 짧게 회의를 합시다. 중요한 현안만 토의하기로 하고 내가 해외 정상회담을 끝내고 나서 다시 한번 열기로 합시다. 우선 국방부 장관께서 우리 군 동향과 북한의 군사 움직임에 대해서 보고를 하고 문제점을 얘기해보세요."

"네! 대통령님! 현재 북한군은 별 움직임이 없습니다. 그동안 우리하고 맺은 남북경제협력 사업으로 철도 및 도로 공사를 진행하던 상황이라 별 움직임은 없지만, 요즘 들어 사업이 지지부진해지다 보니 노골적으로 불만을 나타내고 있습니다. 이에 따른 적절한 조치가 필요할 것 같습니다."

"그 상황이라면 이승표 국가안보 특별보좌관이 말해보시오."

"네! 지금 북한 인민무력부장이 교체되는 시기여서 아직까지 고위급 군사 회담을 못하고 있습니다. 그러나 총참모부하고는 대화채널을 열어 놓고 중요 사안에 대해서 전통문을 서로 보내고 있습니다. 노동당 남북경제협력 개발 위원장과 조만간 개성에서 만나 현재 진행되는 사업을 놓고 회담을 개최할 예정입니다. 그때 북한의 의도를 알 수 있을 것 같습니다. 현재 우리나라의 경제 상태가 그리 좋지 않아서 잠시 사업을 보류한다고 이미 통보하고 양해를 구했습니다. 아직까지 구체적인 답변은 없습니다. 기다리는 중입니다.”

“국정원에서는 어떤 정보라도 있는가요? 북한이든 해외든 일본이든 말입니다.”

“저희 국정원에서 수집한 정보에 따르면 북한의 경우에는 의심스럽거나 특이사항은 별로 많지 않습니다. 김정은 위원장의 불시 인사교체는 향상 있어 왔던 것이라 시간이 지나야 그 결과를 알 수 있습니다. 다만 일본 조총련에서 일본에서 벌어지는 각종 이상 징후를 보내왔습니다. 조총련 본부 및 산하 관련 단체 경비 및 감시가 갑자기 늘고 통제가 심하다는 보고가 올라오고 있다면서 역으로 우리에게 어찌된 일인지 알아봐달라는 요청이 들어왔습니다. 현재 일본 내 국정원 요원들이 알아보고 있는데 뚜렷한 근거를 찾기가 쉽지 않아 계속 알아보고 있습니다. 그 외에는 별다른 사항에 대한 첩보는 없는 것으로 판단하고 있습니다.”

뒤이어 공군참모총장과 해군참모총장이 발언을 진행했다.

“그런데 요즘 우리 공군 정찰기가 정찰비행을 하다보면 일본 정찰기와 F-35A 전투기들이 우리 방공식별구역을 넘어 들어왔다가 돌아가는 훈련을 반복하고 있다고 합니다. 그래서 강릉 18전투비행단과 청주 17전투 비행단의 우리 전투기들도 맞대응 출격을 하고 있습니다. 그것도 주로 새벽에 발생하고 있습니다.”

“해군도 마찬가지입니다. 새벽 2시, 그리고 오후 6시 이후 일본 이지스함과 잠수함이 우리 독도 중간수역 근처까지 넘어 들어와 항해를 하고 있어 우리 해군 동해 1함대에서 호위함이 계속해서 출동하고 있습니다. 아울러 일본 해상보안청에서도 순시선과 측량함이 수시로 우리 해역을 침범하여 울릉도에 정박해 있는 해양경찰청 순시선에 통보해서 출동하게 하는 중입니다."

"으음, 일본이 우리나라 경제 위기가 발생하자 노골적으로 우리 경제수역을 넘나들며 시험하고 있는 것 같은데… 이에 대한 대책은 어떻게 세우고들 있으신가?"

"저희 국방부 내 합동참모부에서는 자위대의 우리 방공식별구역 침입과 우리 경제수역 침입을 단호히 대처하고자 해군 1함대에서 울릉도와 동해항에 호위함 2척과 초계함 3척, 고속함 2척 등을 배치하여 혹시 모를 사태에 대비하고 있습니다. 또 공군 역시 울릉도 관제대와 글로버호크 무인기로 계속해서 감시하고 있습니다. 그런데 이러한 일이 얼마 전부터 일정한 시간대에 꾸준히 진행되고 있어 의심스럽기도 합니다. 이게 정말 훈련의 일환인지 심히 염려스러운 일입니다. 이에 따라 합동 총참모부에서는 해군과 공군의 동해안 경계를 강화하라고 명령을 내려놓은 상황입니다."

합참의장이 그동안 발생했던 상황을 공군, 해군 참모총장의 발언에 이어 추가조치를 설명하고 있었다. 그렇다고 해서 그렇게 긴장하거나 크게 의심하며 논의하는 분위기는 아니었다. 그저 자위대들이 이례적인 훈련을 하고 있다 정도로 얘기가 오고 가고 있었다. 다만 국군정보사령부에서 올라온 기밀문서에는 현재 일본 특수군이 필리핀 군도에서 단독 군사훈련을 하고 있다는 보고가 올라왔다. 참석한 정보 사령관이 이 내용을 보고하고 어떤 훈련인지 필리핀 인근 해역으로 우리 잠수함을 파견하여 정보 수집을 건의했다.

"한미연합사에서는 정보사령부에서 올라온 보고에 대하여 어떻게 보고 있소?"

대통령이 물었다.

"현재 주한미군 평택 사령부에서는 자위대 훈련에 대하여 특별한 이슈나 언급은 없습니다. 늘 하던 대로 오산 공군기지 출동훈련과 북한 동향 정찰훈련 이외는 아무런 정황이 보고되고 있지 않습니다. 또 저 멀리 필리핀 군도에서 벌어지고 있는 자위대 훈련에 대해 관심을 전혀 갖고 있지 않은 상태입니다."

"그래요? 그런데 정보사령부에서는 어째서 필리핀에서 이루어지고 있는 자위대의 훈련을 정탐하려 하는 거죠? 무슨 근거라도 있나요? 거기까지 잠수함이 가려면 상당한 시간이 걸리고, 또 별다른 정보가 없을 수도 있지 않을까요?"

"아닙니다. 우리 정보에 의하면 필리핀에서 이루어지고 있는 특수 훈련이 어떤 목적으로 시행되고 있는지, 그리고 동원된 군 병력과 전략물자는 어떤 것이 있는지 등을 파악하고 이동 경로를 추적해서 훈련의 최종 목적이 무엇인지 알아볼 필요가 있습니다. 최근 동해에서 이례적으로 벌이고 있는 훈련 또한 심상치 않아서 그렇습니다. 얼마 전 그곳에서의 훈련이 거의 끝나고 본토로 귀환한다고 들었습니다. 그래서 빠른 시간 내에 정탐이 이루어져야 한다고 판단합니다."

정보 사령관이 재차 말을 했다.

"국방장관은 어떻게 생각하십니까?"

"국방부에서도 이 문제에 대해서 회의를 한 적이 있습니다. 자위대가 필리핀에서 훈련한들 우리하고 무슨 연관이 있겠나 싶었는데, 최근에 동해에서 자위대의 움직임이 심상치 않으니 한 번 정도는 정탐하는 게 좋다고 생각해서 합참과 의논하여 정탐을 허락할까 합니다."

"알았소! 다만 내가 9월에 정상회담을 하고자 미국을 비롯해서 해외순방을 할 예정입니다. 그래서 오전 국무회의에서도 얘기가 오고 갔지만, 지난 6월부터 추진한 일이라 원래 일정에 일본 방문이 없었습니다. 그런데 요즘 일본에서 각종 이상한 정책을 펼치고 있어 이것을 해소하고자 먼저 일본 방문을 추진할 것입니다. 그러니 오해의 소지가 없도록 조심스럽게 진행하세요. 괜히 일본에게 빌미가 잡히지 않도록 말입니다."

"네! 대통령님! 일단 조심스럽게 접근해서 문제가 없도록 조치하겠습니다."

국방부 장관이 참석한 국군 수뇌부 대신 대답을 하였다.

"국정 상황 실장과 안보 특별보좌관께서는 국방부와 긴밀히 연락을 해서 수시로 체크하고 국정원이나 정보사령부는 빠른 시간 내 일본 자위대 움직임에 대해 알아보고 보고하시오."

"알겠습니다! 대통령님!"

"그럼 오늘 안보 회의는 여기서 끝내지요."

그날 안보 회의는 정상적으로 할 건 다 하였다. 벌어지고 있는 심상치 않은 자위대 움직임이나 북한의 동향 등. 분명 일상적인 수준의 대화보다는 깊었지만, 그렇다고 앞으로 벌어질 일에 대한 대응 전략이나 대책은 없었다. 그저 평범한 안보 회의 정도에서 끝났다. 앞으로 닥쳐올 일본 자위대의 행동은 까맣게 모르고 있는 것이다.

청와대의 움직임과는 별도로 국회에서도 현 상황을 전환하고자 국회의장을 중심으로 한일의원연맹 소속 여야 중진의원들이 일본 중의원을 방문하여 중의원 의장과 회담 요청을 전달하고, 자민당 간사장과의 면담도 요청하였다. 한국 정부가 위기의식을 느끼고 전 방위적으로 일본 외교 공세에 나선 것이다.

한편 일본 정계에서도 심상치 않은 일본 내각의 행보에 일본 야당이 한국과의 정책에 대해서 전면적으로 반대하고 나섰다. 한국과 일본 사이의 교류가 막히고 여행객 방문이 끊기면서 지역 경제가 무너지고 있는 상황이라고 일본 의회에서도 시끄러웠다. 즉각 고이즈미 내각은 사퇴하고 국회를 해산한 뒤 총선을 실시하라는 요구가 거세게 일어났다. 이에 고이즈미 내각은 현재 한국에 대한 정책은 한국이 경제 위기를 벗어나고 한국 내 치안 상태가 안정되면 원상복귀시킬 것이라고 중의원 회의에서 발언하였다. 한시적이라고 강변하는 고이즈미 총리의 얼굴은 불쾌함과 화난 표정으로 가득했는데, 그 얼굴이 그대로 TV 화면에 클로즈업되어 보도되었다.

고이즈미 총리는 자위대 막료장을 비롯한 군 관계자 긴급 비밀회의를 야간에 소집하였다.

참석자는 관방장관, 방위대신, 통합막료장, 육상, 해상, 항공 자위대 막료장, 중앙정보대장 그리고 특별히 이도 탈환 작전을 지휘하는 야마모토 료스케 1등 육좌가 참석했다.

"어서들 오십시오! 이번 이도 탈환 작전을 위해 훈련하느라 수고 많습니다. 훈련은 잘 이루어지는지요?"

"네, 총리 각하! 우리 이도 탈환 작전 특수부대원들은 총리 각하의 특별한 배려 속에 훈련이 잘되고 있습니다. 언제든 명령만 내리십시오. 반드시 성공하여 총리 각하의 염원에 보답해드리겠습니다."

야마모토 부대장이 군인 정신으로 우렁차게 대답하였다.

"허허허! 너무 큰소리로 말하지 마시오! 누가 듣겠습니다. 물론 이 근처는 아무도 접근 못하지만…. 아무튼 좋습니다."

고이즈미 총리는 모처럼 즐겁고 신나는 분위기다.

"오늘 이렇게 야간에 소집한 이유는 여러분들이 알다시피 의회에서도 그렇고 지방자치단체에서도 우리가 한국에 대응하는 정책에 반대하는 사람들이 늘어나는 게 걱정스러워 더 이상 이번 작전을 미뤄서는 안 될 것 같기 때문입니다. 이제 더 이상 지체해서는 안 되니, 작전을 실행하는 시기를 정해서 내가 명령하고 싶소이다. 여기에 여러분들의 의견을 듣고 싶소!"

"지난번에 말씀드렸지만 이번 작전은 날씨에 영향을 받을 수 있어 시기를 검토하고 있습니다. 따라서 기상청의 우리 일본해 날씨 예보를 분석해달라고 요청했습니다. 우리 작전은 날씨에 따라 성패 여부가 달려 있습니다."

니시무라 방위대신이 이도 탈환 작전에 관련하여 날씨의 중요성을 다시 한번 설명을 하였다.

오래전 몽골군이 일본에 쳐들어오려고 할 때 태풍이 불어 일본에 쳐들어오지 못했던 일을 상기할 정도로 날씨에 민감하게 반응하며 이번 작전에 접목시키고 있었다. 그래서 그 태풍은 신풍으로 불리곤 했다.

"그렇군요. 그럼 기상청에서 분석한 일본해로 불어오는 태풍이 언제쯤 발생할 거라 예상하는지요?"

"기상청 분석에 의하면 필리핀해상에서 발달한 열대성 저기압이 타이완을 거쳐 한국 남쪽으로 올라와 일본해를 지나가는 태풍이 이번 달 중하순경에 있다고 합니다. 그렇게 강력한 태풍은 아니고 중급 정도이며, 풍속 40~45㎞ 정도로 예상한다고 합니다. 따라서 태풍이 지나가고 난 직후에 오키시마 인근에서 우리 작전함대가 총출동하여 작전을 진행할 예정입니다. 또 한가지 고려할 것은, 9월에 한국의 명절 추석(節句秋夕:셋쿠슈우유우)이 있다는 것입니다. 따라서 D-day는 9월 24~25일 새벽 2시 전후로 정할까 합니다. 가능한 방어 태세가 취약한 시기와 시간대를 정해서 진행하면 신속하게 처리할 수 있을 것 같습니다."

자위대 육상막료장이 고이즈미 총리에게 사실상의 작전 시기와 작전 일을 정하여 말했다.

"야마모토 부대장! 현재 우리 특수군은 어디에 있습니까?"

"네! 총리 각하! 우리 특수군은 필리핀에서 마지막 훈련을 9월 2일에 끝내고 항공수송기로 귀국하였습니다. 그리고 작전에 참여한 해상자위대 함대는 귀국 중에 있으며 현재는 이도 탈환 정예요원을 선발하기 위한 마지막 훈련만 남아 있습니다. 한국이 다케시마에 건설한 군사시설과 비슷한 모의시설을 후지산 인근에 만들어 훈련을 진행하고 있으며 거의 마무리 단계에 있습니다."

"해상막료장께 말씀드리겠습니다. 다케시마 탈환 작전은 우리 해상자위대 역할이 막중합니다. 또 해상자위대 역량이 어느 정도인지 알 수 있는 작전이기도 합니다. 이번 해상 자위대의 역할과 작전 수행 능력이 센카쿠 시마에서 발생할 수 있는 중국과의 무력 충돌도 막을 수 있는지 알아볼 수 있는 매우 중대한 기로에 서 있습니다. 따라서 우리 해상자위대의 능력을 최대한 발휘하여 한국군의 반격에 강력한 힘으로 대응하여 승리하십시오! 이건 총리의 명령이자 천황폐하의 명령입니다."

"총리 각하! 염려 마십시오! 최선을 다하겠습니다,"

"방위대신! 만약 이번 탈환 작전이 한국과의 전면전으로 갈 수도 있다는 예상이 있는데, 만약 전면전을 한다면 어떤 대응 방식으로 자위대를 운영하실 계획이 있는지요?"

"네! 전면전도 있을 수 있습니다. 그래서 육상, 해상, 항공 자위대는 이에 따른 대책을 마련해 두었습니다. 지금 비밀리에 최악의 상태를 가정하고 육상자위대를 중심으로 남자 19세부터 30세까지 각 지역 방면대 별로 징집명령 통보를 만들어놓고 이에 따른 중점 매뉴얼을 작성 중에 있습니다."

"전면전을 한다면 징집통보를 미리 해서 훈련을 해야 하는 거 아닌가요? 너무 늦지 않습니까?"

"물론 늦을 수는 있지만 미리 한다면 갑작스런 혼란이 와서 한국에서도 눈치를 채고 이에 대한 준비를 할 것이고, 반대 여론이 조성되어 이번 작전을 하기도 전에 실패할 수 있습니다. 그래서 징집동원 실행계획만 세워놓고 있는 것입니다. 전면전이 된다 해도 동원 병력이 바로 부딪히는 것은 아니고 해상자위대와 항공자위대에서 어느 정도 해결할 수 있습니다. 현재 우리의 해상능력과 항공 능력으로 충분히 한국을 제압할 수 있습니다."

"그래요? 물론 저들이 해상이나 항공 능력이 우리보다 약해서 막을 수 있다 해도, 그들의 육상 병력은 우리보다 막강한데다 미사일 발사 능력이 상당한데 그것을 우리가 막을 능력이 있는지요?"

"네! 충분히 있습니다. 그동안 우리의 정찰첩보위성인 레이더위성에서 실시간 한국과 북조선을 감시하고 있으며 'X-밴드 방위 위성통신망'과 미사일 발사를 탐지하는 조기경보위성 능력을 강화해 놨습니다. 또한 무인정찰기인 글로벌 호크, E-2D 호크아이, E-2C 경보기, 탄도미사일 추적용 고성능 조기경보 레이더인 TPY-2 등을 운용하여 조기탐지가 가능하며, 특히 우리 일본 전역을 J/FPS-5, J/FPS-7로 감시하여 어떤 미사일도 요격할 수 있는 방공망을 구축했으니 크게 걱정 안 하셔도 괜찮습니다."

"일단 방위대신께서 자위대 막료장들과 잘 협의하셔서 한국과의 전면전 대비를 착실하게 해주셔야 됩니다. 특히 통합막료장께서는 재일 미군(在日米軍) 사령관과 협의하여 한국에서 반격 대응할 것을 예상하고 재한미군 사령관이 한국군 출동을 막도록 노력해보십시오. 우리도 미국 국방장관과 국무부 장관에게 한국군 출동을 막을 수 있도록 외교적 노력을 할 것입니다. 다케시마 점령으로 마무리하고 우리가 점령하는 동안 국제재판소(ICJ)에 제소를 해놓고 외교적으로 승리할 수 있도록 노력할 것입니다. 그러니 이번 작전에서 한 치의 오차도 없어야 합니다."

"네! 총리 각하! 이번 작전을 극비리에 진행하고 있지만 현재 요코스카항에 정박해 있는 미군 제7함대가 일본해로 출동할 수 있도록 재일 미군사령관에게 요청을 해놓았습니다."

"잘 했습니다. 아주 치밀하게 전략을 만드신 자위대 막료장들과 야마모토 부대장, 중앙정보대장 모두 고생했습니다. 이번 작전은 반드시 우리 일본의 저력을 과시해서 이제 우리 일본도 전쟁을 할 수 있는 국가가 되었다고 전 세계에 선포하는 것입니다. 안 그렇습니까? 하하하!"

고이즈미 총리는 만면에 웃음을 띠고 참석한 자위대 간부들과 소리 내어 웃었다.

그동안 일본 내각과 항공, 해상자위대는 이번 작전 성공을 위하여 미국에 기만작전으로 미일 해상 기동 연합 훈련을 구실삼아 요코스카항에 있는 미 해군 제7함대 전단을 우리나라 동해로 이동하여 작전하자고 제의했던 것이다. 재일 미군(在日米軍) 사령관은 일본의 기만작전에 속아 미 해군 제7함대 전단을 9월 중순부터 이동시켜 일본 해상자위대와 연합 훈련을 하는 것으로 미국 국방부에 보고하고 태평양(통합전투) 사령관과 한국 주한미군 사령관에게도 통보를 하였다. 이것은 일본이 독도를 점령하고 한국 해군에서 함대를 동원하여 반격하려 할 때 중재 내지는 방파제 역할을 하도록 유도하는 치밀한 전략이었다. 미국은 한국과 일본의 독도 점령 싸움에서 무력충돌을 방지하기 위해 나설 것이라고 일본 자위대나 내각은 기대했다. 그동안 외교적으로 노력한 것이 결실을 맺을 거라 생각했기 때문이다.

"아 참! 관방장관께서는 이번 작전이 끝나고 나면 언론에 어떻게 홍보를 할지 생각해 보십시오. 우리 내각에서 정면 돌파를 할 건지, 아니면 우리 군에서 자위적으로 다케시마를 점령한 건지 판단해서 우리 일본 정부가 우리 국민들과 제3국에 긍정적으로 인정받을 수 있도록 전략을 만드시기 바랍니다."

"알겠습니다. 그렇지 않아도 관방위기관리실과 내각홍보실에서 다방면으로 연구하고 있습니다."

"오늘은 역사적인 날입니다. 여기에 참석하신 자위대 귀관들 모두 대일본의 미래를 개척한 인물로 역사에 기록될 것입니다. 작전이 성공하는 그날까지 보안에 차질이 없도록 하시고 승리로 이끌어 주시기 바랍니다."

"네! 총리 각하! 우리 자위대는 총리 각하를 위해 반드시 다케시마(독도)를 탈환하겠습니다."

자위대 육상, 해상, 항공 막료장, 통합막료장과 중앙정보대장, 작전부대장은 모두 일어나 고이즈미 및 방위대신, 관방장관을 향하여 우렁차게 소리 지르고 경례를 하였다.

이번 다케시마(독도), 일명 1차 이도 탈환 작전은 D-day도 결정되어 실행만 남겨졌다. 일본 고이즈미 총리는 한국의 경제가 위기에 처하자 당분간 대항할 능력이 없다고 생각하고 차기 총선을 위해서라도 정면 돌파를 생각하고 있었다. 이러한 고이즈미 총리의 착각이 훗날 일본의 몰락을 알리는 신호탄이자 2등 국가로 전락하는 계기가 되었다. 그러나 미래 일은 누구도 알지 못했기에 또다시 대립의 역사가 시작되었다.

다음날 야마모토 료스케 탈환부대장은 후지산 탈환 작전 훈련소에서 특수작전 군을 집합시키고 마지막 훈련과 특수작전에 투입될 정예요원을 선발하였으며 탈환 작전 D-day와 관련하여 일부 언급을 하였다.

"제군들! 그동안 훈련받느라 고생이 많았다. 훈련은 모두 종료되었다. 이번 훈련에는 약 1,000여 명이 참가하였다. 훈련 중 중도 탈락자도 있었고 부상도 있었다. 그리고 마지막까지 훈련에서 살아남은 400명이 이번 작전에 참여하게 되었다. 이번 이도 탈환 작전이 성공한다면 참가한 특수군에게 2계급 특진과 동시에 국가에서 금전적인 포상을 지급할 것이다. 또한 작전 중 사망하거나 부상을 당한다면 국가에서 훈장을 부여할 것이며, 가족을 평생 책임질 것이다. 우리 국가는 여러분의 노고에 보답할 것이다."

야마모토 료스케 1등 육좌의 말이 끝나자 훈련장에 모여 있던 특수군은 일제히 박수를 치며 환호했다.

"지금부터 이도 탈환 작전 선발요원들과 지휘관을 선발하겠다.

먼저 선봉 공격조는 6개 중대 24개 분대로 구성된다. 1개 중대에

4개 분대로 이루어지며 1개 분대는 12명으로 1개 중대는 48명의 작전군과 정보부대원 1명(통역원), 그리고 통신요원 1명으로 구성된다. 따라서 선봉 공격 인원은 모두 300명이다. 그리고 2개 중대 8개 분대는 후미 부대로 선봉 부대의 사상자가 발생할 경우 즉시 투입된다. 또한 선봉 공격부대 6개 중대는 점령할 지역이 별도로 지정된다. 선봉공격부대 구성원과 중대장과 소대장, 그리고 분대장을 발표하겠다.

제1선봉 중대 중대장은 수륙기동단 소속 고바야시 소우타 3등 육좌, 소대장은 공전단 소속 미우라 타이가 1등 육위, A조 분대장 곤도 나기 1등 육조장 외 11명, B조 분대장 오가와 렌 1등 육조장 외 11명, C조 분대장 후지와라 스카이 1등 육조장 외 10명, D조 분대장 무라카미 미나토 1등 육조장 외 10명, 정보부대 요원과 통신요원 2명.

제2선봉 중대 중대장은 공정단 소속 기무라 이츠키 3등 육좌, 소대장은 수륙기동단 소속 카토 카즈마 1등 육위, A조 분대장 요시다 시게루 1등 육조장 외 11명, B조 분대장 후지이 다이키 1등 육조장 외 11명, C조 분대장 아오키 세이아 1등 육조장 외 10명, D조 분대장 엔도 리히토 1등 육조장 외 10명, 정보부대 요원과 통신요원 2명.

제3선봉 중대 중대장은 수륙기동단 소속 아오키 유우마 3등 육좌, 소대장은 공정단 소속 오타 하쿠토 1등 육위, A조 분대장 야마시타 소우마 1등 육조장 외 11명, B조 분대장 사카모토 이오리 1등 육조장 외 11명, C조 분대장 이토 타이치 1등 육조장 외 10명, D조 분대장 마에다 신바 1등 육조원 외 10명, 정보부대 요원과 통신요원 2명.

제4선봉 중대 중대장은 공정단 소속 후지이 나오야 3등 육좌, 소대장은 수륙기동단 소속 하야시 후미오 1등 육위, A조 분대장 사사키 칸타 1등 육조장 외 11명, B조 분대장 마쓰모토 라이무 1등 외 11명, C조 분대장 야마다 이부키 1등 외 10명, D조 분대장 나카노 이츠키 1등 외 10명, 정보부대 요원과 통신요원 2명.

제5선봉 중대 중대장은 수륙기동단 소속 시미즈 요시히데 3등 육좌, 소대장은 공정단 소속 하세가와 와타루 1등 육위, A조 분대장 후쿠다　이치 1등 육조장 외 11명, B조 분대장 야마자키 에리코 1등 육조장 외 11명, C조 분대장 스키타 히나타 1등 육조장 외 10명, D조 분대장 아리무라 쥬마루 1등 육조장 외 10명, 정보부대 요원과 통신요원 2명.

제6선봉 중대 중대장은 공정단 소속 센코 유스케 3등 육좌, 소대장은 수륙기동단 소속 이시바 카즈노부 1등 육위, A조 분대장 야마리 요시오 1등 육조장 외 11명, B조 분대장 미야자와 사나에 1등 육조장 외 11명, C조 분대장 나카타니 코우야 1등 육조장 외 10명, D조 분대장 사이코 요우코 1등 육조장 외 10명, 정보부대 요원과 통신요원 2명.

이상 6개 중대가 선봉공격 부대이고 제7후미 중대. 제8후미 중대가 대기부대이다. 따라서 오늘 발표한 각 중대의 임무는 작전일(D-day) 전날 발표한다. 또한 작전일은 9월 24일~25일 사이로, 그 전에 작전명령이 떨어질 것이다. 작전일 시간은 새벽 1시~3시에 진행될 예정이다. 오늘 발표한 내용은 절대로 외부에 노출되어서는 안 된다. 모두들 알았나!"

"하이(네)!"

훈련장에 도열한 특수군은 큰소리로 대답을 하였다.

"그리고 오늘부터 약 2주간은 각개 무술훈련을 한다. 적들과의 육탄전이 펼쳐질 것을 대비해 여기에 참여한 특수군 전원은 유도와 가라테, 그리고 육탄 공격과 방어 훈련을 한다. 이도를 점령하되 살상을 최소화하고 이도 주둔군을 생포하라. 이것이 이번 임무의 핵심이다. 알겠는가?"

"하이(네)!"

짧고 굵게 목이 터져라 소리 질렀다. 야마모토 료스케 부대장은 특수군 연단에서 부대원들에게 명령을 하고 각 중대장들만 따로 불러 같이 작전실로 들어갔다. 이때 제1선봉 중대의 대장이 야마모토 부대장에게 질문을 했다.

"부대장님! 훈련도 마무리되고 이제 작전 날짜도 정해졌는데 왜 아직까지 우리가 점령해야 할 이도가 어딘지 정확하게 말씀하지 않으시는지요? 물론 모두 대충은 알고 있지만, 아직까지 부대장님께서 공식적으로 말씀을 안 하셔서 궁금합니다. 물론 대원들도 그렇습니다."

"음… 그게 궁금한가?"

"그렇습니다!"

"거기에는 그럴 만한 이유가 있다. 우선은 보안 때문이다. 공식적으로 우리가 작전하려고 하는 다케시마는 한국이 점령하고 있다. 혹시 우리가 준비하는 작전이 노출되면 한국에서 관심을 갖고 경계 태세에 들어가고, 경찰 병력이 전투 병력으로 교체되면 쉽게 점령할수 없다. 그동안 이 작전을 위해서 준비한 것이 모두 물거품이 될 수있다. 그리고 현재 훈련받는 대원들을 엄격히 조사하여 한국과 관련이 없는 순수한 우리 일본 태생으로만 선발하여 진행했다. 하지만대원 중 한국 문화와 접한 사람이 있으면 내적 갈등을 가질 수 있어공식적으로는 일부러 언급하지 않았다. 이러한 문제로 사전에 작전이 노출되면 안 되기에 일부러 공식적으로 언급을 안 했다. 작전일마지막까지는 이러한 사안에 대해 중대장들은 반드시 지켜주기 바란다."

"하이(네)! 그렇게 깊은 뜻이 있는 줄 몰랐습니다."

제1선봉 중대장을 비롯해 작전실에 있는 각 중대장이 일제히 대답을 했다. 일본은 이 정도로 치밀하게 준비해두었고, 그 준비에는 작전이 노출이 되어 문제가 발생할 경우 바로 발뺌할 명분까지 만들었다.

훈련장에 모여 있던 각 중대원은 각자 소속 중대로 이동하였다. 이렇듯 일본 특수군은 치밀하고 섬세하게 조직을 구성하여 작전일까지 나머지 훈련을 하였다. 특수군은 작전이 끝날 때까지 후지산 아래 설치된 훈련장을 나갈 수가 없었다. 하루하루 높은 온도와 습도를 견뎌내고 훈련에 박차를 가했다. 고이즈미 총리의 정면 돌파 의지와 자위대의 기세를 한국을 희생양으로 삼아 이번 기회에 전 세계에과시하고 싶었다. 그러는 사이 한국은 사회, 정치, 경제적으로 혼란에 가까운 나날을 보내고 있었다. 또한 대선을 위하여 대선후보를 중심으로 정치인들이 헤쳐모여를 반복하면서 정국은 한 치 앞을 내다보지 못하는 국면으로 접어들었다. 강제연 대통령은 해외순방길을 준비 중에 먼저 일본을 방문할 생각으로 외무부에 지시하여 일본과의 접촉 결과를 기다리고 있었다. 국회는 국회대로 대통령 방문에 앞서 일본 의회 및 자민당 간사장과 회담하여 돌파구를 마련하고자 국회의장을 중심으로 여야 국회의원 10여 명이 동행하는 것으로 준비하였다.

며칠 후 고이즈미 총리는 모리 카즈마 외무성대신과 이케다 오이치 일본 중의원 의장, 그리고 다카토리 슈이치 자민당 간사장, 오타 테츠야 관방장관과 함께 한국에서 요청한 정상회담과 한국 국회의장 방문에 응할 것인지를 협의하는 문제 때문에 오후에 총리실 관저에서 모였다.

"어서 오십시오. 의장님!"

고이즈미 총리가 깍듯이 허리를 굽혀 인사를 하였다. 이케다 중의원 의장은 자민당이 아닌 야당 소속 의장이다. 고이즈미 총리가 깍듯하게 인사를 한 이유이기도 하다. 평소에도 우호 세력이 아니다.

"고이즈미 총리께서 오늘 어떤 일로 의장인 나를 관저에 초청했는지 궁금하군요?"

"아! 일단 여기에 앉으시지요."

가장 상석으로 여겨지는 자리로 의장을 안내했다.

"오늘 이렇게 의장님과 함께 간사장님, 그리고 외무대신, 관방장관을 같이 하자고 한 것은 다름이 아니오라 한국에서 정상회담 개최를 요청해왔고 또 의회 회장님과의 의장회담을 하자고 하기에 이에 대한 의견을 듣고 싶어서입니다."

"이번에 한국을 향한 적대적 정책이 너무 과하다 생각합니다. 그렇게까지 할 필요가 있을까 싶습니다. 이웃 나라가 경제적으로 어려울 때 우리라도 도와야지 않겠습니까? 그런데 최근 몇 년간 계속해서 한국을 경제적으로 압박하고 단절 정책을 하고 있는데 길게 보면 우리한테도 크게 이로울 게 없습니다. 따라서 고이즈미 총리께서 한국에 대한 적대적 정치를 거둬들이십시오."

이케다 테츠야 중의원 의장이 점잖게 얘기를 하였다.

"물론 의장님 말씀도 옳으신 면이 있지만, 현재 한국 경제 위기로 인하여 한국 내 우리 기업이 피해를 보고 있으며, 또한 우리 자국민도 한국의 잦은 소요사태로 피해를 보고 있습니다. 이번 정책은 어디까지나 한국 사태가 진정될 때까지 한시적으로 취하는 정책입니다."

고이즈미 총리는 계속해서 발뺌하면서 몹시 불쾌했지만 겉으로는 표현을 하지 않았다.

"간사장님! 이번 한국 국회의장 방문단을 만나실 계획이 있습니까?"

일부러 자기 소속 정당인 자민당 간사장에게 슬쩍 말을 건넸다.

"복잡한 자기 나라 사정을 우리한테 하소연하러 올 텐데 굳이 만나볼 필요가 없을 것 같습니다."

다카토리 슈이치 자민당 간사장이 의장 눈치를 보면서 말을 했다.

그러자 중의원 의장이 말했다.

"무슨 소리요? 한국의 국회의장이 와서 쌍방 간에 어려운 점을 논의하자는데 만나봐야지요. 그래야 한국 내 우리 기업도 보호하고 우리 국민도 보호할 수 있을 게 아닙니까? 의장단과 한일연맹의원들을 중심으로 한국 국회 사절단을 만나 현안문제를 풀어볼 예정입니다."

"아! 그렇습니까? 현안이 뭐 풀릴 수 있을까요? 한국 경제가 엉망인데요! 한국 경제는 남미의 아르헨티나와 같은 방향으로 흘러가지 않을까 생각합니다."

모리 외무대신이 말을 답하였다.

"그러니까 그렇게 흘러가지 않도록 우리라도 얘기를 해야지요. 이웃 나라가 그렇게 가면 우리도 경제적으로나 정치적으로 좋지 않습니다. 방관만 해서는 안 됩니다."

"그럼 일단 중의원 의장단에서는 한국 국회의장단과 만나서 대화를 해보시지요. 그 후에 한국에서 우리에게 뭘 요청하는지 알아보시고 우리 당 간사장님과 대화도 주선하시지요."

고이즈미 총리는 이케다 중의원 의장의 고집이 괘씸했다. 현 내각이 하는 일에 협조를 잘 안 해주는 데다, 친한 성격이 너무 강했다. 이번 군사 작전만 끝내면 바로 중의원을 해산하고 다시 선거를 해서 중의원 의장을 교체를 해야 된다고 생각하는 중이다.

"외무대신께서 한국 국회의장 사절단의 방문을 허가하시고 비자를 발급하시지요. 그리고 한국에서 요청한 강제연 대통령의 정상회담은 차후에 하는 것으로 통보하시는 게 좋을 것 같습니다."

고이즈미 총리가 말하자 모리 외무대신이 화답을 하였다.

"알겠습니다. 총리 각하!"

결국 일본은 한국 대통령과의 정상회담은 시기적으로 힘들다고 통보하였고 국회 사절단 방문만 허락하였다. 이에 따라 한국의 국회의장 일행만 일본을 방문하기로 했다.

그 다음날 청와대. 강제연 대통령은 일본을 방문할 이영배 국회의장 일행과 외무장관 및 비서실 수석들과 자리를 함께했다.

"이영배 의장님! 이번에 일본에 가시거든 일본의 저의가 무엇인지, 그리고 그들이 무슨 음모와 생각을 갖고 있는지 좀 알아오셨으면 합니다."

강 대통령이 이 의장에게 간곡히 말했다.

"여부가 있겠습니까? 그동안 일본 중위원 의장과는 오랫동안 교분이 있어 많은 도움을 받았습니다. 현재 고이즈미 내각과는 대립하고 있는 실정입니다. 더구나 야당 소속 아닙니까? 성과를 내도록 하겠습니다."

"저들이 정상회담은 시기적으로 안 맞다고 핑계를 대서 거절했지만, 그래도 의장님 방문을 허락하는 것은 이케다 중의원 의장이 소신으로 진행된 것 아니겠습니까? 아무튼 의장님 방문이 매우 중요하게 되었습니다. 저는 어차피 일본 방문이 무산되었으니 일단 캐나다를 거쳐 미국으로 방문할 생각입니다."

"그런데 현재 국내 사정이 복잡하고 시끄러운데 자리를 비워도 되겠습니까?"

"어쩔 수 없습니다. 급한 대로 캐나다와 맺은 통화 스와프 계약 이행과 확대를 요청하여 현재 경제난국을 타개하고 미국 방문을 하여 미 대통령과 회담을 하면서 한국 경제 문제로 인한 방위 분담금 지출을 유예할 것을 요청할 계획입니다."

"아무튼 총체적 난국이니 대통령님과 국회의장인 제가 힘을 합쳐 나라를 구해 보시지요."

"그렇게 하시지요!"

대통령과 국회의장은 심각하게 대화를 이어갔다. 외무부에서는 6월부터 준비한 캐나다 방문 및 미국 방문을 실무방문으로 조용히 방문하는 것을 내용으로 진행하였다. 수행원도 실무자 위주로 대폭 줄이고 단출하게 하였다. 국회의장의 일본 방문 일정은 9월 15일부터 18일까지 3일간 하기로 하였고, 대통령의 캐나다 방문은 추석을 전후로 해서 9월 23일부터 24일까지 2일간, 그리고 미국은 9월 25일부터 27일까지 3일간 방문하기로 했다.

한국군 동향과 독도경비대

한국군은 자위대의 독도 주변 해상훈련을 울릉도 118조기경보전대에서 레이더로 독도 해역을 감시하며 제1함대 사령부에 매일 보고하고 있었다. 울릉도 해군 조기경보전대 부대장 한동만 대령은 레이더 전탐병들에게 자리를 비우지 말고 교대로라도 레이더 감시를 하라고 지시한 상태다. 오늘도 레이더에 독도 해역으로 새벽부터 일본 이지스함 2척이 독도 해상 우리 해역까지 왔다가 돌아가는 훈련을 벌써 일주일째 반복하고 있었다. 오후에는 일본 해상보안청 소속 순시선과 측량함이 어김없이 나타났다가 돌아갔다. 레이더 전탐병 중 고참인 이원용 병장은 레이더를 보면서 중얼거렸다.

"아니! 일본 놈들이 왜 허구헌 날 새벽부터 이지스함을 출동시키는 건지 알 수가 없네! 사령부에 무전 채널로 매일 보고 하는 것도 장난이 아니라고! 그래도 보고는 해야지…"

"이 병장님! 왜 일본 놈들이 매일 새벽부터 오후까지 독도 인근에 나타나서 왔다 갈까요?"

전탐조 분대원 유영태 상병이 레이더 모니터를 보며 말을 했다.

"글쎄다. 누가 알겠니? 왜 왔다 가는지! 특히 요즘 더 심해지고 있어. 사령부에서도 신경을 쓰고 있고, 우리 쪽에서도 매일 호위함이 출동하고 있지!"

"사령부에서는 이런 사태를 어떻게 생각할까요?"

"어떻게 생각하기는 뭘 어떻게 생각해? 쟤네가 매일 기동훈련 하는 것으로 알고 있겠지."

"오늘 오후에는 해양경찰청 순시선이 출동하겠지? 일본 보안청 애들이 또 뜨니까 우리도 떠야지 않겠어?"

이 병장과 유 상병이 레이더 감시를 하며 얘기를 주고받고 있었다.

한편 울릉도 공군 319관제대대에서도 매일 우리 독도 해역으로 일본 항공자위대 초계기 및 정찰기가 날아들고 있는 상황을 레이더로 감시하고 있었으며 공군 전투사령부에 무전으로 보고를 올리고 있다. 가끔은 야간에 일본 전투기가 출동하여 이삼일에 한 번씩 F-35A 스텔스기 2~3대가 편대를 이루어 한국방공식별구역을 넘나들고 있어 공군 전투사령부는 극도로 긴장하고 있었지만, 요즘 들어 공군도 해군도 예전 같지 않다. 경제 위기로 모든 예산이 삭감되고 지원 중단되어 정기적인 훈련은 어렵고, 긴급사태에만 대처하는 방향으로 돌아섰다. 결국 경제 위기는 한국의 공군, 해군, 그리고 육군까지 영향을 미치고 있었다. 이러한 사태가 일어나는 것을 일본이 간파하고 노리고 있었던 것이다.

국방부 함동참모부에서는 지난번 정보사령부에서 건의한 자위대 필리핀에서의 단독 훈련에 대한 내용을 알아내기 위해 우리 잠수함으로 자위대 해군함대를 추적하기로 했으나 이미 훈련 요원들이 본국으로 철수하였고 출동한 이즈모 항모도 사세보항으로 입항했다는 보고를 받고 출동하지 않았다. 또한 일본과 미 해군 제7함대가 동해에서 해상기동 연합훈련을 한다는 주한미군에서의 통보를 받고 독도 인근에서 벌어지는 미국과 일본의 훈련이라고 생각하고 일본 공군과 해군, 그리고 해상보안청의 행동을 민감하게 받아들이지 않았다. 다만 경북지방경찰청 독도경비대에 일본 해군과 순시선의 동향 보고를 올리라고 하달했다.

오늘도 독도경비대장 최승철 경감은 일찍 일어나 바닷바람을 맞으며 접안 시설로 내려가 경비대원들과 아침 운동을 하고 숙소 및 발전실, 레이더시설, 해안시설을 둘러보았다.

최 대장은 작전팀장 한민호 경사하고 멀리 일본 순시선이 나타는 일본 쪽 해역을 망원경으로 바라보며 대화를 하였다.

"요즘 왜 일본 애들이 우리 해역에 자주 나타날까? 전에 없던 일이야. 예전에는 보안청 순시선 정도인데 요즘은 초계함부터 이지스함, 그리고 정찰기까지 나타나서 부쩍 신경 쓰여."

"그렇습니다. 요즘 새벽에 이지스함이나 초계함이 오키섬에서 출발하여 우리 해역까지 엄청나게 빠른 속도로 오고 있는 것 같습니다. 마치 육상에서 달리기 연습하듯 매일 출동하는 함대까지 바꿔 가며 연습을 하고 있습니다. 무슨 뜻일까요?"

"일본 애들 속을 어떻게 알겠어? 어제 본청(경북지방경찰청)에서 이 달 중하순 태풍이 올 거라는 기상대 예보가 있으니 울릉도 경비대 와 함께 이에 대비하라고 전통이 왔어! 중급 태풍이라는데 그래도 태풍의 피해가 없도록 준비해야 되겠네!"

"그렇지 않아도 어제 울릉도 오영준 경비대장(경정)님에게 연락을 받았습니다. 내일부터 통신탑 레이더 시설을 점검하고 발전기 시설 등 한 번씩 손을 봐야겠습니다. 그리고 외곽초소에 있는 K-6 기관총 등 총기류 장비, 열 영상 카메라도 점검하고 바람에 날리지 않도록 시설물을 단단히 묶어놔야겠습니다."

"통신팀장하고 같이 대원들하고 점검하고 정비하도록 해."

"알겠습니다. 대장님! 어디 한두 번 해보나요? 걱정하지 마십시오! 정비해 놓겠습니다."

"요즘 대원들 훈련은 계속하는가?"

"매일 하지 않고 체력훈련만 3일에 한 번씩 합니다. 교대한 지 얼 마 안 되었습니다."

"그래? 이제 교대해서 적응이 했을 테니 섬 전체 점검하고 접안 시 설에 내려가 훈련도 같이하도록 해! 하루 종일 경비대와 초소에만 있지 말고 교대로 평상시 훈련을 하도록 해! 울릉도에서도 그렇게 많 이 하지 않는 것 같아서 말이야."

"알겠습니다. 체력훈련과 특공무술 운동을 시키겠습니다."

최승철 대장과 한민호 작전팀장은 이런저런 이야기를 하면서 동도를 둘러보고 상황실로 올라가고 있었다. 참으로 평화로운 아침이다. 매일 동해에서 떠오르는 태양을 보면 언제나 마음이 설렌다. 그런데 요즘은 일본 보안청 순시선과 일본 군함이 자주 해역에 들어와 동해 해안경찰청에서 울릉도에 정박하는 경비함 제민 11, 12(1,500톤 급)호, 그리고 삼봉호(5,000톤 급)가 자주 출동하고 있다. 그런데 레이더에 새벽마다 일본 해상자위대 군함이 뜨고 있다. 대원들이 상황실에서 교대로 레이더 모니터링을 하지만 여간 피곤한 일이 아니다. 아직은 초소 경계 업무에 지장이 없지만, 태풍이 불 때는 경계 임무를 수행할 수가 없다. 일단 숙소로 대피하고 레이더로 감시하고 열영상 장비로 감시를 대신할 수밖에 없다.

　한편 서울 용산 합동참모본부에서는 그동안 대북 관련 군사업무만 중점적으로 하였고, 이웃인 일본이나 중국에서의 움직임에 대한 것은 그때그때에 맞춰 진행했다. 통상 군사훈련은 쌍방이 통보할 때도 있고 안 할 때도 있다. 따라서 정찰과 감시로 군사훈련 규모를 짐작하여 대응하는 단계가 다르게 적용되었다. 이번에 독도 인근 해역에 출몰하는 일본 해상자위대 함정 출동이나 공군 전투기 정찰기의 초계비행에 대해서는 계룡대 각 군 참모총장 재량하에 대응하도록 지시한 바가 있다. 이에 우리 군은 일본 자위대 움직임에 대해서는 거의 신경을 쓰지 않고 통상적인 출동만 했고, 더구나 주한미군 사령부에서 주일미군과 일본 해상자위대 동해에서 미일 해상 기동 연합 훈련을 한다고 통보해왔기에 일본 해군의 움직임을 크게 의식하지 않았다. 설마 일본 자위대가 독도를 침략하리라고는 누구도 생각하지 않았다. 이러한 상황에서 일본 자위대가 한국군의 대응을 실험하는 속임수 전략으로 군사훈련을 진행했으니 일본 자위대의 행동을 전혀 짐작하지 못할 수밖에 없는 것이 당연했다. 그래도 동해 제1함대 사령부에서 올라온 독도 인근 일본함대의 출동 보고서를 여러번 받게 된 정보훈 해군참모총장은 조금 걱정되어서 제1함대 이종서 사령관(소장)을 호출하였다.

계룡대 해군참모총장실에 해군 제1함대 이종서 해군사령관(소장)이 부름을 받고 총장실에 집무실 문을 열고 들어와 정보훈 참모총장과 배석한 참모차장에게 거수경례를 하였다.

"어서 오시게, 이 소장! 오느라 수고 많았네! 이리와 앉아 차 한잔하지!"

"네! 총장님! 차장님! 그동안 별고 없으셨습니까?"

"별고는 무슨! 요즘 국가 경제가 어려워져서 세상이 뒤숭숭하고 우리 군 역시 조금은 어수선하네. 더구나 집행해야 할 해군의 각종 예산이 국방부에서 집행 보류 내지는 삭감 지시가 내려오고 있어서 집행해야 할 현안을 제대로 진행 하지 못하고 있지. 아무튼 지난번에 청와대 안보 회의에 참석해서 대통령과 이런저런 얘기를 하다 왔네만, 상황이 매우 좋지 않아."

"그러시군요? 저도 소식은 들어서 알고 있습니다마는 어쩌다 우리나라가 경제 상황이 이 지경이 됐는지 알다가도 모르겠습니다."

"어쩌다 이 지경이 된 게 아니고 예전부터 이런 날이 오리라고 생각은 했지."

"아니, 총장님께서 그럼 이런 날이 올 줄 알고 있었단 말이십니까?"

"꼭 그런 거는 아니고 내가 예전에 국방부 참모본부에 근무하면서 정치인들하고 어울려 봤는데, 마구잡이로 예산을 편성해서 국고를 낭비하고 있었어! 기업들은 한국의 경영 환경이 안 좋다고 떠나가는데 그 사람들은 자기들 정치기반을 유지하기 위해 여기저기 돈을 뿌리는 정책만 내놓고 집행하는데 펑크가 안 나겠어? 물론 그 덕분에 우리 군도 인건비가 많이 올라가서 좋기는 한데 말이야. 내가 해군 예산확보를 위해 국회의 국방위원회 국회의원을 만나봤는데, 군에 대한 전문지식이 전혀 없는 사람이 대부분이야. 그러니 뭐가 되겠냐고. 아무튼 언젠가는 이런 날이 한 번쯤은 오겠지 생각해왔네."

"그렇군요? 저희야 함대사령부에만 있으니 알 수가 없지요. 다만 우리가 주둔하는 속초, 동해, 묵호, 삼척 등 현지 민심도 안 좋고, 물가는 오르고, 고기는 안 잡히고! 아무튼 지역경제가 최악이라 뭐라고 말을 못합니다."

"그건 그렇고! 내가 이 소장을 오라 한 것은 지난번부터 계속 얘기해서 주시하는 건 때문이야. 매일 정보작전 참모부에 일본 해군이 독도 인근 해역까지 출동하고 있다는 보고서가 하루도 안 빠지고 올라오니 대응을 어떻게 하는지 궁금하기도 하고. 이 문제 때문에 청와대에서 안보 회의를 한 적이 있어서 다시 한번 참모차장과 의논을 해보고 싶거든."

"우리 정보작전실에서 그동안 일본 함대가 독도의 우리 영해로 출동하는 횟수와 시간대, 그리고 출동 함정의 규모를 분석해 봤는데 기동훈련이라고 보기에는 조금은 석연치 않다는 분석이 있어서 말이야! 그래서 총장님한테 건의를 했지. 이 소장이 참석한 상태에서 의논 좀 해보려고!"

배석한 참모차장이 이 소장한테 심각한 어조로 말했다.

"차장님도 아시다시피 우리 제1함대에서 관찰한 동해안에서 움직이는 북한군 해상활동이나 일본 해상자위대, 그리고 러시아군의 움직임을 빠짐없이 보고했지만 최근 한 달 사이에 마이즈루 지방대 해상자위대 함정이 오키섬을 중심으로 정박해 있으면서 새벽 출동하고 있고, 오후에는 해상보안청 순시선이 츨동하고 있으며, 더구나 사세보 지방대 소속 함정이 올라와 합류하고 있습니다. 기동훈련이라 미사일을 발사하거나 함포사격은 없고 출동 훈련만 하고 있습니다. 그것도 전속력으로 출동했다 돌아가기를 반복합니다. 그래서 여간 신경이 쓰이는 게 아닙니다."

"음, 그렇군! 현재 해양경찰청하고는 정보 공조를 하는가?"

총장이 두 손에 깍지를 끼면서 물었다.

"네 총장님! 일본 함정 출동 보고가 올라오면 곧바로 저희 호위함 2척이 출동하고 보안청 순시선 출동 보고가 올라오면 해양경찰청 소속 경비함이 울릉도에서 출동하고 있습니다. 출동 상황과 대응 상황은 저희 1함대 사령부 작전실로 통보가 오고 있습니다."

"그럼 일본 마이즈루 지방대에 연락을 해서 알아보거나 하지 않았나?"

"요즘은 마이즈루 지방대하고 연락이 안 됩니다. 저쪽에 연락해도 답이 없습니다. 교류가 끊어진 지 꽤 됐습니다. 일본이 우리나라에 각종 규제정책을 펼친 이후에는 일절 교류가 안 되고 있습니다. 전에는 독도 근처에서 만나면 함정끼리 무선으로 안부 정도나 상황 정도는 서로 교환했는데 요즘은 독도 인근에서 마주쳐서 물어봐도 대답 없이 함정을 돌리고 매우 빠른 속도로 우리 해역을 벗어나고 있습니다. 그러다가 최근에는 거의 우리 함정이 도착하기 전에 빠지고 있습니다. 무슨 꿍꿍이인지 모르겠습니다."

"아무튼 바짝 신경 쓰도록 해. 9월 20일 전후로 미일 해상 기동 연합 훈련한다고 주한미군사령부에서 통보가 왔으니 별일이야 없겠지만, 그래도 경계를 늦춰서는 안 될 것일세! 그리고 중형급 태풍도 온다고 하니 그 피해가 없도록 동해안 기지 전역에 비상근무를 하도록 하게나!"

"네! 총장님! 태풍이 올 것에 대비해 기지마다 구축함과 호위함에 단단히 준비하라고 일러놨습니다. 초계함은 일단 태풍 영향권에서 벗어나는 기지로 피항하라고 했습니다."

"잘했네! 설마하니 태풍도 불고 미 해군 제7함대와 연합훈련을 하는데 일본 해상자위대가 무슨 일을 벌이겠는가? 그냥 나름 자기들만의 매뉴얼로 훈련을 하고 종료하겠지!"

"그랬으면 좋겠습니다."

"뭐, 공군에서도 요즘 일본 항공자위대 출동에 신경이 많이 쓰인다고 하더군. 어제 공군 참모총장하고 같이 식사를 했는데 각 중앙 방공통제소(MCRC)에서 올라오는 일본 항공자위대 출동을 공군에서도 예의 주시하고 있는데, 우리한테는 어떠냐고 묻더라고. 그래서 우리도 마찬가지라고 했더니 공군 참모총장 역시 예하 전투비행단에 향상 대응 출격태세를 갖추라고 지시했다고 하면서 미일 해상 기동 연합 훈련에 일본 항공자위대가 일부 참여한 것 아니겠나 하고 생각한다고 하네. 그래도 경계를 하면서 지켜보고 있다고 하니 우리도 지켜보자고.”

“알겠습니다. 총장님! 그런데 현재 경제 위기 사태가 언제까지 갈 것 같습니까?”

“그거야 나도 모르지! 우리야 군인인데 경제 위기 사태가 언제까지 갈는지 어떻게 알겠나? 다만 지난번 안보 회의 참석했을 때 청와대를 비롯해서 경제 관련 부처가 해결하려고 미국을 비롯해 다른 나라와 연계해서 뭔가 방법을 찾고 있는 것 같긴 해. 그래도 하루아침에 해결되겠나? 시간이 좀 걸리겠지. 지금 현대중공업에서 제작하는 경항모급 기함이 지지부진하고 있어, 예산집행이 더디니까 그런 것 같아 걱정이 많네. 나라 경제가 꽉 쪼그라들어서 말이야.”

“어떻게든 해결되지 않겠습니까? 총장님! 우리야 하는 일에 충실하다 보면 언제가 정상화가 되겠지요!”

참모차장이 거들었다.

“이런 사태가 오래 가면 안 되지. 그건 전력 손실은 물론 훈련과 작전에도 막대한 영향을 끼쳐. 그러니 한시 빨리 해결돼야 해! 어쩌다 이 정권이 이렇게 됐는지 몰라!"

"총장님! 이게 어제오늘 일 아니지 않습니까? 벌써 10년 가까이 누적된 결과 아니겠습니까?"

이 사령관 말에 총장은 말을 막았다.

"이 소장! 그런 말은 하지 말게! 괜히 그런 소리 하면 오해 사니까. 그런 말 하지 말고 하는 일이나 열심히 하고, 우리 1함대 경계 업무에 매진하세!"

"아, 예! 그냥 답답해서 해본 말입니다. 알겠습니다. 저야 총장님만 믿고 따르겠습니다."

"오늘 이 사령관도 왔으니 우리 모두 어디 가서 식사라도 하세."

정 총장 일행은 계룡대를 벗어나 식사 장소로 옮기며 그날의 제1함대 사령관의 부른 목적을 마무리했다. 해군에서는 나름대로 일본군의 뜻을 파악하지 못하는 상황에서도 만일의 사태에 대비하려고 했지만, 한국 해군 전력으로는 한계가 있었다.

어느덧 9월 중순으로 접어 들어가는 시기, TV는 물론 언론은 온통 어수선한 국내 상황을 보도하고 있었다. 그리고 날마다 벌어지는 시청 앞과 광화문 광장의 데모와 경찰병력 대치 상황을 반복해서 보여주었고, 일부 언론은 2027년 대통령 후보들이 지역순회 선거운동을 하는 모습을 방영하고 있었다. 한국의 최대 명절인 추석이 돌아오고 있는데 우울한 소식만 들려오고, 여기에다 더하여 기상청에서 추석을 전후로 필리핀 해역에서 발달한 열대성 저기압의 중급 태풍이 남해안을 통과하여 동해안 독도 방향으로 빠져갈 것이라 발표하였다. 이에 따라 남해안의 여수, 거제도, 부산, 포항, 강릉 등 남해안, 동해안 일대의 주민들은 가뜩이나 힘든데 태풍까지 온다는 사실에 걱정이 태산 같았다. 안 좋은 일은 겹쳐온다는 옛말이 있듯이, 한국 상황이 거기에 딱 맞는 말인 것 같다.

청와대에서는 대통령의 해외순방을 앞두고 성난 민심 때문에 분위기가 가라앉았다. 강제연 대통령은 중앙재해대책본부를 방문하여 이번 태풍 피해를 줄이기 위한 대책을 점검하고자 회의를 주재하였다.

"이번 태풍이 중급 태풍이라고 하는데 어느 정도 규모입니까?"

"네! 지금 올라오는 태풍은 930헥토파스칼에 최대 풍속 45㎞/h, 강풍 반경은 약 500㎞에 달하고 있습니다. 따라서 태풍이 영향을 미치는 지역은 제주도, 전라남도 여수부터 경상남도 부산, 그리고 경상북도 포항과 강원도 일부 지역입니다. 이 태풍이 동해안과 울릉도, 그리고 독도에 많은 비를 뿌리고 지나면서 북태평양에서 소멸할 것이라는 게 기상청의 분석입니다."

참석한 재난대책본부 상황실장이 대통령에게 보고를 하였다.

"행정안전부 장관은 해당 지역 시도지사와 긴밀히 공조하여 추석 연휴를 앞두고 태풍 피해가 없도록 단단히 준비하도록 하십시오. 그리고 관련 부처는 물론 소방청, 군, 경찰에서도 태풍으로 인한 피해 발생 시 즉각 복구 업무에 참여할 수 있도록 만반의 준비를 갖춰서 국민들이 추석 연휴를 안심하고 보낼 수 있도록 방안을 강구하시기 바랍니다. 제가 해외 순방 중에 있더라도 긴급사태는 즉각 보고하여 주시기 바랍니다."

"즉각 비상 2단계를 발령하고 풍수 위기경보도 격상시켜서 태풍 재해에 대비하겠습니다."

행정안전부 장관이 대답했다.

"지금 나라의 경제 위기로 인하여 국민들이 힘들어하고 있습니다. 이럴 때 태풍까지 온다 하니 내가 밤잠을 못 이루고 있습니다. 따라서 이번 태풍에 만전을 기해 주시고 한 사람의 인명피해도 없도록 각별히 유념하시어 주시기 바랍니다. 추석 명절을 앞두고 아무 일 없기를 간절히 바라는 마음뿐이니 중앙재난대책본부 여러분들께서는 사명을 갖고 업무에 매진하십시오!"

"대통령님의 마음을 담아 우리 대책본부 비상근무 요원들도 최선을 다하겠습니다."

강 대통령은 광화문 종합청사에서 중앙재난대책본부 주재 회의를 마치고 청와대로 돌아오는 길에 광화문 광장에서 울려 퍼지는 "정권 타도!", "강제연 대통령은 물러나라!" 하는 구호를 듣고 경찰과 시민들과 대치하고 있는 광경을 보고 마음이 착잡했다. 여기저기서 "대통령 물러나라!"라는 소리가 울려 퍼지고, 언론에서 현 정부의 실정을 조목조목 파헤치는 내용의 프로그램을 방영하는 걸 보면서 마음이 아팠다. 이러자고 대통령 한 게 아닌데. 이러한 사태를 야기한 것이 무엇인지 곰곰이 생각해 보았다. 전임 대통령의 정책을 물려받았다. 초기에는 참모들도 전임 대통령의 사람들이었고, 전임 정권의 정책을 진행하다 보니 이미 시행된 잘못된 정책을 쉽게 바꾸지 못하고 질질 끌려온 건 아닌가 생각해 보았다. 복지정책을 확대해서 세대별 맞춤형 복지를 만들어 국민들의 삶의 질을 어느 정도 국가에서 책임을 지려고 한 유럽식 사회주의 복지정책이 포퓰리즘으로 변질되어 비난의 대상이 되고 있으니 참으로 한심하다는 생각이 들었다. 그렇다고 이대로 주저앉을 수는 없다. 어떻게 해서든 이번 해외 방문에서 성과가 나길 바랄 뿐이다. 구걸 외교도 좋고 굴욕 외교도 좋다. 이 사태를 슬기롭게 넘겨서 안정적인 정국이 새로운 정부에 이양되기를 빌고 있었다. 동승한 이현진 민정수석이 대통령의 안색을 살피고 살짝 말을 건넸다.

"대통령님! 너무 심려치 마십시오. 어차피 모든 것은 정상으로 돌아갈 겁니다. 역대 어떤 정부도 어려운 고비는 향상 있어 왔습니다. 예전에 김영삼 정부도 말년에 IMF를 겪었고, 박근혜 정부는 아예 흔적조차 없어지지 않았습니까? 그래도 저희는 그 정도는 아니니까 너무 마음 쓰지 마십시오."

"그런가? 내가 대통령이 처음 되었을 때는 나름 야망이 있었네. 내가 만든 정부는 역대 어떤 정부보다 위대한 정부로 만들고, 국민들이 살기 좋은 나라를 만들기로. 그렇게 굳은 결심을 하며 쉼 없이 일했는데 세상사 맘대로 안되는 게 사람의 운명인 것 같네. 누가 이런 날이 올 줄은 꿈에도 몰랐네! 모든 게 내 잘못일세!"

"아닙니다! 대통령님! 너무 자책하지 마십시오! 이 모든 것이 대통령님을 잘못 보필한 저희가 잘못한 일입니다. 아무쪼록 너무 신경 쓰지 마시고 여기 일은 저희가 알아서 처리할 테니 이번 순방길을 무사히 마치고 돌아오십시오."

"아무튼 마음이 몹시 괴롭고 착잡하네. 모든 것이 잘 풀려야 될 텐데…."

광화문 정부종합청사에서 청와대로 돌아가는 길은 그리 멀지 않은 길임에도 강 대통령은 차장 바깥에서 벌어지는 풍경을 마치 파노라마처럼 느꼈다. 젊은 경찰관들이 데모 군중을 막아내며 대통령 전용차의 진로를 확보하려고 애쓰는 모습을 보니 눈물이 나오려 했다. 마음속으로 이번 해외순방이 대통령 재임 중에 나서는 마지막 순방이니 반드시 성과를 내고 돌아오리라 다짐했다.

서울에서 혼란이 계속되는 가운데 독도에서는 태풍이 온다는 소식에 최승철 독도경비대장이 태풍의 피해가 발생할 만한 곳을 점검하고 대원들과 같이 정비를 진행하고 있었다. 특히 전력을 생산하는 발전기는 독도경비대의 생명줄이다. 그래서 발전기의 이상 유무를 각별히 점검하고 있다. 최 대장은 점심식사 후 초소 경계와 상황실 근무자를 제외한 대원들을 식당에 모이게 하였다.

"오늘 대원들을 모이게 한 것은 다름이 아니라 며칠 뒤 태풍이 우리나라 남해안을 거쳐 이곳 독도를 지날 것이라고 한다. 따라서 태풍이 오기 전까지 레이더 장비 및 통신 관측 장비를 점검하고 경비대 숙소와 경계초소, 그리고 접안시설까지 설치되어 있는 계단과 난간에 강풍으로 인한 피해가 없도록 하고 곤돌라 주변의 시설물도 단단히 고정해놓고 접안 시설물이 태풍과 강풍에 파괴되지 않도록 점검해주기 바란다. 그리고 통신팀장은 대원들과 함께 철탑의 레이더를 점검하고 무인관측기도 점검하도록 한다. 그동안 숱한 태풍이나 강풍이 독도를 강타하고 지나갔지만 우리가 사전에 대비를 해서 그렇게 위급한 상황이 발생되지는 않았다. 그래도 긴장의 끈을 놓치지 말고 태풍에 대비해 만전을 기해주기 바란다!"

최 대장은 대원들에게 태풍에 관련한 장비 점검을 지시하고 다시 한번 정상에 있는 경계초소를 작전팀장과 고참인 서영호 수경을 대동하고 둘러보기로 했다.

"서 수경! 야간에 초소 근무가 힘들지 않나?"

"경계근무가 힘들기는 하지만 괜찮습니다. 내무반 대원들도 이제는 익숙해졌습니다. 독도에 들어온 지 거의 10일 가까이 지나서 이제 적응을 잘하고 있습니다."

"다행이다. 이번 교대 조는 그래도 팀워크가 좋은 것 같더군. 이전 교대 조는 공동생활을 하면서 대원들 간의 마찰이 있었지! 그래서 정신교육을 시켰는데 이번 교대 조는 가족같이 위해주고 아껴주면서 지내니 내가 마음이 편안해."

"여기 들어올 때는 굉장히 흥분된 상태에서 남들이 못 오는 지역에서 근무한다는 자부심을 가지고 들어오는데, 독도 근무가 끝나갈 때쯤이면 빨리 울릉도로 나가고 싶은 마음을 누구나 갖고 있습니다."

작전팀장이 말을 건넸다.

"그래도 독도에 근무하는 대원들은 자원 병력이라 모두 엘리트 아닌가? 나름의 사명 의식도 있을 테니 대원들 간에 사소한 트러블도 있어서는 안 돼! 모두 한마음으로 독도를 지켜야지!"

독도 정상초소에서 바라보는 바다 풍경이 고요하기만 한데 곧 태풍이 들이닥친다고 하니 최 대장은 조금 걱정되었다. 또 요즘 일본 초계함이나 호위함이 새벽마다 독도 근처를 왔다가고 해양 순시선도 매일 오다시피 하니 여간 신경 쓰이는 일이 아니다.

내륙에서 벌어지는 경제 위기 상황으로 인해 국가의 정체성과 안보가 흔들리고 있지만, 이런 사태와는 아무 관계없이 독도에 근무하는 경비대원들은 하루하루를 태풍에 대비해 각자 맡은 임무에 최선을 다하고 있었다.

일본 자위대의 독도 점령 작전이 벌어질 것이란 건 까맣게 모른 채, 독도 앞바다는 약간의 파도만이 독도 해안선에 부딪치고 있었다.

독도로 찾아올 태풍에 대비해 대원들이 구슬땀을 흘리고 있을 때 서울에 있는 청와대도 분주하게 움직였다. 이번 대통령 순방은 말 그대로 우리나라의 운명을 가를 수 있다. 전 경제수석이자 현 주미 대사인 김무일 대사가 오래전부터 준비한 순방계획이기도 하다. 비서실부터 경호실까지 아침저녁으로 대통령 순방길을 동행할 경호원과 수행단을 점검하고 최소의 인원을 선발하여 내일 서울 공항에서 배웅하는 일정을 짜고 있었다. 현재 나라가 어렵고 태풍이 한반도를 향해 오는 등 다양한 악재가 겹쳤기에 국민들에게 과하게 비치지 않도록 주의를 기울이는 것이다.

강 대통령은 아침 일찍 눈을 떴다. 그동안 숱한 해외순방을 가보았지만, 해외순방에 부담감을 느낀 것은 처음이다. 그런 탓인지 밤새

잠자리에서 뒤척였다. 나이가 들어 영부인과 각자 침대를 쓰고 있지만, 그래도 옆 침대에 누워 자는 와이프를 보니 감개무량했다. 결혼한 지 35년. 숱한 역경과 영광을 함께한 마누라이기에 참으로 애틋하다. 그러나 대통령 말년에 왜 나한테 이런 일이 일어났을까? 참으로 안타까웠다. 앞으로 6개월 후면 이제 자연인으로 돌아갈 텐데, 그 길이 쉽지 않다는 걸 깨달았다. 자신이 역사에 어떤 인물로 기억될지 생각하니 마음이 무거웠다.

"어머! 여보! 벌써 일어나셨어요? 지금 새벽 5시인데 좀 더 주무시지 않고 빨리 일어나셨네요."

"응. 오늘 캐나다로 출발해야 하지 않나. 15시간 이상 비행기를 타고 가려면 서둘러야지 않겠어요? 이번 캐나다와 미국 방문은 매우 중요한 일이라 조금 긴장되네."

"당신답지 않게 왜 긴장하시고 그래요?"

"이번 방문은 당신하고 같이 못 가니까 더 긴장돼. 그래도 당신이 옆에 있어 줘야 하는데 워낙 사안이 시급한 거라 실무방문 차원으로 진행되다 보니 그래요."

"아 참! 미국 방문은 실무 방문이라 백악관에서의 회담은 오찬만 하고 뉴욕으로 간다고 했지요?"

"미국 방문은 미국 대통령을 만나는 게 중요한 게 아니고 뉴욕 금융가 수장들과 연방은행 의장, 세계은행 총재 등 세계 돈줄을 쥐고 있는 인사들을 만나는 게 중요하니까."

"잘 갔다 오세요. 여기는 너무 걱정 말고. 비서실에서 알아서 잘할 거예요."

"비서실에서 잘할 거라고? 이제는 나한테 그렇게 잘하지 않을 거야. 이미 대선 후보한테 마음이 갔을 테니까! 비서실을 너무 믿지 마세요."

강 대통령은 이제 비서실의 수석들을 그렇게 신뢰하지 않았다. 일부 수석을 빼면 모두 이민선 대선 후보한테 눈도장을 찍기에 바쁘다. 대통령으로서의 가치가 떨어졌다. 그동안 청와대 비서실을 거쳐 간 수석들의 정치적 판단오류로 인해 이렇게 오늘의 이 사태가 오지 않았나 의심만 들 뿐이다. 그렇다고 그들한테만 책임을 돌릴 수는 없지 않은가? 최종 결정은 내가 하지 않았나? 돌이켜보면 좀 더 내 주장을 밀고 나가야 하는 건데. 너무 비서실 의견을 존중해서 결정하다 보니 마지막에는 이런 사태가 난 것 같다. 결국 대통령 레임덕이 올 초부터 발생하기 시작한 걸 안다.

강 대통령은 그날 오후 2시 서울 공항에 배웅 나온 인사들을 뒤로하고 캐나다로 향하는 전용기에 몸을 실었다. 9월 30일 자로 사직하고 대통령 후보가 될 이민선 총리에게 뒷일을 부탁했다.

2026년 9월 23일 오후 2시에 대통령이 해외순방을 나선 날 저녁부터 태풍이 제주도를 거쳐 남해안으로 이동하기 시작했다. 제주도에 이미 많은 폭우와 강풍으로 인한 피해를 줬고, 이제는 남해안과 동해안에서 폭우가 쏟아지고 강풍이 불고 있었다. KBS 재난방송이 실시간으로 태풍의 진로를 중계하며 국민들에게 태풍의 피해가 없도록 주의할 것을 당부했고, 중앙재난대책본부에서는 해당 시도지사에게 연일 실태를 파악하여 보고하라는 지시를 끊임없이 내렸다. 또한 소방청, 경찰, 군대까지 태풍피해에 대비하고 있었다. 최대 명절인 추석의 활발함은 사라지고 우울한 소식만 나오고 있어 수많은 사람이 거리에서 데모하는 것도 잊고 잠시 주춤하였다.

6

일본, 무력으로 독도를 점령하다
(미일 해상 기동 연합 훈련 : 기만작전)

8월 달 초에 재일 미군(在日米軍) 브라이언 헵번 사령관은 9월 중순경 일본 자위대 통합막료장(우리나라 합참의장급)이 일본해(동해)에서 미일 해상 기동 연합 훈련을 진행하자는 제안에 대해 고민하였다. 미일 해상 기동 훈련을 할 명분이 딱히 없었기 때문이다. 일단 태평양통합 사령관에게 일본에서 제안한 미일 해상 기동 연합 훈련에 대해서 보고를 올리고 답변을 기다렸다. 미 국방부에서 일본 자위대가 제안한 일본해(동해)에서의 해상 기동 연합 훈련을 실시하라는 지시가 내려왔다. 이에 브라이언 사령관은 요코스카항에 정박하고 있는 제7함대 사령관 레어리 버나드 제독에게 미 국방부의 명령을 전달하였다. 버나드 사령관은 요코스카항에서 제7함대 니미츠급 항공모함 로널드 레이건호를 중심으로 이지스급 구축함과 호위함

전단을 이끌고 일본해(동해)로 향했다. 여기에 맞추어 일본은 이즈모 항모를 중심으로 제4 호위대군 전 함대를 사세보 기지로 출동시켰다.

일본 내각 고이즈미 총리는 미일 해상 기동 연합 훈련을 구실로 방위대신을 비롯하여 통합막료장, 관방장관, 그리고 자위대 통합막료장, 육상, 해상, 항공자위대 막료장들과 군 관계자들을 총리 집무실로 불러 진행 과정과 향후 작전에 관하여 보고를 받기로 했다.

"막료장들께서 오늘 이 자리에 참석하신 것을 진심으로 환영합니다. 그동안 다케시마 탈환을 위한 훈련을 잘 마무리하셨고, 이제는 결전의 날만 기다리고 있습니다. 우리 내각의 평생소원인 다케시마가 우리의 영토가 되는 날이 현실로 다가왔군요. 이제 진행과정과 작전을 어떻게 전개할지 말씀해보십시오."

"네! 총리 각하! 우선 우리 해상자위대에서 먼저 말씀드리겠습니다. 일단 요코스카 기지에서 미 해군 제7함대가 로널드 레이건 항모를 중심으로 출동하였습니다. 미 국방성에서 출동 명령이 내려왔다고 합니다. 그래서 저희 해상자위대는 제4 호위함대와 사세보에 주둔하는 제2 호위함대가 대기하고 있다가 미 해군 제7함대가 사세보에 잠시 기항 했을 때 합류할 예정입니다. 우리 연합함대가 훈련장소인 다케시마 아래 남쪽에 접근하려면 시간이 필요한데, 필리핀에서 올라오는 태풍이 우리 오키나와를 지나 한국 반도 남쪽 해안과 동쪽 해안을 통과하여 다케시마로 올라갈 것입니다. 태풍이 한국 반도 남쪽 해안을 지나갈 때까지 사세보항에 미 해군 제7함대가 잠시 기항할 것이고, 태풍이 다 지나가면 해상자위대 제4 호위함대, 제2 호위함대가 미군 제7함대와 합류하여 북쪽으로 이동하며 훈련을 할 예정입니다."

"그럼 다케시마 탈환 작전에 참가하는 해상자위대는 어떤 식으로 전개됩니까?"

"미 해군 제7함대와 저희 제4 호위함대와 제2 호위함대가 일본해(동해)로 올라가며 연합훈련을 하면서 마이즈루 지방대에 소속된 제3 호위함대의 상륙함정인 쿠니사키호(대형 상륙함)에 이번 특수군을 승선시켜 오키노시마 근처에 대기시킬 예정입니다. 여기에 아타고함(이지스 구축함)과 휴우가함(헤리코푸다 항모)이 지원할 예정입니다."

"다케시마 탈환할 작전 시점은 태풍이 다케시마를 완전히 통과하는 시간인 9월 24일 오후 7시경입니다. 이때는 풍랑과 비바람이 있는 관계로 이 시간을 지나서 풍랑과 바람이 잠잠해지는 9월 25일 새벽(아카츠키) 2시에 잠수정을 이용하여 해상자위대 특별기동대가 수중 침투함과 동시에 쿠니사키함이 전속력으로 오키노시마(섬)에서 다케시마 근처로 이동하여 공기부양정과 모터보트 고속정을 이용하여 해안에 침투할 것입니다. 또한 휴우가함에서 대기하고 있던 헤리코푸다 3대에 공정대와 특수작전군 혼합부대인 대기부대 병력 20명이 강습할 예정입니다. 또한 수륙기동단과 공정대 혼성부대인 제1선봉 부대와 4선봉 부대까지 약 300명이 해안 접안시설 방향과 옆 방향으로 최대한 침투하여 한국 경비대에 접근하는 작전이 먼저 진행될 것입니다."

육상자위대 육장(막료장)이 간략하게 고이즈미 총리에게 설명을 하고 다케시마(독도)에 한국 경비대 주둔 병력과 시설, 그리고 작전지도를 펼쳐 보이면서 설명을 하였다.

"만약 한국군이 우리의 침투를 알고 대응하여 다케시마에서 가장 가까운 섬인 우루룬도(울릉도)에서 한국 해군이 온다면 어떻게 대응할 계획입니까?"

"만약 한국 함대가 다케시마로 빠른 속도로 온다면 불가피하게 해상전이 일어납니다. 물론 우리는 그들이 대항하는 것을 막기 위해 다케시마 인근 아래에서 미 해군 제7함대와 기동 연합 훈련을 하다가 바로 한국 해군 출동을 막을 것입니다. 이때 해상전이 일어나지 않도록 재일 미군사령부와 재한 미군사령부에 연락해서 한국 해군의 출동을 저지하도록 할 것입니다."

"그런 작전이 가능할까요?"

"충분히 가능합니다. 총리대신 각하! 지금 한국 해군은 우리의 적수가 못됩니다. 해군 전력은 우리 일본이 압도적으로 우월하고, 이번 기동 연합 훈련을 구실로 제2 호위함대, 제3 호위함대, 제4 호위함대가 우리 일본해(동해)로 전부 출동하고 있으며, 미 해군 제7함대 항공모함 로널드 레이건호와 전단이 모두 출동한 상태이니 한국 해군이 어쩌지를 못할 것입니다. 일단은 미 해군 제7함대에서 출동하는 한국 해군을 막아주는 역할을 충분히 할 것입니다. 그래서 이번 미일 해상 기동 연합 훈련을 하는 작전을 만든 것 아니겠습니까? 그리고 다케시마 탈환 작전이 성공하면 총리 각하께서 즉시 체포한 한국 경비대의 신변을 구실로 협상을 하십시오! 그러면 우리가 탈환한 후 공정대와 수륙기동대가 주둔할 시간을 벌을 수 있습니다."

일본의 고이즈미 총리는 입가에 흡족한 미소가 번지고 있었다. 정말 작전이 성공할 것 같았다.

"알겠소! 모두들 수고 많으셨소. 일단 작전이 진행되는 날 육상자위대본부 벙커 상황실에 가서 직접 탈환 작전을 지켜보겠소."

고이즈미 총리는 관방장관과 후속 논의를 하기 위해 돌아서려다 다시 자위대통합 막료장에게 물었다.

"혹시 재일 미군 통합사령부나 미 해군 제7함대 사령관이 우리의 작전을 알고 있습니까?"

"모를 겁니다. 우리의 작전은 비밀리에 진행되었고 또 이러한 작전을 재일 미군 사령부에서 알았다면 우리 작전을 막았을 것입니다. 그리고 이번 해상 기동 연합 훈련도 성사가 안 됐을 것입니다."

"그렇다면 나중에 결국 알려질 텐데, 재일 미군사령부나 태평양통합사령부 나가서 미국 국방성이 이번 우리 작전에 자기들을 이용한 걸 알면 가만히 있을까요?"

"어느 정도는 반발이 있을 것입니다. 그러니 총리 각하께서 미국을 설득하셔야 합니다. 미국은 한국이 점령하고 있는 다케시마를 무인도(리앙쿠르 암)라고 생각하고 있으며, 원래 우리 일본 영토임에도 한국이 불법으로 점령하고 있었던 것을 되찾아왔다고 설득하시면 되지 않을까요? 그렇다면 작전을 해서 찾아온 다케시마에서 철수하라는 소리를 못할 것입니다."

"관방장관께서는 어떻게 생각하십니까?"

"막료장 말에 일리가 있습니다. 우리는 우리의 주장을 미국에 하면 되고, 만약 미국에서 크게 반발을 하면 국제사법재판소(ICJ)에 판결 결과를 존중한다고 하면 될 것 같습니다. 그러면 미국도 사법재판소 결과를 보자고 하지 않을까요? 국제사법재판소 결과가 나오려면 오랜 시간이 걸리는데 그사이에 우리가 군사 시설을 건설하여 자위대 병력이 주둔하고 호위함과 구축함 기지를 확충하여 기지화하면 한국에서도 다시 쳐들어올 생각을 못할 것입니다. 더구나 한국의 내부가 분열되고 경제적 위기 상황까지 왔는데 섣불리 대응을 할 수 없지 않을까 생각이 듭니다."

"그렇겠군요. 오늘 회의는 이것으로 마무리하고 탈환 작전 부대장 야마모토 료스케 1등 육좌 부대장한테 탈환 작전을 허락한다고 일본 내각 총리의 명령으로 전달하십시오!"

"하이(네)! 총리 각하!"

자위대 막료장들은 일제히 고이즈미 총리에게 거수경례를 하고 돌아갔다. 고이즈미 총리는 이제는 그동안의 노력이 결실을 보기를 기대하는 한편 두려움을 느끼고 있었다. 과연 한국이 어떤 식으로 반격할지가 두려운 것이다. 지금 당장은 아니더라도 언젠가는 탈환하려고 덤벼들 것이 분명할 것이라 생각하는 것이다. 그러나 고대 로마 장군 율리우스 카이사르가 말한 것처럼 '주사위(일본어로 '사이코로')는 던져졌다.' 탈환 작전을 위하여 탈환 시기를 한국의 고유 명절 추석(節句秋夕:셋쿠슈우유우) 전후로 정하고 태풍이 지나간 바로 몇 시간 후에 작전을 개시해서 한국 해군이 태풍으로 인해 출동할 수 없는 시기, 그리고 다케시마 한국 경비대가 우리의 침투를 눈치채지 못하는 시간을 골랐다. 게다가 한국의 대통령이 해외로 나가서 한국이 즉각 대응을 할 수 없는 상태에 빠진 것을 보고 하늘이 일본에게 기회를 준 것이라는 생각에 빠져들었다. 이러한 무모한 결정이 향후에 역사적 파장을 두고두고 일으키리라고는 염두에 두지 않았다. 그저 한국이 차지한 다케시마(독도)를 탈환할 수 있는 이 기회를 놓치기 싫었다.

드디어 자위대 3군 통합막료장이 이도 탈환 작전 부대장 야마모토 료스케에게 작전 허가 명령이 하달하였다. 이도 탈환 작전 부대장은 드디어 후지산 훈련 병영에서 특수군을 집합시키고 출동에 앞서 작전에 관련 내용을 선봉 부대 중대장들과 분대장들에게 작전을 설명하였다.

"이번 탈환 작전에는 육상, 해상, 항공 자위대가 연합으로 참가한다. 지상과 공중에서 정보 정찰기들이 한국 정찰을 감시하고, 해상에서는 미일 해상 기동 연합 훈련에 참가하는 제2 호위함대가 정탐 역할을 하며, 제4 호위함대가 엄호 역할을 한다. 한국 해군이 출동할 시 제4 호위함대가 저지한다. 제3 호위함대는 우리 특수군을 지원한다. 따라서 각 선봉 중대장들은 오늘부터 중대원들에게 워리어 복장으로 무장하되 몸에 휴대하는 총기류는 최소화, 경량화하도록 전해라! 상륙대원들은 MP기관총. P220소음기를 장착한 권총으로 무장, 엄호대원들은 PM-9기관단총과 M4A1 SOMPD 불록1으로 무장한다. 교전 시 최대한 근접하도록 하고 가급적 사살하지 말고 다리 쪽을 사격하여 부상을 입혀라."

야마모토 부대장은 구체적으로 한국 경비대와 교전했을 때의 규칙을 설명했다. 일본 특수부대가 한국 경찰 경비를 기습적으로 공격하여 사망자와 사상자가 많이 발생했을 경우 국제 여론이 일본에게 불리하게 나올 테니, 이에 대비하여 최소한으로 인명피해를 줄이려고 한 것이다. 또한 고이즈미 내각은 체포한 한국 경비대 대원을 세계 여론과 한국 내 여론을 잠재우는 협상카드로 사용할 예정이다.

"부대장님! 해안선 접근은 어떤 식으로 하실 계획이십니까?"

제1선봉 중대장이 물었다.

"해상자위대 특별기동대 선발대 8명 3개 조가 잠수함으로 수중 침투한다. 침투 후 루트를 확보한 다음 한국군 경비대원을 제압하고 한국 경비대 레이더를 파괴한다. 레이더 파괴 신호를 받는 즉시 인근에 대기하고 있는 쿠니사키함에서 제1 선봉대부터 제5 선봉대까지 공기부양정과 소형 고속정을 이용하여 신속하게 한국 경비대 접안 시설에 상륙하여 특별기동대가 확보한 루트를 타고 경비대 숙소와 시설에 접근하여 한국 경비대를 제압, 생포한다. 제6 선봉대는 서쪽 다케시마 민간시설을 접수한다. 그리고 휴우가함에서 항공자위대 수송기를 이용하여 공정대 4개조 20명이 별도로 강습할 예정이다. 작전시간은 1시간이다. 1시간 이내 모든 것을 마무리한다. 생포한 한국 경비대는 쿠니사키함으로 이송한다."

"이동은 언제 합니까?"

"내일 오전. 항공자위대 수송기를 이용하여 마이즈루 기지로 이동한다. 마이즈루 기지에서 대기하고 있다가 24일 오후 8시에 쿠니사키함에 승선한다. 쿠니사키함에 승선하면 오키 해역까지 가서 다케시마 인근까지 접근한다. 특별기동대의 한국 경비대 레이더를 파괴했다는 신호가 오면 24일 새벽(아카츠키) 2시에 공기 부양정과 모터보트 고속정으로 출발한다. 태풍이 지나고 얼마 안 지난 시간이라 강풍이 불고 파도와 풍랑이 높을 것이다. 위험 요소가 많다. 시마(섬)의 경우 이동하는 루트가 매우 미끄러울 것이다. 그러니 각별히 조심해야 한다. 그동안 필리핀과 후지산에서 훈련한 이유가 바로 이것이다. 그리고 내일 오전 9시 모든 특수군은 식사 후 식당에서 대기한다."

야마모토 부대장은 각 선봉 중대 중대장들과 분대장들에게 영상 자료로 작전 설명을 마무리하였다. 중대장과 분대장들은 각자 병사들이 있는 숙소로 돌아가서 병사들에게 작전 일부를 설명하고 모든 개인장비를 정리하도록 지시하였다.

다음날 오전 9시 특수군들은 식사를 마치고 모두 야마모토 부대장의 마지막 훈시를 듣기 위해 대기하고 있었다. 대원들이 앉아 있는 식탁 위에는 일본 제1의 사케(청주)가 놓여 있었다. 야마모토 부대장이 드디어 제일 앞 식탁 연단에 들어왔다. 대원 모두가 일어나 경례를 하였다.

"오늘 드디어 결전의 날이 왔다. 우리가 그동안 훈련 목표로 삼고 있던 장소는 우리 일본해에 있는 다케시마다. 현재는 한국에서 무력으로 강점하여 한국 경비대가 주둔하고 있다. 다케시마는 우리의 영토이다. 대원들은 우리 영토를 탈환한다는 사명감을 갖고 이번 작전에 임해주기 바란다. 지금 태풍이 거세게 몰아치고 있다. 따라서 다케시마 탈환 작전은 악천후 속에서 이루어지며 매우 힘든 작전이 될 것이다. 그러나 우리는 대일본 자위대 특수작전군이다. 이 점 명심하길 바란다. 그리고 무사히 살아서 돌아오라! 모두 앞에 놓인 잔을 들어라. 큰소리로 외친다. 작전성공을 위하여! 일본의 영광을 위하여!"

식당에 모인 일본 특수군은 잔에 가득 차 있는 술을 마시고 기미가요를 부르며 눈물을 흘렸다. 그 후 태풍의 영향으로 바람이 불고 비가 간간히 내리는 가운데 일본 특수군은 항공자위대 수송기를 타고 후지산 병영을 떠나 마이즈루 기지로 향했다.

그 시각 태풍이 북태평양으로 지나가는 길목에 위치한 독도와 울릉도에는 강풍이 불고 비가 내리고 있었다. 강풍은 초속 35m 이상 몰아치고, 바닷가의 파도는 2m의 높이로 해안선 바위와 접안시설에 부딪히고 있었다. 정상초소에서는 경계근무가 어려웠다. 모두 상황실과 숙소에서 대기하며 태풍이 지나가길 바라고 있었다. 상황실은 끊임없이 울릉도 경비대와 경북경찰청 상황실과 무선 교신을 하며 상황보고를 하였다. 아직까지 레이더 모니터에는 별다른 이상이 없었다. 독도 인근으로 오고가는 배도 없고 아무런 징후가 없었다. 영상카메라에서 보이는 풍경은 독도의 수목들이 바람과 폭우에 휘청거리는 모습뿐이었다. 또한 창문 사이로 빗물이 부딪히고 바람 소리가 굉음처럼 들려왔다.

최승철 경비대장은 상황실에서 통신팀장과 얘기를 주고받았다.

"오늘부터 추석인데 하필 태풍이라니. 엎친 데 덮친 격이야!"

"올 추석은 태풍에 날아갔습니다."

"통신팀장은 부모님이 포항에 계시는데 올 추석은 서운하게 생각하시겠어? 장남이 추석 차례를 빠지니까 말이야."

"우리 직업이 늘 그렇지 않습니까? 비상이 있으면 집에 못 들어가고, 또 이렇게 울릉도나 독도에 들어오면 한두 달은 못 들어가니까. 이제는 집에서 그러려니 합니다."

"대장님 사모님이나 애들은 뭐라고 안 하십니까?"

"나야 벌써 이 생활을 한 지가 25년이 넘었는데 새삼스럽게 그런 말은 안 하지! 그저 사고 없이 지내기를 바랄 뿐이지!"

"태풍이 내일 지나가면 선착장에서 우리 대원들과 합동 차례라도 지내시지요. 매년 행사지만 태풍이 온 다음에 지내는 차례니까 좀 남다를 것 같습니다."

"태풍이 지나가고 날씨가 개면 난 잠시 울릉도라도 다녀올 생각이네. 서장님한테 보고도 드릴 겸해서."

"그렇게 하시지요."

"김대원 상경! 레이더 모니터에 뭐 좀 보이는 게 있나?"

통신팀장이 레이더 모니터를 보고 있는 김대원 상경에게 물었다.

"특별히 보이는 것은 없습니다. 조용합니다."

"알았어! 태풍이 지나갈 때까지 잘 감시해!"

"알겠습니다!"

경비대원들은 태풍 때문에 실내에서 운동을 하는가 하면 추석을 앞두고 멀리 떨어져 있는 가족들과 휴대폰 영상통화를 하는 등 다양한 방법으로 시간을 보내고 있었다.

오늘 초소 근무를 나가려고 하던 정만호 일경은 태풍 때문에 경계 근무를 나가지 못하고 상황실에서 속초의 여자 친구랑 휴대폰 통화를 하면서 시간을 보내고 있었다.

"지원아! 별일 없니? 난 오늘 초소 근무해야 하는데 태풍이 와서 경계근무를 못 나갔다."

"자기야! 독도는 괜찮아? 태풍이 와서 엄청 비바람이 몰아칠 텐데!"

"괜찮아! 태풍 때문에 비바람이 거센데 우리는 실내에 있어서 안전해. 독도는 태풍이 안 와도 바람이 거세! 그래서 여기까지 배가 자주 못 들어와."

"몸은 괜찮아?"

"괜찮아! 여기서도 잘 먹고 잘 있어."

"보고 싶다. 언제 나와?"

"들어온 지 10일 됐으니 40일 남았다. 10월 말 정도면 나갈 거야."

"아직 한참 남았네. 나올 때까지 몸조심해."

"알았어! 지원이 너는 추석 때 어디가?"

"뭐 특별히 갈 데는 없고 엄마 옆에서 전 만드는 거 도와주고, 심심하면 친구 신혜하고 영화나 보러 갈까 해."

"그래라! 어디 멀리 가지 마라! 요즘 나쁜 녀석들이 많다. 그러니 집에 꼭 있다가 나 나가면 같이 돌아다니자!"

"알았어! 몸조심하고 낼 통화하자!"

"그래! 알았다. 즐거운 시간 가져! 사랑해!"

정 일경이 핸드폰 전화를 마치고 다시 상황실에서 나와 잠시 창문으로 바깥을 내다보니 바람이 몰아쳐 모든 게 다 날려 보낼 기세이다. 멀리 바닷가에서 집채만 한 파도가 끊임없이 밀려들었다.

"아이고! 이 태풍이 빨리 지나가야지! 이러다가 사고 나면 안 되는데…!"

혼잣말로 중얼거렸다. 이때 김기철 선임수경이 다가왔다.

"정 일경! 너 독도에 들어와서 태풍은 처음 맞는 거지?"

"네! 그렇습니다."

"난 두 번째다! 작년에 한번 들어와서 태풍을 맞고 올해 또 맞는 거다. 그런데 볼 만하지 않니? 직접 태풍을 이렇게 겪는 거, 아무나 겪는 일 아니야. 독도에 온 우리들만 겪는 행운이지!"

"김 수경님! 태풍을 겪는 것도 행운입니까?"

"그럼! 행운이지! 아무튼 독도에서 태풍을 보는 것도 겪는 것도 행운이라 생각하고 지내!"

"그렇군요? 행운이라 생각하면 행운이겠습니다."

"저 봐라! 집채만 한 파도가 또 몰려온다. 굉장하지 않니? 이런 구경을 어디서 해보겠어? 여기 아니면! 저거 한 방 맞으면 끝장난다, 끝장나!"

"파도가 대단합니다! 그런데 이 태풍에 갈매기들은 어떻게 견딜까요?"

"갈매기들도 나름대로 태풍이 오면 다 피항한다고 여기에 없어. 걔들도 생존본능이 있어! 우리 기상청보다 더 빨리 태풍이 오는 걸 알아차리고 멀리 날아간다. 태풍이 지나가면 다시 돌아오지!"

"갈매기들도 참 똑똑합니다!"

"너 소설 '갈매기 꿈'도 모르냐? 거기에 보면 주인공 갈매기가 어느 날 더 높이 더 멀리 날아가는 꿈을 꾸고 엄청 연습하잖아? 그만큼 갈매기도 독도에서 살려면 더 멀리 더 높이 날아야 한다는 걸 알고 있는 거야!"

"정 일경! 오늘 초소 근무는 틀린 것 같다. 그렇다고 군장 벗지는 마라. 무슨 일이 발생하면 언제든 나가봐야 하니까!"

"네! 김 수경님!"

"난 헬스장 가서 운동이나 하고 와야겠다. 수고해라!"

"다녀오십시오!"

정만호 일경은 김기철 선임수경하고 이런저런 얘기를 나누고 돌아섰다. 숙소 내무반도 상황실도 모두 여유롭다. 태풍에 대비해서 시설물 점검을 마치고 바람에 날려갈 만한 시설은 없다 보니 근무하는 대원들은 운동도 하고 책도 보면서 태풍이 지나가길 기다렸다. 기상청 보도에 의하면 오후 3시에서 4시면 태풍이 독도 지역을 완전히 빠져나간다고 했다. 그래도 남아 있는 태풍의 영향으로 바닷가의 파도는 당분간 높다고 하였다.

태풍이 동해안을 휩쓸고 지나가는 사이 사세보에 대기하고 있던 미 해군 제7함대는 일본 해상자위대와 해상 기동 연합 훈련을 위해서 서서히 북상하고 있었다. 로럴드 레이건 항모를 중심으로 각종 호위한 순양함을 이끌고 전진해 나갔다. 일본 제4 호위군 함대와 제2 호위군 함대도 미국의 제7함대를 중심으로 종대 서열로 전단을 만들어나갔다.

미 해군 제7함대 사령관은 조금 의심스러웠다. 일본과 연합 훈련을 하면 1개 호위함대와 하는데, 이번 훈련은 일본의 3개 호위함대가 참여한다니 의아한 것이다. 그렇다고 딱히 North Korea의 도발 행위가 있는 것도 아닌데 이렇게 많은 호위함대가 참여한다는 것은 이례적 일인 것이라 생각했다. 한편 한국 해군 제1함대사령부는 동해사령부에서 태풍의 영향으로 전 함대가 동해, 묵호, 그리고 인근 항구로 함대가 피항하고 있었다. 부산 해군작전사령부는 미일 해상 기동 연합 훈련으로 미 해군 제7함대와 자위대 제2 호위함대, 제4 호위함대가 참여하여 동해로 북상하는 것으로 파악하고 제3 호위함대는 동해 중간수역에서 작전에 참여하는 것으로 판단하고 있었다. 일본과 한국 사이의 최근 경제적 교류가 단절되고 일본이 배타적인 정책을 취하고는 있다지만 미국이 함께하는 해상 군사 훈련에 무슨 일이 있겠냐 싶어 안심하고 있었다. 오로지 태풍이 지나가면 미 해군이 진행하는 기동 훈련이 끝나고 요코스카항 기지로 회항할 때 잠시 부산 인근 해역에서 가벼운 합동 훈련을 할 것이라는 정도만 구상하고 있었다. 누구든지 지금 시점에서 미 해군과 합동 훈련 하는 일본 해상자위대가 독도를 점령하리라고 짐작하는 사람은 아무도 없었다.

여러 가지 의심스러운 징후가 있었지만 설마 하는 생각을 갖게끔 하는 정도이다. 일본은 장기간에 걸쳐 그만큼 치밀하고 정교한 작전을 만들어 독도 점령계획을 실행하는 것이다. 이러한 사항은 한국 정부의 무능한 정치인들과 실리 없이 바람에 나부끼는 외교정책으로 인해 한국이 주변국과 동맹국에게도 신뢰를 잃어버렸기 때문에 생긴 결과였다. 그렇다고 미국이 일본에 협조하는 것도 아니다. 일본은 한국과 미국의 신뢰 관계가 벌어진 틈새를 교묘히 파고들어 독도 점령에 미국을 이용하고 방패로 내세운 것이다.

미 해군 제7함대 버나드 사령관은 일본 제2 호위함대 사령관 다나카 히로시 해장보(소장)에게 연락을 하였다.

"미일 해상 기동 연합 훈련에 왜 이렇게 많은 일본 호위함대가 참여하고 있소? 1개 호위함대 정도나 2개 호위함대 정도면 충분한 것 같은데 무슨 특별한 이유가 있소?"

"버나드 사령관 각하! 이번 미일 해상 기동 연합 훈련은 러시아와 중국이 연합작전을 펼쳐 우리 일본해(동해)에서 도발할 것을 가상해 제1 호위함대를 제외한 모든 호위함대가 참여하기로 했소. 무슨 문제라도 있습니까?"

"문제는 없지만 가상의 적의 도발이 있다고 해도 규모가 너무 방대해서 그렇다는 말입니다. 더구나 태풍이 지나가고는 있지만 아직까지 태풍의 영향권이 완벽하게 사라지지 않은 상태에서 훈련한다는 것이 매우 리스크가 커서 하는 말이오."

"버나드 사령관 각하! 지금 태풍이 일본해(동해)를 완전히 통과하는 시간대가 얼마 안 남았습니다. 곧 태풍의 영향이 없어지고 잠잠해질 겁니다. 너무 걱정하지 마십시오."

"일단 알겠소. 그런데 제3 호위함대는 어디서 합류합니까?"

"현재는 태풍 영향 때문에 마이즈루 기지에서 합류를 준비하고 있습니다. 태풍이 완전히 통과하면 오키노시마 인근 해역에 이동하여 합류 대기할 것입니다."

"알겠소! 합동 훈련 시나리오대로 훈련을 진행하겠소. 가상의 적을 향해서 호위함과 순양함을 먼저 출발시키겠소. 일본 구축함을 전진 배치하도록 하시오."

미 해군 제7함대는 일본의 속셈을 까마득하게 모른 채 연합훈련이란 생각으로 일본 해상자위대 제3 호위함대가 오키노시마로 이동하는 것으로만 알았다. 미 해군 제7함대 조기경보기 및 레이더 영상에는 일본 해상자위대 호위함들만 보이고 그 외 국가들의 해군함대는 보이지 않았다. 한국의 해군이나 기타 어떤 배도 보이지 않았다. 모두 태풍의 영향이라 생각했다. 아직까지는 일본해(동해)의 파도는 높고 거칠었다.

드디어 태풍은 한국의 독도와 일본 오키노시마를 완전히 통과했다. 그 시간이 저녁 8시가 다 되어서 통과했다. 그렇다고 바람이 없는 것은 아니었다. 어느 정도 강풍은 불었고, 생각보다 늦은 시간까지 태풍이 통과했다. 그래도 독도나 오키섬에서는 날이 어둡지는 않았다. 일본도 추분 행사가 있다. 한국은 추석 명절이지만, 일본에서도 추분은 명절로 돌아가신 조상들을 모시는 날이다. 그래서 공휴일로 생각하고 있다. 한국과 일본 국민들이 명절과 공휴일로 조상에게 제를 지내는 날 일본 자위대는 감쪽같이 한국 독도를 점령하는 계획을 세워 이제 막 실천하려던 참이다.

한국의 해군작전사령부, 그리고 공군사령부는 동해에서 미 해군과 일본 해상자위대가 해상 기동 연합 훈련 항모전단의 비행기 비행과 구축함 및 항모들의 움직임을 파악하고 있었다. 울릉도 공군 관제대대나 해군 118조기경보전대에도 일본 해상자위대 기동 함대가 표시되고 있으나 미 해군과 기동 연합 훈련이라 생각하고 있었다. 태풍이 통과한 지 얼마 안 되어 바다의 풍랑이 아직은 거칠어 해양경찰청 소속 삼봉호나 제민 11, 12호는 울릉도에 정박해 있었다. 한국의 해군 제1함대 군함과 해양경찰청 함정 등은 전부 육지에 묶여 있는 반면, 일본 해상자위대 군함은 전부 바다에 떠 있었다.

마이즈루 기지에 일본 해상자위대 쿠니사키함과 헬기 항모 휴우가 함이 정박하면서 만반의 준비를 하고 오키노시마로 출발 준비하며 마지막으로 이도 탈환 작전의 정예군이 승선하길 기다렸다.

마이즈루 기지에서는 쿠니사키함에 오르기 전에 함정 입구에서 마이즈루 지방대 총감 이토 고로 해장과 지방대 간부들, 야먀모토 부대장, 그리고 훈련에 참가했던 가상군 중앙즉응연대 대원들, 그동안 훈련을 뒷바라지 해줬던 모든 사람이 함정 입구에 도열해서 기다리고 있었다.

탈환 작전 특수군에게 드디어 명령이 떨어졌다.

다케시마를 점령하라! 그리고 성공해서 살아 돌아오라!

쿠니사키함으로 일본 탈환 작전 특수군들이 워리어 복장 모습으로 서서히 드러냈다. 선두에 제1 선봉 중대장을 위시해서 그 뒤로 이번 작전에 참여하는 모든 대원이 도열한 이토 고로 해장에게 거수경례를 붙이면서 쿠니사키함에 승선했다. 마지막으로 야마모토 부대장이 도열한 지방대 간부들과 악수를 하며 승선했다.

마이즈루 기지에 정박해 있던 제3 호위대군 군함과 항모 등이 일제히 출발했다. 명분은 미일 해상 기동 연합 훈련의 참가였다. 그러나 다케시마(독도) 탈환 작전 특수군을 태운 쿠니사키함과 휴우가함은 별도로 움직였다. 이지스함인 아타고급 함대, 아키츠키급의 휴우즈키 구축함 2척이 호위함으로 움직였다. 또한 잠수함에 미국에서 도입한 침투형 잠수정(침투정)을 장착하고 자위대 특별기동대 인원 24명이 승선해서 다케시마 인근으로 출발했다. 해상자위대 특별기동대의 독도 상륙을 위한 침투형 잠수정을 별도로 장착하고 있었다. 모든 것이 완벽한 시나리오다.

오키노시마까지는 2시간 30분 정도이다. 밤 11시 정도면 도착한다. 이미 오키노시마 인근 해역은 태풍의 영향으로 바람도 세차고 파도도 높았다. 따라서 어선들을 비롯해 해상보안청 순시선도 항구에 정박해 있었다. 처음 계획은 해상보안청 순시선도 참가할 예정이었으나 태풍으로 전면 취소되고 해상자위대가 전적으로 모든 작전을 지휘하였다. 일본 항공자위대, 육상자위대는 9월 20일부터 전면 외박, 외출금지령이 내려지고 비상 대기하라는 자위대 통합막료장의 명령이 떨어져 있었다. 모두 이유는 모른다. 명령만 내려와 있을 뿐이었다. 따라서 추분 행사로 귀가하려고 했던 자위대원들은 모두 영내에서 머물렀다.

야마모토 부대장은 매우 긴장했다. 부대장과 선봉 중대장들이 따로 쿠니사키함 상황실에서 상황 요원들이 조작하는 모니터를 주시하며 얘기를 주고받았다. 모두 워리어 복장에 P-220 소음 권총을 차고 있었다.

"이제 얼마 안 있으면 결전의 시간이군. 고바야시 중대장! 어떤가? 지금 기분이."

"긴장되고 설렙니다. 우리가 제1 선봉 중대라 대원들도 몹시 긴장하고 있습니다."

"너무 긴장하지 마라! 모든 것이 완벽하게 준비됐다. 하늘과 바다, 모든 것이 우리 뜻대로 돌아가고 있다."

"알고 있습니다. 그래도 훈련과 실전이 다르다 보니 그런 것 같습니다."

"기무라 중대장(제2 선봉 중대장)은 어떤가?"

"다케시마 탈환 작전에 참가하게 된 것을 영광으로 생각합니다. 자위관 생활 10년 동안 가장 보람 있는 작전으로 생각합니다."

"그래! 아주 좋은 생각이군!"

"그런데 다케시마 경비를 하는 한국 경비대원들이 어느 정도일까요?"

후지이 나오야 제4 선봉 중대장이 조심스럽게 야마모토 부대장한테 물었다.

"음! 우리 정보에 의하면 한국의 특전단처럼 특수군 수준은 아니다. 그러나 다케시마에 자원입대한 엘리트 경비대원들이다. 어느 정도 무술도 하고 다케시마를 지킨다는 자부심과 애국심으로 근무한다고 한다. 만만히 볼 상대는 아니기 때문에 우리가 그렇게 특수훈련을 한 것이다. 그렇지만 현재는 완전히 고립되어 있는 상태니 우리 병력으로 쉽게 제압할 수 있다."

"경비대원 규모가 어느 정도 됩니까, 부대장님?"

"규모는 삼사십 명 정도로 알고 있다."

"얼마 안 되는 규모군요?"

"다케시마 지형이 험준한 산악지역이라 상주할 수 있는 공간이 크지 않다. 그래서 한국에서도 협소한 공간 때문에 그 정도로 배치한 거다. 아마 우리가 다케시마를 점령하면 약 100여 명 정도로 확대해서 근무할 것이다. 따라서 주둔할 공간을 좀 더 확보할 예정이다."

"해상침투 요원 특별경비대는 출발했습니까?"

제4 선봉 중대장이 궁금해서 물었다.

"해상침투 요원들은 이미 잠수함을 타고 출발했다. 오키노시마를 거쳐 먼저 다케시마로 출발했다. 우리보다 먼저 도착해서 교두보를 확보한다. 따라서 우리도 최대한 빨리 도착해서 특별경비대가 확보한 교두보를 넘겨받아 점령 작전에 돌입한다. 우리가 작전하는 동안 경계 임무를 맡는다."

육중한 쿠니사키함은 거친 파도를 가르고 헬기항모 휴우가함, 그리고 아카타함, 휴우츠키함과 함께 최대속도 30노트에 시속 50㎞로 행해하고 있다. 특히 쿠니사키함은 2022년도에 개량하여 속도를 높이고 강습상륙함으로 작전대원 400명을 태우고 있다. 부상자가 나올 것을 대비하여 중환자실을 갖춘 병실을 운영하며 자위대 소속 의사도 탑승해 있다.

일본은 도쿄 육상자위대 본부의 작전상황실에 고이즈미 총리를 비롯해 방위대신, 자위대통합막료장 등 장성들과 상황실의 대형 모니터로 이번 작전을 보기 위해 속속 모였다.

"어서 오십시오! 총리대신 각하!"

통합막료장이 거수경례를 하면서 자리를 안내했다.

"수고가 많습니다. 어떻게 준비는 돼 가는지요?"

"준비는 끝났습니다. 마이즈루에서 출발해서 오늘밤(今夜) 11시 정도에 도착 예정이라고 합니다. 거의 도착할 시간이 다 되어 갑니다."

"오늘은 역사적인 날이니 이곳 상황실에서 밤을 새워야겠구먼."

"밤까지는 안 새우셔도 됩니다. 새벽 두세 시면 작전이 종료가 되고 다케시마 주둔 한국 경비대원들을 체포하여 우리 쿠니사키함에 이송할 것입니다."

일본 내각은 모든 자위대가 비상 상황으로 준전시 상태를 유지하도록 하면서 작전 개시 시간만 기다리고 있었다. 이제는 더 이상 물러날 수 없는 상황이 되고 말았다. 향후에 한국의 반격에 의한 전쟁으로 번지리라는 생각은 하지 못하고 오로지 다케시마를 점령하여 시간을 끌면서 국제사회의 승인을 받기를 학수고대하고 있었다. 그만큼 한국은 일본에게 만만한 상대이자 영원한 재물로 여겨지는 상대로 여겨지고 있었다.

한편 울릉도 경비대장 오영준 경정은 최승철 독도경비대장과 전화를 하고 있었다.

"오, 경감! 그곳 독도는 지금 상황이 어떤가?"

"네, 대장님! 여기 상황은 태풍이 지나가고 바람이 잦아들었습니다. 대원들은 상황실과 숙소를 나와 태풍에 시설이 파괴되거나 부서진 곳이 없는지 점검 중입니다. 그렇지만 한밤중이라 내일 날이 밝아봐야 알 것 같습니다."

"그렇겠군. 아직도 파도는 드센가?"

"파도도 아까보다는 그렇게 드세지는 않지만 바다에 배가 뜰 정도는 아닙니다. 이삼 미터 높이로 파도가 치고 있습니다."

"초소에 야간경계 임무는 들어갔나?"

"네! 야간경계 임무에 들어갔습니다. 그래도 바람이 아직은 남아 있어 정상적인 야간경계 임무는 어려울 것 같습니다. 날이 밝는 대로 정상적인 임무에 들어갈 것 같습니다."

"여기서도 날이 밝는 대로 제민 11호, 12호, 그리고 삼봉호에 시설 보수 요원, 민간 인력을 싣고 부식까지 독도로 보내겠네."

"알겠습니다. 날이 밝는 대로 태풍 피해 상황을 보고하겠습니다."

"그럼 수고하시게! 들어가시게!"

"충성! 수고하십시오. 경비대장님!"

오영준 울릉도 경비대장과 최승철 독도 경비대장의 전화 통화는 그렇게 마무리가 되었다.

최 대장은 독도 내 발전 시설과 등대 시설을 둘러보고 숙소 정상에 있는 초소로 올라가 통신팀장과 작전팀장, 그리고 선임 김기철 수경과 함께 올라갔다. 아직까지 태풍의 영향으로 바람이 몹시 불고 있었고, 하늘에 떠 있어야 할 보름달은 보이지 않았으며, 흐린 하늘에서 조금씩 비가 내리다말다 하고 있었다. 초소의 오늘 야간경계 임무는 한 곳에서 2명만 하기로 했다. 아직까지 바람도 세고 비까지 오는 관계로 상황실 근무에 치중하기로 했다.

"아직도 바람이 센데 야간경계 임무는 괜찮은가?"

최 대장이 경계근무에 들어간 서일석 상경과 김주환 일경에게 물었다. 두 대원 모두 전투복에 K2 소총을 휴대하고 있었다.

"충성! 바람이 조금 세게 불기는 해도 이 정도 바람이면 경계 근무하는데 별문제 없습니다."

"아직은 태풍 끝자락이 남아 근무하는데 애로가 있을 걸세! 몇 시에 교대하지?"

"새벽 4시에 교대합니다."

"알았네! 그럼 수고하게!"

"충성!

최 대장 일행은 경비대 건물로 돌아갔다. 시간은 11시를 향해가고 있었다.

김철기 통신팀장은 경비대 상황실에서 레이더 모니터 영상을 보며 "바다에는 개미 한 마리 없네!" 하고 혼잣말을 했다.

"이동수 상경! 내가 잠시 숙소 내무반에서 쉬고 있을 테니 무슨 일 있거나 뭐가 레이더에 나타나면 내게 바로 연락해라!"

"네! 쉬십시오."

레이더를 탐지하는 이동수 상경에게 통신팀장은 말을 건네고 내무 반으로 들어갔다. 아직까지는 독도 근처에 감지되는 선박이나 군함 은 없었다.

마이즈루에서 자위대 특수작전군을 태운 쿠니사키함과 휴우가함 등 호위함들은 오키시노마 해역에 11시 정도에 전부 도착했다. 이미 해상자위대 특별기동대를 실은 잠수함 3척은 오키노시마를 거쳐 다 케시마(독도)로 조용히 항해해 가고 있었다. 쿠니사키함과 휴우가함 등 호위함은 일단 다케시마(독도) 인근 해역 60㎞까지 침투해서 잠수 함이 동쪽 다케시마(독도) 근처에 도착했다는 통신이 오면 전속력으 로 다케시마(독도)까지 항해할 생각이다.

야마모토 부대장이 탑승한 특수작전군을 둘러보며 한마디 했다.

"이제 오키시노마를 지나가고 있다. 앞으로 두 시간 후면 우리가 점령할 다케시마(독도) 인근 해역에 도착한다. 잠수함에 타고 있는 특별기동대 선발대가 동쪽 다케시마에 도착했다는 소식이 오면 다 케시마(독도) 해역 5㎞ 이내로 가까이 붙일 것이다. 그 후에는 고무보 트 고속정과 공기 부양정으로 다케시마에 도착한다. 우리 특수작전군이 다케시마에 도착하기 전에 항공자위대에서 조기경보기 E-2D, EA-18G 전자·전기 공격 지원기가 다케시마와 한국 울릉시마의 레이더를 무력화시킬 것이다. 따라서 한국군이나 다케시마 경비대원들이 우리의 침투를 알아채지 못할 것이다. 그러니 걱정 마라. 항공자위대가 제군들의 생명을 지켜줄 것이다."

"우리 선봉 특수작전군도 걱정을 안 합니다. 우리 선봉군은 역사의 현장에 왔다는 것을 자랑스럽게 생각합니다. 야마모토 부대장님!"

제4 선봉부대 중대장 아오키 유우마가 말했다 그러자 모든 대원들이 소리 높여 외쳤다.

"그렇습니다! 우리는 이번 작전에 참가한 것을 자랑스럽게 생각합니다."

쿠니사키함을 중심으로 휴우가함, 그리고 호위함인 이지스 아타고함과 휴우츠키함 등이 서서히 독도를 향해 접근하고 있었다.

울릉도 해군 118조기경보전대에서는 아직까지 일본 해상자위대의 침투 사실을 모르고 있었다. 다만 공군319관제대대에서는 일본 항공자위대 조기 경보기가 이륙하는 것을 탐지하였고, 방공관제사령부 예하 강릉관제경보대에서도 이를 파악하여 사령부에 보고했다. 관제사령부에서는 즉각 공군작전사령부에 보고하여 상황 파악을 요청했다. 작전사령부는 며칠 전부터 미일 연합 해상 기동 훈련에 참가하는 항공자위대 조기경보기라고 판단하여 예의 주시하고만 있었다. 아직까지 한국 항공 식별 구역으로 진입하지 않은 관계로 감시만 하고 있는 형편이다. 아울러 태풍이 통과하는 중에 포항, 울산 등 동해안 시군에 많은 피해가 발생해 항공기 이륙은 하지 않고 있었다.

어느덧 시간은 새벽 1시를 넘어가고 있었고 오키시노마를 출발한 쿠니사키 함대는 독도 해역 60㎞ 인근까지 접근하였다. 한국 해안 레이더 탐지거리는 최대 36마일(57.9㎞) 이내이다. 따라서 독도의 레이더 탐지에는 아직까지 잡히지 않고 있으며 태풍의 영향으로 레이더 기능이 조금 떨어져 있었다. 50㎞ 이내에 들어와야만 알 수 있을 것 같았다.

아직 일본 해상자위대는 탈환 명령이 내려오지 않았다. 해상자위대 제3 호위대 이토오 나루미 해장보(소장)는 시간만 바라보았다. 작전개시 명령이 떨어지려면 특별기동대의 신호가 와야만 했다.

새벽 1시 20분. 드디어 특별기동대의 독도 상륙작전이 개시되었다. 독도 근처에는 바위와 암초가 많아 특별기동대를 실은 일본 잠수함은 한국 경비대가 감시하기 어려운 접안시설 반대 방향 10㎞ 떨어진 곳에서 수중 침투정을 분리하여 6명 4개조씩 나누어 타고 바다 속으로 출발해 접근하였다. 독도 인근에는 대잠수함 능력을 가진 한국 구축함이 없는 관계로 독도 턱밑까지 침투하여 경비 초소 및 열상 카메라로 감시하기 어려운 독도 접안 시설 반대 방향의 10㎞ 후미 수중에서 침투정을 출발시켰다. 각 2개 조씩 좌측과 우측으로 나누어 수중침투정은 접안시설에 접근했다. 특별기동대는 새까만 잠수복에 특수 분장을 하고 저격용 소음총과 군도를 휴대한 상태에서 아무도 없는 접안시설에서 정상에 있는 등대 방향과 경비대 방향으로 향하는 계단 안쪽에 매복하고 잠수함 내 지휘통제실로 신호를 보냈다. 무사히 접안시설로 상륙하여 매복하고 대기하고 있다는 신호다. 바다속에 있는 잠수함은 즉시 쿠니사키함으로 특별기동대가 무사히 접안시설을 확보하고 매복하고 있다고 교신을 보냈다.

드디어 탈환 명령이 하달되었다. 작전에 참가한 항공자위대 조기경보기, 그리고 EA-18 전자전 공격기가 일제히 이륙하여 독도 방향으로 날아갔다. 또한 독도 인근 60㎞ 해상 밖에서 대기하고 있던 쿠니사키함을 비롯해 휴우가함, 아타고함, 휴우츠키함 등 작전에 참여한 해상자위대 제3 호위대군이 독도를 향하여 30노트의 속도로 전진하였다. 이때까지만 해도 한국 해군과 공군은 일본의 미일 해상 연합 기동 훈련이라고만 생각했지, 독도를 침탈하려는 생각은 미처 생각 못했다. 미 해군 제7함대가 이번 훈련에 참가한다고 평택 주한미군 사령부에서 통보를 했기 때문이다. 한국 해군과 공군은 일본 정부와 자위대의 기만 전략에 허를 찔린 것이다. 여기에는 한국의 경제 위기 사태로 인한 내정 혼란이 일본이 침탈하게 한 주원인이 되었다. 일본은 이번 독도를 점령하는 이도 탈환 작전을 위하여 10년 동안 한국 경제, 외교, 금융, 군사, 정치 등 모든 곳에 압력과 압박을 가했다. 그렇게 만들어낸 계획이었다.

쿠니사키함에 승선해서 대기하고 있던 특수군에게 야마모토 부대장이 드디어 탈환 작전명령을 하달하였다.

"제군들! 드디어 우리 특별기동대가 무사히 다케시마(독도) 접안시설에 접근하여 교두보를 확보하고 매복하고 있다고 전달이 왔다. 이제는 우리 탈환 특수군 선봉대원들이 출동할 때이다. 모두 고속상

류 침투정이 내려지면 승선해서 전속력으로 출발한다. 각자 장비들을 점검하고 이상이 있는지 없는지 확인하라!"

일본 특수군은 모두 긴장과 흥분 상태로 각자 개인화기와 통신장비를 점검하고 이상 유무 상태를 분대장과 중대장에게 보고하였다. 상륙 작전에 투입되는 상륙 고속침투정은 이번 작전을 위하여 3년 전부터 도입하여 꾸준히 적응훈련을 하였다.

거의 새벽 2시가 다 되어갔다. 아직도 독도 해안은 깜깜하다. 일본 해상자위대 구축함과 호위함도 전면 갑판 등을 소등한 채 향해하고 있어 육안으로는 오는지 잘 모를 정도이다. 파도 소리와 바람 소리가 구축함과 호위함 엔진 소음을 줄여줄 뿐이다.

오늘 9월 25일은 한국의 고유 명절인 추석 휴일이다. 태풍이 부는 어제부터 휴일이었지만, 태풍이 오는 관계로 동해안과 울릉도, 독도는 추석 명절을 즐길 수 없었다. 내륙도 마찬가지다. 경제 위기로 인한 민심이 흉흉하고 대선을 앞두고 여당, 야당 그리고 군소정당까지 들고일어나 유세를 하며 정부의 무능을 비판하고 있었다. 강제연 대통령은 경제 위기를 극복하기 위해 캐나다, 미국으로 순방을 떠난 상태였다. 일본의 독도 침탈을 맞이하는 국가 최대의 위기가 오고 있었다.

그 시각 독도경비상황실에서 레이더 영상을 보던 이동수 상경과 최일언 일경은 이상한 점을 발견하였다. 갑자기 레이더의 모니터에 여러 척의 선박을 표시한 점들이 나타나더니 빠른 속도로 다가오는 것이 보였다. 이상경은 최 일경에게 즉시 김철기 통신팀장에게 보고

하고 빨리 오시라고 전달하라 명령했다. 최 일경은 통신팀장 내무반 침실로 달려갔다. 김철기 통신팀장은 내무반 침실 침대에서 잠시 눈을 붙이고 있었다.

"김 팀장님! 지금 레이더 모니터 영상에 5, 6척의 괴선박이 빠른 속도로 우리를 향해 달려오고 있는 게 잡혔습니다. 빨리 오셔서 보십시오!"

"갑자기 그게 무슨 소리야? 지금 시간이 몇 시인데…?"

"아니요, 팀장님! 그럴 시간 없습니다. 빨리 영상을 보러 가시지요!"

"정말이야? 어서 가보자!"

김 통신팀장과 최 일경은 급히 상황실 레이더 모니터를 들여다보았다.

"어~어? 정말이네! 이거 어떻게 된 일이야? 이 시간에? 이 상경! 레이더 좌표를 맞춰봐! 어디서 오는지!"

"예! 우리 독도 동쪽 방향 50㎞ 전방에서 오고 있습니다."

"그래? 어떤 선박인지 확인해봐!"

"일본 선박인 것 같습니다. 그런데 규모와 제원이 뜨는 걸로 봐서는 해상자위대 구축함들 같습니다."

"아니! 이 시간에 왜 자위대 구축함들이 우리 쪽으로 다가오지? 이상하네! 미 해군과 자위대 해상 연합 기동 훈련이 있다는 소리는 들었지만 독도 근처에서 훈련을 한다는 소리는 못 들었는데? 훈련장소가 변경되었나? 그러면 우리한테도 울릉도에 있는 공군관제대나 해군 조기경보전대에서 연락을 주었을 텐데! 그런 말이 없었단 말이야! 일단 울릉경비대에 알아봐야겠네!"

그때 갑자기 레이더 모니터 영상에 노이즈(잡음) 현상이 나타났다. 전파방해 현상이다. 레이더 영상이 반짝거리고 화면이 일그러져 레이더 모니터에 표시되는 선박 표시점을 제대로 볼 수가 없었다. 지지직 소리까지 나고 있었다.

"어? 왜 이래? 레이더 모니터 영상이 갑자기! 이거 무슨 일이야?"

김철기 통신팀장이 휴대전화로 울릉경비대 상황실로 전화를 걸려고 할 때 레이더 모니터에 화면이 찌그러지고 반짝거리는 영상이 나타난 걸 보고 이 상경과 최 일경이 소리쳤다.

"아니! 하필 이럴 때 이런 현상이 나타나지? 조금 전까지도 괜찮았는데…!"

"태풍이 오기 며칠 전에 내가 전부 점검하고 철탑 레이더도 이상 없는지 확인을 했는데 갑자기 레이더가 먹통에 가깝네! 빨리 대장님께 보고하고 작전팀장님까지 상황실로 오시라고 해!"

김철기 통신팀장이 이동수 상경과 최일언 일경 야간 조 레이더 감시 조에게 말을 하면서 계속해서 노이즈 현상이 나타나는 모니터를 보며 조정하고 있었다.

최승철 대장과 한민호 작전팀장도 숙소에서 잠을 자다가 이동수 상경의 연락을 받고 급히 달려왔다.

"아니, 무슨 일이야?"

최 대장이 상황실에 들어서면서 말을 했다.

"네! 대장님! 조금 전에 이 상경이 레이더에 선박 여러 척이 우리 독도를 향해 빠른 속도로 오고 있는 것을 보고 확인 중이었는데 갑자기 레이더가 나갔습니다. 그래서 우선 대장에게 이 사실을 알리고 울릉경비대에 상황 보고를 할 참이었습니다."

"아니! 태풍 오기 전에 점검하지 않았나?"

"점검했습니다. 그때는 아무 이상이 없었습니다."

"아무튼 울릉도 경비대 상황실에 보고하고 내일 날이 밝는 대로 통신 탑에 올라가서 점검해봐!"

"네! 알겠습니다. 대장님!"

"난 초소에 한 번 나가볼게. 작전팀장은 나하고 같이 한번 가보세!"

최 대장과 한 팀장이 상황실을 나와 초소 방향으로 걸음을 옮겼다.

독도의 통신장비 시설점검을 위하여 한 달 전에 통신 철탑에 설치된 레이더 시설과 통신시설 제조업체 기술진이 경북 경찰청본부 장비 담당자와 합동점검을 해서 이상이 없도록 조치를 해놨던 것이다. 그런데 조금 전 일본 항공자위대에서 최근에 도입한 EA-18G 전자전 공격기가 우리 방공식별구역 바깥에서 울릉도 해군에서 운영하는 118조기경보전대와 공군319관제대, 그리고 독도 통신 철탑에 설치된 레이더와 통신시설에 강력한 전파방해 공격을 가했다. 이러한 사실을 독도 경비대원들은 까맣게 모르고 있었다. 그리고 이미 해상자위대 특별기동대가 잠수함을 타고 수중침투정으로 접안시설과 경비대와 등대 방향으로 가는 계단 난간 아래 은밀히 매복하고 있는 것도 모르고 있었다. 일본 자위대 정보대에서는 독도에 설치된 한국 경비대 시설물을 파악하여 경비대원들에게 발견되지 않도록 침투 매복 훈련을 수없이 하고 침투한 것이었다. 울릉도 해군조기경보전대나 공군 319관제대대 레이더 역시 먹통이 된 것은 마찬가지였다. 레이더를 관측하던 전 탐조 병들은 갑자기 이렇게 되자 어떻게 된 일인지 당황하여 우왕좌왕하고 있었다.

최 대장과 한민호 작전팀장은 급히 숙소 옆 정상에 있는 초소로 급히 발걸음을 옮기고 있었다. 혹시 초소 정상에서 독도 앞바다를 보면 이쪽으로 다가오는 선박이 보일까 해서이다. 랜턴과 쌍안경을 가지고 초소에서 야간경계 근무를 하는 서일석 상경과 김주환 일경에게 다가갔다.

"서 상경! 거기서 뭐 좀 보이나 혹시 우리 쪽으로 오는 선박이 있는가?"

"충성! 네! 그렇지 않아도 저기 보십시오! 커다란 물체가 우리 쪽으로 다가오는 것 같습니다. 엔진 소리도 나고 해서 상황실에서 파악하고 있는 줄 알고 있습니다."

서 상경이 바다 전면을 가리키며 말했다.

"잠깐!"

최승철 대장은 휴대하고 있는 쌍안경으로 바닷가를 향해 보면서 말했다.

"어? 저거 일본 구축함인데 엄청나게 크네! 그것도 한두 척도 아니고 다섯 척 정도가 되는 것 같은데…! 아니! 이 밤중에 왜 우리 영해로 일본 군함이 오지? 이 정도면 울릉도 해경이나 해군 초계함이 뜰 텐데 왜 우리 쪽에서는 아무 소식이 없지? 거 이상하네!"

"그러게요. 이 시간에 일본 해군이 왜 배를 띄웠지? 아직 바람도 센데!"

최 대장은 무전기로 울릉도 경비대 상황실에 무전으로 호출하였다. 그런데 잡음만 들리지 통신이 안됐다.

"오늘따라 무전기도 안 되네!"

다시 휴대폰으로 전화 통화를 시도했다. 휴대폰 신호음은 가고 있었다. 그런데 상대방이 전화를 받지 않는다는 음성메시지만 반복해서 흘러나왔다. 다시 경북경찰청 상황실에 휴대전화를 해도 마찬가지였다.

"핸드폰도 마찬가지네! 내 핸드폰에 이상 있나? 한 팀장! 핸드폰으로 한번 해봐!"

"네! 대장님!"

한민호 작전팀장이 본인의 핸드폰으로 전화했다. 마찬가지다.

"대장님! 제 휴대폰도 안 됩니다."

"그래? 그럼 발전기 출력이 약해서 그런 건가? 아니면 통신장비 전원에 문제가 있나? 얼른 발전기실 배전반에 가서 통신장비 전원을 확인해야겠네!"

최 대장과 한 팀장은 급히 경비대 근처의 발전기실로 내려가려고 발걸음을 옮겼다. 그러다가 최 대장이 서 상경에게 말했다.

"서 상경과 김 일경은 K2 안전장치 풀고 무슨 일 있으면 총을 쏴서 신호를 보내! 알겠지? 지금은 통신이 안 되니까!"

"네! 대장님!"

"한 팀장은 빨리 숙소로 가서 대원들 비상 집합시켜서 전원 무장하고 제2초소 제3초소로 올려 보내고, 일부 대원들은 경비대본부와 등대, 그리고 발전실, 통신 철탑으로 배치시키고 나머지 대원은 비상 대기 하도록 해! 아무튼 큰일 났네!"

"네! 대장님!"

두 사람은 급하게 숙소와 상황실로 달려갔다. 최 대장은 상황실에서 통신팀장과 같이 발전기실로 가서 전기 배전반을 확인하러 가고, 한 팀장은 숙소에 가서 취침 중인 대원들을 깨웠다. 상황실에서 숙소 내무반 비상 사이렌을 가동시켰고, 대원들은 급히 일어나 방탄 전투복과 방탄 헬멧을 쓰고 무기고에 달려가서 K2 소총에 탄약을 장착하고 수류탄을 휴대한 채 모두 평상시 자기가 맡은 경계 지역으로 가려고 하였다. 만약 사태에 대비해 대원들한테 중화기도 동원하도록 했다.

독도 경비대원들이 급하게 서두를 때 일본 해상자위대 특별경비대는 조금씩 독도 경비대원 숙소와 경비대본부 건물로 나뉘어 접근 중이었다. 그런데 경비대 건물에서 사이렌 소리가 났다. 일본 특별경비대 선두는 잠시 움직이지 않았다. 탈환 특수군이 오기를 기다렸다. 특별경비대 사토 신이치 소대장은 특별경비 대원에게 대기하라고 신호를 보냈다. 해상자위대의 거대한 쿠니사키 구축함이 독도 접안시설 20㎞ 이내까지 접근했다. 쿠니사키함 상륙 램프가 내리자 특수군들은 일제히 상륙 침투정을 바다에 띄워 올라타고 전속력으로 전진하였다. 접안시설을 중심으로 사방으로 상륙침투정이 달려 나갔다. 캄캄함 어둠에 파도가 거세게 몰아쳐서 앞으로 나가는 게 쉽지는 않았다. 상륙 침투정은 10분 이내에 접안시설과 주변 암벽을 오르기 시작했다. 바람이 불고 비가 와서 암벽이 상당히 미끄러웠다. 미리 와있던 특별기동대가 계단 아래 철재 받침대에 로프를 사방으로 붙들어 매고 밑으로 내려놨다. 제1 선봉대와 제2 선봉대는 접안시설 우측으로, 제3 선봉대와 제4 선봉대는 접안 시설 좌측으로, 그리고 제5 선봉대는 접안 시설 정면으로 접근하여 올라갔다. 제6 선봉대에서도 민간인 시설을 접수하러 갔다. 야마모토 대장은 작전팀장과 몇몇 호위대원들과 후미에서 상륙침투정을 타고 접안시설로 향했다.

그 시간 독도 정상초소에서 서 상경과 김 일경은 커다란 구축함이 독도 앞바다에 나타나 함대에서 고속고무보트 같은 배가 내려지더니 쏜살같이 달려오고 있는 것을 똑똑히 보고 급히 소총을 바닷가 방향으로 쐈다.

타타타탕-!

"서 상경님! 일본군이 구축함에서 엄청나게 몰려오고 있습니다."

"그래? 나도 봤다! 빨리 상황실로 내려가 경비대장님께 알려! 여긴 내가 총을 쏘면서 신호를 보낼게!"

"알았어요! 내가 빨리 내려가 알리겠습니다!

김주환 일경은 서일석 상경의 지시를 받고 곧장 경비대 건물로 달려 내려갔다. 이때 어디서 소리 없이 슉- 하고 허벅지에 뭔가 쑤시고 들어오는 느낌과 동시에 잡고 있던 K2 소총을 놓치고 "아악!" 하는 신음과 함께 앞으로 꼬꾸라지면서 내려가는 계단을 데굴데굴 굴렀다. 아랫도리에 엄청난 고통이 밀려왔다. 등대 방향으로 접근한 일본 특별경비대에서 저격용 소음총으로 김 일경의 하복부를 쏜 것이다. 김 일경은 고통이 밀려오는 허벅지를 부여잡고 소리쳤다.

"서 상경님! 기습입니다! 조심하십시오!"

그러나 바람 소리에 잘 들리지 않았다.

김 일경은 허벅지를 잡은 손에서 피가 흥건히 배어 나왔다. 그래도 다행히 깊숙이 맞지 않아서 빨리 경비대 건물로 가서 이 사실을 알려야겠단 생각에 절뚝거리며 허리를 숙이고 경비대로 향했다. 서 상경은 위에서 내려다보았다. 일본 구축함에서 고속고무보트로 달려와 좌우에서 수십 명이 절벽으로 기어오르고 또 다른 보트에서는 접안시설에서 내려 계단을 타고 올라오고 있었다. 날이 컴컴하다 보니 사람 오르는 걸 식별하기 어려웠다. 그래도 등대 밑으로 오르는 물체가 있어 그쪽으로 소총을 갈겼다.

탕탕탕탕!

독도의 어둠을 뚫고 밤하늘에 총소리가 울려 퍼졌다. 발전기실을 점검하러 통신팀장과 경비대장은 발전기 배전반을 점검하고 특별히 이상이 없어 나오려고 하는데 총소리가 나서 급히 경비대 건물로 들어가 독도 주변에 설치된 열상 카메라 모니터를 보았다. 일부 모니터에 검은 물체들의 움직임이 보였다. 최승철 경비대장은 그때서야 깨달았다. 현재 통신장비가 왜 먹통이 되었는지를! 자위대에서 통신장비를 교란시켜서 전혀 제 기능을 발휘하지 못하고 있다는 것을 깨달고 나니 울릉도 경비대와 경북지방경찰청 등 통신으로 무선 교신이나 휴대폰 전화로 알릴 수 있는 게 어렵다는 것에 무력함을 느꼈다.

야마모토 료스케 1등 육좌가 이끄는 일본 특수군 대원들은 P220 소음기를 장착한 권총과 MP기관총구를 전방으로 겨누며 위로 올라오고 있었다. 또 다른 대원들은 어깨에 총을 걸치고 로프로 바위를 기어오르면서 위로 향하고 있었다. 모두 얼굴에 위장크림을 발라 얼굴이 쉽게 노출되지 않도록 했다. 약 4개 중대 200여 명이 독도경비대 건물을 중심으로 전진하고 있으며 한국 경비대는 독도 정상 숙소에서 K2 소총으로 무장하고 경비대 본부로 내려가는 중이었다. 불과 몇십 미터 사이다. K-6 기관총은 야간에 시야가 어두워 발포하기 어려워 무용지물이다. 한 팀장이 K-6 기관총을 포기하고 개인화기만 휴대하고 경비대원들과 함께 숙소를 나가려고 할 때 어디선가 총소리가 들렸다. 숙소 문 옆 벽에 부딪히는 소리다. 탕 소리가 나지 않고 슉 하는 소음만 나고 있었다. 문밖으로 나가려고 하다 모두 주춤하였다. 김 일경은 허벅지에 피를 흘리며 경비대 본부 건물로 간신히 들어왔다. 그리고 소리쳤다.

"대장님! 일본군이 기습했습니다. 빨리 방어하셔야 합니다!"

"김 일경! 총에 맞았나?"

상황실에서 영상카메라 모니터를 보다가 급히 달려왔다.

"네! 놈들이 쏜 총에 허벅지를 맞았습니다!"

"이동수 상경! 사무실에서 구급약 좀 가져와! 붕대하고!"

레이더를 감시하던 이 상경에게 급히 통신팀장이 소리쳤다.

정상 초소에 있는 서일석 상경은 올라오는 물체를 향해 총을 쐈다.

타타타타탕!

탄창에 있는 탄피가 다 소진할 때까지 쐈다. 밑에서도 총알이 여기 저기서 날아들었다. 그런데 소리가 거의 안 났다. 총알이 초소 벽을 '탁! 탁!' 때리고 있었다. 서 상경은 몸을 납작 엎드렸다. 이때 숙소 경비대원들은 밖으로 나가지 않고 숙소 문을 걸어 잠근 뒤 K2 소총 을 들고 옥상과 2층, 3층 창가에 기대어 총구를 밖으로 향하여 총을 쐈다. 총소리가 난무했다.

타타타타타탕!

옥상에는 김기철 수경과 7명의 경비대원이 올라와 좌우로 자리를 잡고 아래로 총을 겨누고 경비대 본부 건물 방향으로 올라오는 검은 물체들을 향해 총을 쐈다. 모두 긴장하고 있었다. 숙소 옥상에는 바 람이 세차게 불고 있었다. 김기철 선임수경이 소리쳤다.

"모두 정신 차리고! 움직이는 물체는 무조건 인정사정 봐주지 말 고 쏘라고!"

옥상 경비대원들에게 명령을 내렸다. 2층, 3층 창가에서도 총을 쏘고 있었다. 여기저기서 탕탕탕 하는 소리가 독도의 정적을 깨고 있었다. 아래에서 자위대 야마모토 료스케 부대장은 제1 선봉대장 고바야시 소우타 3등 육좌에게 무선을 받았다. 귀에 꽂은 이어폰으 로 그의 목소리가 흘러나왔다.

"부대장님! 우리가 생각했던 조용하고 은밀한 점령은 힘들 것 같습니다. 저항이 만만치 않습니다. 아무래도 헤리코푸다(헬기)를 요청해서 한국 경비대 숙소를 제압해야 할 것 같습니다. 한국 경비대 병력이 별로 많지 않은 것 같아서 접근하기는 건 괜찮은데 한국 경비대 숙소가 정상에 있고, 상당한 경비 인원이 총을 쏘고 저항하고 있어 이 상태로 접근하면 쌍방 간에 사상자가 많이 나올 것 같습니다. 어떻게 할까요?"

"알았다. 그런데 지금 날씨에 헤리코푸다가 뜰 수 있을지 모르겠다. 일단 휴우가함에서 헤리코푸다가 비행할 수 있는지 물어보고 결정하겠다."

야마모토 부대장은 휴우가함 함장에게 헤리코푸다 비행이 가능한지 물어봤다. 휴우가함에서는 공정대원들을 태우고 헤리코푸다 비행을 할 수 있다고 무전이 왔다.

"전 대원은 잘 들어라! 휴우가함에서 공정대원을 태운 헤리코푸다 두 대가 정상에 있는 한국 경비대 숙소로 가서 공정대원을 강하시키는 작전이 진행된다. 그 뒤 전 대원은 한국 경비대 본부를 점령한다. 모두 출발하라!"

현재 독도 한국 경비대 상황실 안에는 최승철 경비대장과 통신팀장, 야간 근무조 대원 4명, 부상한 김주환 일경까지 모두 7명이 있다. 정상에 있는 경비대 숙소에는 한민호 팀장과 경비대원 25명, 외곽초소에 서일석 상경까지 모두 27명. 그리고 등대를 관리하는 민간인 등대 기사가 있다. 나머지 민간인은 태풍이 온다고 전부 울릉도로 나갔다.

드디어 휴우가함에서 헤리코푸다 두 대가 이륙했다. 공정대원 각 7명씩 태워 모두 14명의 공정대원이 출발했다. 그리고 5개 중대 일본 특수군과 일부 해상자위대 특별경비대원이 합류했다. 조금 전 한국 경비대 초소에서 총을 쏴 특별경비대원들 2명이 어깨하고 왼팔에 부상을 당해서 접안시설 아래로 후송됐다. 그리고 제4 선봉 중대에서 특수군 1명이 로프를 타고 오르다 바위에서 미끄러져 다리가 부러지는 중상을 입어 접안 시설로 이송되었다.

독도 한국 경비대 본부는 고립무원이 되었다. 통신은 두절되어 연락이 안 되고 한국 해군이나 공군, 그리고 해경에서는 아무런 기미가 안 보였다. 최승철 경비대장은 경비대 건물의 현관문을 굳게 닫고 상황실에 비치된 K2 소총과 권총을 휴대한 채 김주환 일경의 부상을 응급 처치한 다음 건물 창가에서 바깥의 동정을 살폈다. 통신팀장은 무전기와 통신장비를 어떻게든 조작해서 교신하려고 노력했다. 부상당한 김주환 일경을 제외하고 이동수 상병을 비롯한 4명은 K2 소총을 무장한 채 상황실과 2층 계단 복도 창문에 기대어 총구를 바깥으로 총구를 겨누고 있었다.

휴우가 항모에서 출발한 헤리코푸다 두 대가 요란한 프로펠러 소리를 내면서 한국 경비대원 숙소 옥상으로 접근했다. 헤리코푸다는 바람에 몹시 흔들렸다. 그래도 접근하니 정상으로 불어오는 바람과 헤리코푸다 프로펠러 바람에 옥상에 있던 대원들은 당황했다. 그리고 헤리코푸다에서 옥상에 접근하기 전에 중기관총을 쏴대면서 접근했다.

드르륵! 드르륵!

옥상 콘크리트에 파편이 튀고 콘크리트 조각과 인근에 설치한 태양열 패널 조각이 떨어져 나갔다. 이때 김기철 선임수경이 소리쳤다.

"모두 옥상에서 철수한다. 헬기에서 총을 쏘면 다 죽는다. 철수해라! 빨리 옥상을 벗어나라!"

김기철 수경의 말에 모두들 황급히 옥상에서 아래층으로 내려가고 옥상으로 올라가는 문을 잠그고 옥상 양옆으로 두 명씩 총을 겨누었다. 자위대 헬기가 옥상에 접근하여 공정대원들이 레펠을 이용하여 내려왔다. 모두 14명이 조심스럽게 내려와 옥상 문을 향해 접근했다. 강력한 방화문이었다. 헤리코푸다에 로켓포를 요청했다. 헤리코푸다에서 이를 승인하고 공정대원들에게 뒤로 물러서라고 했다. 헬기는 조금 멀리 날아간 다음 다시 돌아서서 옥상으로 통하는 방화문에 로켓 1발을 발사했다. 그 순간 "꽝!"하고 굉음이 울리면서 방화문이 건물 안쪽으로 날아갔다. 이틈을 타 일본공정대원들이 전진해 들어왔다. 뽀얀 먼지 속에 독도 경비대원 두 명이 로켓의 파편에 맞아 부상을 당해 쓰러졌다. 김기철 수경과 안영근 상경이다. 방탄헬멧과 방탄복을 입어 큰 부상을 당하지는 않았지만, 팔과 다리에 부상을 입었다. 전투복을 뚫고 파편이 박혔다. 피가 흘렀다. 나머지 두 대원은 다시 아래층으로 피신하여 숙소 문을 잠그고 벽에 바짝 붙어 모두 문을 향하여 총을 겨누고 있었다. 일본 공정대원들은 쓰러진 김기철 수경과 안영근 상경에 총을 겨누고, 일부 대원들은 다시 계단을 통해 아래층 방화문에 접근했다. 한편 경비대 건물에서도 일본 특수군이 경비대 건물을 에워싸고 창문을 향해 총을 쏴 댔다. 창문의 유리가 모래알처럼 부서져 날아갔다. 일부 특수군들이 유리가 제거된 창문을 통해서 진입하고 있었다. 최승철 경비대장은 상황실로 철수하여 상황실 문을 걸어 잠갔다. 일본 특수군들은 건물에 진입하여 상황실 문 앞 양쪽으로 경계를 서며 상황실 문을 폭파할 준비를 하고 있었다. 이 소식을 전달받은 야마모토 부대장은 정보부대 한국통역을 대동하고 상황실문 앞으로 왔다. 상황실문 옆에 스마트 인터폰 송수신기가 있었다. 야마모토 부대장은 한국통역요원에게 인터폰 송수신기로 말을 하라고 했다.

"나는 일본 특수군 야마모토 료스케 부대장이다. 한국 경비대장과 얘기하고 싶다."

"아! 그래? 무슨 말인지 해봐라!"

"우리 일본 특수군이 다케시마 일대를 전부 점령했다. 더 이상 한국 경비대하고 피를 흘리고 싶지 않다. 그러니 문을 열고 얘기를 하자! 현재 한국 경비대원이 있는 곳도 점령 중이다. 더 이상 저항하지 말고 순순히 문을 열도록 해라! 안 그러면 전부 몰살당한다. 어떤가? 한국 경비대장!"

최승철 경비대장은 고민이 되었다. 싸움은 졌다. 울릉도와 내륙과 교신도 안 되고 독도 앞바다 거대한 군함 5척이 버티고 있는데 싸워봐야 도저히 중과부적이다. 그래서 결심을 했다. 더 이상 대원들의 희생이 돼서는 안 되겠다고 생각했다.

"야마모토 부대장! 난 독도 한국 경비대 대장이다. 왜 이 밤중에 한국령인 우리 독도를 처들어왔나?"

"난 그런 이유를 말할 필요가 없다. 난 일본 자위대 특수군 지휘관이다. 국가의 명령이라 명령을 수행할 뿐이다."

"좋다! 문을 열기 전에 약속해라!"

"무슨 약속인지 말해라!"

"부상한 우리 대원들을 치료해줘라. 그리고 정당한 대우를 해주겠다는 약속을 해라!"

"알았다! 약속한다!"

"잠시 시간을 달라!"

"기다리겠다!"

최승철 경비대장은 통신팀장과 근무 대원에게 얘기를 했다.

"여기서 더 이상 버틸 수가 없을 것 같다. 일단 저들하고 얘기를 하는 게 좋겠다. 괜히 대원들의 부상이나 희생이 나오면 안 될 것 같다. 그래서 경비대 숙소에 남아서 저항하는 경비대 희생을 막아야 한다. 어떻게 생각하는가? 다들?"

모두 말이 없다. 그저 경비대장 얼굴만 쳐다봤다. 그때 통신팀장이 말을 했다.

"오늘 추석인데 대원들을 희생하면 안 될 것 같습니다. 억울하고 분하지만 일단 쟤네들하고 타협하는 게 좋겠습니다. 대장님!"

"알았다!"

그리고 인터폰 송수신기로 다가가서 말을 했다.

"야마모토 부대장! 문을 열겠다. 뒤로 물러서라. 그리고 총을 내려

놔라!"

"알겠다!"

스마트 인터폰 화면으로 상황실 문 앞 광경이 다 보였다.

최승철 경비대장이 상황실 문을 열었다. 그리고 야마모토 부대장과 마주 섰다. 작전대원은 다시 총을 최승철 경비대장에게 겨눴다.

"나 일본 특수부대장 야마모토 료스케요!"

대동한 일본 정보부대 정보요원 통역이 통역을 했다.

"난 한국 경비대장 최승철이요!"

"한국 경비대장이나 나 야마모토나 국가의 명령을 수행할 뿐이오! 더 이상 희생을 치르지 맙시다. 지금 저 위에 한국 경비대원들이 저항하고 있소. 빨리 같이 가서 한국 경비대원들을 설득해주시오! 더 이상 저항하지 말라고 말입니다. 안 그러면 전부 전멸이요!"

"알겠소! 대신 우리 대원들을 약속한 대로 정당하게 대우하고 털 끝 하나 건들지 마시오!"

"알겠소!"

이때 일본 제3 선봉 중대장 아오키 3등 육좌가 총으로 최승철 경비대장과 대원들을 강하게 밀고 나가려고 했다. 최승철 경비대장이 저항하며 소리쳤다.

"이게 무슨 짓이야? 가만히 있지 못해?"

거칠게 밀치는 아오키 중대장에게 소리 질렀다.

그때 야마모토 부대장이 아오키 중대장에게 소리쳤다.

"아오키 중대장! 그만해! 그러면 안 돼! 한국 경비대원들을 안전하게 함대로 이송해야 한다."

야마모토 부대장은 정치적인 문제가 걸려 있다는 것을 방위대신과 통합막료장에게 누누이 들었던 것이다. 이번 작전을 위해 미 해군 제7함대를 끌어들여 기만작전을 한 것이라 만약 한국 경비대원 중 희생자가 나오면 여론이 불리하게 돌아가 애써 다케시마를 탈환한 것이 물거품이 될 수 있다고 판단했다. 치밀한 일본 내각의 전략 중 하나이다. 마치 독도를 순수하게 넘겨받는 것처럼 세계 언론에 비쳐야 하기 때문이다.

"아오키 중대장! 사과해라!"

"하이(네)! 미안합니다! 한국 경비대장!"

머리를 살짝 숙였다.

최승철 경비대장은 전투복에 헬멧을 쓰고 있고 야마모토 료스케 부대장을 비롯한 특수군은 워리어 복장으로 한국 경비대 숙소로 올라갔다. 그 뒤를 상황실 경비대원과 통신팀장이 뒤따랐다. 김주환 일경만 부상당한 허벅지를 응급치료를 받고 상황실 의자에 앉아 있었다. 상황실은 일본 특수군이 들어와 경계를 피고 서 있었다.

한국 경비대 숙소를 둘러싼 일본 특수군 특별기동대원이 현관문과 창문을 향해 총을 겨누고 있고 옥상에서 내려온 자위대 공정대원들은 숙소로 통하는 방화문 앞에서 총을 겨누고 있었다. 조금 전에 야마모토 부대장이 사격명령을 중지시켰기 때문에 서로 총구만 겨누고 안과 밖에서 대치 상태로 있었던 것이다. 옥상 바로 계단 난간 밑에는 김기철 수경과 안영근 상경이 피를 흘리며 비스듬히 누워 있고 일본 공정대원들이 총을 겨누고 있었다.

공정대원을 태우고 들어온 헬기는 한 대는 휴우가함으로 돌아가고 한 대는 독도 헬기장에 착륙해 있었다. 시동을 끄지 않은 채 프로펠러가 돌아가고 있었다. 바닷바람과 프로펠러 바람이 거셌다.

최승철 경비대장과 야마모토 부대장은 한국 경비대 숙소로 올라갔다. 통신팀장과 경비대원, 그리고 일본 일부 중대장과 대원들이 뒤따랐다. 나머지 일본 특수군은 요소요소에서 경계를 하고 있었다. 한국 경비대 숙소의 방화문 앞에서 최승철 경비대장은 소리쳤다.

"나 경비대장이다! 안에 누가 있나?"

"네! 대원들이 각 층마다 분산되어 전투 자세로 있습니다. 대장님!"

"한민호 작전팀장은 어디 있나?"

"위층에 있습니다."

"지금 대답하는 대원은 누군가?"

"네! 장영철 수경입니다."

"가서 한 팀장 좀 오라고 해!"

"알겠습니다! 잠시 기다리십시오!"

잠시 시간이 흘렀다. 건물을 에워싼 자위대 특수군은 언제라도 발포할 준비가 되어 있었다. 잠시 후 한민호 작전팀장이 문 앞에서 큰 소리로 말했다.

"경비대장님! 지금 어떻게 된 것입니까?"

"한 팀장! 내 말 잘 들어라. 경비대 상황실이 일본군한테 점령당했다. 우리 인원으로 막기엔 역부족이다, 그래서 우리 대원들의 희생을 막고자 일본 부대장과 타협을 했다. 부상당한 대원들의 치료와 정당한 대우를 약속했다. 억울하고 분하지만 더 이상 희생이 나서는 안 된다. 그러니 대원들에게 총을 내려놓고 문을 열어라. 그래야만 희생을 안 할 것이다. 내 말 알겠는가?"

"잠시 기다리십시오. 대원들과 얘기 좀 나누고 말하겠습니다."

"알았네!"

최승철 경비대장은 야마모토 부대장에게 잠시 기다리라고 손짓했다.

얼마 후 한 팀장이 말을 했다.

"경비대장님! 일본군의 약속을 믿을 수 있습니까?"

"그렇다네! 지금은 어쩔 수 없지 않은가? 믿을 수밖에!"

"알았습니다. 조금 물러서라고 해주십시오! 그리고 소총은 내려놓지 않고 나간다고 해주십시오!"

최승철 경비대장은 야마모토 통역관에게 전달했다. 소총은 내려놓지 않고 총구만 위로 향하게 하고 나온다고 말해 달라고 했다. 이 말을 들은 야마모토 부대장은 곰곰이 생각했다. 어차피 우리 대원들이 에워싸고 있는데 감히 총을 쏘지는 못할 것 같았다. 그러면 다 죽이면 된다. 그렇게 생각을 하고 난 후에 머리를 끄덕였다.

"일단 그렇게 하라! 그리고 전부 위에 있는 대원들을 모두 숙소 1층으로 내려오라고 해!"

"잠시 기다리십시오. 대장님!"

한민호 작전팀장은 숙소에 남아 있던 대원들을 전부 1층에 내려오게 해서 경비대장의 말을 전달하고 일단 숙소 문을 열었다. 경비대원들은 각자 총을 갖고 총구는 위로 향하게 했다. 일본군은 총을 겨누며 에워쌌다. 우리 경비대원들이 침통한 표정으로 바깥으로 나왔다. 최승철 경비대장은 경비대원들의 어깨를 두드리며 애써 말을 했다.

"미안하네!"

우리 경비대원들이 전부 밖으로 나오자 오류십 명의 일본군이 경비대 숙소로 뛰어들었다. 한 팀장은 마지막으로 옥상에서 내려오는 계단 밑에서 부상당해 쓰러져 있는 한국 경비대원들을 일본 공정대원들과 부축해서 나왔다. 모든 대원은 바람이 몰아치는 상태에서 경비대 앞마당으로 내려갔다. 일본 특수군은 독도 경비대원에게 총구를 겨누면서 따라 내려갔다. 이제는 독도경비대 본부와 경비대 숙소, 그리고 등대 등 모든 것은 일본 특수군에게 넘어갔다. 대원들은 경비대 건물 앞에서 소총을 경비대 상황실로 옮겼다. 일본 특수군이 수거를 하였다. 최승철 경비대장은 대원들에게 대열을 맞춰 서게 했다. 그리고 대원들 앞에서 말했다.

"오늘의 치욕을 절대 잊지 말자. 반드시 되찾을 날이 있을 것이다. 지금 있는 대원들이 다시 이 땅을 찾아오길 바란다. 내가 우리 대원들에 생명을 지키기 위해 부득이 자위대와 타협을 했다. 그 점을 용서해주기 바란다!"

최승철 경비대장은 경비대 태극기를 향해 거수경례를 했다. 모든 대원들이 거수경례를 했다. 눈물이 쏟아졌다. 억울하고 분통이 터졌다. 왜 육지에서는 아무런 행동이 없을까 의아했다. 도무지 믿어지지 않았다.

야마모토 부대장은 묵묵히 한국 경비대원들의 행동을 바라보았다. 게양대에 걸려 있던 태극기는 어느새 일본 국기로 바뀌어 바람에 펄럭이고 있었다.

최승철 경비대장과 대원들은 그동안 숱하게 오르내렸던 계단을 걸어서 접안 시설로 내려갔다. 부상자들은 헬기장에 있는 일본 헬기로 탑승하여 쿠니사키함으로 이송되었다. 언젠가 이 섬을 올지는 아무도 모르는 상황에서 묵묵히 어둔 밤길의 계단을 내려가고 있었다.

그렇게 우리 독도는 2026년 9월 25일(추석 휴일) 새벽 3시 30분에 일본 땅이 되었다. 최승철 경비대장과 경비대원들은 피눈물을 흘렸다. 이러한 상황은 일본 자위대 본부에서 고이즈미 총리를 비롯한 일본 내각 핵심 각료와 자위대 최고 지휘관들이 실시간으로 지켜보고 있었다. 작전을 수행하는 일본 쿠니사키함과 휴우가함, 그리고 같이 참여한 아타고함, 휴우츠키함 등 이지스함에서도 지켜보고 있었다.

작전에 참가한 모든 일본군은 박수를 치면서 환호했다.

7

대한민국의 몰락

이렇게 독도가 속수무책으로 점령당하고 있을 때 울릉도 조기경보전대와 관제대대는 일본 항공자위대 전자전 공격기 공격을 받고 우왕좌왕하고 있었다. 조기경보전대에서 레이더 감시를 하던 전탐조 야간근무자 김학수 병장과 배일도 상병은 레이더 모니터 화면의 찌그러짐 현상과 화면이 반짝이는 노이즈(잡음) 현상이 갑자기 나타나서 레이더에 무슨 문제가 있는지 레이더 관리병에게 급하게 연락을 취했다.

"배 상병! 레이더에 문제가 생긴 것 같다. 태풍 영향이 아닌가 생각하는데 빨리 레이더를 관리하는 관리병에게 연락을 해봐! 그리고 야간 당직 사령께도 보고하고!"

"네! 김 병장님!"

급하게 배 병장이 관제대 상황실을 나가서 레이더 관리병에게로 연락을 하고 같이 레이더에 이상이 없는지 확인하러 갔다. 이 시간이 새벽 1시 20분 즈음이었다. 배 상병과 레이더 관리병이 레이더를 확인한 결과 이상이 없었다. 배 상병은 직관적으로 레이더에 강력한 전자파 공격을 받은 것으로 생각했다. 급히 김학수 병장에게 연락을 했다.

"김 병장님! 레이더에는 이상이 없습니다. 아마 어디선가 우리 레이더에 강력한 전자파 공격을 한 것 같습니다."

"그래? 알았어. 레이더에는 이상이 없다 이 말이지?"

"네! 이상 없습니다!"

김 병장도 '이 시간에 레이더에 강력한 전자파를 공격할 군대나 나라가 없는데? 혹시 미 해군과 일본자위대 연합 훈련 중에 잘못해서 우리 레이더에 강력한 전파를 쏘아댄 것이 아닌가?' 하고 생각했다. 인근 공군 318관제대 역시 울릉도 인근 상공을 감시하던 레이더의 기능에 이상이 생겨 중앙방공관제사령부(MCRC)에 보고를 한 상태다. 긴급히 당직사관은 1함대 사령부 작전상황실로 보고를 했다. 보고를 받은 1함대 사령부는 해군 작전사령부에 보고를 하고 동해안 해상레이더를 감시하는 조기경보전대 및 공군 방공사령부에 연락을 하여 진상을 파악하도록 했다. 공군 방공사령부에서는 미일 해상 기동 연합 훈련으로 추정하는 미 공군기와 일본 공군기가 동해상 및 독도 그리고 일본 오키 제도 근처에서 연합 훈련하는 것으로 생각하고 주한미군사령부를 통하여 미 해군 제7함대를 지휘하는 레어리 버나드 사령관에게 연락하여 동해안 울릉도 방향으로 강력한 전자파를 송출하거나 발사했는지 알아봐달라고 부탁했다. 이때 울릉도 경비대 오영준 대장은 야간순찰 업무를 마치고 늦은 시간에 숙소에서 취침 중이라 이 상황을 전혀 몰랐다. 독도가 위험하다는 것을 안 것은 울릉도 사동항에 태풍을 피해 피항했던 고기잡이배 태영호(100톤)가 일찍이 출항하여 독도 인근 해역을 지나가는 과정에서 독도에 정박한 일본 함대를 목격하고 울릉도 해양경찰서 사동출장소에 연락을 했을 때였다. 독도 인근에 일본 군함이 서너 척이 정박하고 있다고 알려준 것이다. 울릉도 사동출장소의 야간 당직자는 울릉도 경찰서의 야간 상황실에 연락을 했다. 연락을 받은 울릉경찰서 상황실은 울릉경비대 야간당직실에 연락을 하고 이러한 사실을 알렸다. 당직근무자 김성수 수경은 독도상황실에 무전과 핸드폰으로 연락을 했으나 연락이 안 돼 경비대 작전팀장에게 보고를 하였다.

"작전팀장님! 김성수 수경입니다."

"이 밤중에 무슨 일인가?"

"네! 조금 전 울릉경찰서 상황실에서 연락이 왔는데 독도 인근에 일본 군함들이 정박해 있다는 연락이 왔습니다. 그래서 독도상황실로 연락을 했는데 연락이 안 됩니다. 작전팀장이 오셔야 할 것 같습니다."

"알았어! 내려갈게!"

조금 있다가 상황실로 작전팀장이 내려와 상황실 무선 교신 전화기로 울릉도 상황실을 호출하였다. 그러나 연락이 안 돼서 독도 작전팀장에게 휴대폰으로 연락을 해도 안 되었다.

"독도가 통신이 두절이야! 무슨 일이 난 거 아니야? 일단 본청(경북경찰청)에 연락을 하고 비상을 걸어서 해양경찰청 협조를 받아야겠다. 그리고 오영준 대장님에게 연락을 해서 오시라고 해!"

"네!"

김성수 수경은 급히 통신팀장과 오영준 울릉 경비대장에게 연락을 했다. 한밤에 연락을 받은 오 대장은 전화 벨소리에 급히 일어났다.

"여보세요?"

"충성! 대장님! 김성수 수경 당직자입니다. 조금 전에 울릉경찰서 상황실에서 연락이 왔는데 독도 인근에 일본 군함이 정박해 있다는 연락이 왔습니다. 그래서 독도 상황실에 연락했는데 무선도 안 되고 핸드폰도 안 됩니다. 곧바로 작전팀장에게 보고하고 지금 대장님께 보고 드리는 겁니다.

"뭐? 독도와 연락이 안 된다고? 알았어! 내가 상황실로 나갈게. 계속 연락해봐!"

"네!"

오영준 대장은 서둘러 울릉경비대 상황실로 출발했다.

그 시각 울릉도경비대 상황실 작전팀장은 경북경찰청 상황실에 보고를 하고 동해해양경찰청에 연락하여 울릉도 사동항에 정박 중인 삼봉호와 제민 11호, 12호에 지원 요청을 하였다.

오영준 대장은 상황실에 도착해서 작전팀장에게 전후 경과를 보고받고 동해 해양경찰서에 협조를 요청하여 삼봉호와 제민 11호, 12호에 승선하여 독도로 갈 수 있도록 준비하고 울릉경비대 1개 중대 40명을 완전무장하여 같이 출발하였다. 삼봉호와 제민 11호, 12호 해경대원들은 느닷없이 한밤중에 출동명령이 떨어져 급하게 준비하여 출동하였다.

삼봉호 함장을 맡고 있는 김종기 경정과 오영준 울릉경비대장과 이야기를 주고받았다.

"독도와 언제부터 연락이 끊겼습니까?"

"대원들 말로는 새벽 1시 반 전후 끊겼다는데 태풍 영향이 아니겠나 하고 생각했다는군요."

"레이더에 일본 함대가 독도 근처에 왔으면 해군에서 연락이 왔을 테고 독도 경비대에서 상황보고를 했을 텐데 아무 소식이 없었는지 그게 궁금하네!"

"글쎄요. 독도 경비대장이 책임감이 투철한 친구입니다. 이 상황이라면 뭔가 연락이 왔어야 되는데 그게 없었으니 우리도 왜 그랬는지 궁금합니다."

그때 삼봉호 조타실 레이더에 독도 인근 50㎞ 전방에 함대가 엄청나게 지나가는 것이 레이더에 잡혔다.

"아니 왜 이렇게 함대가 많지? 무슨 일이야!"

"미 해군함대 같습니다. 그리고 항공모함도 있습니다. 그런데 독도 근처에 바짝 붙어 있는 일본 군함이 움직이지 않고 정박 중에 있습니다."

"이건 또 뭐야? 일본 놈들이 왜 독도 인근에 정박해 있는 거야? 일단 최고 속도로 가보자!"

어제 태풍으로 잠시 울릉도에 피항해 있던 삼봉호가 독도 30㎞ 가까이에 갔을 때 갑자기 꽈~꽝 하고 함포가 삼봉호 근처로 날아왔다. 삼봉호가 급히 우현으로 방향을 틀으며 함포를 피했다. 레이더에서 포착된 일본 군함에서 날아온 것이다. 긴급히 국제 무선 교신을 했다. 일본 군함에서 삼봉호에 왜 함포를 발포했는지 물었다.

"여기는 한국 해양경찰 경비함 삼봉호 함장이다. 왜 발포를 했나?"

얼마 안 있어 일본 함대로부터 교신이 왔다.

"한국 경찰 경비함은 더 이상 우리 함대에 가까이 오지 마라! 더 이상 다가오면 이제는 함대함 미사일을 발포하여 침몰시키겠다."

"무슨 소리냐? 한국 영해에 침입하여 발포를 하다니? 우리도 무력 대응 하겠다!"

김종기 함대장은 승조대원들에게 전투명령을 내리고 함포를 일본 군함에 조준하여 맞추도록 지시했다.

이때 일본 군함에서 교신이 들어왔다.

"일본 해상자위대 아타고함 함장이다. 우리가 다케시마를 점령하였다. 더 이상 한국 영해가 아니니 돌아가기 바란다. 만약 더 가까이 오면 미사일을 발사하겠다. 여기는 이제 일본 영해이다. 한국 경비함은 철수하기 바란다."

뚜뚜뚜.

교신이 끊겼다. 김종기 경정은 말 그대로 화가 머리끝까지 치밀어 올랐다.

"뭐야, 이거! 아니! 우리 독도 경비대원들은 어떻게 된 거야? 돌아 버리겠네!"

이때 조타실 수중 레이더에서 잠수함 같은 물체가 탐지되었다.

"함장님! 지금 수중에 잠수함이 탐지되었습니다. 일본 잠수함 같습니다."

"뭐야? 이놈들! 완전히 계획적이었군! 빨리 동해 함대사령부에 지원요청을 해!"

일단 삼봉호와 제민 11, 12호는 일본 군함 전방 30㎞ 앞에 멈추고 대치하고 있었다.

이 시간에 독도에서는 우리 경비대원들이 일본 특수군에게 무장해제를 당하고 접안 시설로 내려가는 중이었다. 그 시간이 3시 30분 전후였다.

모든 게 명확해졌다. 함장인 김종기 경정은 긴급히 해양경찰청에 무선 보고를 했다. 일본 군대가 독도를 기습 공격하여 무력으로 점령했다는 소식을 전한 것이다. 이 소식은 삽시간에 동해 해군 1함대에 전달되고, 공군 방공관제사령부(MCRC)에 전달되었으며, 곧바로 계룡대 해군본부 작전사령부, 공군작전사령부에 속속 전달되었다. 서울 용산 국방부 합동참모부에 긴급히 전달되어 전군에 비상이 걸렸다. 그 시각 동해함대 이종서 사령관은 작전상황실의 연락을 받고 긴급히 들어와 명령을 내렸다. 광개토대왕함과 양만춘함, 그리고 인천급 초계함 등 독도로 갈 수 있는 모든 함에 출동 명령이 내려졌다. 그 후 해군본부와 해군작전사령부에 연락을 해서 세종대왕함 등

이지스함 3척 모두 출동해줄 것을 요청했으며 동해로 진입할 수 있는 모든 해군 잠수함 함대에게 집결을 요청했다. 그리고 동해 함대 작전사령실에서 참모들을 집합시켰다.

이종서 제1함대 사령관은 크게 소리를 질렀다.

"아니! 이게 말이 되는 소리야? 우리 조기경보전대는 해상자위대가 들어올 때까지 뭐 하고 있었단 말이야? 레이더 탐지를 못하고 뭐 하고 있었냐고!"

"사령관님! 일본 항공자위대에서 전자전 공격기기로 우리 레이더를 공격한 것 같습니다. 그래서 미일 해상 연합 훈련 중에 실수로 발사한 줄 알고 부산 작전사령부에 보고하고 공군관제사령부에 요청하여 진상을 파악하고 있는 중입니다."

"그래서 지금 어떻게 작전을 진행했는가? 함대 출동은 했는가?"

"네! 사령관님! 태풍 때문에 동해항에 정박 중이던 광개토대왕함 등 구축함 4척과 호위함 전부 출동했습니다. 그리고 본부에 요청하여 세종대왕함 등 이지스함의 출동을 요청했습니다."

"본부에서는 내려온 지시사항이 없었나?"

"함대를 출동시키고 잠시만 기다리라고 했습니다. 합동참모부에서 주한미군 사령관에게 미일 해상 연합 훈련에 관련하여 왜 일본 해상자위대가 우리 영해 독도를 침범했는지 진상파악을 요청했다고 합니다."

동해 제1함대에서 출동하는 광개토대왕함과 양만춘함 등 함대 4척, 그리고 호위함들이 새벽 4시가 다 되어서 독도로 출발했다. 너무 늦은 시간에 출발한데다 아직도 태풍의 영향으로 풍랑이 거칠어 독도까지 가려면 3시간 이상 걸린다고 한다. 결국 아침 6시 이후에야 도착할 예정인 것이다. 그러는 사이 일본 해상자위대 제2 호위함대와 제4 호위함대는 미일 해상 기동 연합 훈련을 빌미로 독도와 오키섬 사이로 이동하여 일부 함대가 독도에 접근해 있는 제3 호위함대를 지원하려는 계획이다. 일본은 2025년 국민투표를 실시하여 이미 평화헌법을 완전히 개정하여 헌법을 바꿨다. 그리고 자위대 훈련을 핑계로 한국의 독도를 대상으로 군사력 시험을 하는 것이다.

미 해군 제7함대 사령관 레어리 버나드은 주한미군 사령부에서 긴급 연락을 받았다. 미일 해상 기동 연합 훈련 중 한국 해군 레이더 기지에 7함대 소속 항공기에서 전자파를 발사했는지 질의를 받았다. 버나드 사령관은 금시초문이다. 그런 훈련은 전혀 하지 않았다. 그저 일본 해상자위대와 미 해군과의 가상의 적(북한, 러시아, 중국 해군)을 향하여 함대 이동 훈련 및 잠수함 탐지훈련 정도의 훈련을 하는 정도인데 왜 주한미군 사령관이 이러한 질의요청을 했는지 이해가 안 됐다. 특히 한국 해군과 공군에서 미일 해상 기동 연합 훈련을 목적으로 한국 영해 내 리앙쿠르 암(rock)에 일본 함대가 접근하고 있는데 훈련과 연관성이 있는 것인지에 끊임없이 물었다. 그 질문에 일본 함대가 왜 가 있는지 우리는 알지 못한다는 답변만 하였다.

서울 용산 국방부 합동참모부에서 긴급회의가 열렸다. 김오식 국방장관을 비롯하여 새벽에 헬기를 타고 계룡대에서 올라온 육군 참모총장, 해군 참모총장, 공군 참모총장 그리고 한미연합 부사령관,

함참의장, 청와대 안보특별보좌관, 국방부 정책보좌관 등 관계자들이 대책회의를 시작하였다. 그 시간이 4시 30분이 다 되어서다. 합동참모부 회의실에 국방부 장관 함창의장 3군 참모총장 등 모두가 어이가 없어 했다. 어제 중형급 태풍이 지나가면서 동해, 남해에 적지 않은 피해를 봤고 또 추석 명절이 시작되는 새벽에 일본군이 독도로 쳐들어와서 점령했다니 기가 막힐 노릇이다. 먼저 국방장관이 말을 열었다.

"오늘 새벽 우리가 일본군에게 뒤통수를 얻어맞았습니다. 생각지도 않고 있었는데 독도를 기습 공격해 우리 경비대원을 무력으로 제압하고 독도를 점령하였습니다. 그동안 우리 해군과 공군에서는 그러한 상황을 전혀 눈치채지 못한 채 무엇을 하고 있었는지… 한심합니다."

이 말은 들은 정보훈 해군참모총장은 얼굴이 상기되어 말을 했다.

"해군에서는 그동안 일본함대들의 움직임을 소상히 파악을 하였습니다. 그리고 각 조기경보전대에 면밀히 감시하라고 지시를 내린 바 있습니다. 그런데 주한미군 사령부에서 동해안에서 미 해군 제7함대와 미일 해상 연합 훈련을 한다고 통보를 받은 관계로 일본 해상자위대의 이동은 미 해군과 군사합동 훈련으로 판단했습니다. 그리고 어제는 태풍이 통과하는 시간대라 일본 해상자위대가 독도 근처에 접근하지 않을 거라 생각했는데 완전히 허를 찔린 것 같습니다."

"우리 공군 방공관제사령부(MCRC)에서도 정보를 수집한 데이터에는 일본 항공자위대가 우리나라 한국방공식별구역(KADIZ·카디즈)을 넘어오지 않아서 경계 태세만 하고 있었는데 우리 공군 관제대 레이더가 강력한 전파공격을 받은 사실이 있어 혹시 미일 기동 연합 훈련을 할 때 실수로 전자전 공격을 가한 것인지 주한미군사령부를 통하여 확인 중에 있었습니다. 그런데 미 해군 제7함대 사령부에서는 그런 적이 없다고 답변이 온 것을 보면, 일본 항공자위대 전자전 공격기가 계획적으로 강력한 전파를 발사하여 레이더 및 통신 시설을 파괴한 것 같습니다."

공군참모총장이 상황을 설명하며 나중에 일본의 군사행동이었다는 사실을 깨달았다고 얘기를 했다.

국방장관이 다시 말을 했다.

"지금 이 시점에서 우리가 일본을 어떻게 상대해야 할지, 그리고 지금 상황은 어떻게 했는지 말들 해보시오!"

"현재 우리 해군에서는 동해 제1함대에서 운영 중인 모든 가용 함대에 독도로 출동하라는 명령을 내렸습니다. 또한 안창호 잠수함 등 독도로 갈 수 있는 잠수함에 모두 출동 명령을 내렸고, 포항에 주둔하고 있는 해병대 1개 연대 병력에도 울릉도로 이동하라는 명령을 내린 상태입니다."

"우리 공군은 전투사령부 18전투비행단(강릉)을 비롯하여 17전투비행단(청주) 19전투비행단(충주) 11전투비행단(대구)에 모두 출격 대기 명령을 내렸습니다. 그런데 아무래도 17전투비행단 F-35A가 출동해야 될 것 같습니다. 이미 조기경보기와 글로버 호크는 공중에 띄웠습니다."

"우리가 현재 일본을 상대로 해서 전투를 벌인다면 승산은 어느 정도 되는 것 같소?"

국방부 장관의 질문에 합참의장이 답변을 했다.

"지금 일본과 전투를 한다면 승산이 있고 없고의 문제가 아닙니다. 치열한 전투로 쌍방의 피해가 엄청날 겁니다. 거기다 중간에 미 해군 제7함대가 끼어 있어 전투를 벌이는 것 자체가 쉽지 않을 것 같습니다."

"그렇다고 이렇게 당하고만 있을 수 없지 않습니까? 무슨 대책이라도 세워서 일본군이 점령한 독도를 되찾아야 되지 않습니까? 그리고 독도에 주둔했던 우리 경비대원의 생사도 알아야 하지 않습니까? 답답하군요!"

김오식 국방장관이 합참의장 말에 답답해할 때 이승표 국가안보 특별보좌관이 말을 했다.

"우선 일본이 독도를 점령했다면, 우리 군사 전력으로 당장 되찾기는 쉽지 않을 겁니다. 우리나라의 해군력은 아무래도 일본 해군력에 비해 열세입니다. 그러니 우선은 대치 상태로 놔두고 미국 국무부와 국방부에 연락하여 현재 상태의 일본군이 미일 해상 기동 연합 훈련을 구실로 우리나라 영해를 침범하여 독도를 점령했고, 훈련을 주관한 미 해군 제7함대의 책임도 있습니다. 그러니 미국에게 '즉시 독도를 점령한 일본군에게 물러나라는 요구를 하라.'라고 요청하는 것이 어쩌면 나을 수도 있습니다. 물리적 충돌을 하기에 앞서 이런 시도를 하는 것이 현명할 것 같습니다. 또 대통령께서 캐나다에 머무르고 계시고 곧 미국을 방문하십니다. 이때 미국 대통령과 회담을 열어 담판 짓는 것이 현재 사태를 해결하는 더 빠른 방법일 수 있습니다."

이승표 국가안보특별보좌관 말에 모두 공감하고 있었다. 특히 정보훈 해군 참모총장은 더욱더 공감했다. 사실 지금 독도에 우리 함대가 도착하여 해상전투를 벌이면 우리 해군력으로 일본 해상자위대를 물리칠 수 없다고 생각했다. 물론 공군의 지원을 받겠지만, 그렇다고 하더라도 그리 쉽지는 않을 거라 생각하며 고민 중이었다.

"물론 이 특별보좌관님 말씀이 일리가 있습니다. 그런데 만약 일본 정부에서 미국의 말을 안 듣고 버틴다면 어쩌겠습니까? 그럴 가능성도 충분히 있습니다. 일본 정부에서 훈련을 핑계 삼아 우발적으로 독도를 점령한 것 같지는 않습니다. 우리나라에 경제적 압박을 가하고 교류를 단절하는 등 한국 배제 정책을 했으니 상당히 오래전부터 준비한 것이라 생각합니다. 이러한 점을 살펴서 안 되었을 때의 대책이 필요합니다."

국방부 임대덕 정책보좌관이 신중하게 한마디를 하였다. 김오식 국방장관은 고민했다. 전투를 할 것이냐? 말 것이냐? 그리고 지금은 대통령이 부재중이다. 국무총리에게 보고를 하고 일본과 전투를 할 것인지 명령을 받아야 하는 상황이다. 그리고 생각했다. 이미 독도가 점령당했다면, 일본도 상당한 준비를 하고 왔으리라 판단했다. 그래서 섣불리 전투를 벌이지 말고 우선 이승표 국가안보 특별보좌관 말을 따르기로 했다. 만약 이러한 전략이 통하지 않았을 때는 그때 대책을 만들기로 했다. 독도 주둔 경비대의 생사도 확인해야 하는 것도 중요한 일이었기 때문이다.

"지금 대통령께서 안 계십니다. 따라서 일본과의 전투는 잠시 보류하고 우선 대통령님에게 보고하고 이승표 국가안보특별보좌관님 말대로 진행을 해보는 게 나을 것 같습니다. 미국을 움직이는 것이 해결의 실마리를 찾을 수 있는 방법 같고, 전투를 벌이지 않아서 그만큼 피해를 줄일 수 있을 것 같습니다. 그러니 우선은 그 방향으로 진행해 보십시다. 내 의견에 이의가 있는 장군들이 있으면 말해 보시오!"

국방부 합동참모부 회의실에 참석한 모든 사람은 침통한 표정으로 말을 하지 못하고 있었다. 긴장감이 흘렀다. 시간은 벌써 5시가 다 되어서 동이 틀 무렵이 됐다.

"그럼 내가 명령을 내리겠습니다. 전군은 비상사태를 유지하고 육군에는 진돗개 하나를 발령한다. 공군과 해군, 그리고 모든 예하 부대에는 데프콘 하나를 발령하여 전투준비를 하도록 한다. 만약 일본군이 공격을 개시하면 응사하고 공격을 명령한다. 다만 먼저 공격하지는 말고 대치 상태를 유지하고, 공군에서는 F-35A와 F-15K, KF-16을 띄워 초계비행을 명한다. 그리고 공중급유기도 띄우고, 비상시 전투에 임하도록 하며, 국방부에서는 주한미군 사령관, 주일미 사령관, 미국 태평양 사령관과 연락하여 이 사태에 대한 일본 자위대에 책임을 묻고 독도에서 물러나지 않으면 일본과의 전쟁은 불가피하다고 통보한다. 마지막으로 미국 국방부와 미국무부에 미 해군 제7함대 미일 기동 연합 훈련 주관으로 미 해군이 책임이 있다고 하고 일본 정부에 압박을 가하도록 하는 것이 좋을 것 같으니 즉시 실행하도록 하시오! 국방장관인 내 책임하에 명령을 내립니다."

김오식 국방장관의 지시에 회의를 마무리하고 각 군 참모총장들은 원대복귀를 하러 돌아갔다. 그리고 국방장관은 즉시 국무총리에게 보고를 하였다. 이민선 국무총리는 관저에서 아침 일찍 잠이 깨어 비서관에게 일정을 브리핑 받고 있는 중이었다. 그때 국방장관의 전화가 왔다고 연락이 왔다.

"이 비서관! 전화기 이리 줘봐!"

이른 아침부터 국방장관이 왜 나에게 전화를 하지? 행안부 장관이면 몰라도. 어제 그렇지 않아도 태풍이 불어 태풍에 의한 피해가 어느 정도인지 행안부 장관이 보고를 할 것이라 생각하고 있었다. 그런데 정작 연락을 준 것은 국방장관이라 의아스럽게 생각했다.

"국방장관! 무슨 일이요? 이 아침에?"

"네! 총리님! 놀라지 마십시오! 국가에 중대 사태가 발생했습니다."

"중대 사태? 아니 태풍이 불어 피해가 났겠지마는 그렇다고 그것이 중대 사태까지는 아닐 텐데? 아니면 북한군이 서해에서 도발하였소?"

"그런 것이 아닙니다! 오늘 새벽에 일본군이 우리 영해를 침범하여 독도를 점령했습니다!"

그 순간 이민서 총리는 머리가 아득했다. 그리고 무슨 소리를 하는지 이해를 할 수 없었던 것이다.

"이보시오! 국방장관! 지금 아침부터 무슨 소리를 하는 것이오? 도대체 독도가 어떻게 됐다는 거요?"

"네! 총리님! 어제 새벽 태풍이 지나가고 일본 군함들이 우리 영해를 침범하여 독도를 점령하였습니다. 그래서 지금 국방부에서 합동 참모회의를 끝내고 전군에 비상명령을 내렸습니다. 해군과 공군에는 데프콘 하나를 발동하여 전투태세 명령을 하달하였습니다. 그러니 즉시 비상내각회의를 여셔야 합니다."

"뭐요? 독도가 점령당했다고…? 아니, 어쩌다가 그렇게 됐소? 그동안 우리 군은 뭣 하고 있었소? 아니, 그게 말이 되는 소리요? 독도를 점령당했다고? 그것도 태풍이 지나간 사이에? 기가 막히네! 그래서 우리 군은 지금 어떻게 하고 있소?"

"네! 총리님! 지금 해군 동해 제1함대에서 우리 함대가 독도로 출동을 하였고 공군은 독도로 언제든 출격할 수 있도록 대기 상태에 있습니다. 그리고 독도 인근에 해양경찰청 경비함 삼봉호와 제민 경비함이 일본 함대와 대치하고 있습니다."

"알았소! 빨리 광화문 청사로 오시오!"

"알겠습니다. 총리님!"

"이창진 비서관! 오늘 일정 전부 취소하고 비서실에 연락하여 장관들 긴급히 광화문 청사로 들어오라고 전달해! 그리고 빨리 차 대기시켜!"

"네! 알겠습니다!"

이민선 총리는 아침도 안 먹고 대기해놓은 차를 타고 삼청동 공관에서 광화문 청사로 긴급히 경찰차 선도를 받고 광화문청사로 달려갔다. 그 시각, 모든 국무위원에게 광화문 청사로 출근하라고 비상호출이 떨어졌다. 그리고 청와대 비서실도 비상이 걸렸다. 모든 수석비서관은 물론 국정원장, 국가안보 특별보좌관 등이 청와대 국정상황실에 모였다. 곧바로 긴급회의가 열렸다. 이때 시간이 아침 5시 30분이었다.

동해에서는 삼봉호와 제민 11, 12호가 일본 군함들을 향하여 발포 준비를 해놓고 명령만 기다렸다. 동해 1함대 광개토대왕함과 양만춘함 등 구축함과 호위함, 초계함 등 독도로 갈 수 있는 모든 군함이 전부 출동을 하였다. 일본 군함과의 수를 맞추고, 만약에 전투가 벌어질 경우 지원하기 위해서다. 그리고 동해에 정박하고 있는 해양경찰청 소속 경비함 중 당장 독도에 갈 수 있는 경비함이 총출동했다. 하늘에서는 한국 조기경보기와 글로벌호크기 등 정찰기들이 이륙하여 비행하고 있고, 일본 항공자위대에서도 각종 정찰기가 이륙하여 비행하고 있었다. 삽시간에 한국 구축함과 호위함, 경비함 등 수십 척이 독도로 향하고, 일본 해상자위대 역시 제2 호위함대 제4 호위함대, 그리고 이번 침략의 주역인 제3 호위함대의 주력 함정이 속속 집결하고 있었다. 이 상황에서 가장 난감한 것이 미 해군 제7함대 전단이었다. 벌써 한국에 주둔하고 있는 주한미군 사령관에게 한국령 독도를 일본 해상자위대하고 연합 작전을 펼쳐 지원해주었냐고 문의가 왔고, 태평양 사령부 역시 마찬가지 문의를 해와 곤욕을 치르고 있었다. 미 해군 제7함대 레이더에는 한국 공군의 조기경보기가 이륙하여 독도 근처로 날아가고 한국 전투기들이 초계비행을 하고 있는 것이 탐지되고 있었다. 일본에서도 역시 서부항공 방면대 항공자위대 전투기들이 이륙해 비행하고 있었다. 하늘에서도 일촉즉발의 사태가 벌어지고 있었다.

레어리 버나드 사령관은 몹시 긴장하였다. 동맹군과 함께 훈련하고 있었는데 갑자기 동맹국인 한국과 일본 사이에 전쟁이 벌어지려고 하는 일촉즉발의 상황이 벌어져 이것을 어떻게 해결할지 답답해졌다. 즉시 레어리 버나드 사령관은 이번 훈련의 파트너인 일본 제2호위군 지휘사령관 다나카 히로시 해장보(소장)에게 연락을 했다.

"다나카 사령관! 이게 어찌 된 일이요? 왜 연합훈련 중 이탈하여 한국군이 주둔하고 있는 리앙쿠르 암(rock)을 점령하였소? 이번 훈련이 그런 목적이 아니지 않소? 한국 주둔 사령부와 태평양 사령부에서도 어떻게 된 일인지 알려달라고 하고 있소! 왜 해상자위대가 한국 경비대 주둔 리앙쿠르 암(rock)을 점령하였는지 말이오!"

몹시 불쾌한 뉘앙스의 교신이 왔다.

"버나드 사령관 각하! 원래 리앙쿠르 암(rock)은 우리 일본령인 시마(섬)였소. 그래서 시마 이름도 다케시마라고 하고 있고, 또 우리 일본 시마네 현에서 관리하는 시마인데 그동안 한국에서 불법으로 점령하고 있어 오늘 우리 일본 자위대가 다시 탈환했을 뿐입니다. 따라서 이번 미일 해상 기동 연합 훈련과는 아무런 관련이 없는 일본 육상, 해상, 항공자위대 연합 작전이오. 독자적으로 진행한 것이니 미 해군 제7함대는 개입하지 말아주시기 바랍니다."

"사전에 일본 자위대가 그런 작전을 한다고 통보한 적이 없지 않소. 그건 동맹국에게 신뢰를 무너뜨리는 비신사적인 행위잖소!"

"버나드 사령관 각하? 조금 전에 말씀드렸듯이 이번 연합훈련과 일본령 다케시마 점령 작전하고는 전혀 별개로 자위대 독자적인 작전이기 때문에 미 해군 제7함대나 재일 미군사령부, 그리고 태평양 사령부에 별도로 통보할 필요가 없는 작전이오! 이제 일본도 엄연히 독자적으로 군사 훈련과 작전을 할 수 있는 것을 잘 알고 있지 않습니까? 그러니 남은 훈련을 잘 마무리하기를 부탁드립니다."

참으로 기가 막힌 변명이었다. 일본 해상자위대가 미 해군 제7함대를 기만하고 등에 업은 채 한국 해군이 눈치채지 못하도록 하는 전략을 펼치고, 미일 해상 기동 연합 훈련을 구실로 일본 제1 호위함대를 제외한 자위대 전 해상 병력이 동해로 집결하여 한국군을 견제하는 전략을 진행했던 것이다. 미 해군 제7함대는 한국 해군과 공군, 그리고 일본 해상자위대와 항공자위대의 전투 일보 직전 사이에 이러지도 저러지도 못하고 있었다. 본토에서는 어떻게 된 일이냐고 계속해서 교신이 날아왔다. 미국은 일본자위대 군사 움직임을 인공위성이나 첨단 정찰기로 파악하고 있었지만, 깊숙이 감춘 전략적 의도는 파악을 못하고 있었던 것이다.

이러한 긴박한 상황에서 이 총리는 총리대로 긴급 내각회의를 준비하였고, 청와대 참모들은 회의를 진행하기 직전이었다.

그 시간 캐나다에서 강제연 대통령 일행은 오전에 캐나다 총리와 정상회담을 마치고 캐나다 정부와 통화 스와프 300억 불의 추가협정을 맺었다. 그리고 오찬이 끝난 후 다음날(25일) 미국을 방문하기 위하여 캐나다 수도 오타와 총독 관저에서 휴식을 취하고 있었다. 대통령과 수행원이 미국의 워싱턴으로 가기 전, 한국시간으로 새벽 5시 20분, 캐나다 시간으로 오후 3시 20분에 청와대 정태환 비서실장이 긴급회의에 앞서 대통령을 수행하는 의전비서관에게 전화를 걸어 대통령과 통화를 하였다.

"대통령님! 정 실장입니다."

정 실장 음성이 유난히 떨리는 음성이다.

"음! 정 실장! 지금 거기는 새벽일 텐데 무슨 일인가?"

"대통령님…! 지금 큰일이 났습니다!"

"정 실장, 그게 무슨 소리야? 큰일이라니? 어제 태풍 피해인가? 아니면 북한에서 도발이라도 했나? 그동안 우리가 신뢰를 갖고 도와주고 협력해준 게 얼마인데…."

"그런 게 아니라…!"

"그런 게 아니면 뭔가? 말을 해보게, 말을!"

"네! 대통령님! 자위대가 우리 영해를 침범하여 독도를 무력으로 점령했습니다! 일본에게 독도를 침탈당했습니다. 대통령님…!"

"뭐야? 자위대에게 독도를 무력 점령당했다고?"

"네! 그렇습니다!"

"언제 그런 일이 벌어진 거야? 도대체 우리 군은 그동안 뭣하고 있었고? 독도에 주둔하고 있던 우리 경비대원들의 생사는 어떻게 된 것이야?"

강 대통령은 정 실장의 얘기에 머리가 하얘졌다. 갑자기 멍해지고 어지러웠다. 숨이 멎을 것 같은 느낌이다. 심장은 요동치고 손이 부들부들 떨렸다. 어째 이런 일이 대통령 임기를 얼마 안 남겨놓은 지금 일어났는지 눈앞이 캄캄했다.

"네, 대통령님! 오늘 새벽 2시경 전후로 일본 특수군이 해상자위대 군함을 앞세워 독도를 기습 침입해 우리 주둔 경비대원들에게 총격을 가하고 제압하여 점령했다고 합니다. 지금 그 일 때문에 이 총리께서 긴급 국무회의를 열고 있고, 국방부에서는 전군에 비상령을 발동하여 일본군과 전투 준비를 하고 있습니다. 지금 동해에는 우리나라 해군 병력이 총출동하고 있고, 해경 경비함이 일본 군함들과 대치하고 있습니다. 공군에서는 비행기 출격을 준비 중에 있습니다."

"아~! 기가 막히네! 그럼 독도에 주둔하고 있는 경비대원들의 생사는 어떻게 되었는가?"

"정확히는 아직 모릅니다. 일본에서 우리 경비대원들을 체포하여 이송하였다고 들었는데 생사는 불분명합니다."

"그럼 미국 방문을 취소하고 즉시 한국으로 돌아가겠네!"

"아닙니다! 지금 그럴 상황이 아닙니다!"

"그건 또 무슨 소리야?"

"네! 우선 수습책을 마련하려면 대통령님께서 일정을 앞당겨서 미국 워싱턴으로 가셔야 합니다. 그래서 마크 윌리엄스 대통령과 회담을 하셔야 됩니다. 대통령님!"

"지금 미국 대통령과 회담할 시간이 어디 있나? 국내로 돌아가서 군사적 조치를 취하고 민심을 가라앉혀야 될 것 아닌가?"

"그 문제는 이승표 안보보좌관이 말씀드릴 테니 통화 좀 하시지요."

"대통령님! 이승표 안보보좌관입니다."

"그래! 알고 있소! 나보고 국가의 위급상황에서 미국 대통령을 만나라니, 그게 무슨 소리요?"

"네! 그렇습니다. 이번 사태가 발생하게 된 것은 미국에게도 원인이 있습니다. 대통령님께서도 아시고 계시듯이 며칠 전부터 미일 해상 기동 연합 훈련이 진행됐습니다. 동해에서 미 해군 제7함대가 일본 해상자위대하고 같이 훈련을 했습니다. 그런데 해상 기동 훈련을 하던 일본군이 그것을 빌미로 일부 병력을 돌려 독도에 침입하여 무력으로 점령하였습니다. 이건 엄연히 미국에게도 책임이 있는 것입니다. 그러니 대통령님께서는 한국에 들어오시지 마시고 미국 대통령과 담판을 지어 동맹국으로서 도저히 용납할 수 없는 일이라 하십시오. 그리고 일본 군대와의 훈련을 즉각 중단하고 독도를 점령한 일본군에게 철수를 요구하도록 담판을 지으셔야 합니다. 만약 그러지 않는다면 일본에게 선전포고를 한다고 하십시오! 그리고 한국과 미국의 동맹도 재고할 수 있다고 강력하게 말씀하십시오! 그게 이번 사태의 해결 방법 중 하나입니다!"

"알겠소! 내가 좀 더 생각해보리다. 정 실장을 바꿔 주시오."

"네! 대통령님! 정 실장입니다."

"정 실장! 국내에서 국민들이 가만히 안 있을 텐데, 어떻게 진행할 생각인가?"

"네! 우선 이민선 총리가 나서서 민심을 수습하면서 일본 정부와 대화를 진행할 생각입니다. 또한 일본에 특사를 파견하여 일본 정부의 의도를 파악하고 우리 경비대원들의 상황에 대해서 알아보려고 합니다. 그리고 동해에서 벌어지는 군사 대치는 국방장관의 책임하에 명령권을 위임할까 합니다. 대통령님!"

"알았네! 빨리 수습책을 마련하고 수시로 보고하게! 난 지금부터 김무일 주미 대사와 통화한 다음 미국으로 출발하겠네.

"알겠습니다. 대통령님! 죄송합니다."

강 대통령과 전화 통화를 하고 난 후 정태환 비서실장은 청와대 수석비서관 및 관계자들과 합동회의를 열어 수습 안을 마련해 나가기로 했다. 그와 별도로 이민선 총리는 긴급 국무회의를 열어 광화문 청사의 국무 회의실에 장관들이 속속 모여 자리에 앉았다. 모든 절차를 생략하고 곧바로 회의를 진행했다.

"오늘 이렇게 일찍이 오시라 한 것은 우리나라의 독도가 일본에게 점령당했다는 국방장관의 연락을 받았기 때문입니다. 따라서 우리 내각에서는 이 사태를 어떻게 수습하고, 어떤 대처방안을 세워 진행할지 장관들의 의견을 듣고 결정할까 합니다. 그에 앞서 국방장관은 독도가 점령당한 과정과 현재 상황을 국무위원들께 설명해 주시오."

"네! 총리님!"

김오식 국방장관은 독도가 점령당한 과정을 설명하고 현재 동해 독도에서 일본 군함과 한국 해양경찰 경비함과 대치 중이고 한국 해군의 함대가 전부 출동 중이라고 설명하였다. 또한 전군에 비상사태 진돗개 하나를 발령하고 해군과 공군에는 데프콘 하나를 발동하여 전투준비태세 명령을 내렸다고 설명했다. 그때 회의장 밖에서 대기 중이던 의전비서관이 들어와서 이민선 총리에게 귓속말을 하고 나갔다. 이 총리는 국방장관이 설명을 마치자 회의를 중단시켰다.

"잠시만요! 지금 일본 공영방송인 NHK에서 속보방송을 한다고 하니 회의를 멈추고 일본 정부 발표를 보고 난 후 회의를 진행합시다."

모두들 회의를 멈추고 전면에 있는 대형 TV화면으로 고개를 돌리고 시청을 하였다.

TV에서는 KBS에서 일본 NHK 방송을 위성으로 중계하였다. 일본 NHK 방송에는 일본 오타 테츠야 관방장관이 기자들이 모인 자리에서 발표를 하였다. 그 시간이 정확히 오전 6시였다.

"2026년 9월 25일 오전 3시 30분, 우리 일본 자위대 특수작전군은 한국이 불법 점유하고 있는 일본해(동해)의 다케시마(독도)를 무력으로 탈환하였습니다. 따라서 오늘부터 다케시마는 일본 영토로 돌아왔고, 다케시마 인근은 일본 영해가 되었음을 알립니다. 아울러 다케시마 작전 중 사망자는 없으며 자위대원 4명의 부상이 전부입니다. 그리고 다케시마에 불법으로 주둔하고 있던 한국 경찰 경비대원들은 3명이 부상을 당하였으나 긴급히 이송하여 치료 중이며 나머지 경비대원들은 우리가 보호하고 있습니다. 이들 한국 경비대원들은 일본의 헌법에 따라 불법점유자(체류자) 신분을 적용하여 적당한 시기에 한국으로 추방될 것입니다. 다시 한번 말씀드립니다. 그동안 한국에서 국제법을 어기고 점령하였던 다케시마는 오늘부터 일본 영토임을 전 세계에 선포합니다. 이상 발표를 마치겠습니다.”

일본 공영방송 NHK 방송에서 일본 내각 관방장관이 기자들 앞에서 간단하게 발표를 마치고 퇴장하였다.

광화문 청사의 긴급국무회의에 모인 장관들이나 청와대 국정상황실에서 긴급대책회의를 하던 수석비서관들은 KBS에서 위성으로 중계하는 일본 NHK 방송을 보고 할 말을 잃었다. 또한 전국 관공서 공무원을 비롯해 서울역 대합실이나 전국에 있는 터미널 대합실, 기차역 대합실에서 TV를 보던 국민들은 경악을 금치 못했다. 제2의 경술국치를 맞은 것이다. 그것도 우리나라 최대 명절인 추석날 아침 날아온 소식에 모두 할 말을 잃었다. 전날 태풍이 온다고 하여 피해를 줄이고자 단단히 단속을 하고 있었는데 엉뚱하게 일본한테 독도가 점령당하다니! 한마디로 땅을 치고 통곡할 노릇이었다. 그동안 광화문 광장과 서울역 광장, 그리고 시청 앞 광장에서 반정부 데모를 벌이다가 잠시 태풍을 피하기 위해 집으로 일시 귀가했던 시민들은 아침뉴스를 보고 기가 막혀 했다.

이어진 일본 NHK TV 방송에서는 다케시마(독도) 해상에서 한국 해군과 일본 해군이 대치하고 있는 상황을 발표하였다. 아울러 다케시마(독도)에 주둔하고 있던 한국 경비대 병력이 상륙함 쿠니사키함에 체포되어 이송되었다는 것을 TV 영상을 통해 방송하였다. 독도 최승철 경비대장의 모습과 한국 경비대원의 모습이 영상으로 나왔다. 일본 상륙함 쿠니사키함에 한쪽에 모여 앉아 있는 모습이 비치고, 부상당한 경비대원들의 치료받는 모습도 비쳤다. 한국에는 추석날 아침에 경악할 소식이 전달되었고 일본에는 추분 명절에 기쁜 소식으로 발표되어 양국 국민이 상반된 광경으로 아침을 맞이하게 되었다. 일본의 신문사에서는 즉각 호외가 길가에 뿌려졌고, 한국에서는 아침 TV 뉴스 긴급속보로 해당 내용이 시시각각 방송되기 시작했다. 또한 한국에 나와 있는 CNN을 비롯한 외신은 한국 사람들의 표정과 분위기를 전 세계로 타전하였고, 일본에 있는 외신은 일본 정부 발표를 브레이킹 뉴스(Breaking News 속보)로 전 세계에 타전하였다.

광화문 청사에 모여 국무회의를 진행하던 이민선 총리나 장관들은 어두운 표정으로 말을 있지 못했다. 여성 장관들은 눈물을 흘리고 있었고, 이 총리는 손으로 얼굴을 감싸 쥐고 괴로워했다. 나머지 장관들 역시 허공만 바라보았다. 특히 국방장관은 죄인처럼 얼굴을 들지 못하고 책상 바닥만 바라보았다. 침묵의 시간이 10여 분이 흘러갔다. 이러한 광경은 청와대 국정상황실도 마찬가지였다. 드디어 이민선 총리가 무겁게 입을 열었다.

"참담하고 비통한 심정입니다. 뭐라고 할 말이 없습니다. 우리 국무위원들은 국민들 앞에 죄인이 되었습니다. 그렇지만 이렇게 넋 놓고 있을 수는 없으니 뭐라도 대책을 세워야 하지 않겠습니까? 말들을 해보시지요."

"행정안전부 장관인 제가 말씀드리겠습니다. 우선은 어제 불었던 태풍 피해가 전국적으로 어느 정도인지 파악하여 지자체별로 복구 작업을 진행해야 합니다. 또 국민들이 독도를 빼앗겼다는 상실감에 빠진 지금, 무슨 사태가 일어날지 모르니 경찰청에 갑호발령을 내려 치안을 유지해야 될 것 같습니다."

행정안전부 장관의 발언이 끝나자 이 총리가 말을 이었다.

"행정안전부 장관은 그렇게 차질 없이 진행하시고 전국의 모든 공무원에게 비상근무령을 내려 비상사태에 대비하도록 하세요. 그리고 지금은 대통령께서 해외 순방 중이라 청와대에서 대국민담화를 발표하기는 어려우니 총리인 제가 국민담화문을 직접 발표하여 국민들에게 이번 사태에 대해서 솔직히 말씀드리고 사과문을 발표할 것입니다. 발표가 끝난 다음 바로 강원도 동해로 가서 동해해양경찰청과 동해 제1함대를 방문하여 지금 벌어지고 있는 사태를 파악할 예정입니다. 국방장관은 나와 동해로 같이 동행하고, 행정안전부 장관도 일을 마치는 즉시 해양경찰청장과 함께 동해로 오시오!"

"네! 알겠습니다. 총리님!"

국방장관과 행정안전부 장관이 대답하였다.

그리고 나머지 장관들은 대답 없이 총리 말에 경청만 하고 있었다. 그때 이 총리가 다시 말을 했다.

"오늘 외교부에서 누가 참석했소? 지금 외교부 장관이 대통령님 순방에 동행하고 있어 부재중일 텐데…!"

"네, 외교부 제1차관인 제가 참석했습니다."

"그래요? 그럼 외교부는 해외공관에 이번 사태가 일본이 한국 영토를 무력으로 침공한 부당한 일임을 각국 정부에 호소하여 독도가 한국 영토라는 것을 알리고, 다음으로 일본 외무성과 연락하여 독도 경비대원들의 현재 상태를 확인해서 나한테 보고하세요. 그리고 그 내용을 외무부 대변인이 국민들에게 발표하도록 하시오!"

"네, 알겠습니다. 총리님."

"다른 장관들도 의견이 있으면 또 말해 보시오!"

아무도 말을 하지 못했다. 그냥 침묵만 흘렀다. 다시 이 총리가 말을 했다.

"더 이상 의견이 없으면 회의를 마치되 오늘부터 준전시상태이니 각부 장관은 부처로 돌아가서 비상근무를 해주시기 바랍니다. 그리고 각 부처가 근무에 만전을 기해 주시기 바랍니다."

모두 말없이 부처별 청사로 돌아갔고, 이민선 총리는 집무실로 들어와 공보실에 대국민 담화문을 준비해 오전 9시에 생방송으로 내보낼 수 있도록 하라고 지시하였다. 그러고 나서 이영배 국회의장에게 전화를 걸었다. 같은 여당 국회의원으로 이영배 국회의장은 이 총리보다 선배였고, 국회의원 시절부터 막역한 사이였다. 특히 서울에서 멀리 떨어진 지역에 지역구를 서로 갖고 있다 보니 동병상련하는 처지였다.

"이 의장님! 총리입니다."

"아, 이 총리! 나도 아침 6시 뉴스를 보고 알았소! 그런데 도대체 이게 어찌 된 거요?"

"이 의장님! 오늘 새벽에 국방장관에게 보고를 받아서 알았습니다.

이제 막 긴급 국무회의를 끝내고 의장님께 전화를 한 겁니다."

"아니! 나보다 해외순방 중인 대통령에게 보고해야 하지 않나요?"

"이미 청와대 비서실에서 대통령께 보고했을 겁니다. 지금은 준전시상태입니다. 대통령이 해외순방으로 인한 부재중인 지금, 제가 국내 통수권자라 해야 할 일이 많은 상황입니다. 이 의장님께는 두 가지 부탁할 일이 있어서 전화를 드렸습니다."

"무슨 부탁이요? 말을 해보세요."

"첫 번째, 지금 대선 때문에 유세를 하고 있어 정국이 혼란스러운데 나라의 긴급사태가 발생해서 국민들이 불안해하고 정치권에 대한 불신이 깊어지고 있습니다. 일단 정국을 안정시켜야 하니 유세와 정쟁을 멈추자고 여야 원내대표들을 불러 협조를 부탁하셨으면 좋겠습니다."

"아니, 이 총리는 원래 이달 말 총리직을 사임하고 대통령 유세를 해야 하지 않소. 그래도 괜찮겠소?"

"지금 제가 대통령이 되려고 유세한들, 그게 국민들한테 먹히겠습니까? 욕이나 안 먹으면 다행이지요. 오늘 새벽에 벌어진 이 사건으로 인해 대통령이란 꿈은 날아간 것 같습니다. 대통령 선거를 해봐야 알겠지만, 이러한 악재가 나타났는데 저한테 대통령 자리가 돌아올까요? 지금은 대통령이고 뭐고 중요한 게 아닙니다. 일본에 빼앗긴 독도를 되찾는데 힘을 써야 할 것 같습니다."

"두 번째 부탁은 뭡니까?"

"네. 얼마 전 일본에 방문하셔서 일본의 중의원 의장과 자민당 간사장을 만나시지 않으셨습니까? 그래서 이 의장님이 직접 일본을 방문하시거나 국회 특사를 보내서 일본 중의원 의장과 자민당 간사장을 다시 한번 만나 일본 정부의 속내와 우리 경비대원들의 상태를 확인해주셨으면 합니다. 저는 오늘 오전 9시에 대국민담화를 발표하고 곧바로 강원도 동해로 날아가 우리나라 해군과 일본 해상자위대의 대치 상태를 살펴볼 예정입니다. 물론 외교부에도 일본 외무성과 접촉하라고 지시했지만, 실무적인 대화면 몰라도 정치적인 대화는 어려울 것 같습니다. 그러니 국회 차원에서 이 의장님이 나서 주셨으면 합니다."

"알겠소. 두 가지 다 진행하겠소! 우리 국회에서도 뭔가 해야 하지 않겠소? 총리가 부탁하는 것 외에도 내 나름대로 할 일이 있을 것 같으오! 아무튼 국회 차원에서 최선을 다해보겠으니 이 총리는 이 총리대로 이번 사태를 잘 해결해주기 바라겠소!"

"알겠습니다. 의장님. 감사합니다."

"감사는 뭘! 나도 말은 안 해서 그렇지, 아침 6시 뉴스를 듣고 통곡했소! 화장실에서! 말하면 무엇 하오? 그냥 슬픕니다."

"이만 끊겠습니다. 들어가시지요."

이 총리는 모든 걸 내려놓기로 결심했다. 독도가 다시 돌아올 수 있다면 목숨도 내놓을 심정이다. 그래도 가만히 있을 수 없어 각 부처별로 확인하고 각종 업무지시를 하였다. 어느덧 오전 9시가 다 되었을 때 의전 비서관이 들어왔다.

"총리님! 대국민 담화문을 발표할 준비가 되었습니다. 회견실로 가서야 됩니다."

"알았네! 가지!"

이민선 총리는 대국민 담화문 발표로 회견실로 가는 발걸음이 무거웠다. 그리고 침통했다. 내가 훗날 역사에 어떻게 기록될까 등 잠깐 사이에 수많은 생각이 파노라마처럼 다가왔다. 이윽고 회견실에 들어섰다. 평상시 같으면 장관이나 국무총리실 간부들이 배석했을 텐데, 오늘은 아무도 배석하지 말라고 했다. 준전시상태에서 비상근무를 해야 하는 공무원들이 무슨 낯으로 얼굴을 들고 국민 앞에 나서나 하는 생각에 오직 혼자 대국민 담화문을 발표하기로 했던 것이다. 회견장에는 방송국 카메라가 수십 대 서 있고, 내외신 기자가 문까지 꽉 들어차서 발 디딜 틈이 없었다. 일부러 공보실에 얘기해서 국내에 나와 있는 해외 언론기관의 기자들까지 다 불러들이라 했다. 한국의 입장을 전달하기 위해서 공보실에 지시한 것이다. 모두 이민선 총리를 주시하며 긴장된 표정으로 담화문을 기다리고 있었다. 이윽고 이민선 총리가 발표문을 낭독하였다.

"친애하는 국민 여러분! 우리의 영해인 동해에 위치한 독도는 위도는 동도 기준으로 북위 37°, 경도는 동경 131°이고, 울릉도에서 동남쪽으로 87.4㎞ 떨어져 있으며, 일본의 오키섬과 독도는 157.5㎞나 떨어져 있어 엄연한 우리 영토입니다. 우리 영토인 독도를 일본 해상자위대가 무력 점거하였습니다. 그들은 미 해군 제7함대와 미일 해상기동 연합 훈련을 한다는 구실로 동해에 진입하여 일본 해상자위대 제3 호위함대가 마이즈루에서 우리 영해를 침범하여 새벽 2시경에 일본 항공자위대의 전자전 공격기로 독도에 있는 레이더와 통신기를 마비시키고 울릉도에 있는 우리 해군, 공군 레이더를 공격했습니다. 그리고 독도에 민간인 경찰 신분으로 주둔하고 있던 경비대원들을 대규모 함대 전단을 활용, 일본 특수군 400여 명을 동원해 40명에 불과한 인원에게 대규모 총격을 가한 후 우리 대원들에게 총상을 입힌 다음 독도를 무력으로 점령하였습니다. 2,000년 전부터 한국의 고유 영토인 독도를 한일강점기 이후 일본 땅이라고 주장하며 그동안 수많은 침범을 하였습니다. 그러나 우리 정부는 독도가 엄연히 우리의 영토임을 알기에 군인이 아닌 민간 경찰을 통해 이 지역 바다에서 어로 작업하는 선박과 이 지역을 통과하는 각국의 선박, 군함의 뱃길을 지켰습니다. 그들은 그렇게 평화의 전도사 역할을 하였습니다. 그런데 일본 정부는 한국의 고유 영토인 독도를 호시탐탐 노리다가 결국 오늘 새벽에 태풍이 지나가길 기다렸다가 기습 침입하여 독도를 점령한 국제적 범죄 행위를 저질렀습니다. 이는 대단히 야비하고 잔악한 행위로, 한국 정부로서는 절대로 용납할 수 없으며, 또한 국제법으로도 있을 수 없는 행동입니다. 따라서 한국 정부는 현재 일본과의 전쟁도 불사하는 전시상태로 전환, 비상령을 내렸습니다. 지금도 동해상에는 우리나라 해양경찰청 경비함과 우리 해군 군함들이 총출동하여 대치하고 있는 상태입니다. 만약 동해상에서 일본과의 전쟁이 일어난다면 수많은 인명피해가 발생하여 그동안 양국 간의 국민들이 교류하여 쌓아온 신뢰가 한순간에 무너지며, 이 사태로 인해 영원히 일본을 이웃 나라로 인정하지 않을 뿐 아나라 독도를 되찾는 그날까지 일본과 적대적 관계가 될 것이며 자자손손 우리 영토인 독도를 회복하기 위해 모든 수단을 동원할 것을 천명하는 바입니다. 지금이라도 일본 정부는 독도를 무력 점거한 특수부대를 철수시키고 정박해 있는 일본 군함을 철수시키기 바랍니다. 만약 철수를 하지 않는다면 그 후에 벌어지는 모든 사태는 일본 정부에 책임이 있다는 걸 분명히 밝혀두는 바입니다. 친애하는 국민 여러분! 오늘은 우리의 고유 명절인 추석입니다. 그런 추석임에도 조상님들께 한없이 부끄러운 날입니다. 물려주신 영토를 지키지 못하고 남의 나라에 빼앗긴 이때, 국정을 책임지는 사람으로서 국민 여러분을 뵐 면목이 없고 죄송합니다. 우리 정부는 현 사태를 묵과하지 않고 모든 수단을 동원하여 반드시 우리의 땅 독도를 회복할 것입니다. 또한 우리 경비대원들의 신병을 빠른 시간 내에 일본 정부에서 인도받아 그들이 맡은 바 임무를 다 할 수 있도록 하겠습니다. 대단히 죄송합니다."

이민선 총리는 눈에서 눈물이 나오는 것을 억지로 참고 담화문을 다 낭독한 다음 회견장에서 집무실로 향했다. 담화문을 통해 독도가 한국 땅이라는 근거를 명확히 밝혔고, 일본이 미국을 이용하여 남의 나라 땅을 강탈한 점을 강조했으며, 국민들에게는 머리 숙여 사과하고 반드시 되찾겠다는 의지를 밝힌 것이었다. 회견을 끝낸 이 총리는 즉시 용산 국방부에서 헬기를 타고 강원도 동해로 날아갔다. 이민선 총리의 담화문은 내외신 기자를 통하여 전 세계로 타전되었다.

그로부터 1시간 뒤인 10시에 북한은 외무성 대변인 성명으로 일본은 독도에서 당장 물러가라는 담화를 발표하였고, 중국 외교부는 당사자 간에 무력 충돌을 자제하고 대화를 통하여 사태를 해결하라는 다소 유화적인 담화문을 발표하였다. 한국 편을 들지 않는 중립적인 담화였다.

서울의 거리는 한산했다. 모두 총리의 담화를 듣고 침묵을 지키며 울분을 토하고 있었다. 그러다 정오를 기해 한 사람 두 사람 광화문 광장에 모여들기 시작했다 어저께까지 정부를 향해 데모를 하던 군중이 조금씩 불어나기 시작하더니 오후 2시를 지나면서부터 광화문 광장에 수많은 군중이 모여들었다. 그리고 구호가 들리기 시작했다. 추석 명절 분위기는 날아갔고, 분노의 함성만이 들려왔다.

"일본은 독도에서 물러가라!"

"일본은 동해에서 군대를 철수하라!"

"일본으로 전 국민이 쳐들어가자!"

"정부는 독도를 되찾아라!"

"무능한 정부가 독도를 일본에 빼앗겼다!"

"미국은 일본과 야합하여 독도를 침탈한 책임을 져라!"

순식간에 광화문 미국 대사관을 에워싸고 돌멩이를 던지기 시작하였다. 이에 경찰병력이 미 대사관을 에워싼 군중들을 저지하기 시작했다. 그러나 중과부적이었다. 서울경찰청은 기동부대를 추가로 출동시켰다. 그러나 성난 민심은 가라앉지 않았다. 그렇다고 최루탄을 쏠 수는 없었다. 만약 그렇게 한다면 성난 민중이 거꾸로 청와대와 광화문 청사로 몰려갈 것 같았다. 그렇지 않아도 모든 국민이 분노하고 있는데, 그걸 물리적으로 막는다면 기름에 불을 붙이는 행위가 될 것 같았다.

2026년 9월. 추석은 없었다. 그러나 미국 대사관만큼은 철통같이 경찰차로 에워싸고 대규모 병력을 투입하여 저지하고 있었다. 그때 군중 속에서 일본 대사관으로 쳐들어가자는 소리가 들렸다. 그러자 미국 대사관을 에워싸던 군중들이 경복궁 맞은편에 있는 트윈트리타워 A동으로 몰려가기 시작했다. 맞은편에는 소녀 상이 있었다. 군중은 트윈트리타워 A동에 진입하기 위해 경비를 서던 경찰 경비선을 뚫고 계단을 통하여 순식간에 8층 일본 대사관의 굳게 닫힌 문을 부수고 난입하여 대사관 집기를 던지고 창문을 깨트리고 일본 대사관 문서를 창 밖으로 집어 던지기 시작하였다. 일본은 이러한 사태를 미리 짐작하고 대사관 직원들을 본국으로 철수시켰고, 모든 것을 한국인 관리인에게 맡겨둔 채 서류를 정리하여 문을 걸어 잠가 놓았다. 이 광경을 외신언론과 한국 언론 등 TV에서 방영하고 있었다. 도저히 경찰 병력으로 막기 어려운 상황이었다. 종로경찰서 옆에 있는 일본 공보문화원은 대학생 연합단체와 각종 단체의 회원들이 진입하여 공보문화원 시설과 집기들을 부수고 바깥으로 내던지기 시작했다. 일본 공보문화원은 이미 한 달 전에 내부 수리란 이유로 폐쇄한 상태였다. 부산 일본 공보문화원, 제주 공보문화원 등 한국 내 일본 정부 기관 시설은 적당한 이유를 들어 모조리 폐쇄했고, 머물던 사람들은 전부 일본으로 철수했지만, 한국 외교부는 이런 일본의 속내를 까맣게 모르고 지나갔다. 종로경찰서장은 경찰청에 어떻게 할 것인지 문의를 하였다.

"종로 경찰서장입니다. 청장님! 이곳 일본 공보문화원은 완전히 성난 군중들이 장악하였습니다. 일본대사관도 마찬가지고요. 어떻게 할까요?"

"조금만 기다려라! 내가 동해로 가신 장관님께 어떻게 처리할지 물어보겠다."

종로 경찰서장과 경찰청은 어떻게 처리할지 동해에 있는 이민선 총리와 동행한 행정안전부 장관에게 묻고자 했다.

그때 행안부 장관과 국방장관, 그리고 이민선 총리는 동해 1함대에서 이종서 사령관에게 현재 한국 해군과 대치 상황을 브리핑을 받고 있었다. 명령만 내리면 해상전투가 시작될 시점이다. 이미 우리 광개토대왕함을 비롯하여 각종 호위함과 초계함이 독도 근처에 와 있고 일본의 제2, 제3, 제4호위함대 역시 속속 도착하고 있었다. 거기에 미 해군 제7함대가 연합 훈련 도중 독도 인근에 머무르고 있었다. 동해는 순식간에 한미일 해군력이 총집결하여 팽팽하게 맞서고 있는 상태였고, 총리가 명령만 내리면 순식간에 전쟁터로 변하는 상황이었다. 일본은 일본대로 상황이 생각하지 않은 방향으로 흘러가서 실질적인 제2 호위함대 지휘관 다나카 히로시 해장보(소장)도 본국의 명령을 초조하게 기다리는 중이었다.

"장관님! 경찰청장의 전화입니다."

수행원이 전화기를 건넸다.

"청장! 무슨 일이요?"

"장관님! 지금 광화문 광장에 수만 명의 군중이 몰려들어 미국 대사관을 에워싸고 있는 것을 간신히 막았는데, 이제는 일본 대사관과 공보문화원으로 몰려가 난입하여 장악했습니다. 어떻게 처리할까요?"

"잠깐!"

동해함대 사령관 브리핑을 듣던 것을 잠시 멈추고 총리와 국방장관 등은 행정안전부 장관의 전화가 끝나기를 기다렸다.

"총리님! 경찰청인데 지금 서울에서 난리가 났다고 합니다. 수만 명의 군중이 미 대사관에 몰려가 돌을 던지고 진입하려는 것을 간신히 막았더니, 이번엔 일본 대사관과 공보문화원에 난입하여 대사관과 공보문화원의 시설물을 부수고 있답니다. 이를 어떻게 처리해야 할지 묻고 있습니다."

"음! 지금 경찰에는 비상사태 갑호가 발령되지 않았소?"

"네! 오늘 오전 10시를 기해서 갑호 발령을 했습니다."

"경찰청장에게 전하시오! 미국 대사관은 어떤 일이 있어도 철통같이 지키라고! 미국 대사관 앞에 경찰병력을 집중 배치하라고 하시오. 이미 일본 대사관에 진입한 군중들의 경우는 내버려두고 질서유지만 시키라고 하시오! 내가 거기 있었다 해도 일본 대사관으로 쳐들어갔을 텐데 국민들의 심정은 오죽하겠소? 일본 대사관에 분풀이라도 해야 하지 않겠소? 사람만 다치지 않도록 주의하라고 하시오!"

"네! 알겠습니다."

이 총리의 지시를 들은 행정안전부 장관은 경찰청장에게 전화로 지시를 하였다.

"경찰청장! 내 말 잘 들으시오! 우선 미국대사관은 어떠한 일이 있어도 철통같이 지키시오! 경찰 병력을 증파하여 대사관 근처에는 성난 국민이 얼씬도 못하게 하고, 이미 난입한 일본 대사관은 군중들과의 충돌을 최대한 피하고 질서유지만 시키면서 사람만 다치지 않도록 하시오! 알겠소?"

"네! 알겠습니다. 장관님!"

이내 경찰청장은 종로 경찰서장에게 지시를 하였다.

"종로서장! 장관님 말씀이 미 대사관은 철저히 지키고 병력이 부족하다면 증파하여 아무도 진입 못하도록 하라고 하셨소. 이미 난입한 일본 대사관은 내버려두되 사람만큼은 다치지 않도록 질서만 유지시키시오!"

"네! 청장님!"

그날 일본 대사관이 있는 트윈트리타워 A동은 성난 군중에게 쑥대밭이 됐고, 대사관의 모든 시설은 파괴되었다. 그리고 일본 공보문화원은 군중들이 불을 질러 화재에 휩싸여서 종로소방서에서 소방차가 출동하여 화재를 진압하였다. 부산 초량역에 있는 일본 총영사관 역시 성난 부산 시민들이 난입하여 총영사관 시설을 부수었다. 제주도에 있는 총영사관만 제주도 경찰서에서 보호하고 있었는데, 제주도민들은 영사관 앞에서 구호를 외치고 있었다. 성난 사람들이 시내 일식 식당에 돌을 던지는가 하면, 일본 자동차 렉서스나 도요

타가 지나가면 차를 세우고 운전자를 끌어내린 다음 차에 불을 질렀다. 서울 시내 곳곳에 연기가 피어오르면서 말 그대로 아수라장이 되었다. 이러한 광경은 고스란히 전 세계로 퍼져 나갔고 일본에도 방송되었다. CNN 한국지부 기자는 길거리에서 카메라 촬영을 하면서 성난 시민들에게 인터뷰를 하였다.

CNN 기자가 타도 일본 머리띠를 두르고 소리치는 시민에게 마이크를 들이밀었다.

"지금 시민들이 뭐라고 소리치고 있고 현재 심정은 어떻습니까?"

"우리는 일본과 전쟁을 할 것이고, 젊은 사람들은 자원입대할 것이며, 끝내 일본을 타도할 것입니다!"

그 시민은 불끈 주먹을 들어 올리며 그렇게 인터뷰를 하였다.

오후 서너 시가 되자 전국 대도시의 시민들이 일제히 거리로 나와 일본 타도들 외치며 거리를 휩쓸었다. 모든 백화점과 마트, 시장은 일제히 철시를 하였고, 한국의 육, 해, 공군은 초긴장 상태로 하루를 보내고 있었다.

그 시각 동해로 날아간 이 총리와 국방장관, 그리고 늦게 달려온 합참의장 해군참모총장은 동해 1함대 사령부에서 끊임없이 독도 근처에 있는 광개토대왕함장과 교신하며 대기상태를 유지하고 있었다. 또한 평택 주한미군 사령관은 본국 국방부 펜타곤과 교신하며 한국의 상황과 동해에서 일어나고 있는 상황을 시시각각으로 전달하고 다음 지시를 기다렸다. 주한 미 대사관 역시 미국 국무부에 한국의 사태를 보고하며 훈령을 기다렸다.

한편 일본 고이즈미 총리는 오전 6시 관방장관이 다케시마 탈환을 발표하고 난 다음 오전 9시에 한국 총리의 대국민 담화문 발표를 위성TV 중계를 보고 즉각 내각회의를 총리실 각료회의실에서 열었다. 출장 중인 대신들을 제외한 모든 내각 대신들이 모였다. 고이즈미 총리가 먼저 말을 했다.

"오늘 오전 우리 자위대 특수작전군은 계획대로 임무를 완수하였습니다. 그동안 우리 자위대가 훈련한 결과대로 이루어졌습니다. 쌍방이 크게 인명 피해도 없고 말입니다. 그런데 지금 다케시마 근처에 한국 해군이 총출동하여 우리 호위함대들과 대치를 하고 있습니다. 거기에 미 해군 제7함대도 있습니다. 물론 우리의 전략대로 한국 해군이 우리에게 발포를 하지는 못하고 있는데, 언제든지 발포하면 전쟁이 날 수 있는 상황입니다. 조금 전 한국 총리가 자국민들에게 담화를 발표하였습니다. 우리와 전쟁도 불사한다고. 그러면서 전시상태를 선포하였습니다. 이렇게 되면 우리도 전쟁할 것에 대비해 전시상태로 전환해야 하지 않겠습니까?"

'방위대신은 어떻게 생각하십니까?"

"총리 각하! 이번에 우리가 작전을 하면서 오랫동안 준비하지 않았습니까? 어차피 각오를 한 일입니다. 그러니 다케시마 근처에서 한국 해군과 우리 해상자위대가 발포하여 전쟁을 한다면 우리도 전시상태를 선포하고 이미 만들어 놓은 매뉴얼에 의하여 동원령을 발표를 해야 할 것입니다."

"만약 지금이라도 한국 해군과 우리 해상자위대가 해상전투를 한다면 어떤 결과가 나오겠습니까?"

"총리 각하! 워 게임을 통한 시뮬레이션을 해봤습니다. 결과는 우리 해상자위대의 완승입니다. 그런데 중간에 끼어 있는 미 해군 제7함대 때문에 서로 공격을 못하고 대치 상황이 돼버려서 쌍방의 피해가 클 것 같습니다. 물론 이 경우에도 우리가 승리는 하겠지만, 우리 피해도 만만치 않을 것 같습니다. 그동안 한국 해군도 전력증강이 많이 이루어진 상태입니다."

"생각지도 않은 결과입니다. 그렇다고 이대로 물러설 수는 없지 않습니까! 그동안 우리 대원들이 수많은 탈환훈련을 하여 점령한 다케시마인데 말입니다."

"물론 물러설 수는 없습니다. 아마 한국 해군도 쉽게 발포하여 전쟁을 일으키지는 못할 것입니다. 현재 재일 미군 사령관과 태평양 사령관이 재한 미군사령관에게 연락하여 한국 국방장관에게 다케시마 근처에 있는 한국 해군에게 발포를 하지 못하도록 압력을 가하라고 설득하는는 중입니다. 그러니 잠시 좀 더 기다려 보는 게 좋을 것 같습니다."

"지금 한국 대통령이 캐나다에 머물고 있는데 곧 미국 워싱턴으로 가서 회담을 할 예정입니다. 그래서 모리 외무대신을 급하게 워싱턴으로 보냈습니다. 한국 대통령과 미국 대통령과의 회담 결과를 보고 미국 대통령과 면담을 한 다음 미 국무부 장관과 접촉하여 우리 입장을 설명할 것입니다."

"관방장관께서는 지금 세계 여론이 어느 쪽으로 기우는지 아시고 계시는지요? 외무성이나 관방장관 홍보실에서 각국 대사관과 언론을 통하여 소식을 받아볼 텐데요?"

"아직은 각국에서 크게 입장문을 내놓고 있지는 않습니다. 다만 중국은 중간 입장에서 당사자들은 자제하라는 성명을 발표했고, 러시아에서는 우리보고 물러나라고 하였습니다. 또 북조선은 우리에게 무례한 성명을 하였습니다. 미 국무부 대변인은 한국과 우리가 대화로 해결하라는 원칙적인 입장을 발표하였습니다. 그 밖에 아직까지 뚜렷하게 입장을 발표한 국가는 많지 않습니다. 아마 시차 때문에 늦은 오후가 돼서야 각국의 입장을 알 것 같습니다. 우리에게 유리한 여론이 조성될지 안 될지 말입니다."

관방장관 말이 끝나자 고이즈미 총리는 한국 국회의장이 전화로 접촉하려고 한 사실을 말했다.

"그렇겠군요? 그런데 오전 8시에 한국 국회의장이 우리 중의원 의장과 간사장에게 전화로 연락을 하였는데 일부러 전화를 받지 않았다고 합니다. 지금 시기에는 적절치 않은 것 같아서 그랬답니다. 나한테 두 분이 연락을 해주었습니다."

"야마다 부총리께서는 지금 한국 경제가 어느 정도 상황인지 알고 있습니까? 그리고 우리와 전쟁을 한다면 어느 정도까지 경제적으로 버틸 수 있는지 의견을 말씀해주십시오."

"네! 총리 각하! 지금 한국 경제는 심각합니다. 재정이 고갈되어 조만간 외환 보유고가 500억 달러를 밑돌 것입니다. 그래서 한국 대통령이 캐나다를 방문하여 추가로 300억 달러 통화 스와프 협정을 맺었다고 합니다. 하지만 그것이 우리와 전쟁할 때 제공되지는 않을 것입니다. 그건 국제적으로 통용되는 사안이 아니니까요. 그리고 미국을 방문하여 세계은행과 국제통화기금 총재들과 회담하여 한국 금융 문제를 풀려고 계획했고, 미국 대통령과 회담하여 방위 분담금 지출을 유예하려고 하고 있습니다. 그런데 이번 일로 전부 실패로 돌아갈 것입니다. 그러니 우리와의 전쟁을 할 수 없거나 회피할 구실을 찾을 겁니다. 모리 외무대신이 미 백악관 참모들과 미 국무부, 그리고 의회와 접촉하여 설득하면 아마도 우리 전략대로 될 것 같습니다. 그동안 한국이 벌인 10여 년 동안의 외교 행위가 미국에게 신뢰할 수 없는 모습으로 보였기 때문에, 미국에서도 한국 정부의 말을 그렇게 신뢰하지 않고 있습니다. 미국이 한국을 지켜주고 키워줬는데 미국보다 중국, 북조선에 오히려 가까이 다가가고 우호적인 태도를 보이니 미국 정부는 배신감을 느끼고 있습니다. 그러니 너무 염려하지 마시고 조금만 기다려 보시지요. 오늘 한국 대통령이 미 대통령과 회담하고 나면 미국이 우리에게 한국과 어떻게 협상할 것인지에 대한 의견을 들으려 연락할 것입니다. 그러면 미국에게 방위비 분담금을 유예해주는 대신 우리가 제시한 중재안을 받아들이게끔 한국을 설득하라고 의견을 전달할 것입니다."

"그럼 우리 일본이 미국에 어떤 중재안을 제시하면 좋겠습니까?"

"글쎄요. 미 백악관에서 한국 대통령과 회담하고 난 후 우리한테 의견을 물으면, 그때 우리가 다케시마를 지키는 조건으로 중재안을 제시해야지요."

"그럼 부총리께서 관방장관과 방위대신과 의견을 종합하여 몇 개 안을 만들어 보시지요!"

"그렇게 하겠습니다. 중재안을 만들어 총리 각하의 재가를 받겠습니다."

일본 내각은 한국의 속사정을 훤히 들여다보면서 자신들에게 유리한 중재안을 만들어 미국에 제시하고 한국 대통령이 그것을 받아들이도록 하는 전략을 만들고 있었다. 그날 일본 내각은 한국 총리의 담화를 보고 일본 니시무라 젠 방위대신은 해상자위대 다나카 히로시 해장보에게 한 발도 물러서지 말고 다케시마를 고수하고, 만약 한국 해군이 발포하면 즉각 대응하여 한국 해군을 괴멸시키라고 지시하였다. 일본은 역사적으로 해상전투에 자신이 있다고 자부하였다.

그날 오후 3시 일본 관방장관이 다시 일본 정부의 성명(聲明, announcement)을 발표하였다. 성명 내용은 즉각 '한국 해군은 다케시마 해역에서 물러나고, 한국 정부는 한국 내 일본 대사관과 총영사관, 그리고 공보문화원을 부순 대가를 지불해야 하며, 비엔나 외교 협약 45조를 준수하라.'라고 촉구하는 내용이었다. 오후에 한국 내 일본 대사관이 파괴되고 공보문화원이 불타는 모습을 보고 발표를 한 것이다.

비엔나 외교협약 45조 내용은 다음과 같다.

제45조 2개국 간의 외교관계가 단절되거나 또는 공관이 영구적으로 또는 잠정적으로 소환되는 경우에,

(a) 접수국은 무력 충돌하는 경우에라도 공관의 재산 및 문서와 더불어 공관지역을 존중하고 보호하여야 한다.

(b) 파견국은 공관의 재산 및 문서와 더불어 공관 지역의 보관을 접수국이 수락할 수 있는 제3국에 위탁할 수 있다.

(c) 파견국은 자국 및 자국민의 이익 보호를 접수국이 수락할 수 있는 제3국에 위탁할 수 있다.

한국과 일본이 동해상에서 해군력을 총동원하여 서로 맞서고 있을 때, 캐나다에서 미국으로 날아간 강제연 대통령은 24일 늦은 밤 미국 워싱턴 덜레스 공항에 내려 미 국무부 한국 담당 과장과 전 경제수석이자 현 주미대사 김무일의 영접을 받았다. 그러나 미국은 전통적으로 한국 대통령이 숙박한 블레어 하우스를 내주지 않았다. 그래서 할 수 없이 윌라드 인터콘티넨탈에 여장을 풀고 내일 오전에 미국 마크 윌리암스 대통령과 회담하기로 했다. 민주당 출신의 젊은 대통령이다. 미국 내에서는 젊은 대통령으로 진보성향이 강하지만 대외정책만큼은 상당히 보수적이었다. 전임 도널드 트럼프 대통령만큼은 아니지만 그래도 미국의 이익을 우선하는 것은 마찬가지였다. 더구나 최근 10년 동안 한국 정부와 미국과의 좋지 않은 관계가 이어져 이것을 일본이 이용하고 있는 것이다. 내일 오전 과연 미국 대통령과의 회담이 어떤 결과가 나올지 몰라 대통령은 김무일 주미대사, 외교부 장관, 그리고 경제부총리와 미국과 회담할 내용을 얘기하기로 했다.

먼저 김무일 주미대사가 대통령이 숙박하는 호텔 숙소 응접실에서 안부 인사를 하였다.

"대통령님! 오랜만에 뵙겠습니다. 건강은 괜찮으신지요?"

"지금 이 시기에 내 건강을 챙길 땐가? 나라가 나락에 빠졌는데…!"

"그래도 이럴 때일수록 대통령님께서 건강을 챙기셔야 합니다."

"그건 그렇고! 지금 백악관 분위기는 어떻소?"

"분위기가 좋지 않습니다. 한국이 일본을 향해 전쟁을 선포한다고 하니 백악관에서는 반기지 않는 분위기입니다. 그래서 내일 회담이 어떻게 될지 모르겠습니다."

"아니! 일본이 먼저 미 해군 제7함대를 방패로 삼아 훈련을 구실로 도발하였는데, 어째서 우리한테 미국이 비협조적으로 나오는 거요! 주미대사?"

"대통령님! 지금 한국 경제가 사실 어려워 캐나다와 미국을 방문하여 경제문제를 풀려고 방문하는 목적을 미국도 알고 있습니다. 그 사이 일본이 오랫동안 준비한 계획에 따라 독도를 점령했지요. 미국은 일본이 점령한 독도가 누구의 영토이든 상관하지 않습니다. 이는 그동안 한국이 미국과의 동맹관계를 멀리하고 중국과 북한에 더 다가서는 정책을 펼친 결과입니다. 이것을 일본이 노렸는데, 미국은 한국의 그러한 외교정책 때문에 일본을 더 신뢰하고 있어서 이번 사태도 우리한테 결코 이롭지 않습니다. 그래서 내일 회담을 장담할 수 없습니다. 신중하게 회담에 임하셔야 합니다."

"이렇게 된 마당이니 내일 미국 대통령과 회담할 때 일본의 독도 점령 사건에는 미국에도 책임이 있다고 강력하게 밀어붙일 생각인데, 주미대사 생각은 어떻소?"

"그건 좋은 방법이 아닙니다. 그런다고 미국 측에서 우리 얘기를 들어줄지 의문입니다. 미국도 우방국인 한국과 일본의 전쟁을 원치 않을 것입니다. 그래서 한국 경제 사정을 감안하여 방위비 분담금 유예와 일본과 한국 사이의 중재안을 제시할 것입니다. 따라서 중재안에 어떤 내용이 담길지가 중요합니다. 그렇지만 중재안이 나온다 해도 결코 우리한테 유리한 중재안이 나오지는 않을 것입니다. 그 점은 각오하시고 결정하셔야 됩니다. 지금 일본 모리 카즈마 외상이 워싱턴에 도착하여 미 국무부와 국방부, 그리고 미 백악관을 휘젓고 다니고 있습니다. 우리가 한발 늦었습니다. 그러니 대통령님께서 회담을 어느 방향으로 이끌어 나갈지 생각을 하셔야 합니다."

"알겠소! 오늘 얘기는 여기서 끝내고 내일 아침에 회담에 가기 전에 한 번 얘기합시다."

"네! 대통령님! 오시느라고 피곤하실 텐데 쉬십시오. 이만 물러가겠습니다."

그날 늦은 시간에 도착한 대통령은 저녁도 먹는 둥 마는 둥 비행기 내에서 해결하고 김무일 주미대사와 잠시 얘기를 나눈 다음 취침자리에 들었다. 만 가지 걱정을 안고 잠이 들었다. 김무일 주미대사는 오랜만에 대통령을 보니 연민의 정이 들었다. 전임 정권의 안 좋은 정책을 이어받아 국정을 운영하다 결국 오늘날의 사태가 터진 것이다. 그렇게 경제정책 전환과 외교정책 변경을 요청하였건만 어설

픈 진보주의 참모들에게 둘러싸여 실기를 놓쳤고, 결국 일본이 허를 찔러 독도를 점령한 것이었다. 60년 동안 애써 만들어 놓은 국가 경제를 경제관념조차 없는 정치인들이 10년 만에 망쳐버린 것이다. 그런데 그걸 아직까지도 모르고 있다. 이제 어떻게 이 사태를 해결하나? 게다가 독도를 다시 찾을 수 있을지조차 의문스러웠다. 언젠가 한 번은 일본과의 한판 승부가 올 날이 오지 않을까 염려스러웠다. 내일 백악관에서의 회담이 잘 되기를 기도하며 김무일 대사는 대사관저로 향했다.

다음날 25일 오전 10시(미국시간). 강제연 대통령은 백악관을 방문하여 미국 마크 윌리엄스 대통령의 영접을 받고 회의실에 마주 앉아 정상회담을 하였다. 회담 장소에는 미 국무장관, 국방장관, 미 국가안보보좌관, 미 참모의장 등 한일사태를 심각하게 생각한 듯 각료급 인사들이 전부 배석했다. 한국에서는 경제 실무 협상팀으로 가다 보니 대통령과 재정기획부 부총리, 외교부 장관, 산업통상자원부, 금융통화위원장, 그리고 주미대사이다. 통상 분야 전문가들이 참석하다 보니 회담이 언밸런스가 되었다. 따라서 김무일 주미대사가 현안문제를 통역하고 전달하는 일을 하게 된 것이다.

먼저 마크 윌리엄스 미 대통령이 환영 인사를 간단하게 했다.

"어서 오십시오. 환영합니다. 강 대통령!"

"이렇게 초청해 주셔서 감사합니다. 윌리엄스 대통령!"

서로 간단하게 말을 건네고 본회담이 시작되었다. 먼저 마크 윌리암스 대통령이 직접 독도로 인한 한일 해군의 대치상태에 대해 언급했다.

"강 대통령(Mr President kang)! 지금 한국과 일본 사이의 바다에서 군사 충돌이 일어나고 있습니다. 한국과 일본 두 나라는 미국의 우방이자 동맹국입니다. 그런데 두 우방국 사이의 리앙쿠르 암(Liancourt Rocks) 때문에 군사적 충돌로 전쟁 일보 직전의 대치를 하고 있습니다. 우리는 두 나라 사이의 전쟁을 원치 않습니다. 따라서 강 대통령께서 한국 해군에 철수 명령을 내려주십시오."

"윌리엄스 대통령! 리앙쿠르 암(Liancourt Rocks)이 아니고 독도(Dokdo)라는 이름을 갖고 있습니다. 독도(Dokdo)는 2,000년 전부터 한국의 고유영토였습니다. 그래서 그동안 독도를 한국 경찰이 상주하여 지키고 있었습니다. 그런데 일본에서 미 해군 제7함대와 미일 해상 기동 연합 훈련을 구실로 독도에 태풍이 통과한 후 군함을 몰고 침입하여 무력으로 점령했습니다. 이것은 한국으로서는 도저히 용납할 수 없는 행위입니다. 그래서 우리는 해군을 총동원하여 되찾고자 합니다. 또한 미 해군 제7함대가 훈련을 주관하고 있었던 만큼 그에 따른 책임이 있다고 봅니다. 따라서 한국 영해에 침입한 일본 함대가 먼저 철수해야 하며, 독도를 점령하고 있는 일본 군대가 철수해야 합니다."

강 대통령과 윌리엄스 대통령 사이에는 팽팽한 긴장감이 흐르고 있었다. 일본의 외교 전략이 이미 미국 대통령에게 발휘된 것 같은 느낌이었다. 그때 미 국방장관이 나서서 말을 했다.

"강 대통령(Mr.President kang)! 우리는 이번 사태가 일어난 것에 대해 매우 유감입니다. 그러나 태평양 사령관, 그리고 주일미군 사령관, 제7함대 레어리 버나드 사령관의 보고를 받아본 결과 결코 한국이 부르는 이름 독도(Dokdo)에 관여한 적이 없으며, 그곳을 점령한 것은 일본의 독자적인 행동입니다. 따라서 우리 미국이 책임질 수 있는 문제가 아닙니다. 그 점을 꼭 알아주셨으면 합니다."

미국방장관은 단호하게 말을 했다. 이에 대해 강 대통령 역시 강한 어조로 반박을 했다.

"미 국방장관께 한 말씀드립니다. 미국과 한국은 동맹국이자 우방국입니다. 지금도 한국에 미군과 가족들이 주둔하고 있습니다. 그만큼 한국은 미국을 신뢰하고 있습니다. 그래서 이번 미일 해상 기동 연합 훈련을 우리 영해를 통과하며 해상훈련을 한다기에 우방국을 믿고 동의해 주었습니다. 그리고 각종 정보를 제공하고 안내까지 해주었는데, 일본은 미국과의 훈련을 구실로 일본 해군력의 70%를 우리 영해로 돌려 훈련하는 척하면서 미국과 한국 몰래 우리 영토를 침입하여 무력으로 점령했습니다. 우리 영토 독도에는 군인이 아닌 경찰이 주둔하여 해상에서 일어나는 많은 사고를 방지하고 구조하는 역할을 하고 있었습니다. 그런 곳을 일본은 해상자위대 호위함대를 동원하여 점령했습니다. 이는 미국의 이익에도 좋지 않은 결과입니다."

강 대통령의 말을 다 듣고 난 윌리엄스 대통령은 머리를 끄덕이며 말했다.

"강 대통령(Mr.President kang)! 우리 미국이 어떻게 하길 원합니까?"

단도직입적으로 물었다. 이에 강 대통령은 답을 했다.

"우리는 일본이 점령한 독도를 되돌려주는 것은 물론, 우리 영해에서 일본 해군이 철수하기를 원합니다."

"알겠습니다. 이해했습니다. 그렇지만 일본이 우리의 말을 들어줄지는 모르겠습니다. 다만 일본에게 의사전달을 하겠습니다. 일본이 이에 응하지 않는다고 해서 전쟁을 하면 안 됩니다. 만약 먼저 발포하는 국가가 있다면 미국은 우방국으로 인정치 않을 것이며, 이에 대한 책임을 물을 것입니다."

윌리엄스 대통령은 단호하게 말을 건넸다. 그리고 이 사태를 해결하기 위해 미국 실무자들이 일본 정부와 협의하기로 했다. 협의가 끝난 다음 회담을 재개하기로 하고 합의를 봤다. 강 대통령 일행은 백악관에서 마련한 오찬을 하기로 하고 회담을 준비를 진행했다. 별도로 배정받은 응접실에서 강 대통령과 참석자 일행은 심각하게 얘기를 주고받았다. 얘기하는 동안에도 한국에서는 강 대통령에게 독도 인근 일본 해군과의 대치 상황을 끊임없이 보고하고 있었다. 물론 국내에서도 마찬가지였다.

그렇게 독도를 빼앗긴 지 하루가 지나가고 있었다.

미국은 일본 외무성 모리 카츠마 장관과 국무부에서 협의를 하고 있었다. 미국은 일본에게 한국이 요구하는 조건은 리앙쿠르 암(Liancourt Rocks)에서 물러가고 일본 함대도 철수하라는 것이라고 전달했다. 그러나 일본은 절대로 받아들일 수 없다고 했다. 미국은 두 나라 사이를 중재하기가 매우 곤란했다. 따라서 미국은 일본에게 군사 충돌을 방지할 수 있는 새로운 협의안을 보내라고 요청했다. 이에 따라 일본은 자기들에게 유리한 중재안을 미국에 보냈다. 일본의 중재안은 다음과 같았다.

첫째 한국령 독도, 일본령 다케시마는 국제사법재판소(ICJ)에 쌍방이 제소하여 주권적 권리의 결과를 양국이 인정한다.

둘째 국제사법재판소(ICJ)의 결과가 나오기 전까지 일본에서 관리한다. 또한 양국의 민간선박의 항해와 주변 학술탐사를 보장하고 정보를 공유한다.

셋째 한국명 독도, 일본명 다케시마는 일본이 관리하며, 자위군이 주둔하지 않는 대신 일본 해상보안청 40명 경비대 인원으로 주둔하여 항로 안전보장과 안내자의 임무를 한다.

넷째 일본은 그동안 한국에 각종 규제정책과 보류정책을 철폐하고 금융지원을 약속하며 군사작전으로 부상당한 한국 대원을 비롯하여 모든 대원을 조속히 안전하게 송환한다.

강 대통령 일행은 오찬을 마치고 다시 회담으로 들어갔다. 이미 회담장 인근에 일본 모리 카즈마 외무성 장관이 대기하고 있었다. 협약이 타결되면 한국 외교부 장관과 미국 중재안 협약서에 서명을 하려고 하는 것이었다. 다시 백악관에서 미국 윌리암스 대통령과 강 대통령 일행이 마주 앉았다.

"강 대통령(Mr President kang)! 식사는 잘 하셨습니까? 식사하시는 동안 불편한 점은 없으셨나요?"

"윌리엄스 대통령께서 훌륭한 음식을 베풀어주셔서 감사했습니다. 그런데 음식이 한국 음식과 다르다보니 오늘따라 먹기 힘들었습니다."

강 대통령은 웃으며 뼈있는 농담을 던졌다.

"오전 회담에서 한국의 의견을 듣고 우리 미국 정부는 일본 정부의 의견도 들어서 중재안을 만들어 가지고 왔습니다. 중재안을 한번 보시지요!"

이때 미국 실무자가 한국어, 영어, 일본어로 표기된 중재안의 서류를 외교부 장관에게 건넸다.

외교부 장관은 서류를 받아들고 재정기획부 부총리, 산업통상부 장관과 그 외 정책 실무자가 잠시 옆방으로 가서 검토를 하였다. 그 내용은 일본 정부가 유리하게 작성한 중재안을 미국이 수정도 하지 않고 그대로 강 대통령에게 내놓은 것이었다. 결론적으로 독도는 빼앗긴 결과였다. 그저 독도에 갈 수 있다는 것 말고는 한국에 유리한 것은 하나도 없었다. 우리 참석자들이 검토를 하는 동안 강 대통령과 김무일 주미대사는 한국 경제 사정으로 인한 막대한 방위비 분담금을 일정 시기까지 유예를 요청하였다. 그러나 이미 회담 전에 사전 조율할 때 이를 미국 국방부에서 거절하여 정상들끼리 해결하는 톱다운(top-down·하향) 방식으로 진행하기로 약속한 것이다.

잠시 후 외교부 장관이 들어와서 중재안에 대한 설명을 하고 받아들이기 곤란한 내용이라고 대통령에게 전달하였다. 이에 강 대통령은 마크 윌리엄스 미국 대통령에게 의사를 전달했다.

"윌리엄스 미국 대통령님! 한국은 미국이 제시한 중재안을 받아들이지 않기로 했습니다. 왜냐하면 일본이 우리 영토를 무력으로 침입하여 불법 점거하고 있기 때문입니다. 국제사법재판소에 양국이 제소하는 것은 물론, 그 결과를 양국이 인정한다는 것은 당연히 있을 수 없는 일입니다. 그리고 일본이 우리 영토를 관리한다는 것도 받아들이기 어렵습니다."

강 대통령의 의사를 전달받은 마크 윌리엄스 미 대통령은 얼굴이 상기되어 앞뒤로 배석자를 쳐다보며 웃으면서 기분 나쁜 액션을 취하였다. 정상회담에서는 큰 결례였다. 그동안 한국이 미국에 대한 외교력이 얼마나 형편없이 진행되었는지 알 수 있는 결과이다. 그들은 한국을 동맹도 우방도 아닌, 일반 국가 정도로 여기고 있었다. 그동안 한국의 북·중에 편중된 행동의 결과인 것이다.

"강 대통령(Mr President kang)! 미국은 한국의 어려운 점을 이해하며 우방국이라 생각하고 최선을 다해서 도왔지만 한국은 우리의 제안을 거절했습니다. 따라서 더 이상 도울 방법은 없는 것 같습니다. 그리고 한국과의 방위비 분담금 유예 요청은 우리도 받아들이기 어렵습니다. 따라서 한국에 주둔하고 있는 우리의 군대와 가족 모두를 철수시킬 예정입니다. 이에 협조 부탁드립니다. 그리고 오늘의 회담은 더 이상 진행하는 의미가 없으니 여기서 끝내겠습니다. 편히 쉬다가 돌아가십시오."

냉혹한 답변이었다. 미 국무부장관은 한국 외교부장관에게 동해에서 한국이 발포하여 일본과의 해상전투를 한다면 미 해군 제7함대는 더 이상 대치상황의 중재를 하지 않고 철수할 것이며 미 해군 제7함대에 피해가 발생하는 것에 대한 책임을 물을 것이라고 강력하게 말했다. 일단 정상회담장에서 철수를 하고 윌라드 인터콘티넨탈 숙소로 돌아왔다. 그렇다고 정상회담이 끝난 것은 아니었지만, 강대통령 일행은 미국이 의외로 강경한데 놀랐다.

모두 중재안에 대해 다시 한번 생각해보기로 하였다. 도저히 받아들일 수 없는 중재안이지만, 워낙 미국이 강경하여 거절하는 것이 현재 한국의 미래에 도움이 되는지 강 대통령은 고민이 많았다. 어떻게 해야 할지 답답했다.

김무일 주미대사는 미 국무부장관의 대학동문 친분으로 부탁하여 마크 윌리엄스 미 대통령과 마지막 정상회담을 열기로 하고 중재안을 일부 수정하기로 했다.

마침내 2026년 9월 25일 오후 7시(현지 시간) 한미대통령 회담 결과 미국 중재안에 한국 외교장관과 일본 외무성장관이 협약서에 서명했다. 그리고 협약내용은 다음과 같았다.

첫째 한국명 독도, 일본명 다케시마는 국제사법재판소(ICJ)에 쌍방이 제소하여 주권적 권리의 결과를 양국이 인정하다.

둘째 국제사법재판소(ICJ)의 결과가 나오기 전까지 일본에서 관리한다. 다만 국제사법재판소(ICJ)의 판결이 나오기 전에 2년이 경과하면 다시 한국이 관리한다. 또한 양국의 민간선박의 항해와 주변 학술탐사를 보장하고 정보를 공유한다.

셋째 한국명 독도, 일본명 다케시마는 일본 혹은 한국이 관리해도 정규군이 주둔하지 않고 민간경찰 40명 인원이 주둔하여 항로 안전보장과 안내자의 임무를 한다.

넷째 일본은 그동안 한국에 각종 규제정책과 보류정책을 철폐하고 금융지원을 약속하며 군사작전으로 부상당한 한국 대원을 비롯하여 모든 대원들을 조속히 안전하게 송환한다.

결국 일본 의도대로 국제사법재판소(ICJ)까지 가는 결과를 낳았고, 한국은 경제 위기와 일본과의 군사력 차이를 극복하기 위해 이에 서명하였으며, 미국으로부터 방위비 분담금 지불을 일정 기간 유예하기로 합의를 하였다. 강 대통령은 한미정상회담을 끝으로 모든 일정을 마무리 짓고 윌라드 인터콘티넨탈 숙소로 돌아와 눈물을 흘렸다. 이 소식은 곧바로 위성방송으로 생중계되고 동해에서 대치하고 있던 한일양국 해군 지휘관에게 전달되었다. 대치하던 양국 해군 함대는 철수하기로 했다. 삼봉호에서 대치하고 있던 울릉도 오영준 경비대장과 삼봉호 함장 김종기 경정은 결국 울분을 터뜨렸다.

"이게 말이 돼? 이게 말이 되냐고! 왜 우리 독도에 일본 놈들이 주둔하냐고! 아악! 일본 놈들! 이놈들! 어디 두고 보자! 우리는 절대로 가만히 안 있을 것이다!"

오 대장은 소리치며 오열했다. 삼봉호에 타고 출동한 울릉도 경비대원 모두가 소리를 지르며 통곡했다. 삼봉호 함장 김종기 경정은 조타실 승조원에 지시했다. 독도 근처로 최대한 접근해 운항하며 마지막으로 독도를 향해 거수경례를 하도록 했다. 양국 함대는 함대 뱃머리를 각자의 모항으로 돌렸다. 독도 근처까지 갔던 우리 해군 함대는 모두 함상 선미에서 독도를 바라보며 마지막 거수경례를 하고 다음을 기약하며 눈물을 흘렸다.

일본 해상자위대 상륙함 쿠니사키함에 승선해 있던 최승철 경비대장은 눈물을 흘리며 대원들에게 반드시 다시 돌아오자고 약속하며 어깨를 두드렸다. 이때 일본 특수군 지휘관 야마모토 료스케 부대장이 승자로서 최승철 경비대장에게 다가와서 말을 건넸다.

"한국 경비대장님! 이제는 모든 것이 다 끝났습니다. 이제 편히 우리 마이즈루 기지로 가셨다가 한국으로 돌아가시지요. 제가 모시겠습니다."

"그럴 거 없습니다. 우리는 한국 역사의 죄인입니다."

"언젠가 다시 만날 수 있을까요? 한국 경비대장?"

야마모토 대장이 물었다

"야마모토 대장! 우리는 곧 만나게 될 겁니다. 다음에 만날 때까지 기다리시오!"

"그게 무슨 말이지요? 곧 만나게 되다니. 언제 말입니까?"

야마모토 대장이 의아한 듯이 자국 통역요원을 바라보며 말했다.

"조금만 기다리면 아시게 될 겁니다."

그리고는 더 이상 말을 하지 않고 돌아섰다.

최승철 독도 경비대장과 대원들은 너무나 허망하여 아무 소리도 못하고 쿠니사키함을 타고 마이즈루 일본 제3 호위함대 기지로 떠났다. 그렇게 지키고자 했던 독도를 뒤로하고, 독도를 지키지 못했다는 자책감에 생살이 찢어질 듯한 고통을 느꼈다.

동해 제1함대 기지 바깥에서 이민선 총리는 군 관계자들과 저 멀리 동해를 바라보며 눈물을 흘리며 통곡했다.

"이게 아닌데! 이런 것이 아닌데! 독도를 일본에게 뺏기다니! 모두 내 잘못이야! 내가 잘못해서 이리 된 거야! 모두 내 잘못이야!"

주변 수행원들이 몸을 부축하며 같이 눈물을 흘렸다.

"이 총리님, 우리 해군이 다시 독도를 찾아오겠습니다. 반드시 찾아오고 말겠습니다."

정보훈 해군 참모총장이 이 총리에게 말을 하면서 멀리 동해를 바라보았다.

한편 일본 총리실 관저에서 방위대신을 비롯하여 내각 장관들과 소식을 기다리던 고이즈미 일본 총리는 미국에서 중재안 협약서에 한국 대통령이 서명을 하였다는 모리 카즈마 외무성 대신의 소식을 듣고 크게 환호하면서 모두에게 악수를 청하였다. 마치 일본이 국제 야구 대회에서 우승하고 감독이 코치들과 악수하듯이 하였다.

"이제 다케시마는 우리 일본 영토입니다. 그깟 협약서 내용은 중요하지 않습니다. 국제사법재판소는 우리를 지지할 것입니다. 아니, 그렇게 만들어야지요. 만약 결과가 잘못 나와도 무력으로 지키면 됩니다. 한국의 해군과 공군으론 우리를 못 이깁니다. 우리는 한국 군대를 언제든지 괴멸시킬 수 있습니다. 오늘은 기분 좋은 날이니 성대하게 파티를 합시다. 그리고 이번 작전에 성공한 야마모토 료스케 부대장과 대원들을 열렬히 환영합시다!"

고이즈미 총리는 한없이 들떠서 박수를 치면서 소리치고 좋아했다. 그러나 이 모습을 지켜보던 관방장관이나 방위성대신은 한국이 절대로 가만히 있지 않을 것을 이미 알고 있었다. 지금은 다케시마가 우리한테 넘어왔지만, 곧 한국이 반격하리라 예상했다. 그 시기가 언제일지는 몰라도 분명히 다케시마로 인해 양국 사이에 대규모 전쟁이 일어날 것이라 생각했다. 그러나 오늘은 일본이 승리한 날이다. 그렇게 염원하던 다케시마를 찾았으니 축배를 들어 이 기쁨을 누리고 싶었다.

한일협정 소식은 언론을 통해 일본 전역으로 퍼져 나갔고 일본 거리는 이를 축하하는 사람들이 모여들었고, 우익단체는 한국인은 일본서 나가라고 소리치며 거리를 누볐다. 일본에 거주하는 재일동포들은 치욕의 순간을 맞이하며 억장이 무너졌다. 모두 집안에 들어가 나오지 않았다. 어쩌다 또 이렇게 당했나 하면서 눈물을 흘렸다. 이제 일본에서 한국인으로서 어떻게 살아야 하나 하는 걱정이 앞섰다. 2026년 9월 26일(한국시간)은 절대 잊지 못할 것 같았다.

미국에 있는 강제연 대통령은 수척한 얼굴로 의전 비서관에게 물었다.

"지금 본국은 어떻게 돌아가고 있소?"

"네! 대통령님! 지금 한국에서는 시민들이 뛰쳐나와 청와대를 에워싸고 대규모 시위를 하고 있습니다. 오늘 맺은 한일협정(중재안)은 무효라고 외치고 있답니다."

"그렇지! 무효지! 무효야! 내가 봐도 무효지! 그런데 여기서는 무효가 안 되니 어쩌나?"

몹시 괴로운 표정으로 호텔 숙소 소파에서 얼굴을 숙이고 되뇌었다.

"무슨 면목으로 한국에 돌아가지? 내가 돌아가면 성난 국민들이 가만히 안 있을 텐데!"

"대통령님! 너무 염려하지 마시고 어서 돌아가셔서 정국을 수습하셔야지요. 대통령 임기도 이제 5개월 정도밖에 남지 않았습니다. 후임자들한테 넘기시고 마무리하셔야지요."

김무일 주미대사가 강 대통령 앞에서 조용히 말을 했다.

"내가 뭘 넘기나? 이 상황을 넘기라고? 아마 난 대통령 자리에서 물러나면 재판을 받을 거야! 사법재판이던 국민재판이던! 결코 나를 용서 안 할 거야! 국민들이…! 죗값을 받아야지! 아무렴! 내가 잘못해서 이 지경이 됐는데 무슨 염치로 살겠어? 스스로 재판을 받고 죗값을 치러야지! 당연하지! 암, 당연하지!"

강 대통령이 일어서서 응접실에서 왔다 갔다 하며 실성한 사람처럼 말했다. 수행하는 장관들이나 비서관들도 감히 말을 꺼내지 못했고, 일부는 눈물을 흘리면서 머리를 숙이고 있었다. 이렇게 강제연 대통령은 머나먼 미국 땅에서 동맹국의 수장으로서 대우받는 인물에서 경제 위기를 초래하고 갈팡질팡 외교로 고립을 자초하여 독도를 빼앗긴 패장이 되어 국민의 심판을 기다리는 신세가 되었다. 결국 경제적 파탄이 영토를 빼앗기는 몰락의 시발점이 된 것이다.

서울에서는 시청 앞 광장, 광화문 광장, 서울역, 강남대로, 코엑스 전시장 등 모든 광장과 터미널에 사람들이 모여 일본을 타도하자는 함성을 터뜨리고 깃발이 휘날렸다. 그리고 "현 대통령인 강제연 대통령은 물러가라!", "대통령을 구속하라!"라는 구호가 전국을 뒤덮었다. 즐거워야 할 추석 명절이 악몽으로 변했고, 한국 경제는 한없이 추락하여 국민들의 삶은 1980년대 초반 수준으로 떨어져 생활이 어려워졌다. 국민소득 4만 달러를 향해 달려가던 한국 경제는, 국민소득 1만 달러 전후 수준으로 떨어져 몰락의 길을 걸었다..

2026년 9월 26일. 동해의 낙조는 오늘도 변함없는데, 오늘의 낙조는 우리가 보던 어제의 낙조가 아니었다. 독도를 점령한 일본을 환영하는 낙조처럼 보였다. 언제 우리의 독도를 되찾고 아름다운 낙조를 볼 수 있을 것이며, 또 떠오르는 일출을 맞이할 수 있을 것인가? 도무지 기약할 수 없는 시간으로 접어들었다. 대한민국 전역이 우울한 잿빛 색깔로 바뀌어 모든 것이 절망으로 떨어졌다. 그날은 수많은 구호와 함성으로 서서히 어둠에 묻혀 갔다.

베트남에서 한국의 소식을 듣던 한성전자 성재용 회장은 주먹을 불끈 쥐고 '이대로 주저앉을 수는 없지! 내가 다시 돌아가야지! 그리고 한국 경제가 살아야 독도를 되찾는다!'라는 생각에 자리에서 벌떡 일어났다. 어떻게 경제를 되살려야 할지를 생각하며 방법을 찾기로 했다.

지금은 한국 경제가 몰락했지만, 일어설 수 있는 길은 얼마든지 있다. 60년 동안 경제부흥을 이끈 경험을 되살린다면 분명히 되살릴 수 있다. 그러나 지금의 한국 정치인들과 정부는 한국 경제를 살릴 능력이 없었다.

2026년 9월! 대한민국 자체가 몰락했다.

이것이 현실이다!

(〈대한민국의 부활〉은 2권에서 이어집니다.)